莫 斯 科 佬

[俄罗斯]米哈伊尔·波波夫 著

贝文力 译

华东师范大学出版社

МОСКАЛЬ

Михаил ПОПОВ

ПРЕДИСЛОВИЕ

С большим волнением я предлагаю на суд китайского читателя свои произведения. Очень хочется, чтобы они были поняты адекватно. Поэтому я хочу сказать несколько предварительных слов по поводу всех трех сочинений.

Наиболее важным лично для меня является самое маленькое по объему — повесть «Идея». Я рос без отца, и поэтому моя мама значительную часть жизни была для меня самым главным человеком, занимавшим середину моего личного космоса. Как часто бывает, после ухода близкого человека, оказывается, что ты,

разговаривая с ним каждый день, так по-настоящему с ним и не поговорил. Эта повесть попытка продолжить диалог, попытка попросить прощения у мамы за то, что я для нее не сделал, за то, что я не до конца ее понял.

Теперь несколько слов о романе «Москаль». Дело в том, что я родился на Украине, и отец мой украинец, но вырос я в русской культуре и не мыслю своего развития и существования вне ее. Но Украину я люблю, и сочувствую ей, огорчен ее нынешними бедами и неудачами. Роман писался в то время, когда все драматические события на «майдане» в Киеве еще были впереди, но проблемы сложного русско-украинского диалога уже существовали, и в них надо было разбираться. Это книга о том, что трагедия конфликта между братскими народами проходит через сердце очень многих людей, причиняя большую боль.

Роман «Огненная обезьяна» (китайское название книги мне нравится) это произведение не реалистическое. Новое время привносит в мир все новых глобальных демонов, которые роковым иногда образом влияют на жизнь всего человечества. В качестве примера можно привести самое очевидное — глобальные компьютерные сети, виртуальные пространства. Пытается править миром и информационный демон, важно не то, что случилось на самом деле, важно как это показали по телевизору. Рассказ о событии важнее самого события. Мы полностью погрязли в этих стихиях, и не знаем до конца, в какой степени они несут благо, а какой степени они опасны. Я считаю, что одним из таких глобальных демонов стал современннй спорт, а в частности футбол. Возможно, в Китае степень вовлеченности в стихию футбола не так велика, как в западном мире. Там это, вне всякого сомнения, явление религиозного масштаба. Для сотен миллионов людей, победа любимой команды важнее благополучия детей. Некоторые мыслители высказываются даже так на этот счет: футбол — это малая укрощенная война. Футбольное поле — пространство, где в условной форме разыгрывается мировая история. Я попытался изобразить один такой розыгрыш.

Надеюсь, эти предварительные замечания помогут читателям в понимании представленных произведений.

Михаил Попов.

序

我怀着极大的忐忑不安将我的作品交给中国读者来评判。十分希望中国读者能够完全读懂我的作品。因此我想为我的三本书写几句前言。

对我个人而言，最重要的一部作品即是篇幅最小的一部作品——中篇小说《伊杰娅》。我在没有父亲的家庭中长大，因此我的妈妈是我绝大部分生命中最重要的人，占据着我个人世界的中心位置。往往在亲近的人离开之后才发现，原来你每天都在和他说话，但却从来没有和他真正交流过。这部中篇小说是一种尝试，尝试着继续我们的对话，也尝试着请求妈妈原谅，原谅我对她未做的一切，原谅我没能彻底地理解她。

现在说说长篇小说《莫斯科佬》。事实上，我出生于乌克兰，我父亲也是乌克兰人，不过我在俄罗斯文化环境中长大，并且没有考虑过不在这个环境中生存和发展。但我热爱乌克兰，也痛心于乌克兰，为她现在所受的苦难与不幸而难过。当基辅"秘密赌场"种种戏剧性事件还未上演时，沉重的俄—乌对话问题就已经存在了，应当理清这些问题的头绪。这是小说创作的时代背景。本书讲的是由兄弟民族之间的冲突引发的悲剧刺痛很多人的心、带来很大伤痛的故事。

长篇小说《火红色的猴子》（这本书的中文题目我很喜欢）不是一部现实主义作品。新的时代为世界一并带来了全新的全球化恶魔的全部因素，这些因素有时注定会对整个人类社会的生活产生影响。最显而易见的例子就是全球互联网、虚拟空间。就连信息恶魔也企图统治世界，重要的不是实际上发生了什么，而是电视如何进行报道。对事件的叙述比事件本身更重要。我们深深地受这些盲目而强烈的情绪所左右，并不完全知晓这些情绪将带给我们多少好处，又带来多大危险。我认为，现代体育，尤其是足球就是这些全球化恶魔之一。大概，中国对足球的狂热程度不如西方世界。在西方世界，毫无疑问，这是一种信仰。对于千百万人而言，自己喜爱的球队的获胜比孩子们的安康福祉还重要。一些思想家甚至这样评论：足球——这是一场被平息下来的小型战争。足球场——是按照事先定好的规则来上演被和解的故事的空间。我试图描写这样一场演出。

希望这几段话有助于读者理解这三部作品。

米哈伊尔·波波夫

（李宏梅　译）

　　我们的世界，当然，是由某一个叫陀思妥耶夫斯基的人想出来的，但他不像费多尔·米哈伊洛维奇①那样有才华。

——格奥尔基·伊万诺夫

　　永远不要说谎，应该编写真相。

——喀布尔-沙赫

---

① 俄罗斯大作家，《被欺凌与被侮辱的》、《罪与罚》、《卡拉马佐夫兄弟》的作者陀思妥耶夫斯基的名和父称。——译注

向下四个台阶。房门顺从地悄然打开。半地下室，拱形的天花板。烟抽得屋内青雾缭绕。小酒馆里那种令人讨厌的声音嗡嗡作响。右边有个柜台。一个身穿白色围兜的男人面带微笑，在擦拭着啤酒杯。尽管他在微笑，但看得出，他并不欢迎我们：还是个孩子的我和牵着我手的父亲。"军官老爷要点什么？""你知道的！"父亲回答。他今天穿得很奇怪，连我都有点为他感到难为情。马裤，擦得锃光瓦亮的铬鞣革皮靴，光膀子吊着背带，头上是考究的大檐帽。我父亲个子不高，干瘦，但身上肌肉发达，我为此而感到自豪。

酒馆老板在父亲面前放上一只带棱的小玻璃杯，并从方瓶里往杯子中倒进伏特加。这时从后面的一片嘈杂声中清晰地传来了一个很无耻的声音："这是什么帽子啊，帽子下面会是什么呀？"立刻响起一声胆怯的、快速的回答："犄角！"①随后便是众人的笑声。

父亲慢慢地喝着伏特加，拿酒杯的手翘着小指。酒馆老板殷勤地递上一块糖果，它放在已经打开的包装纸上，父亲咬掉一半。他望着我，我看见，他已醉眼惺忪。但显然不是因为喝了伏特加。他转身朝向大厅，我们的前面是一张长桌。桌子的一端朝向我们，左右两边都有人俯身坐着，他们的头都很大，发型奇特。头顶和前额上都有蓬松浓密的

---

① 在俄语里，头上长犄角有"戴绿帽子"的意思。——译注

头发，鬓角光秃秃的。坐着的人虎背熊腰，穿着在我看来是老古董的衣服。长袍，短袄，天知道是些什么。那些人嚼着食物，从鼻子里发出呼哧声，沉默不语。甚至没人抬下眼皮。

"谁说的，站起来！"

大家默不作声。那个发出无耻声音的人、那个喊"犄角！"的人、所有刚才哄笑的人，都默不作声。

父亲轻蔑地把带糖味的唾沫吐到桌脚下，对着整个青烟缭绕的地下室，大声说道："人渣！"

于是那两排坐着的人动了起来。一下有三个人站起身。用握成拳头的手重重地、威胁性地揉搓着大胡子。其余的人，发出像打鼾一样的低沉的声音，同时用眼睛死死盯着我和父亲。

架打得没劲。强悍的乌克兰人没有想到一起上阵，而是一个接着一个靠近父亲，间隔几秒钟，而这对于父亲来说就已经足够了。他的动作要比他们快三倍，瞬间给他们致命的打击，仿佛手里有两把锤子似的，但头上的帽子却纹丝不动。那些穿着短袄的老爷们，横七竖八地躺倒在柜台脚边，可怜地呻吟着："军官老爷！军官老爷！"父亲喝第二杯伏特加，比喝第一杯时更慢，他牵起我的手，我们走出那个地方。那些台阶——一切都是从那里开始的——不知怎的没有了，我另一只手拿着棒棒糖。是谁塞给我的？我试图把它甩掉，但糖粘在我的手指上，无论如何甩不掉。

乌克兰

1

房间里很暗。从拉上的窗帘的缝隙间透进来的那道白色光线也没能提高一点亮度。角落里有一张宽大的床，从发出的声响判断，上面睡着的是一个喝醉了酒的人。屋子的中间，站着三个人，穿着湿风衣。靠近窗户那人的肩部映出微弱的光亮。他们刚进屋。他们的眼睛正在慢慢地适应黑暗。看不见睡觉的人：他身上盖着厚被子，像座小山一样。

"季尔·谢尔盖耶维奇！"站在中间的那人犹豫地问道，"季尔·谢尔盖耶维奇，您睡着？"

被子动了一下，从那些褶皱里露出一只看不见的鼻子。就像大山里出现了一只小老鼠。躺着的人觉得湿淋淋的客人像是三团奇怪的来势汹汹的阴影。他们带来的潮气，盖过了此前弥漫在房间里的酒精味。季尔·谢尔盖耶维奇吞咽了一下，但没有口水。

"雷巴克，开灯。"

黑风衣中的一个走到靠床的桌边，用戴着皮手套的手在上面摸索了一阵，打开了一盏有着喇叭形灯罩的低矮台灯，照出了猜测中的景象：带有醉酒狂欢痕迹的宾馆客房。

"喝水。"季尔·谢尔盖耶维奇说道。依然是那个雷巴克，长着圆脑袋的大汉，动作缓慢地开始拿起一个个在桌上躺着和立着的瓶子。都是空的。于是他走到卫生间，倒来了一杯自来水。

"要啤酒。"被子里的人表示反对。

"不，季尔·谢尔盖耶维奇，"三个风衣中领头的那个反对，"啤酒一会儿拿来，您先听我们说。"

醉醺醺的手抓过杯子，以惊人的速度准确地把水倒进了嘴里，为的是不让牙齿触碰到玻璃杯。

"说吧，耶拉金，说吧。"

"建设工程设计"公司保卫处长亚历山大·伊万诺维奇·耶拉金环顾了一下房间，显然是在拖延。

"怎么？"季尔·谢尔盖耶维奇·莫兹加列夫——上述公司拥有人的弟弟——不满地问道。他盘腿坐着，被子盖在头上，留着知识分子常有的山羊胡，胡子下端可怜地朝前翘着，被褥"穹顶"下的那双眼睛痛苦地闪闪发亮。

"最好在这里别多说。"①第三个穿风衣的人、"建设工程设计"公司财务经理瓦连京·瓦连京诺维奇·克钦说道。"我说得对吗，罗曼？"

雷巴克，耶拉金的第一副手，咧嘴笑了一下，点点头说："尊敬的瓦连京·瓦连京诺维奇，您乌克兰语说得非常标准。"对财务经理问题中的其他含意，他不觉得有必要回应，也不觉得有必要把这个暗示当回事：即如果他，雷巴克是个乌克兰人，那一定也是个叛徒。

事情是这样的：由四人组成的莫斯科企业家小组昨天飞来基辅，这里，几天前，"建设工程设计"公司的真正主人阿斯科尔德·谢尔盖耶维奇·莫兹加列夫在当局大楼的走廊里失踪了。他是来与几位基辅官员和大款签署已谈妥的合约的，结果人消失得无影无踪。可以确认他在第聂伯河畔的这座都城里的活动轨迹是从机场到一栋行政楼的大门

---

① 原文是乌克兰语。——译注

口。至于在楼里发生了什么，目前还是个谜。能够确定的是，犯罪集团好像与此事无关。也就是说，起作用的是权力集团。前者的活动比后者的工作透明得多。谁？警察？检察院？国家安全机关？正是为了弄清这点，这些莫斯科人才飞来基辅。季尔·谢尔盖耶维奇与兄长公司的工作没有直接的关系，但是，他坚持要参与调查：以阿斯科尔德最亲近的人、唯一一位嫡亲的身份，或许，一旦真有什么事——希望不要发生——他还是主要的继承人。然而，他的所谓参与不过是狂喝白兰地，在客房内大声抗议，反对乌克兰。

其余三人立刻奔赴政府各机关部门，希望能找到失联领导的踪迹，弄清他能回归正常生活的条件。克钦也好，耶拉金也好，雷巴克也好，甚至整个董事会都毫不怀疑，乌克兰当局的行动具有纯粹的商业性质。大家都记得，协商和签署初步协议的过程很轻松，很顺利。但经验提示人们，这样的事情不可能没有误会、摩擦和磕磕碰碰。不会把液化气冷凝厂的建设项目给某家外国公司，尤其是俄罗斯公司，仅仅是因为这家公司赢得了正式招标。克钦在收拾东西准备前往一家私人诊所治疗疝气时，就指示助手布尔达（他随领导一同前往）：你应该事先就下水探摸，不要等到触礁了才行动。总而言之，大家都明白，某种变故可能会在最后一分钟发生，为了非正式的进贡，还会不得已敲开储蓄罐，但像现在这样……这也太无耻了。巨额资金总是与位高权重捆绑在一起，但还没有到这样的程度。这甚至已经不是勒索。或者国家本身就是勒索者？

"这是名单，"耶拉金边说边把一张纸递给季尔·谢尔盖耶维奇，"已经谈过的所有人都在这里，还有谈话的概要。"

"不，不，"他任性地说，"我没法看。眼睛……"

耶拉金执着地摇着头。

"不要说出声来。我们也不明白,这里谁有问题,不希望把无关的人牵扯进我们的事情里来。"

钱付给一家要比付给三四家好,克钦这样想,而雷巴克怎么想,则不得而知。他好像尽量躲在暗处。领导此次旅行的安保,属于他直接负责的范围。但他把一切都转交给了手下人,而他们又把一切都搞砸了,于是现在情况看上去令人生疑。

"开窗。""继承人"哭唧唧地说。

雷巴克,作为级别最低的一个,立刻走到窗边拉开窗帘。光线没好多少。窗外是一片浓雾,仿佛可以用勺舀起来。

季尔·谢尔盖耶维奇眯起眼,皱着眉,拨弄着花斑胡子,但他还是看了一下那张纸上写的东西。

"这什么意思?"他看完后不满地问道,并立刻开始自己回答自己的问题。

"所有的人都一无所知! 所有的人都没有错! 也就是说,所有的人都有错! 人人都在洗手,就表明,每个人的手都……"还没说完,"继承人"就用一个久利恰太伊①式的动作把被子甩到了后头,他跳下床,迈着两条苍白细瘦的腿,跑到窗边。边跑边扣紧内裤,接着用细长的手指朝窗外大雾的方向神经质地指指戳戳。

"在你们四处拜访、叩首陈情的时候,谢谢你们,我最终什么都明白了。乌克兰,这是个匪徒国家! 匪徒和叛徒! 确切地说,这个国家总的来说还没有。我……"他一下回到床边,把手伸到靠板后,掏出一个椭

---

① 1970 年苏联电影《沙漠白日》中阿卜杜拉最年轻的妻子。——译注

圆形的小瓶。"知道这是什么?"

三个客人同时耸了耸肩,当然,幅度不同。

"喷涂罐,小孩们涂鸦用的颜料。我两小时前下去了一趟。那时我就全明白了。全都明白了!我想在那个傻女人的基座上……"他又朝窗户方向一指,突然,就像预定好的一样,窗外浓雾峡谷的尽头隐约出现了手捧某样镀金物件的自由女神雕像[①]。

"……在这个傻女人下面的石头上我想用颜料写出真相。你们知道真相是什么吗?什么真相现在又是最重要的?那就是,乌克兰是个杂种!我有二十五分钟的时间,大概有这么长时间,在大雾里跑,没有找到,你们想想看,没有找到立在柱子顶上的傻女人。从窗口望去,看得见她,但实际上却没有。乌克兰的独立——也是没有的!只有独立的外观。一切都在雾里。阿斯科尔德现在也会淹没在乌克兰的大雾里。"

耶拉金、克钦和雷巴克耐心地等待着醉酒的脑袋以某种方式把他们报告的想法整合到一起。季尔·谢尔盖耶维奇知道他们等着他这么做,他深吸了一口气,如同补充了一口智力营养,然后皱起眉头,朝他们看了一眼。

"明白吗?"

谁也没有回答。

"很简单。我们现在为我哥哥而战,不是反对当地腐败的内务部,或者在他们那儿这叫什么来着,不是反对他们瞎了眼的检察机关,不是

---

① 指位于基辅中心广场——独立广场的独立纪念碑,建于 2001 年,以纪念乌克兰独立十周年。纪念碑呈柱状,顶端是身穿民族服装的乌克兰保护女神,手拿镀金的英莲树叶,基座上的装饰也是英莲树叶。——译注

反对他们的委员会，不是反对行政机构里，或者杜马-拉达里的那些恶心人！[①] 不是！是整个乌克兰在反对我们，整个乌克兰错了，由于它现在这个样子，它错了。从我们这里他们要的不是一小块股份，不是一点点，他们是想把我们整个地吞掉。不是他们，是它，乌克兰！因为我们就是我们，独立的，就这样的，明白吗？如果我们能救出阿斯科尔德，这将是个奇迹。他们想在这个大雾中把他给做了。我们，当然，向自己的检察机关投诉，向杜马-拉达……"

克钦口袋里的电话响了。他如释重负，伸手去掏手机。"继承人"的演讲已使他厌倦。耶拉金和雷巴克也像早就准备好了似的，立刻转而关心电话给他们带来的信息。季尔·谢尔盖耶维奇所说的应该把兄长获救看成是奇迹的话，令他们三人都感到很不舒服。

"是布尔达，"克钦说，"我到走廊去见他。"

财务经理出去后，"继承人"突然感到筋疲力尽，跌坐到了床上。

"就在你们来之前我做了一个梦，"他用解释的口吻说道，"非常奇怪的梦。好像是我和父亲，我只有五岁，来到一家乌克兰人的饭馆里，在那个地方……我们家以前在那里服役，在扎帕杰尼亚，杜布诺小镇。我们走进饭馆，人们对我们非常粗鲁，所有的人都与我们作对。于是我老爸，就开始教训他们！"

"这有什么奇怪的？"耶拉金问道，用眼角扫了一眼不动声色的雷巴克。

"奇怪的是，我是不可能和父亲一起去乌克兰小酒馆的。我是在他去世八个月后出生的。科里卡，也就是阿斯科尔德对我讲过在那里他

---

① 杜马、拉达分别是俄罗斯、乌克兰议会的名称。——译注

和父亲到各种各样的酒馆、作坊去的事。而且父亲从来没有光着上身，他总是身穿军装，系着武装带，所有的东西都闪闪发亮……"

耶拉金还没来得及问"光着上身"是什么意思，克钦快步走进了房间。

"我就知道，"他说，"隔离室 60/11。"

"这在哪里？"

"据说，是在波尔塔瓦附近，少校同志。"

"这是什么，为瑞典人准备的？①"季尔·谢尔盖耶维奇愚蠢地开了个玩笑，他本意是想提醒在场的人，他所学的专业是历史。而另外几个人甚至连看都没有看他一眼。

"好样的，布尔达。"耶拉金少校说。

克钦则从牙缝里含含糊糊地挤出一句：

"在赎罪，狗崽子。我对他说过！他找到一个同意收钱的人。但此前……"财务经理转向继承人，"……此前，没能让任何人接受任何东西。谁也不拿。简直就像卢森堡一样。"

小莫兹加列夫点了点耷拉着的脑袋。

"这就证明我是对的——大家都串通好了。要让一簇毛②们不拿钱，那简直是天方夜谭！就是说他们指望多捞一点。你们一叠一叠的票子都不够厚。"

---

① 1700 年—1721 年，俄国为争夺波罗的海及其周围地区，与瑞典进行战争，史称"北方战争"。其中波尔塔瓦会战是最重要的战役之一，也是战争的转折点。——译注

② 旧时乌克兰男人在剃光的头顶的囟门处留有一长缕头发，因而他们被谑称为"一簇毛"。——译注

莫斯科佬

耶拉金掩上敞开的风衣前襟。

"我们这就去。"

"怎么去?"

"坐我们的坦克,季尔·谢尔盖耶维奇。瓦夏·萨弗洛丘克和他那个小伙子,已经弄了两辆吉普到这里。没有自己的轮子在这里不行。"

2

"自己的轮子"有条不紊地吞噬着乌克兰的沥青。"继承人"半躺在车厢的后部,由玻璃板与驾驶座隔开。耶拉金坐在他边上,眼睛盯着侧面的车窗,不时地从上面擦拭掉含有酒精的水汽,水汽是由季尔·谢尔盖耶维奇鼻孔喷出的气息形成的。也可以认为,这是他的肺在排出他在"乌克兰"宾馆前独立广场上过量吸入的雾气。当地的黑暗在质量上毫不逊色于当地的雾气。只看得见一串串和一群群的光点在布满水汽的车窗外掠过。被它们照亮的东西,在黑暗中还是难以分辨,而那些光点使人联想到飞翔时停滞的流星。在它们的闪烁中,有一种紧张感,仿佛它们想隐没在夜的黑土地中,但有什么东西在拼命地阻挠它们。

季尔·谢尔盖耶维奇对浓郁的夜色不感兴趣,他的黑色座驾在夜色里疾驰。他像幼虫一样蜷缩起身子,安静了下来,但是,内心还在进行着看不见的活动,当嘴里积攒起足够词语的时候,他会突然开始说话。保卫处长只是听着。也在看着。主要是看着窗外,但有时也看一眼雷巴克的后脑勺,雷巴克坐在前面,玻璃隔板的那一边,仿佛由于出现了对他的不信任而遭到流放一样。雷巴克表现平静,甚至打起盹来,或者是做出打盹的样子。

"耶拉金,你有兄弟吗?"

"我有一个儿子。"

"妻子在哪里？"

"有过两个。现在一个也没有了。那两个都在美国。"

"懂了。"

"那就好。"

"我有一个哥哥。明白吗？真正的哥哥。我现在在想，要知道，我一辈子都依靠着他，就像靠着一堵石墙。他大我五岁，因此我一直觉得，他已经是个大人了。像个大叔。什么都懂，什么都会，一直是这样。没有一个小混混敢碰我，无论是在科夫罗夫①，还是在车里雅宾斯克②，我们在那些地方都住过。大家都知道，我是莫兹加列夫的弟弟。我利用这点，去欺负那些比我稍大一点的人，他们，这些小崽子们都知道，我背后的靠山硬着呢。服兵役我也挺走运的。学院毕业后科里卡应征入伍一年，半年后，我也进入那支部队。那时科里卡已经很有威信了，无论何时何地，他总是很有威信。他担任施工队长行走四方的时候，与那些搞建设的人关系很铁，他们到他进了部队后也没把他忘记。科里卡住进部队医院治胃炎，和负责人一商量，就开始了改建。厨房蒸煮间换了汽锅，地面铺了沥青，所有的手术室重新贴了瓷砖。大家都把他当宝一样捧在手上，那时候材料供应很紧张。要知道，军队并不是在叶利钦当权的时候才开始崩溃的。那个时候，八十年代初的时候，就已经是一片混乱，供应不足了。团长就像集体农庄的主席……于是，科里卡就像宝贝一样被大家捧在手上，他，当然，马上让我离开冰冷的坦克，调我到

---

① 俄罗斯城市，位于弗拉基米尔州。——译注
② 俄罗斯城市，位于车里雅宾斯克州。——译注

医疗服务排。那里,有酒精、女医生、图书馆……"

话断了,耶拉金又开始去看雷巴克圆圆的后脑勺。克钦为什么这么攻击他? 总的来说他是个稳重的人,甚至还很谨慎。是啊,罗曼没有随领导前往基辅,而他自己,耶拉金少校,保卫处长,也没有一起去。没有任何征兆表明会有麻烦,或许,除了财务方面的问题。要做的,是会见一些国家工作人员,而不是商定一次可疑的约会。停。克钦,瓦连京·瓦连京诺维奇也不在基辅。病了。大概,是真的病了。但他也没有去! 结果呢? 领导失踪那一刻,公司上层没有一个人在他身边。他们仿佛都预感到了什么。要知道,按企业运作的所有规则,他们应该都在现场。老鼠跳下了沉船。无论如何,这一切看上去可不怎么样。算了,我,萨沙·耶拉金很清楚,我没去并不是故意的,有一些更棘手的事情,需要我留在莫斯科。现在雷巴克和克钦也会这么想。而与此同时,阿斯科尔德·谢尔盖耶维奇正在波尔塔瓦某处的铺板床上遭受折磨。但如果真是这样,倒也好了。

"知道吗,耶拉金,你别叫我季尔,好吗? 我们不习惯。父亲用俄罗斯传奇大公们的名字来给自己的儿子起名。① 我们的爸爸是一个饱学之士和爱国者。科里卡像爸爸,有爸爸身上的所有优点。而我,好像与他不是一奶同胞。没用,差劲……"

"那怎么称呼您?"

"米佳,或者季马。总的来说,所有认识我的人分成两部分,一部分人叫我季马,另一部分叫我米佳。但名字这样东西不只是被叫叫这样

---

① 阿斯科尔德(? —882)、季尔(? —882),俄罗斯大公,曾在基辅联合执掌大权。——译注

简单,它们有自己的意义,不管你怎么掩盖,它们总会对人的性格产生影响。我还有过一个外号叫'队长'①,但没能传开来。我的兄弟是队长,而我……我为什么刚才会怀疑?不相信我们,好像,能找到科里卡。有一个歌剧,就叫《阿斯科尔德的坟墓》,故事刚好发生在基辅。"

耶拉金咳嗽了一下。

"但是现在我平静了,要知道波尔塔瓦不是基辅,让歌剧噩梦见鬼去吧。不,真的,现在我轻松点了。真要失去科里卡的话,那太可怕了。知道吗,他总是什么都原谅我。不,我从来没有暗中做过任何背叛他的事情,只是一直回避他。那是我想自己实现自我。我进了历史系,学习历史以及其他各种各样的东西。你怎么,认为我只是说说乌克兰的坏话而已?不,我读过些书。甚至还写过些文章。学年论文。还有一篇,几乎够得上学位论文。因为按照历史进程发展的所有规律,乌克兰必须要仇视我们。昔日的外省总是与昔日的宗主国作战。或者,至少,心中永远装着对宗主国的仇恨。你不感兴趣吗?"

"感兴趣。"

"美国与英国作战,波兰与俄罗斯……简而言之,我在这方面是专家。但有什么用呢,学术填不饱肚子,纯粹的思想是赚不来钱的。应该让它经过混凝土,或者,哪怕是印刷机也好,得以体现。我原本是很高傲的。科里卡已经积聚了资本。在科加雷姆②搞什么建设,后来又不在科加雷姆搞了。我过着苦日子,而他在建设。他给我钱,一直给,要多少给多少。做得很漂亮,像亲兄弟那样。我有老婆,儿子。老婆

---

① 俄语"队长"一词中有"季尔"两字。——译注
② 俄罗斯城市,汉特-曼西斯克自治区。——译注

要受教育，儿子要养活。但我这样想，上帝给你一天光阴，也会给你一天食物。结果发现，我是对的，瞧，我还真是个机灵鬼。我们没有挨饿，也没有衣衫褴褛。但你知道吗，前不久我发现了什么，知道吗，耶拉金？"

"当然，不知道。"

"原来，科里卡在这方面也能够高过我。一直以来，当我坐在博物馆里的时候，在教研室里喝着伏特加并且叫着嚷着憧憬未来的时候，他悄悄地把钱塞给斯薇特卡。不是那么多，但够所有的开销。我是偶然得知的。不然是不会知道的。他一切做得神不知鬼不觉。他不想伤我。尊重我的自尊，也原谅我的自恋。要知道我几乎公然暗示他，说你，老兄，是个匍匐在地的侏儒，尽管坐着'奥迪'，而我是个注重精神世界的人，是个在精神上高高翱翔的人。但是，结果，我所有的裤子，我所有的书，都是用他，用侏儒的钱买的。就是那些他在工地上偷来的钱，因为在工地上不偷是不可能的。他细心地保护着我的细腻情感，而我知道这一切的时候，甚至嚎啕大哭起来。看，我想，哥哥就是哥哥。"

吉普的轮子触到一片糟糕的路面，车子轻微地颤抖起来。雷巴克醒了过来。耶拉金盯着他的后脑勺。没有朝"继承人"扭过头来。

"我嚎啕大哭，像小孩子一样嚎啕大哭。亲兄弟，亲兄弟啊。这你是不懂的。"

车子抖动得越来越厉害，以至于耶拉金的注意力脱离了"继承人"醉酒议论的话题。等到车子又开得相对平稳一些之后，保卫处长朝自己左边转过头去，想看一下，为什么这么安静。原来，季尔·谢尔盖耶维奇把白兰地酒瓶的颈部塞进了自己的嘴里。

"请……原谅!"耶拉金低声吼道,从临时领导的手中夺过那要命的玻璃酒瓶。"酒瓶刚到手! 已经空了!"

季尔·谢尔盖耶维奇心满意足地靠到椅背上。

"忧伤的人一饮而尽!"几秒钟后,他嘴里又涌出了新的言论,又是反乌克兰的,令人不禁会想,这番言论的证据他是从走私货白兰地里汲取来的。所有的说法都不是新的:乌克兰是个叛徒国家,乌克兰民族是叛徒民族。

"你要知道,要知道,他们一直是这样的,他们在两个主人之间窜来窜去。一边是莫斯科,另一边是轮流坐庄的某个西方强国。丹尼尔·加利茨基①就是这样的人,他是个天主教徒,事实上是个欧洲类型的国王,贝拉的亲戚,但又坐过基辅的王位,跻身俄罗斯大公行列。"

耶拉金疑惑地朝话痨看了一眼。

"怎么还有贝拉?"

季尔·谢尔盖耶维奇可恶地轻轻一笑。

"不,不,不,这不是你想的,不是莱蒙托夫,而是国王,匈牙利国王。②"

保卫处长没有对他说,他想到的不是莱蒙托夫,而是莫斯科伊兹玛伊洛沃区的一个大名鼎鼎的女人,五六家地下妓院的老鸨,铁贝拉。现在这样的时刻,根本顾不上经典文学。

---

① 丹尼尔·罗曼诺维奇·加利茨基(1201—1264),加利茨基-沃伦斯基大公,1254年加冕罗斯国王。——译注

② 米哈伊尔·尤里耶维奇·莱蒙托夫(1814—1841),俄罗斯伟大诗人,所著小说《当代英雄》中有"贝拉"一章。贝拉四世(1206—1270),匈牙利和克罗地亚国王(1235—1270),施蒂里亚国王(1254—1258)。——译注

"后来的一切都那样。我们这里敬重博格丹①，仇视马泽帕②，但说实话，为什么呢？照天性，两人都是叛徒。马泽帕碰到了瑞典的卡尔十二世③，秘密地通信，我们的那位来自佩列亚斯拉夫④的宠儿，博格丹，在著名的拉达会议⑤之后，也立刻与这样的一个卡尔通上了信函，只不过世系号不一样罢了。但都是一个主题：怎么欺骗莫斯科，投奔另一个主子。只是秘密不是在当时昭然天下的。瑞典人之前是波兰人，瑞典人之后是元首。乌克兰本身从来就没有存在过，主要的是，也不可能存在，一簇毛总是某人的一簇毛！主要的是，他们把这既没看作是痛苦，也没认为是罪恶，只要能吃得更饱些，更安全些就可以了。"

耶拉金转过头，发现车窗玻璃上全是雾气：一瓶新的白兰地又被打开了。上校低声地骂着粗话，从口袋里掏出手帕，开始仔细地擦去玻璃上的水雾，仿佛是在擦去掉落在上面的"继承人"的思想。

---

① 博格丹·赫梅尔尼茨基（1595？—1657），乌克兰扎波罗热哥萨克领袖。他领导了针对波兰立陶宛联邦权贵的赫梅尔尼茨基起义（1648—1654），建立了哥萨克国家。1654 年，他与俄国订立《佩列亚斯拉夫条约》，从而使乌克兰最终并入俄罗斯帝国。——译注

② 伊万·马泽帕（1639—1709），彼得大帝时代乌克兰盖特曼（1687—1709）。北方战争时支持瑞典，据说是因为被醉酒的彼得大帝辱骂而心生不满，也有说法认为他觊觎俄罗斯的土地而被瑞典国王卡尔十二世拉拢。1709 年被沙俄军队击败，后在失望中病死。近代以来，他被看做仅次于博格丹·赫梅尔尼茨基的乌克兰第二英雄。——译注

③ 卡尔十二世（1682—1718），瑞典在大北方战争时期的国王。他在位期间，因过度从事军事远征，导致先胜后败，输给俄国彼得大帝，使瑞典由北欧霸主衰退为二流国家。有的学者称他为"18 世纪的小拿破仑"，表示他和拿破仑都具有军事天才和征俄失败的命运。——译注

④ 乌克兰古城，1943 年改称佩列亚斯拉夫—赫梅尔尼茨基。——译注

⑤ 1654 年 1 月 18 日在乌克兰佩列亚斯拉夫召开的哥萨克最高权力机构会议。会议决定与俄国合并。——译注

"听着,耶拉金,你不觉得,应该为醉酒的司机生产一种在里面配有'雨刷'的汽车吗,啊?"季尔·谢尔盖耶维奇为自己的俏皮话而笑了起来。

吉普车再次遇到突然出现的高低不平的沥青路面。话痨的头先倒向右侧,然后又倒向左侧,脑子里的东西也因此转移了,又开始谈论起"国家"来。

"总的来说,非常奇怪,比如,波罗的海沿岸的人,他们人不多,但是居然专门想出了一个词——波罗的海国家,因为如果单独分开来的话,看都看不见他们,只有聚集在一起才行。堕落到他们这种地缘政治水平是很可耻的,而乌克兰堕落了。知道吗,这些小国的主要特征是什么?"

雷巴克在自己的座位上突然转过身来,像是在给一个什么信号。啊,他要求放下玻璃板。耶拉金撅了一下按钮。透明的隔板开始下降。

"主要的,是对自由的态度。对于小国,对于像鸡雏一样的小国来说,自由,这最多只是为自己选择主人的权利。"

"我们到了。"雷巴克说,他微微皱了一下眉,因为有一股充满酒精味的热气朝他扑来。

"到哪啦?""继承人"讥讽地问道。

"要决定一下,这儿是个岔路口,我们或者直接去'隔离室',或者先在波尔塔瓦过夜,早上再……您说呢,领导?"

但是领导已经从讥讽状态转向深度睡眠。

"已经是晚上了,"耶拉金说,"我觉得,去也是白搭。找地方睡觉吧。"

"向右。"雷巴克命令司机。

"听着,"耶拉金说,"你别在意,我把隔板升起。这是为了车子前窗玻璃不起水雾。"

"我也是这么想的。"雷巴克说,没有回头。

"俄罗斯人是不称职的主人,俄罗斯人不是好主人,你们该高兴,我们对你们管理得不好。现在你们有别的老爷。"季尔·谢尔盖耶维奇嘟哝着,又继续睡去。反乌克兰的情绪甚至在睡神摩尔甫斯的领地里也继续纠缠着他。

3

黎明时他们又上路了。布尔达上了指挥车,坐到了雷巴克的位置上,因为正是他搞到关于波尔塔瓦隔离室的信息的。清晨潮气很重,好在没有雾。乌克兰大自然好像在迎合莫斯科客人。你们在寻找兄弟和领导? 请吧!

"你地图拿了?"耶拉金问布尔达。

"拿了,研究过了。"

"怎么样?"

"比例不对。"

"你想说什么?"

"这张地图上没有那个涅奇布利哈。"

"那个人,你那位立约人,对你是怎么说的?"

"他说,离波尔塔瓦 40 公里左右,沿着公路,那公路叫……对了,我们现在正开到这条公路上。"

"还有哪些坐标?"

"老实说,再没有了。告诉我说,到那里,到涅奇布利哈后再问,就这些。"

耶拉金用食指擦了一下鼻梁,仿佛此前他戴夹鼻眼镜似的。

"你付了他多少?"

"他要多少,我给了多少。"布尔达感觉到背后聚集起来的不满,立刻明确了自己的回答:"三。"

耶拉金没有第二次去擦鼻梁,他瞟了一眼躺在角落里的季尔·谢尔盖耶维奇,问"领航员":

"你叫什么?"

"布尔达。"

"名字呢?"

"反正您也记不住,就像大家那样,叫我布尔达吧。我已经习惯了。"

"还是告诉我。"

"领航员"惊讶又有点害怕地转过身来。

"您怎么,觉得我被人耍了。没有什么隔离室?"

如果有地方的话,少校一定会啐上一口的。

"假如能回去的话,我能找到他。"

"别说傻话了,布尔达。你永远也找不到他了。这个人不是为自己工作。是个被派过来的哥萨克。他把我们打发到这里,为的是把我们踢出基辅。他们不光在我们面前砌起了一堵墙,他们还傲慢、放肆。"

"那不去了?"

"拿地图来。"

"给。您拿着我的手电。"

少校用手电射出的细长的光束照着那张已经画满了记号、折叠成图囊大小的纸,研究了很长时间。

"我们去吗?""领航员"忍不住了。

"检查核实一下还是需要的。我怕,没有政治上的支持我们解决不了这件事。不过,在请求这样的帮助之前,应该先把自己的那份活干好。懂么,布尔达?"

"懂了。我叫瓦列里·伊戈列维奇。"

"很高兴。"耶拉金说着,带着讽刺的神情朝睡着的季尔看了一眼:"这么说,你的父亲,叫伊戈尔。大公们①都出来了。"

布尔达迟疑地点了点头,正要讲与取这一名字有关的故事,但少校用手做了一个制止的动作。这趟旅行他已经听够各种各样的家族史了。

车动了。

道路向四处伸展开,就像虾向四面八方爬散开去一样。

4

"瞧,瞧,那儿!"布尔达叫了起来,细细的手指指向前方,瘦小的身体在座位上跃动。甚至有一次头部还撞到了车顶。

"涅奇布利哈。"耶拉金读出路牌上的文字,舔舔嘴唇,命令司机:"瓦夏,拐弯。"

他们停在涅奇布利哈地界边上。

"你去摸一下情况,我们先在椴树下站一会儿。"

---

① 882 年奥列格大公占领基辅,杀死了阿斯科尔德和季尔大公。奥列格的继承人是伊戈尔。——译注

布尔达点了点头,对于让他去做不合乎他专业身份的事,他没说什么。他捋了捋尖脑袋两侧的头发,叹了口气,打开了车门。

耶拉金朝他眨了眨眼睛。当然,可以打发司机瓦西里去做这事,但是,他想让有主创性的办事员瓦列里·伊戈列维奇·布尔达喝下自己的愚蠢酿出的苦酒。

雷巴克走过来,拿出烟:"抽一支吧。"不抽烟的少校拒绝了邀请。副手吐出一口烟,并用看似优雅的动作把烟挥开。

"烟往别的方向吐。"

"请原谅,大叔。"

耶拉金看着布尔达走上一家当地小店铺的台阶,不知为什么他还对着坐在门口倒放着的箱子上的女人们微笑。

雷巴克挥动双手开始驱开第二口烟雾。

"我们是不是太张扬了。开着两辆丰田陆地巡洋舰吉普。或许,已经有人在把我们的情况向有关部门报告了。"

"不会报告的,没地方可报。"

"怎么?"

"这里根本就没有什么惩戒所。"

聪明的雷巴克没有再追问下去,他已经明白了耶拉金后面没有说出来的话。下一口烟他远远地吐向另一边,远离领导的鼻孔。他开始可怜起布尔达来了,而此前他是看不起这个财务"书呆子"的。

瓦列里·伊戈列维奇冲出小店,飞快地朝两辆车的方向跑来。他的样子很兴奋。

"有的!"在远处他就喊道。跑到跟前,他愉快地喘着气,解释说:"要再开回到大路上。还有两公里左右,那儿沟里趴着一辆被烧毁的公交车，再向左。在那里有一所监狱，有的！"

5

季尔·谢尔盖耶维奇半躺着，身子朝向旁边的车窗，神经质地呵呵笑着。不时地发出一些低沉的、湿润的颤音，其间身体颤抖，双肩抽动。你会觉得，他在痛哭。

耶拉金坐着，脸上表情僵硬，不快地眯起眼睛，直直地看着前方。前座上蜷缩着布尔达，脸颊红红的，仿佛是被保卫处长的目光烤的。

事情是这样的：根据涅奇布利哈小铺子店员向布尔达提供的建议，他们找到了那家惩戒所，耶拉金和雷巴克为寻找单位领导并与之接近展开了专业行动，花了不少钱，用了两个多小时。他们与惩戒所负责人利亚什科中校在一个说定的僻静地方会合，向他说明了自己的要求，并把装有谈好数目的信封交给了他，做完这些之后，"建设工程设计"公司保卫处长和他的助手得知，他们的要求是无法满足的，任何信息、钱和香烟都不可能被转交给阿斯科尔德·谢尔盖耶维奇·莫兹加列夫，原因很简单：那就是在中校的惩戒所里，没有这位先生。主要的，是不可能有。因为利亚什科是女子监狱的领导，是里面唯一一个可以找得见的男人。

耶拉金和雷巴克郁闷地对视了一眼。中校是个诚实的人，他退还了大部分钱，留下一点作为打扰费。他很同情体面的外国客人，希望能为他们哪怕稍微做点什么，因此建议他们与伊涅萨·日尔金娜见一面，这个女人被称作"基辅母豹"，因参与首都某个说不清楚的犯罪活动而在监狱里服刑。当然，他知道，这不完全是莫斯科来的客人们所需要的，但会很吸引他们，并让他们摆脱阴郁的思绪。

"怎么?"少校一下子不明白。

"是这样的,有时有人来她这里。老客户。我想,这或许不坏。姑娘自己赚点,也给我们分一点,为未来生活创造条件。"

"谢谢。"少校说,并开始道别。

"希望找到你们的莫兹加列夫。"临别时,好心的中校这样祝愿。

现在他们不知道往哪开,小莫兹加列夫发出歇斯底里的笑声。告诉他的只是一个单纯的事实,所有喜剧性的补充,都是他自己想出来的。而且,看来,他还在不断地猜想。

少校原以为,在昨天夜里的汽车巡游时,他对历史学家的反感已经达到顶点了。原来并非如此。厌恶的增长是没有极限的。特别使耶拉金郁闷的是,他在"继承人"面前觉得自己完全像是个马虎大意的人。尽管,主要的蠢事是克钦部门的那个傻瓜布尔达做的,但少校知道,小莫兹加列夫不会去钻研细节,而是将最大程度地利用这个机会,在精神上抬升自己的地位,居高临下地面对所有的临时下属。

"那我们现在去哪儿?"布尔达轻声问道。

"去莫斯科。"少校用干巴巴的声音答道。

这句话,对季尔·谢尔盖耶维奇产生的作用,就如同一滴滚烫的焦油落到了领子里。他像虫一样扭动着翻过身来,接着又坐直,在脸颊和胡子上抹满眼泪,现出感动的样子,而感动中又带着嘲讽挖苦的神情。

"去莫斯科,去莫斯科!去莫斯科吗?"

"是。"耶拉金几乎是无声地确认道。

"那告别演出呢?"

少校瞬间陷入了思索:提出一个什么理由来反驳这一愚蠢的想法

呢？他选定了一个，事后表明，这是最不成功的一个理由。

"这里怎么演出？不是基辅，甚至不是波尔塔瓦。"

"那这里，这里是什么地方？"

窗外闪过一些难看的、因灰色的秋天而显得忧郁沉闷的五层楼房，上面布满歪斜的天线。

这时，司机瓦西里出人意外地表现了一下自己，显然他已经看过了布尔达的地图。

"狄康卡。"

季尔·谢尔盖耶维奇贪婪地转过头：

"狄——康——卡？"

"正是。"

"那这里旁边应该有村子。正好已经是傍晚了，我们就去那儿！[1]"

耶拉金黯然地转过身去。领导来劲了，而要断了他的这一念想，只有付出大闹一场的代价才行，但少校并不觉得自己有足够的精神力量来这样做。你工作做得越差，权力就越小。怎么办，只得给"继承人"灌下七百克伏特加，再把这半死人搬到住的地方。

"拐弯，瓦夏。"

路边出现了一群穿着奇怪的人。小圆帽，棉背心，拖鞋。

"这是什么？"季尔·谢尔盖耶维奇开心地问道。

"大概，乌兹别克人吧。打工的。"布尔达不确定地回答。

"那这就不是狄康卡，而是狄赫康卡[2]了。""继承人"一语双关地说

---

[1] 尼古拉·瓦西里耶维奇·果戈理(1809—1852)创作有描写乌克兰乡村风情的著名作品《狄康卡近乡夜话》。——译注
[2] 在中亚国家，女农民一词的发音接近"狄赫康卡"。——译注

道。布尔达听到后转过身来,展露出自己的笑容。

不远处还真有一个小村庄。几间农舍,屋顶盖着芦苇,外墙没有想象得那样白。一间农舍大一点,确切地说,长一点,另外两三间小些。烟囱死气沉沉,窗户一片漆黑。马厩、拴马桩、拖车、用削剪得很马虎的木杆搭成的围栏、倒过来挂在栅栏上的陶壶,一匹小马正用嘴拽着草垛上的干草。这一切的上面,悬着一片冷淡的天空,它仿佛在考虑,是不是再向这幅民居图上浇点讨厌的小雨。

"我们要在这干什么?"耶拉金苦笑了一下。

"我去摸摸情况。"瓦西里说。

"那我们去呼吸呼吸空气,活动活动腿脚。""继承人"边打开门,边用命令的口气说道。

季尔·谢尔盖耶维奇来回踱了几步,呼吸着潮湿的空气,做出很享受的样子。其实,没地方可以专门用以散步。水洼,晚上结冻的污泥,上面还闪烁着一些细小的冰粒。

浑身烟味的雷巴克走了过来。他后面是克钦,嘴里"见鬼见鬼"地骂着,还不知为什么把公文包紧紧地贴在肚子前。"继承人"没让他俩提出他们困惑不解的问题,就宣布,现在要在这里"大吃大喝:自酿白酒、红菜汤和饺子"。

"在这儿?"耶拉金的助手很惊讶。

"在这儿。"耶拉金答。

"这里是博物馆,"克钦判断,"露天的。"

"这是带餐厅的妓馆。"季尔·谢尔盖耶维奇很自信地反驳道,"瞧,看见了吗!? 走。"

大家朝他指的方向看去。从最近那间农舍粗粗的烟囱里,开始慢吞吞地冒出一缕细烟。

"炉子烧的是稻草。"雷巴克说,显示着自己的乌克兰民俗知识。

瓦西里出现了,他汇报说,事情顺利,他叫醒了厨师和服务员,地板正在洗刷,炉子也生起来了,有"货",只是要等半小时左右。大家还没来得及说什么,从被唤醒的农舍后面驶出一辆四轮马车,由两匹枣红马拉着,赶车人位置上坐着一个刻意突显民俗特色的男人。尖顶羊皮帽,深蓝色长袍,领口绣花的衬衫,项圈上挂着一个硕大的铜质十字架。唯一破坏这组民俗色彩的,是脚上那双旅游鞋,不过它们粘满黑土,已经失去了作为运动鞋的资格。

"小伙子们,兜兜风吧。橡胶轮胎的。有马车,有马,啊!"

"这里能到哪儿去兜风呢?"克钦怀疑地朝四周看了一眼。

"可以到科布切夫橡树林,正好也让他们里面把一切都准备好。"

季尔·谢尔盖耶维奇的一只脚已经踩上了有弹性的脚踏板,于是,去还是不去的问题,便自动解决了。

"我留下。"雷巴克说,"看看,什么情况,进展如何。"

耶拉金耸了耸肩:现在可正是表现勤奋的时候。

赶车人叫奥赫里姆·塔拉索维奇。他好像微微有点醉了,但干起活来没有任何问题。他同时扮演两个角色:民间车夫和高级导游。他轻松地从一个角色转向另一个角色。刚说完丰富多彩的乌克兰民间俏皮话,马上就历数出尼古拉·瓦西里耶维奇·果戈理生平中那些具有学术含量的事实和数字。与想象的相反,路途并不遥远,路况也很好。"四轮轻便马车"在土路高低不平的地方颠簸摇晃了几下,但不厉害,其效果正好是激发起放声歌唱的愿望。而季尔·谢尔盖耶维奇乐意受摇晃。他用乌克兰语大声地唱起来,不成调,但很陶醉。

哦,割麦人在山丘上割麦,

哦,割麦人在山丘上割麦,

山的下面,

穿过沟壑穿过河谷,

哥萨克们步伐豪迈。

奥赫里姆·塔拉索维奇愉快地纠正他,说不是"日涅采"(割麦人),而是"任采",意思是妇女、女人。

"不是小伙子吧,啊?"莫斯科客人用乌克兰语问道,以显示自己学识渊博。

"是的。"导游轻松愉快地回答道。他还说,去橡树林的游客,都会唱起这首歌,而且几乎总是唱得不对。这样看来,可以把"需要纠唱"作为专门的条款列入服务合同。

季尔·谢尔盖耶维奇显然想用自己丰富的音乐知识,同时还有莫斯科天性中涵盖全球的呼应性来镇住这个当地人,他生着闷气,报复似的大声唱起来:

一马当先的是多罗申科,

一马当先的是多罗申科,

他带领着自己的部队,

扎波罗热部队,

真是好样的!

布尔达也忘我地跟着唱,但控制着自己的声音,无论如何不让它高过领导,克钦的声音则沮丧低沉,最后一句他们两人都唱乱了。季尔·谢尔盖耶维奇丝毫没有注意他们,他只是兴高采烈地问车夫:"这次怎么,导游,你怎么什么都不纠正呢?"

"啊,这,只要您满意,先生—老爷! 喝酒吧,只要高兴!"奥赫里姆·塔拉索维奇吹了声口哨,并熟练地在空中甩了一下自己那根灵活的马鞭。

"要高兴。""继承人"突然皱起了眉头,"听着,亲爱的,在你的座驾上什么时候给我们上清凉饮料啊?"

"马上。"奥赫里姆·塔拉索维奇弯腰从脚下什么地方戏剧性地拿出一瓶自酿白酒,瓶口插着甜菜杆做的塞子。

季尔·谢尔盖耶维奇发出由衷的赞叹。他用牙齿咬下塞子,就像表现国内战争的影片里匪徒们常做的那样,他把拿着酒瓶的手伸到"包厢"中央。

"谁第一个喝?"

"季尔·谢尔盖耶维奇,您是想让我们检验一下,有没有下毒,是吗?"耶拉金说。

"傻瓜。"领导气恼地说道,自己喝了一口。他整个的人立刻僵硬不动了,张着嘴,脸也歪了。讨厌的胡子朝一边翘着。嘴里淌下长长的水滴。

"怎么,真的被下毒了?"少校问,声音里带着希望。

"这是头号货。"奥赫里姆·塔拉索维奇在赶车人位置上喊道,用的是车夫和导游的混合方言。"您打个嗝,味就会顺,就会发热。看,那就是。"

橡树。

三棵巨大的橡树。两棵树下,各有一群人坐在设计得很合理的长凳上,喧闹地玩乐。

导游与众人分享自己的观察:"总是这样。一年四季。不管你什么时候来,两棵树下总是有人,另一棵树则在等待。"

奥赫里姆的"杂物箱"里不仅有自酿白酒,还有厂家出品的"大公高脚杯"牌伏特加酒、小酒杯、黄瓜、切好的美味腌猪油。很快,第三组人就在自己的橡树下喝酒碰杯了。

在橡树下特别想喝酒。甚至连耶拉金也忍不住喝干了两小杯,当然,与此同时,他还是继续警惕地观察着四周。克钦和布尔达,更不要说季尔·谢尔盖耶维奇了,都让自己真正地放松了。所有的人都陷入到有点歇斯底里的欢乐中。旁观者会觉得,这些人刚搞定了一笔成功的买卖。

在大家兴高采烈地喝第三瓶酒的时候,奥赫里姆·塔拉索维奇凑了过来,此前他一直很得体地隐身在旁边。他说:"农舍里一切都准备好了,可以回去了。"而这时,大家也厌倦了好客橡树下的嬉乐,便开始登上马车。上车前,耶拉金问,他们该为这份快乐付多少钱。奥赫里姆·塔拉索维奇说了一个非常可笑的数字,少校给了他两百戈里夫纳①,并赢得了感激。

"希希!"

这一表达引起了季尔·谢尔盖耶维奇突如其来的不满,他立刻开始埋怨起来,而此时马车正载着他向那家农舍驶去,小小的窗户透射出甜亮的灯光,小屋也因此有些诱人了。

"咳,这是什么语言啊。我们用俄语说'谢谢',意思是'上帝,请拯

---

① 乌克兰货币单位。——译注

救'，而他们说'希希'，好像是'副号，请拯救'。①"

不过这个话题未能展开。一行人走进农舍，停住脚步，惊喜得张大了嘴。屋里的一切都很耀眼。地板擦得锃亮，墙壁雪白，可以在上面写字，绣花窗帘娇媚地向两面挽开，精心收拾的大壁炉烧得很旺。中间是一张桌子，铺着浆过的桌布，上面摆放着蘑菇、腌猪油、香肠，还有一只大瓦罐，一下子就能猜出，里面应该是乌克兰的鸡肉红菜汤，旁边发亮的小包子已经抹上了蒜蓉。还有饺子加奶酪，还有其他很多各种各样的东西。但最主要的，是有两个姑娘，穿着洁净的围裙、红色的皮靴，每人梳着大辫子，又粗又长，足有三公斤重，衬衣的袖子上绣着花纹。脸上带着腼腆的笑容。是女服务员。

桌边站着雷巴克，带着主人的样子，说正是他创造出了眼前的奇迹。

众人入座。雷巴克手里出现了一瓶"霍尔吉佳"牌伏特加酒。他一边说着得体的俏皮话，一边把酒倒进带棱的玻璃小杯，问是否有人要致祝酒辞。

这时季尔·谢尔盖耶维奇打断了他："我们的女主人叫什么？"

雷巴克立刻回答："列霞和奥克萨娜。"

"继承人"坐在那儿，扭脸朝后看着姑娘，而这样一来就无法喝酒了。

"能让她们站到前面来吗？我不方便。"

雷巴克咕哝着说道，作为服务员，姑娘一般都是站在客人身后的，

---

① 俄语"感谢"一词拆分开，有"请拯救"和"上帝"两个词的元素，奥赫里姆·塔拉索维奇说的"希希"（谢谢），拆分开，有"请拯救"和"副号"两个词的元素。——译注

但是如果领导希望这样，那他就试着请她们换个位置。姑娘们绕过桌子，坐到靠墙的长凳上，于是几乎立刻就能发现，乍一看，她俩差不多就是双胞胎。只要看看身高、辫子和围裙，什么都一样。只是一个皮肤黑一点，另一个白一点。一个爱笑，另一个好像比较内向，动作有些机械，似乎整个人沉浸在内心发生的一切之中，而不是忙于服务别人的豪饮。

"谁是奥克萨娜？""继承人"吃着饺子问道。

"我是。"长得白净些的姑娘回答，带着适度的娇媚。

"那我将欣赏列霞。"季尔·谢尔盖耶维奇说。随后解释道（尽管没人问他为什么）："喜欢上了。"

列霞对这个声明毫无回应，甚至连眉毛也没动一下。大概，在工作中，她已经从那些逐个挑选服务员的客人那里听到过很多轻薄和猥亵的话语。但此刻姑娘的镇定自如，不仅基于服务员的专业素质，而且还有更为深刻的本性。

略感委屈的奥克萨娜被雷巴克置于保护之下，他说，她歌唱得"像夜莺一样"，他们大家已经喝得够多了，不妨来一点艺术。

"唱吧，奥克萨娜！"

克钦最积极地支持这一呼吁，不知为什么，正是在他身上最热烈地燃起了对乌克兰音乐的向往。奥克萨娜"唱"了起来，而且唱得很好。她的嗓音尖尖的，但听上去很舒服，旋律唱得准确无误。职责划分了。列霞一次又一次地起身，走到通道里，一会儿拿这个，一会儿取那个，因为她不会唱歌。做这一切的时候她始终带着那种崇高-超脱的表情。季尔·谢尔盖耶维奇几乎一直用含着泪水的眼睛贪婪地望着她。她的一切他都喜欢。精巧的瓜子脸，脸颊上细微的绒毛，长得很开的黑眼睛。眉毛和睫毛上有过多的油彩，但这也无损于她容貌天生的自然与纯真感。尽管,在餐厅女服务员身上会有怎样的纯真无邪呢!

季尔·谢尔盖耶维奇非常想把她与某个人或者某样东西作比较,不然的话,印象就会很可惜地不完整。在他部分已经混乱的意识里显现出了小猫弗拉霞,来自在车里雅宾斯克度过的童年时光的场景。这是一个绝对的可塑性与独立性的混合物。也是黑眼睛。它允许别人挤压它,让它打滚,甚至揪着尾巴拖它,但总表现得仿佛是在居高临下地看着你。始终不改变脸上和谐平静的表情。不成功的比较,尽管在某些方面还是准确的。这个列霞,未必会允许别人挤压她,让她打滚。她也没有尾巴。

另外,她是否看到有人这样凝视她?有两次与她目光相遇,但季尔·谢尔盖耶维奇不确定,朝他望过来的时候,是否看见他。或许,他自己在折腾自己。在他面前的,只是一个发展受到限制的普通的外省丫头,对她来说,端着饺子从炉子边跑到餐桌边,就是事业的顶端了。给五十美元,她就会提供通常的快速服务,在这间屋子,某个黑暗的角落里。这里可是有一些黑暗角落的,那儿会散发出马具夹板和燕麦的味道。不说一句话……该给雷巴克一个暗示……这样魅力会消失?

酒瓶里的伏特加不知不觉地消失了,仿佛从瓶底被吸走了一样。但是有这样丰富的吃食,酒醉状态的到来延迟了,酒精在体内深处慢慢地积存。餐桌上的程序渐渐地开始分解为个人的疯狂,再加上奥克萨娜的"歌唱",雷巴克偶尔也吼叫几声附和她。

有那么一刻,季尔·谢尔盖耶维奇为"自己的"列霞感到难过。她一个人在刻不容缓地忙这忙那,而别人只要唱唱歌就可以了。他不知道,怎么才能快速改变这个局面,想出的只有一招:应当找那些歌曲的茬,于是他找茬了。声称,歌曲"不对"。

"你们这唱的是什么呀？'佳丽雅，把水端来！'唱这样的歌词你能让谁开心啊。应该这样唱：佳丽雅——还是佳丽雅吧，这我不反对，端来，但要伏特加！"

恰巧这时列霞又捧了一瓶酒进来。已经很躁动不安的布尔达为这一滑稽的巧合鼓起掌来。

"把伏特加端来，列霞！"季尔·谢尔盖耶维奇改良了自己的建议，但没有引来更多的赞叹，酒友们的注意力分散了。这点领导很难忍受。他皱起了眉头，集合起各种各样的想法碎片，但是，再也没有一首乌克兰歌曲在他嘴里得到快速的改编。但他觉得，应该，绝对应该把众人的注意力再次吸引到自己身上。

"总的来说，你们这儿，一切都不对。这个，"他说着从兜里掏出几张皱巴巴的乌克兰钞票。捡出一张带有舍甫琴科①头像的纸币，"你到这儿来。"

列霞在磨蹭，"继承人"激越的意识中立刻闪现出三个缘由：她不识字，她看不清，她是哑巴！有趣的是，其中任何一条缘由都没有降低他对她的兴趣。钞票上的文字是奥克萨娜读出来的。她显然是个识字的、视力很好而且也并非哑巴的姑娘，还会唱歌。但所有这些优点丝毫也没有使情形发生对她有利的转变。

爱自己的乌克兰，

爱她……在严酷的时代

---

① 塔拉斯·格列戈里耶维奇·舍甫琴科(1814—1861)，著名的乌克兰诗人、作家、画家和民俗学家。——译注

在最后痛苦的时分

为她向上帝祈祷……

"怎么?"耶拉金问他。

"是这样,舍甫琴科作品里没有一个当代乌克兰词语。'爱'、'时代'、'时分'、'祈祷'等等,都与现在的乌克兰语不一样。结果是,见鬼,两种情况中的一种:要么舍甫琴科根本就不是乌克兰诗人,要么就没有什么乌克兰语。"

季尔·谢尔盖耶维奇利用的不是自己的观察,而是不久前从网上看来的东西,但他觉得自己是个胜利者。他确信,他震惊了在场的所有人,特别是乌克兰公民。所以他们像蟑螂一样四散开去,甚至连歌手都躲闪到一边去了,更不要说她那位沉默不语的女伴了。

"听着,雷巴克。"

"是。"屋里唯一的一个一簇毛朝领导低下自己硕大的圆脑袋。于是季尔·谢尔盖耶维奇把自己有关列霞的计划告诉了他。要求做到大家都满意,甚至钱也可以给得比五十美元多。

雷巴克觉得,大家都认为在阿斯科尔德·谢尔盖耶维奇的事情上他是有很大过错的,所以,他准备尽可能地弥补自己的过失,但小莫兹加列夫的要求在他看来是不合适的。这类豪饮,好像不安排任何色情游戏。这里是乌克兰的农舍,不是莫斯科郊外的桑拿浴室。他试着推托,说姑娘不像什么都答应的"那种人"。但是"继承人"固执己见,他吐着热气,流着口水,用耳语般的声音说道,这些姑娘只是表面上招惹不得,其实是待价而沽。

雷巴克吃力地站起身,走了出去。而这时,在这批人中,爆发了歌曲革命。克钦、布尔达和耶拉金(他一直尽量喝得比别人少),开始合唱起了"再见,亲爱的岩石,祖国在召唤建立功勋"。

季尔·谢尔盖耶维奇把身子靠到刻花椅背上,微微合上双眼。也许是在听他们唱歌,也许是在等雷巴克带来新的消息。

耶拉金密切观注着两人的对话,雷巴克和"继承人"之间建立起直接的——即使是在醉酒状态下——联系,并未列入他的计划。直接"通达领导的身体"在"建设工程设计"公司里是仕途升迁的基石。耶拉金厌恶地叹了口气:在自己这个工作岗位上,得想些什么样乱七八糟的东西啊。不过,应该这么想:到处都一样。也就是说,无处可去。调换单位岗位是没有意义的。对阿斯科尔德他还是尊重的,认为他是个有能力的、勤勉的资本主义人物,他清楚地看到,阿斯科尔德所做的好事,在数量上要远远超过老爷们干出的那些伤天害理的坏事。现在,看来,情况不一样了。弟弟目前仅仅在醉酒糊涂方面表现得像个行家里手。而且,老实说,又有什么妨碍你与这个肮脏的"现金交易"的世界决裂呢?!现在,当两任妻子和一个儿子已经在大洋彼岸安营扎寨之后,他已不需要保卫处长的薪水来维持自己浪漫的生活了。耶拉金又呷了口伏特加,他清楚地看到,在崭新的、光明的道路上没有任何障碍,这种清晰感令他备感鼓舞。现在就可以起身走人。而大家对此只会感到高兴。克钦也好,布尔达也好,还有在那儿,在奥斯托仁克街①办公室里的那帮董事,更不要说雷巴克了:他做梦都想用屁股去体验耶拉金安乐椅皮革的质感。所有人的情况少校都掌握在手里。他甚至看了一眼握着带棱酒杯的手。一只好手。唯一妨碍他立刻松开手的,是阿斯科尔德还在监

---

① 奥斯托仁克街位于莫斯科市中心,属黄金地段。——译注

狱里。不能抛弃身处这种境遇中的人。把他捞出来后再抛弃，少校坚定地对自己这样说，随即又喝了一杯。

这时，雷巴克走了进来。一看就知道，此行以失败而告终，这使雷巴克颇感窘迫，就连落实领导醒醒的指令都是要有能力的。而且首先要落实的正是"醒醒的"。他叹着气，翕动硕大的鼻孔，眉毛也跟着扭动。

"喂，怎么样？""继承人"问，没有睁开眼睛。

"没有找到。"身为耶拉金助手的雷巴克对着旁边回答道，估量着"继承人"的反应。"看来，她睡了。"

季尔·谢尔盖耶维奇突然笑了起来。

"你总是说谎。你根本就没去找她。天知道，你做什么了，我，老弟，知道你这坏蛋。"

雷巴克摊开双手，不知该怎么办。领导的恼怒似乎随着这句话而消散了，但话里的侮辱给他这位使者的声誉带来了麻烦。

"继承人"从椅子上一跃而起，跑到装饰漂亮的窗户边，用手指向它。于是大家都朝那儿望去。窗外的景色美得出奇。深蓝色的天空，闪烁着硕大的星星，高挂着银黄色的滋润的月亮。那些熟读果戈理作品的动画片制作者就是这样描绘乌克兰之夜的。

"我知道，我们在这里唱歌的时候，你用颜料把它画上去的。"他转身朝向雷巴克。

大家明白了，季尔·谢尔盖耶维奇说的正是月亮，于是便笑了起来，这句话听上去很像是个玩笑。但是"继承人"却顿时发起火来，原来，他没开玩笑。他从桌上抓起刀，吼着朝门口冲去："我这就把它刮掉，不可能有这样的月亮！"

酒友们站起身,他们懒得参与领导的游戏,但完全忽视他的任性,他们又觉得是不礼貌的。"建设工程设计"公司的高层们,打着饱嗝,气喘吁吁地朝门口走去。

季尔·谢尔盖耶维奇冲到屋外,有那么一瞬他似乎被户外的空气凝固住了。他感到自己就像是一只封闭在冰冷晶体中的苍蝇。只是他的肺依旧在呼吸,吐出的白雾慢慢散开。与从装饰漂亮的小窗户中看出去相比,真实尺度的夜空要宏伟得多。他费力地转了转头,把未曾见过的景象塞进自己的想象中。他费力地发现,除了头顶上星辰闪烁的天空,这里地上还有某种渺小的人类生活的迹象。农舍的轮廓,透出灯光的小窗,车辕朝天的四轮大车,仿佛正是那匹离弃了大车的马变成了天上的星座。闪过一个身影。显然是熟悉的。这,毫无疑问,是她,狮身人面像一样神秘的列霞,正拎着水桶绕过旁边那座农舍的屋角:柔软的身躯,细长的手。根本就没去睡觉,特别是没和什么人一起睡。只是在为另一间农舍里的人服务。季尔·谢尔盖耶维奇什么都没多想,便朝着影子奔去,一路还被结冻的黑土块绊了几下。

他身后农舍的门打开了,灌饱了伏特加酒的莫斯科人动作缓慢,一个个跌进这黑夜的世界里。

正在专心奔跑的季尔·谢尔盖耶维奇根本顾不上他们,对他来说重要的是不要跌倒,因为乌克兰的泥地在与他要追上沉默寡言女服务员的愿望作对。莫斯科佬跑了几步,抓住房屋的拐角,探头望去,看见心仪的姑娘正走上低低的门廊。他鼓足全身力气,在她后面低声地叫道,呼出的白雾罩住了慢慢吐出的字:

"列—霞!"

她停住脚步,转过身来,没有放下手里的水桶。季尔·谢尔盖耶维奇把这看成是同意交谈的表示,他艰难地尽量挺直身子,迈步朝她走去。他跨过散落着稻草的地面,一把抓住支撑门廊前台阶遮阳棚的柱子。姑娘的脸,他几乎看不见。不过,这倒并不是他必需的,对他而言,重要的是,他说的话有人在听。他匆匆地说开了,说他孤身一人,但同时又很富有,一见到她,列霞,他就明白了,只有她才是他需要的,所以她应该和他一起走。他在自己的直言不讳中走得越远,他的话语就越荒唐。他说,他已经不年轻了,但,然而,要知道,也不老,如果列霞同意,她就能睡在金子上,吃在绸子上,她会有整整一个商店的高跟靴。是的,这里有迷人的夜晚,但他会为她安排更迷人的夜晚,她不用怀疑,他有的是钱。

从暗处浇过来一股冰冷的水,这才打断了他的絮叨。他差点跌倒,但站住了,甚至还很神气地哼了一声,清了清进水的鼻子。他没有勃然大怒——照他的脾气原本应该是大发雷霆的,而是带着些许责备的语气说道:

"列霞,别闹!"

"我不是列霞,是娜塔莎。"拎着空桶的姑娘说。这有点使追求者感到失望。他已经开始习惯他喜欢的姑娘是哑巴,这是这个乌克兰丫头身上最有趣的地方。"你骗了我,可我是诚实的。我邀请你去我那儿,这是名片。"

季尔·谢尔盖耶维奇艰难地从上衣胸口的袋子里掏出自己的名片,因为没人接过去,他便把名片拿在手里转了几下,塞到空水桶里。然后说:

"好了,我去睡觉觉了。"

说完便开步走去,也许是去寻找睡觉的地方,也许是去寻求新的体验。

莫斯科来的先生们不见了自己的领导。他们大声地询问、讨论，人人困惑不解，就这三间农舍，他能够跑到哪里去。他们不知道，强烈的情感爆发把领导从充满异域风情的农庄带到了光秃秃的草原，他被酒精催生出的各种形象所控制，正在潮湿的黑夜中语无伦次地絮絮叨叨。

再丢失第二位执政的兄弟，这对于"建设工程设计"公司来说可有点过分了，所以那些负责人先生们紧张地跑动起来，抖落掉脑子里的醉意。两个司机也加入了进来。服务员们也忙开了。

"灯，这里可不可以开个灯！！"布尔达声音尖细地要求道。

四个功率强大的前灯打出水平的光柱，射向自然民俗保护区的各个方向。所有的门都打开了，有个人跑出来，拿着一截从火炉里抽出来的燃烧着的木头，但被烫着了，便骂骂咧咧地把木块朝暗处扔去。

自然，季尔·谢尔盖耶维奇很快被找到了。尽管他全神贯注地离开农庄往外走，但没走太远。他是在一片收割过的地里被发现的，处于催眠状态，双手插在口袋里，头垂在胸前。他在那里慢吞吞地摇摇晃晃地走着，嘴里嘀咕着什么。细听的话，能分辨出是："艺妓爱斯米拉达，艺妓爱斯米拉达。"

比这句没头没脑的话更令寻找者困惑的是，领导浑身都湿透了。雷巴克立刻给他披上自己的上衣，用以遮挡夜晚危险的寒风。季尔·谢尔盖耶维奇被领到汽车边。

"发动！"叶拉金对瓦西里命令道。

就在摇摇晃晃的领导被扶上车的那一刻，乡村餐厅的某个工作人员打开了"景观灯"，它由两个朝上的探照灯组成，直接射向"建设工程设计"公司客人们欢宴所在的那间农舍的烟囱。瞬间清醒的领导用手指向两束光线汇集处，叫道：

"鬼！瞧，鬼！鬼！"

烟囱上果然坐着一个蜷缩着身子的小鬼，长着犄角和讨厌的尾巴，下流猥琐地咧着嘴。

"乌克兰不是狗杂种，乌克兰是鬼！"

耶拉金叹了口气，用力把领导推进车里，随即自己也上了车并命令道：

"开车。"

"你怎么，少校，别吓唬我们，那儿是什么——什么都没有吗!？这是松鼠吗？我可是看到鬼了。"

"不，季尔·谢尔盖耶维奇，您是对的，那儿是鬼。它一直坐在那里。"

"瞧！"

"用胶合板做的，在杆子上。我们来的时候，它就在那儿了。从侧面看不见它。现在探照灯打上去了。这是他们为了突显民族色彩。月亮，伏特加酒，鬼……"

季尔·谢尔盖耶维奇满意地靠到了座位上。

"你瞧，我是对的，他们自己知道，他们是鬼……"

说完就立刻睡着了。

莫斯科

1

"别来这儿!"季尔·谢尔盖耶维奇嘟囔着,费力地睁开浮肿的双眼,喘息着,喷出浓重的酒气。

耶拉金瞬间不知所措。

"这是您的家!"

在刚刚过去的那个下半夜里,"建设工程设计"公司的两辆吉普犹如两道黑色的闪电,穿越了从狄康卡到斯特罗梅卡的空间,途中将一把绿票子扔到了昏昏欲睡的海关官员的爪子里。现在,在莫斯科黎明的雾气中,车子停在了一所豪宅的门口,季尔·谢尔盖耶维奇和家人住在这里,三天前,他就是从这里出发,去基辅做了一次不成功的探察。

"别来这儿。"宿醉的"继承人"气喘吁吁。

"那去哪儿?"少校问道,竭力克制着自己的情绪。他已经觉得自己从保卫部门的领导和喜怒无常的酒鬼的勤务兵这两个职责里解放出来了。再继续欢宴的想法对他来说难以忍受。

"就在这边上。"

原来,他并没有瞎说。瓦西里只转了几下车轮,吉普就停在了一座不易察觉的、很陈旧的、而且一半扎进地里的小房子边上,黑暗的窗户,阴沉的铁门,没有门牌标志。

"按铃!"季尔·谢尔盖耶维奇用尽最后的力气命令道,犹如一个靠在同志们臂弯中的垂死的政委。

接下去的一切进行得非常顺利而快捷。两个默不作声的卫生员。一个大夫,尽管睡眼惺忪,但礼貌得体。单人间。清新、能干的女护士。滴管。直接平稳地扎进静脉的针头。

"再见⋯⋯领导。"

"他已经睡着了。"大夫轻柔地说。

2

季尔·谢尔盖耶维奇·莫兹加列夫的婚姻是一场爆发在索契海滩上的炽热爱情的结果。他和哥哥一起在那里休养。而这次休养是阿斯科尔德送给刚退役的季尔的礼物。这是一份奢华的礼物。哥哥在经济上已经站稳了脚跟,"在北方"做得很成功,因此能让自己享用的已不仅是海边的一个小房间或者简陋的工会疗养院里的小客房,而是整套的公寓,带厨师和佣人的有三个房间的套间。原本要好好施展一番,补偿一下两年的禁欲生活,但在科里亚和米佳的这座"相亲宫"里,真正的兄弟狂欢没有发生。第一天走上海滩,米佳的目光就被一群人吸引住了:一共五个人。三个姑娘,两个小伙。

其中一个姑娘一下子并且彻底地占据了米佳这个刚退役士兵的心房。她身上有"该有的"一切,卷曲的浅色头发、腰身、微笑,还有总是推到额头上的太阳镜。还有步态,以及她躺到沙滩盖布上时常保持的那个姿势。还有声音。最先辨识爱恋感觉的是对对象声音的超乎寻常的注意和信任。你会在对象发出的每个声音中、在其音色的每个细微差别中探寻特殊的含义和深意。由于姑娘们的叽叽喳喳通常没有任何意义,于是,倾听者会张皇失措,并开始淹没在根本没有的漩涡之中。

　　同时米佳不得不每天要验证一个令他无法忍受的关系：谁与谁是一对？姑娘一共三个，而小伙子是两个。他的浅色头发姑娘是和其中一个小伙子一起来的，这种可能性极大。而最痛苦的是什么都验证不了。这个愉快的五人小组内部，充满着轻松的不确定性。米佳巧妙地伪装成一个事不关己的度假者，接连数小时地跟踪观察事态的发展。看他们从海里上岸，相互触碰，传递毛巾、瓶子。他们去买冰激凌，换泳衣。小伙子们，在米佳眼里照理应该是白痴和怪胎，但他却没有这样的感觉。小伙子们显然是很出色的，他们的一些非常机智的词句不时地传到隐蔽着的观察者耳中。姑娘们哈哈大笑，笑得米佳的眼泪也出来了。很快，他用听到的对话碎片，复合起一个双耳罐，上面有他们关系的真实画面。历史系的一组大学生在休假。米佳自己刚好想考莫斯科大学，在这出色的大学生面前，他不由自主地觉得自己像个乳臭未干的小孩。两年军旅生涯植入的等级服从原则也体现在平民度假的沙滩上。因此，斯薇塔（她的名字他一开始就了解到了）同时既是他心爱的姑娘，又是——用连队的语言来说——他的"祖宗"。

　　在进行侦查的整整八天时间里，米佳居然始终没有被那些大学生们发觉。关于他，他们知道的不会比当代电视节目"屋—2"①的参加者对自己的观众了解得更多。

　　最主要也是最鼓舞人心的是，根据一切来判断，在被观察的大车上，斯薇塔正是那第五只车轮。米佳几乎百分之百地确信这一点。尽管有时候小伙子们也会随意地拍拍她，尽管有一次她泳衣上部解开，他

① 俄罗斯电视节目，2004 年起开播，夫妇们建造房屋，由观众们通过投票评选优胜者。——译注

们为她涂抹防晒油，暗自陷入情网的米佳，内心呻吟着，看着其中一个小伙子有力、自信的手指触碰着姑娘的酥胸。难以相信，这只是为了把防晒油涂到那里。

米佳还得要避开自己的哥哥，这使他的处境更为艰难。可能会觉得，这有必要吗？科里亚的危险之处在于，他太想取悦弟弟，并以此炫耀自己扮演的慷慨大方的角色。米佳只要暗示一下，那儿有什么，他只要让哥哥知道，在这片海滩上他对哪个女人感兴趣，那哥哥就会立刻采取闪电般的、也一定是成功的行动来俘获她。米佳最怕的就是这一有保障的辉煌成功。凭着自己作为弟弟的特殊感觉，他知道，在为他俘获斯薇特兰娜的过程中，科里亚会把这位斯薇特兰娜夺过去的。当然，哥哥本意一点都不想这样。然后，会把她蹬开，但要知道，到那时就已经什么都晚了。

如果你真的需要什么，自己去争取。

于是，米佳像一条聪明的蛇那样，在优秀的五人组的栖息地和阿斯科尔德眼睛余光之间的细狭地带蜿蜒扭动，随机应变。阿斯科尔德的鹰眼把周围的一切置于自己的瞄准之下，会对弟弟任何不谨慎的意图做出反应。

在科里亚包租的公寓里，常常搞一些喧闹的恶作剧，尽管是部分禁酒令①颁布的困难时刻，但各种各样的酒就像直接从龙头里放出来一样，姑娘们在敞廊里裸身舞蹈，或者在小艇上傻呼呼地哈哈大笑。这是另外一些姑娘，不是大学生姑娘。米佳坚定地捍卫着自己的秘密神殿，

---

① 1985年，米·戈尔巴乔夫颁布了部分禁酒的《关于消除酗酒的措施》，伏特加等酒的价格被提高，销售的时间和数量受到限制。1987年取消。——译注

甚至在不经意间陷入某人轻率的拥抱时,也觉得自己是纯洁保护区的卫士,在与无耻的偷猎者做性的决斗。完全躲避开哥哥这里的纵情放浪是不可能的。第一,科里亚会不高兴,第二,会招致猜疑。于是,为了不背叛斯薇特兰娜,米佳只能时不时地背叛自己。

在又一次偷听到的对话中他得知,莫斯科来的这五个人准备离开了。米佳一开始不知所措,不过几乎马上就明白了该做什么。这是他性格的特点:当被逼到墙角的时候,他能想出某种聪明之极的拯救方法。而其他任何人是想不到的。米佳觉察到了自己的这一特点,暗自为此自豪,自然,他并不贪求刻意地陷入绝望的状态,尽管对他来说这是他成为自己的最直接的方法。

他发现,斯薇特兰娜在沙滩上所读的书当中,特别钟爱一本最小的、封面已经有些破旧的书。在被太阳烤热的沙滩上,他尽量靠近观察对象,快速地从旁边走过,他看清了,那是一本诗集。姑娘、沙滩、诗集,天哪,还有什么能比这样一组三位一体更平淡无奇的。但在退役士兵,这个把自己的夜晚消耗在昂贵的波尔图葡萄酒和廉价的卖笑女郎之间的人的心中,这一切唤起的简直就像是中暑的感觉。他像条蜥蜴一样呆住不动,尽管闭上了双眼,但依然什么都能看得见。他等了一个小时,机会最终来了:小伙子们去买啤酒,姑娘们去戏水了,他用灵巧的手指一下从盖布下抽出了那本不起眼的小诗集。只一眼他就记住了书名和作者名。随后他立刻离开沙滩,前往那些大学生们租的住宅——他早就侦查到了这一诱人的窝点所在。给了女主人 10 卢布,她就让看一眼卷发姑娘的护照。姓名,户口……米佳前往莫斯科的时候,苦恼不堪:脑子里不断勾画着征服住在库图佐夫大街上的斯薇特兰娜·维诺库罗娃的计划,方法很多,彼此打岔。

3

护士们轻手轻脚、不易察觉地为睡着的季尔·谢尔盖耶维奇调换点滴药水。输液是为了放松肌体和净化血液。还有一个半小时的酣眠，再洗一个冷热交替的淋浴，之后就可以出现在夫人的明眸前。"继承人"的婚姻非常稳固，只有一个秘密，一个弱点，他一直拿不定主意是否要用它们来测试婚姻的牢固程度。关于弱点，一切都很清楚，而秘密是这样的。

回到莫斯科以后，米佳在图书馆里借了那本不知名的诗人的诗集并且进行了仔细的研究。诗写得很出色，至少是因为斯薇特兰娜喜欢。诗集的空白处不时出现的铅笔标注也说明了这一点。

我和你在一起，但依然孤单，
我们躺在沙滩上，看不到海的底端，
渐渐涌来的水浪，
将我们的双脚淹漫。

时间不再是惩罚，
它没握紧自己的利爪，
裹着一层黝黑的肤色，
你的身体更加柔软！

当时斯薇塔留在那里的书，正翻在印有这首诗的那一页。米佳觉得这具有象征意义。海岸，水浪，还有如此出人意料又别具深意地说出来的"黝黑的肤色"，这节诗歌就像是使他与斯薇特兰娜至今互不关联的往昔得以秘密聚合的起点。想到这里，甚至一股寒意掠过他晒黑的皮肤。

米佳决定行动。从两件事开始：找到了斯薇特兰娜·维诺库罗娃住的房子，并了解到她其实不住在那里，只是有户口，晚上在奶奶家过夜，在市区的另一头。这使他感到满意，同时也弄乱了他搜寻留下的线索。第二，为了尽快摆脱黝黑的皮肤，他开始每天用肥皂和纤维团洗几次澡。即使斯薇塔在那儿，在索契的海滩上瞬间注意过他，他也留驻在她印象的底端，那现在，她在这个皮肤白净的城里人身上也是认不出沙滩上的那个印第安人的。当那层皮从他身上褪下后，就可以开始行动了。但这当口出现了一点阻碍。米佳相信，只要他一问斯薇塔，您最喜欢那个写"黝黑皮肤"诗人的哪首诗，她会立刻推测出他窥探过她读的书籍。而且也不清楚，怎么过渡到可以提这类问题的状态。而只是这样结识他不认可："姑娘，我们以前在哪见过吗？"太庸俗。他需要从强势的地位，借助于能带来强势的某个秘密来做这一切。必须一下子并且把握十足地震摄住姑娘的想象力。

一天又一天，他像密探一样跟在斯薇特兰娜后面游荡，痛苦地等待着那个能使他释放出诗一般语言的场景的出现。结果发现，现实并不想迎合他。那个该死的诗人也是。例如，当斯薇塔停留在蔬菜摊位边的时候，米佳拼命地在一大堆背出来的诗句中寻找，最终明白，诗人没有写过一行诗是关于茄子、土豆、洋葱，甚至是关于苹果的。主要的交通工具，例如汽车、电车、地铁，在他的作品中也没有被提及。因此，在购物环境里，诗人根本没用。而众所周知，诗歌的主要消费者是妇女。他原本可以写些关于连衣裙、围巾、雨伞的东西……天气现象中，他那儿只有落雨、下雪、刮干风。这个恶棍的世界潮湿、泥泞、令人难受。而此刻大街上，则是八月美妙的宁静。

米佳意识到，他让自己陷进了一个不正常的、没有出路的境地，因此决定快刀斩乱麻。他确定了一个日子，计划在门口迎着斯薇塔并且问她：可以和您结识吗?！就这样定了。他已经估算出，她一般什么时候出家门，因此，当他眼睛余光看见斯薇特兰娜一个人站在冷杉下面举着一只手时，他正好穿过伊斯梅洛夫公园朝她家的方向走去。而这时，他想起来了……他小心翼翼地从旁边靠近，站到她身边，眼睛却不看她，举起一只手，做了必要的停顿后，喃喃自语道：

两个客人凝神伫立，
期盼的脸庞向上仰起。
举着掬拢的双手，
仿佛从中正流淌出内心的焦急。

终于，树冠中传来，
急促而轻微的声响，
随即，一只小松鼠在树枝上现出身影，
拖着的尾巴蓬松得令人难以置信。

松鼠，长尾巴的家伙，真的出现了!!!

这个不大的，却是真实的神灵，
思考着自己的每个举动，
一会跨一步，一会跳一下，
爬下树来拿取奉献给它的贡品。

厚厚的树冠下，

孩子把小手高高举起，

当松鼠灵巧地抓取他手心里的核桃屑时，

男孩犹如圣徒般容光焕发，神采奕奕。

主要的是不动声色，不将得意洋洋、飘飘然的目光朝斯薇塔那里瞟一眼。米佳将注意力集中在松鼠身上。松鼠近了，更近了，抽动着鼻尖上的那个小黑点。它进一步靠近，距离不到半米，探下了身子，突然又任性地转过身，飞快地朝上蹿去。

"一切都对，"米佳做作地叹了口气，"但我这个男孩远不是圣徒。"

"有一点不准确，"斯薇塔说（最大的成就——是她自己先开口和我说话！），"原作中不是'两个人'，而是'三个人'。母亲、父亲和大眼睛的小男孩。"

米佳恨不得脱口说道，第三个人会很快出现，如果那"两个人"有此意愿的话。说，嫁给我吧，小姐！但他忍住了，走上了一条更为漫长的道路。

后来，当这段婚姻诞生出了一个可爱的男孩（名字取得极其缺乏创意——米沙①）之后，斯薇特兰娜对丈夫承认，假如不是那首"喂松鼠"的诗的话，他当时没有任何机会追到她：他模样瘦小，像具木头人体模型，疯狂的目光，鼻音。米佳于是感到很高兴：他终究没有向妻子坦白自己的这一带有罪孽的秘密，尽管，有几次，在特别亲近的时刻，他差点说出口来。有时，恨不得就说出来。好像，在那种瞬间，这么说吧，在性爱特

---

① 米沙是俄罗斯常见名米哈伊尔的小名。——译注

别欢愉的瞬间，会出于感激而原谅他。这样的话，他如此珍贵的婚姻就会摆脱"是有条件的"这一恼人的特点。不，还得在将来背着这个道德上的芒刺继续生活。并不是说它一直在困扰他，不是的，他能够忘掉它，忘掉几年，但仍然不是彻底忘掉，也不是永远忘掉。

4

当季尔·谢尔盖耶维奇按响自家门铃后，门一下子就打开了。通常，斯薇特兰娜·弗拉基米罗夫娜不知为什么从来没有准备好迎接丈夫。要么在浴室里，要么在晒家庭日光浴，要么她需要记下某个想法，因而没法立刻离开电脑。而今天却不同寻常，可要留神。果然，问题马上就来了。

"怎么样？你为什么关机？我想到过各种各样的可能性！"

告诉她真相，说几乎所有的时间都在饮酒作乐，追逐名字可以调换的乌克兰女服务员，她是不会相信的。他看上去太神清气爽了。不光给他洗了血，还给他烫了裤子。他脱口说出了从耶拉金与下属对话中隐约听到的词。

"敌方地盘。窃听。各种各样可怕的间谍勾当。"

谎言说得越离谱，效果越好。

"得了，得了，那里究竟怎样？"

"先让我进去。"

他在厨房里的一张大圆桌边坐下，桌子上方低垂着一个宽大的麦秆编制的灯罩。他长长地叹了口气。

"煮点咖啡，斯薇塔。"

拒绝履行夫妻义务中的这项工作是根本不可能的，尽管夫人此时

显然顾不上咖啡杯和咖啡壶。咖啡研磨机发出的声响，一会儿呼啸不
止，一会儿又断断续续，斯薇特兰娜按在盖子上的手掌很不稳定。不需
要特别的洞察力就能看明白，研磨机发出的不均匀的号叫体现着这位
女士的内心状态。这使季尔·谢尔盖耶维奇感到有点困惑。她替亲戚
焦急，这很自然，但她竟然如此焦急！因此，他又重新细细打量了她一
番。在共同生活的日子里，斯薇塔身上当然发生着不可避免的变化。
曾几何时，这是一个迷人的、有着浅色头发和蓝色眼睛的好学生，各方
面都很好，明白事理，开朗直爽，心灵就像浆过的一样正直。她以前洋
娃娃般的形象中的许多东西现在还保留着：浅色头发，纯净，只是蔚蓝
色的眼睛变得暗淡了，体形严重发福，总之，如果概括而言，这就是一个
有点市侩化了的马尔维娜①。

"给，你的咖啡，说吧。"她递上杯子，仿佛这是信息费。

"耶拉金认为，这是一种新式的袭击，或者是新式的敲诈勒索。"

"不明白。"

"是啊，我自己也不完全……简单说吧，那儿，在基辅，正在形成一
队人马，有几位将军，内务部、安全委员会、检察院的人，或许，一些议员
也参与其中，还有总理周围的人，他们监测我们输往乌克兰的资金流
量，寻找最缺乏保护的，没有相关政治背景的，找到后，用他们的话来
说，就'咬掉脑袋'。"

"科里亚的？"

"这次，是的。"季尔·谢尔盖耶维奇喝了一口咖啡，味道出奇得差，

① 马尔维娜，俄罗斯浪漫主义诗歌作品（茹科夫斯基、巴丘什科夫、普希金等）中常见
的名字。阿列克谢·尼古拉耶维奇·托尔斯泰创作的《金钥匙》（又石《小木偶布
拉蒂诺历险记》，1936 年）中的主人公也叫马尔维娜，有浅蓝色的卷发。——译注

以至于他甚至都不掩饰自己对这咖啡的态度。对此斯薇特兰娜好像根本不在乎。

"他怎么,被杀了,死了?"

"耶拉金觉得,没死,也没被杀。消失了。消失在独立的一簇毛当局的地下室里了。所有部门串通好的连环阴谋。没有一个人接受贿赂。除了,那儿,算了,这……"

斯薇特兰娜在对面坐下,咬着上嘴唇。曾几何时,这个动作能让米佳发疯。

"现在会怎么样?"

"就像耶拉金说的,会拔河。他们会向阿斯科尔德施压,让他向某个他们指定的公司转交控股权,而我们去跑杜马和联邦委员会①,拖着装满绿票子的箱子,乞求国家的帮助。为安排从这里打出一个电话,即使不是最高端的电话,也需要有这样的投入……科长股长们的权力。具有代表性的是:对我们这里某位法院顾问来说,基辅官僚头目的利益远比俄罗斯一位诚实的百万富翁的利益更为重要。国家间官员们的互惠共生就是这样。经验丰富的狼在边界两边坐着,而牛群来来往往地折腾。狼饱了,而牛甚至连控诉的对象都没有。耶拉金说,并不排除我们在这里付的钱,一部分会直接去基辅。"

"那科里亚会被释放?"

"是的。他们还会做出高尚的样子,好像他们把一切都搞清楚了,法律取得了胜利。我们这里的人会鼓起腮帮,瞧,我们是怎样的一些政治勇士啊。我们在国际上是多么庇护你们,啊!可要一直给我们送

---

① 俄罗斯的议会。——译注

钱啊。”

“那就送啊，还等什么！”

季尔·谢尔盖耶维奇又从杯子里喝了一口咖啡，然后表情坚决地把杯子推开。“首先应该弄清楚，把钱交到谁手里才有意义。因为所有的人都收钱，但能够提供帮助的人非常少。耶拉金说，现在这是一种时髦：大家都收，很乐意地收，但很快就忘记了收过钱。给钱本身并不能保障什么。”

“老是耶拉金，耶拉金，那你怎么想？”

“我的地位目前是不明确的，在科里卡留下的文件里，我的身份不清楚。需要董事们商议。我既没有经验，也没有威信。”

“也就是说，你就这样依旧留在自己的杂志社里？”

季尔·谢尔盖耶维奇若有所思地噘起下嘴唇。

“谁知道呢。耶拉金怀疑，我们系统里有‘鼹鼠’。这是指……”

“是的，我知道，我看过连续剧。”

“因此，我作为显然不受怀疑的人，近亲，而且，不管怎么样，和公司生意没有关系，也就是说没有职务上的野心，作为这样一个人，我的作用就提高了。耶拉金认为，董事们会想让我做替代品，而他们自己则开始收起自己的尾巴，掩埋掉自己的那些过失把柄，或者寻找备用机场。”

“在公司总经理的位置上他们做这些不是更方便吗？”

“不，斯薇塔。这样的话，要所有的人都成为总经理，那就像七领主政府①，而这是不可能的，文件是这样规定的。他们中没人会想让其他人上位。”

---

① 1610 年—1612 年俄国由七人组成的政府。——译注

斯薇特兰娜·弗拉基米罗夫娜起身，给自己也倒了一杯咖啡，但没有把杯子带回桌边。

"就是说，上位的将是你，米佳？"

"你这样问，好像在威胁我？"

"你告诉我，你会救阿斯科尔德吗？"

季尔·谢尔盖耶维奇用双手拍了拍自己干瘦的膝盖。

"你怎么，斯薇塔？你认为，我会利用这个机会，利用科里亚被禁锢在基辅，就把一切占为己有？掠夺自己的哥哥？请相信我，如果我真有什么想法的话，那完完全全是另一种性质的。我，或许，会利用这一机会，但是在另一种意义上。我不会原谅他们这样对待我们的阿斯科尔德，你，我孩子的母亲，相信我。对了，米什卡来过电话吗？"

斯薇特兰娜·弗拉基米罗夫娜叹了口气，点点头。

"他一切都好。剑桥不是基辅。"

季尔·谢尔盖耶维奇叹了一口气，开始用左手细长的手指按摩眼球，驱赶宿醉残留的乌云。

"起码在这方面，儿子这块，我还一切正常。"

这一刻他没看见自己妻子的脸，这张脸不像马尔维娜的脸庞，哪怕是已近老境的马尔维娜。

"告诉我，米佳，这个耶拉金，他是怎样的一个人，他要什么？"

"你为什么这么问？"

"在这件事当中他占着太大的地位。"

季尔·谢尔盖耶维奇把手指从眼睛那里拿开，向后仰靠在椅背上。

"天晓得。阿斯科尔德，好像，信任他。联邦保卫局出身，从那儿离开，据说是出于思想上的考虑，或者是道德上的，科里亚以前说过。有过一个美国妻子,不久前走了,应该理解,她回了美国,因为她就是那儿的人。他也有一个儿子,也在西方。如果我真要去研究谁是叛徒的话,那他是最后一个被想到的。"

"那就这样了。"

5

第二天早上,莫兹加列夫夫妇没有一起喝咖啡就各自去上班了。斯薇特兰娜·弗拉基米罗夫娜前往帕韦列茨基火车站所在的地段,那里有一所私立的新闻大学,她主持该校文化学系快两年了。季尔·谢尔盖耶维奇不知为什么对妻子是系主任这一点颇为得意,尽管在家里他会开她玩笑,说在古罗马的军队里,"迪甘"①是用来称呼十人组中的组长。"你是十人长,斯薇塔!"

而"继承人"要去的地方,刚好相反,是奥林匹克大街所在的区,那儿,在一栋斯大林时期火柴盒式楼房的二层,坐落着《美丽岛》杂志的办公室,一年半前,阿斯科尔德让他当上了杂志的主编。一份送给他四十岁生日的奢华礼物。当时,兄弟关系进入了这样一个阶段:米佳结束了自己多年来令人厌倦的反抗,停止了毫无才气的闹独立的游戏,对豪门里小弟弟这一角色也认命了。他接受了老大的礼物。也在某种程度上屈从了妻子的坚决要求,因为她"厌倦了当失败者的妻子"。

《美丽岛》杂志是某种介于《环球》、《故事大篷车》和"热点旅游信息与建议文萃"之间的东西。登载"五大洲旅游历险记"、"关于著名地点的意外信息"、"女服务员身势语言"、"搭便车从汉堡至巴塞罗那",以及

---

① 在俄语中,系主任一词的发音为"迪甘"。——译注

其他种种奇谈怪论。

杂志的名称是季尔·谢尔盖耶维奇自己想出来的。当年,16世纪的时候,有个英国人,叫尼克·凯利,是名水手,命运将他带到了台湾岛。回国以后,他长期给自己的同乡和其他人讲述那个遥远地方的自然、历史和生活方式,用这些故事为大家解闷。他信口开河,但引人入胜,人们深信不疑,直到真正的考察队去到那里,才推翻了水手的无稽之谈。唉,遗憾。虚构的世界是如此美丽而独特(水手甚至虚构出了那里的语言、民俗和民间传说),以至于大家都离不开它了。季尔·谢尔盖耶维奇决定按这个英国人的风格来办杂志,只是他的这个"美丽岛"将是整个世界。确实,他要做的,可不是为那些头脑简单的旅游运营商和他们更为蒙昧的客户再出版一本平庸的广告通讯。要去赫尔格达①的话,需要的不是想象力,而只是几百美元。

杂志名字是弟弟想出来的,但员工还是由哥哥招募配备。所以,每期杂志都是妥协的产物:主编讽刺性幻想的飞驰与压舱物——编辑部其他人员——稳定作用之间相妥协的产物。他们不同意发表标有虚构出来的地下宝藏和坟岗位置的地图("干吗去捉弄有病的人呢!"),或者公布一个在马耳他首都瓦莱塔的地址——季尔·谢尔盖耶维奇在文章中断言,在那里可以用很公道的价格买到真的马耳他骑士证书("我们干吗要去喂养某个骗子呢!")。他们也不赞同去切尔诺贝利②徒步旅行的

---

① 埃及城市,红海旅游中心。——译注
② 1986年4月26日凌晨,乌克兰普里皮亚季邻近的切尔诺贝利核电厂的第四号反应堆发生爆炸。所释放出的辐射线剂量是二战时期爆炸于广岛的原子弹的400倍以上。经济损失约两千亿美元。被认为是历史上最严重的核电事故。切尔诺贝利城因此被废弃。——译注

设想,因此,那些双头小牛和独眼鱼的照片,主编只得用来装饰自己办公室的墙壁,而不是杂志的版面。这些照片的下方,醒目地写着两行大字:"不要回避享受。——戈丹①"和"给我内幕信息,我将撬动整个地球。——阿基米德②"。由此显而易见,这个人的思维多么独特。

不间断的斗争在米佳·莫兹加列夫的天才与编辑部成员的良心之间进行着,杂志的每个版面都是战场。主编经常写东西,而编辑们对他的文字检查得非常仔细。因此,当他得以教训一下自己的那些过分热心的监督者时,他是多么心满意足啊。奥托·斯科尔兹内③在战后与摩萨德合作、罗科索夫斯基④的女儿是被保卢斯⑤的巴拉贝伦枪打死的、路易十四有两个肛门——他的这些文章,"他们"都想砍掉,像拿着放大镜一样,逐字逐句地仔细检查,但又不得不让步。

在自己这支不大的团队的柔性抵抗的背后,他,当然,感觉到了阿斯科尔德的权威,因此,与其说是与这些平庸的雇员,不如说是与阿斯科尔德在斗智。在表面上屈就于阿斯科尔德的绝对地位、接受了住房和杂志社这些礼物之后,他还是无法放弃自我肯定的尝试,哪怕是隐性的尝试。

---

① "戈丹"是俄语"享乐主义"(гедонизм)和"享乐主义者"(гедонист)的词根。这里被变化成人名的形式。——译注
② 古希腊物理学家阿基米德有一句家喻户晓的名言:"给我一个支点,我可以撬起地球。"——译注
③ 奥托·斯科尔兹内(1908—1975),奥地利人,第二次世界大战中德国特种部队指挥官,策划实施了一系列令人瞠目结舌的行动,其中最著名的是解救墨索里尼。
④ 康斯坦丁·康斯坦丁诺维奇·罗科索夫斯基(1896—1968),苏联元帅,与朱可夫、科涅夫并称卫国战争时期苏联陆军的三驾马车。——译注
⑤ 弗里德里希·威廉·恩斯特·保卢斯(1890—1957),德军元帅,包围攻打斯大林格勒的德军第6军军长,巴巴罗萨计划的制订者。——译注

这天，季尔·谢尔盖耶维奇到单位比平时早。迎接他的，自然，是女秘书妮卡。这是一个惊人的尤物，身上的一切都是尖尖的。尖尖的鼻子，衬衫下面尖尖的胸脯，尖尖的双膝和非常尖的皮鞋头以及来势汹汹的高跟鞋的尖鞋跟。看着她，季尔·谢尔盖耶维奇每次都会想，其他领导都会与秘书有些浪漫情事，但与这样的秘书发生恋情是不可能的，浑身会被刺伤的。

他要了一杯茶，只是为了在物理意义上确认自己到来的事实。"继承人"在办公室里坐下。他今天有点紧张。将有一场非常重要的谈话。董事会。执政内阁，见鬼，每个人都把自己幻想成巴拉斯①。季尔·谢尔盖耶维奇特地决定把会谈地点安排在这里，而不是在"建设工程设计"公司的办公室。在这里他还习惯于感觉自己是个领导。自己的圈椅通过强大的弹性确保某种基本的支持。一小时前，他冷静地向妻子阐述了各种道理，但在心里他不那么确信自己是对的。要是这些家伙突然用某种他察觉不到的方法骗他呢。要知道，在乌克兰之行期间他未必赢得了他们的喜欢。

应该喝酒，但不是和他们。

玛丽娜·瓦列里耶夫娜走了进来。她同时担任副手和执行秘书，长着一张生气勃勃的方脸。这样的人都是用很钝的斧子从一整块原木上凿取出来的，这块原木就是责任。近视的眼睛戴着厚厚的镜片，看上去是两团黑色，咄咄逼人。人们说，眼睛是大脑直接外显的一部分。季尔·谢尔盖耶维奇由于自己副手展现出的脑容量而觉得恶心。

"您请原谅，这是不明智的。"她态度坚决地开口说道，甚至没有打

①　保罗·巴拉斯是法国大革命时期的活动家。——译注

招呼问好。

"怎么回事?"主编叹了口气。

"比斯开餐厅。"

"请相信,我……"

"其他一切都合适,季尔·谢尔盖耶维奇,除了最后一段,您描写了怎样按下'蓝灯笼'。"

这是指菜单中的一条:餐厅的客人可以尝试一下,要求为他在十分钟内上齐他所点的所有菜肴。如果餐馆老板来不及这样做,那客人的晚餐由老板埋单。如果来得及,客人要自己付费。

"您设想一下,如果我们的读者中真有人按您的建议去这样做呢!"

"我就试过!"

"即使我相信您,但如果别人不那么走运呢?!"

主编挥了一下手,他需要为了即将到来的战斗节省力量。

"把妮卡叫来。让她带上工具。"

季尔·谢尔盖耶维奇指的是速写本和铅笔。他知道,他要求采用这种古老的工作方式看起来很任性,但他却对此感到高兴。本来妮卡能坐到秘书的位置上就是因为在她的简历里写着她会速记。阿斯科尔德允许弟弟按自己的要求来挑选,因为他认为:强加给人一个秘书,无异于强加给他一个妻子。

妮卡出现了,脸色苍白,就像每次她要做"这种变态事情"时一样。季尔·谢尔盖耶维奇能够想象,其他工作人员用怎样同情的眼神目送她走向办公室。这使他内心感到非常温暖。他知道在她内衣下面的某个地方藏着微型数码录音机,她用铅笔在纸上写写划划只是为了做做样子,不过他觉得没有必要在自己吹毛求疵的道路上走得更远。确切地说,是把这个秘密储藏起来,用于以后某个时刻的大曝光。

"来吧,妮卡,请坐。咱们现在马上拟一篇文稿。它的名称是这样的:'昨天在狄康卡近乡①',确切地说是'前天'。"

此刻支配主编的,不是写作者的迫切感——尽快把脑海中积聚起来的形象倾泻到纸张上,而是从有关即将举行会见的想法上分心的愿望。他了解自己,如果会晤前这一小时里,他去考虑事态将如何发展的话,那他的神经衰弱症很快会发作。他自己也感到惊讶,怎么会那么想做领导。

真正的领导。拥有很大权力和真实钞票的领导。

由于这个原因,任命如果告吹,那非常可怕。

会觉得羞愧和厌恶。

真想快点有个了结!

好吧,来看看,狄康卡和它的乡村。关于这个不同寻常的、俄罗斯旅游大众知之甚少的地方能说些什么呢?应该从果戈理开始,他大概还是有些人记得的,至少在成年人当中,因为苏维埃时期的教育把一些最重要的东西像钉子一样钉入每个学生的意识里。果戈理便是钉子中的一枚。但是,当季尔·谢尔盖耶维奇的思绪从自己的办公室飞向农舍餐厅的时候,他关注的焦点从天才作家转向了神秘的沉默不语的列霞。他在文章中用的是她的第一个、单位里的名字。他试着描写科布切夫橡树林和车夫奥赫里姆,但眼前浮现的又是她的形象。谈论无以伦比的、天然的、从炉子里新鲜做出来的乌克兰美食,想到的又是她!

---

① 这一名称在俄语中与果戈理的名作《狄康卡近乡夜话》的书名仅有一字之差,而且这不同的两个字在拼写和发音上相似。——译注

在对"继承人"的记忆施加作用的力度方面,唯一能够与她相媲美的,是烟囱上胶合板做的鬼。鬼不比女巫逊色,就像常说的那样。

就这样,一个小时不知不觉地飞逝而过。办公室的门打开了。门厅里传来玛丽娜·瓦列里耶夫娜的声音,她在抵挡来访者们的进逼:"季尔·谢尔盖耶维奇正忙着。请等待。需要等多久就等多久。"这一切都为打造一个认真严肃的领导形象服务。

主编暗自笑了一下:在自己家里连恶棍都帮你忙①。

"请再打印出来,妮卡,送到我桌上,我们再看一遍。"

女秘书把尖鼻子朝空中一翘,随即飘然而去。之后,几个脸上带着神秘微笑的人,开始走进办公室。季尔·谢尔盖耶维奇从圈椅上起身,但没有离开自己的位置去迎接他们。他继续展示着自己的庄重。

瓦连京·瓦连京诺维奇·克钦。

康拉德·埃内斯托维奇·克劳恩。

伊万·鲍里索维奇·卡塔尼扬。

谢尔盖·谢苗诺维奇·奥斯塔波夫。

拉威尔·穆斯塔法维奇·易卜拉欣莫夫。

谢尔盖·约瑟夫维奇·格格什泽。

亚历山大·伊万诺维奇·耶拉金。

他们入座很慢,仿佛他们现在坐下的这个位置将决定他们的未来。他们心情如何,无从了解。而他们心里想什么,则更难揣测。季尔·谢尔盖耶维奇坐了下来,他觉得,他正在踏进一个热浴缸。

现在就要开始了。

———————————

① 俄语里有"在自己家里连墙壁都帮你忙"(在家千般好)的谚语。——译注

现在开始了:作为开始,他们所有人都仔细地朝他看来,用目光来掂量他。

这一刻他明白了,当公司里盘踞着这样一些衣着讲究、洒着昂贵古龙水的气派人物时,他没有任何理由指望获得公司的领导权。这种感觉是如此的清晰,以至于他特意为这一时刻准备的笑话竟然卡在了喉咙里。为了展现自己的责任能力,"对规模和特性的理解力",他原想带着几乎是愧疚的微笑说,我这个人是如此远离大规模生产的现实,以至于直到今天早上才知道,"鲁萨尔"①不是美人鱼的丈夫,而是铝业巨头。还好他没说出来,不然在如此严肃的会议环境里他还那样幽默可真是"太棒"了。

他根本就没有机会说话。董事会成员们交换着意见,仿佛是在把装载着自己威望的重车相互间推来推去。只有疯子才会试图抢他们的先。

季尔·谢尔盖耶维奇眨着眼睛,令人讨厌地流着汗。他们说了很多,包括他的候选人问题。他觉得自己像个未婚夫,医学专家委员会在对他进行检查,看他是否已经性成熟,能否将一个为众人所熟知的、出身非常高贵的姑娘嫁给他。

起先只是感到难堪。后来开始萌生莫名而混乱的愤怒。接着一下子——又是极大的轻松。决定命运的会议结束了,董事会成员朝门口走去。没有人表现出担心或者不满。与此同时,也没有人想到要走到新领导身边与他握手告别。甚至克钦也是。只能希望这是前领导在的时候形成的习惯做法。或者这是在类似会议结束后的一种,这么说吧,

①"俄罗斯铝业公司"的缩写,与俄语单词"美人鱼"的词根相同。——译注

惯常的行为方式。不然,这就是侮辱和惩罚了。对此,原本应该是做出一个机智回应的,但脑子里却没有出现任何对策。只是为了体现某种决定权还掌握在自己手里,季尔·谢尔盖耶维奇尖声说道:

"亚历山大·伊万诺维奇,我请您留下。"

耶拉金点了点头,留了下来。他又坐回到了桌边。季尔·谢尔盖耶维奇盯着他的眼睛,脸颊抽动着问道:

"刚才这个过程,您觉得怎么样?"

少校回答得很慢,尽量想弄明白,为什么提这个问题。

"我觉得,一切进行得很好。"

"继承人"稍稍拨弄了下胡子。

"而我觉得,这些先生不拿我当一回事。"

他非常希望别人反驳他。尽管这不会彻底消除前面忍受的侮辱带来的伤痛,但他希望少校试着消除一点。耶拉金还是没有理解谈话的意义。他根本没有觉得新领导刚才受了什么委屈。他坐在那里,沉默不语,带着挖苦的神情张望着。一个暂时还什么都搞不清楚的人的寻常表现。他要什么?新领导的克制难道是幻觉,在这颗长胡子的脑袋里各种想法正在汹涌而来?!不希望这样。少校也开始有点不安。他不喜欢情形不明。

"我明白,我在他们看来毫无价值。但是,您知道,亚历山大·伊万诺维奇,我准备让他们所有人扫兴。"

天哪,这还了得!

"我能提供帮助吗?"少校试图把一切转换成一个玩笑。

季尔·谢尔盖耶维奇依然很严肃,甚至严肃得有点咄咄逼人。

"我很指望这点。"

"我不会让您失望的。"少校几乎用少先队员的语气回答道。

"继承人"用密谋似的声音说道：

"明天我们喝茶。这里新开了一家'哈尔滨'餐馆，我建议试试。十二点。"

少校动了动嘴唇。

"为什么不在公司里？为什么不在您这里？"

而"继承人"此刻正试图确定，在他被白兰地损坏的意识中，"哈尔滨"这个名称是从哪个窟窿里飞出来的。以前他从没去过那里，最多只是瞥见过书写复杂的招牌。但不能承认这些。

"我不想人们看到我俩在一起。"

耶拉金困惑地离开了。阿斯科尔德的弟弟不仅在喝醉时荒唐可笑，在清醒时也是如此。

6

晚上的时光季尔·谢尔盖耶维奇是在不安的孤独中度过的。妻子发来短信——"我在阿列夫京娜这儿。"不幸的、身体不太健康的单身女友，对于一个已婚的、成功的、几乎是幸福的女人而言，是位理想的诉苦对象。他也给她发了个短信，说一切进行得都好。

总是这样，在短暂狂饮作乐结束之后的第一个晚上，所有的感觉都被打乱，而所有的神经则都得到放松。他一次又一次地在脑海里回想"加冕"的场景，越想越恼怒。当然，这些彬彬有礼、腰缠万贯的保守分子根本不把他放在眼里。这些人甚至不那么有礼貌。当然，手是可以握一握的。但是，那样的话，所有的人都会发现，他手心出汗，很厉害。这要在两天后才消失。

耶拉金怎么办？干吗和他进行这场语意暧昧的谈话。把自己置于一个愚蠢的位置上。做出了在心理上责任过分重大的承诺。现在，光请喝茶是没法敷衍过去的。耶拉金总的来说会认为他是个蠢货。狂饮后人的心理特别多疑，而且容易杯弓蛇影，自寻烦恼。换在其他时刻，无论醉酒或者清醒，季尔·谢尔盖耶维奇可能都不会在意这些不明不白的恐惧和怨恨。但现在不一样。他感觉迟钝，思维枯涩，于是开始聚精会神，为明天与少校的会晤炮制某种有分量的理由。让耶拉金听到他的话后，发出感叹，惊讶地张大嘴巴。然后可以不再继续，但是确立自己的重要地位，则是必须的。至少在一开始。

他整夜在床上辗转反侧。

第一次醒来，是由于感觉失败的恐惧，浑身大汗淋漓。

第二次是被电话铃声惊醒的。这是一个很可怕的电话。

来自外地的亲戚！

他刚刚开始平静下来，得以用现实的眼光看待与耶拉金少校的关系，却又被人狠狠地激怒了。于是他便表现得像一个傲慢自负的首都居民。

来自普利卡罗特诺耶的露莎阿姨和邻居的姐姐塔妮娅阿姨运来了三麻袋洋葱要出售。现在她俩站在基辅火车站的月台上。她们给科里亚打过电话，给克拉娃——两兄弟的母亲——也打过电话，他不在，而她又生病。结论便是：快来，米佳，帮忙。

笼罩住季尔·谢尔盖耶维奇的愤怒是可怕的，但又绝对是没有用的。他已经无数次地表现出，他是一个非常差劲的亲戚。每次与普利卡罗特诺耶通电话，都明显地敷衍了事，从不回应"来我们这里做客"的邀请，实在无法回避与"我们的人"见面时（如参加葬礼等），总是满脸鄙夷的样子。现在看来,这样做还不够。阿斯科尔德刚落入乌克兰的拷问室,布良斯克所有的洋葱就倾泻到季尔的头上了。

还好至少身边就有汽车。

他坐在汽车的后座上,一路上火冒三丈,浑身抽动。基辅火车站到了。果然,阿姨们在那儿站着,确切地说,是坐在塞满洋葱的大塑料袋上。每个袋子总有七十公斤左右。只是她们是怎么把袋子从车厢里拖下来的?

露莎阿姨扑上来,不停地亲他,兴高采烈地诉说她和塔妮娅阿姨的计划。现在表外甥送她们去市场,去多罗戈米洛夫斯基市场,"就在边上",她们做买卖,晚上他把她们接回家,洗澡,过夜。

季尔·谢尔盖耶维奇担心自己一旦发作便会马上跌倒在痰迹斑斑的月台上,他眯起眼,说出了一句最奇怪的话:他那里不能住! 让她们去诅咒吧,让她们对着整个普利卡罗特诺耶诋毁他吧,让她们……随她们怎么样! 他不会去搬她们的大袋子的。

"那我们和这些洋葱怎么办?"露莎阿姨与其说是伤心,不如说是惊讶。表外甥的反应太不正常。

"你们的洋葱值多少钱?"

"我们怎么知道。还没卖呢。"

季尔·谢尔盖耶维奇从皮夹里抽出两张五千面值的票子,扔到靠他近的那只袋子上。随后又补上了第三张。

"回去吧。这是给你们的洋葱和车票的钱。我赶时间。"

"米佳?!"

"我有事!"季尔·谢尔盖耶维奇尖声说,随即便跑开了。他一次也没有回头。他相信,如果现在再与亲戚的目光相遇,他就会变成月台上的盐柱①,用以垂训所有没有良心的外甥们。

他现在去"哈尔滨"餐厅,一路上,他都在稳定自己的紧张情绪。卖洋葱的阿姨们恨死他了? 随她们去吧。这样总比装出他是乖米佳要好。是的,在心理健康的外地人看来,我们这些住在首都的神经质的人很可怕。无情、冷血,就像晰蜴,但是,也不能这样啊,一大早,事先不打招呼,就找上你,还带着三大袋要卖的洋葱。

他得出结论:即使承受奇耻大辱,也比完成刚才那种形式的亲戚职责要好。

走进餐馆的时候,他命令自己转变状态。他在一张小桌边坐下,开始研究菜单,上面不仅写着食品的名称、价格,还有食用指南。他刚看出些名堂,少校出现了。肩很宽,身体像块板一样的扁平,长脸,两颊上的纵向皱纹把脸拉得更长了。真的,他长得很像卡尔滕布伦纳②,或者,像复活节岛上的雕像③。双手肯定沾了点血,只是希望,血不要浸到胳膊肘。有传闻说,他以前甚至在政界行走过。还在那儿,在上层,弄掉过什么人。阿斯科尔德为什么这么信任他? 一个有点阴沉的人。

带着这些念头,"继承人"探起身,客气地招呼道:

"亚历山大·伊万诺维奇,这里!"

季尔·谢尔盖耶维奇点了一套像中国茶道一样讲究的吃食,为了

---

① 《圣经》里说,索多玛城充满了邪恶的欲望,于是神决定将其摧毁。在亚伯拉军的乞求下,神同意放过他在索多玛居住的侄子罗德,允许其全家逃离该城,并警告不可回头看。罗德之妻因留恋在城里的财产,忍不住回头看了一眼,瞬间就变成了盐柱。

② 卡尔滕布伦纳(1903—1946),奥地利党卫队领袖,奥地利公安国务秘书,第二任德国中央保安总局局长。1946年被纽伦堡国际军事法庭判处绞刑。——译注

③ 复活节岛位于太平洋东南角,岛上有1 000多尊巨大的半身人面石像,它们的头都较长,眼窝深,鼻子高,下巴突出,形象诙谐,面对大海,若有所思。——译注

拉近与谈话者之间的距离,他把胸部靠上桌子,说道:

"您想知道我将与您谈什么吗?

耶拉金动了动他那像詹姆斯·邦德一样的下巴。

"我觉得,我能猜出来。"

"什么?"

"乌克兰。"

季尔·谢尔盖耶维奇狂喜地把身子靠到椅背上,这把椅子尽管坐着不舒服,但别具一格。

"太好了! 就是说,您明白,我在宾馆、在汽车里、在乡村中说的那些话,不只是一些醉话和烂醉如泥时讲的胡话。"

少校不易察觉地叹了口气,又动了动下巴。他想,他出现了一个新的表情习惯,因为以前对于不愉快的消息他是以另一种方式反应的。在这里,说"乌克兰",他具体指的就是与大莫兹加列夫失踪有关的事情。而小莫兹加列夫,照他先前说的几句话来看,显然另有所指。

服务员端来了他们要的食物。他用梦游般的动作,带有仪式感地把食物从托盘里端到桌子上。季尔·谢尔盖耶维奇诧异地看了他一眼,仿佛有什么地方不对。服务员说了一句"祝您好饥渴"①就走开了。季尔·谢尔盖耶维奇朝他后背投去锐利的一瞥,但是他们已经开始的话题比与店里服务员的关系更吸引他。

"知道吗,亚历山大·伊万诺维奇,我告诉您,我非常喜欢您制订的解救阿斯科尔德的计划。务实,有创意,我想,一定能做好。经费,您自己也明白,没问题。据我了解,保险柜里我们现在就有一些钱,还会有

---

① 通常的祝愿语是"祝您好胃口"。——译注

进账,有人还欠我们钱。那些指望用这一枚鱼雷就把我们击沉的人,还得要等等。"

少校把端起的杯子从嘴边移开,点了点头。

"但这是问题的一个部分,亚历山大·伊万诺维奇。实际操作的部分。我重复一下,我们会全力以赴地、周密地把它做好。但是还有第二个战场。确切地说,我准备开辟这样一个战场。是的,是的,别吃惊,开辟战场。我们开始一场与乌克兰的战争,一场与作为一个国家的乌克兰的战争,我已经想好了,怎样进行打击。"

为了不让眼睛暴露出自己的反应,少校低下了头,沉重而缓慢地呼出一口气。

"请相信,这不是胡言乱语,这只是听上去还不习惯。对他们以国家行为进行的敲诈勒索使用的技能,我们用自己的技能来回应,尽管不对称,但很有表现力。"

季尔·谢尔盖耶维奇喝了几口茶,动了动眉毛,摸了摸胡子,仿佛在以适当的方式调整头脑。

"要知道这不是昨天才开始的。记得吗,我对你们说过自己的梦。这是个征兆。就是那个梦,我和父亲一起走进乌克兰人的小酒馆,在那儿人们欺负他,父亲就在那儿以军官的方式像狂风扫落叶一样把所有的人都收拾了一顿。你们到宾馆房间来之前我梦到的就是这个。最有意思的是,我从没见过父亲,我是在他死后八个月出生的。我好像对你们已经说过。他就是被班德拉①混蛋杀死的。正是把他作为苏联军官、

---

① 班德拉,乌克兰民族主义组织(1940—1959),因其领导人斯捷潘·班德拉(1909—1959)而得名。20 世纪 40 年代后,"班德拉"通常被用来指称整个乌克兰民族主义。——译注

俄罗斯军官杀死的。父亲是带阿斯科尔德去过杜布诺①的咖啡馆。您捕捉到里面的象征意义了吗？"

"您是指城市名？"

"不是，亚历山大·伊万诺维奇，我指的是梦。"

"阿斯科尔德被关，您占据他的……"

"玄妙的位置！"季尔·谢尔盖耶维奇高兴地接口说完了这句话。"现在我是家族的头。这一切的发生是有某种目的的，不是吗?！乌克兰不仅是斯拉夫思想的叛徒，它还是我个人的敌人。我越仔细地回顾自己生活中的各种事情，就越清楚地看到，我的国家俄罗斯也好，我的家庭——莫兹加列夫家族也好，对它们而言，最主要的祸害就是可恶的一簇毛。只是，请求您，别发出这些政治上得体的叹息声。您很清楚，我说的东西，不是想象出来的，也不是不真实的，而是最最自然的，实际的，毫无疑问的。正是整个乌克兰，而不是某一个卑鄙的一簇毛想搞垮，甚至想弄死我哥哥，还有比这更显然的事实吗？"

少校觉得沉默更好，他甚至很感兴趣，新领导这些叛逆的、太过活跃的想法将把他引向何方。

"只是觉得，好像我们和他们几乎融成一片了，是的，在广阔的萨马特洛尔湖畔，或者在千岛群岛的海岸，彼得罗夫和彼得连科②几乎没有差别。我们吸收了，接受了乌克兰利己主义的很大一部分，慷慨地为外来的一簇毛们提供重要的岗位和高额的工资，对他们就像对自己人一样。我们接受了他们的红菜汤和饺子，娶他们的美人为妻，把他们的歌

---

① 位于乌克兰罗夫诺州，杜布诺区的行政中心。——译注
② 彼得罗夫和彼得连科是词干相同，但分别具有俄罗斯和乌克兰特征的姓。——译注

曲收入珍爱的保留节目当中。我们对他们全面开放俄罗斯,一直开放到克里姆林宫的各个办公室。所以会有契尔年科、基里连科①等等这些人。我们部分地渗进乌克兰的大地。但是,请记住,只是部分地。左岸,基辅,再过去,就碰壁了。森林里兄弟们的生活,躲躲闪闪,俏皮诡诈。乌克兰,甚至在表面上和我们联合的时候,也想着投奔西方。老实说,我为什么在那儿,在狄康卡乡村那样发脾气?是因为那些劈头盖脸过来的诗句太不像话。您读过他们的作家,那些斯捷利马霍、雷巴科、潘奇们的书吗?甚至在关于英雄哥萨克的爱国叙事作品里面,就像不留痕迹的毒药一样,也包含着想被信仰天主教的波兰——也就是西方征服的秘密愿望。还有,果戈理自己,临终时的一切都是按东正教仪式操办的,甚至还变本加厉,但在《塔拉斯·布尔巴》里,面对天主教堂的庄严和辉煌,却无法掩饰不由自主的恭敬。东正教信仰的捍卫者——哥萨克,在他笔下都是野兽,他们用尖刀挑起小孩,强奸修女,而波兰人表现得几乎就像骑士。您稍安勿躁。"

"我很平静,季尔·谢尔盖耶维奇。"

"稍安勿躁,不再谈文学了。还有一个观察。"

主编喝了几口茶。好像,对于刚才表露出的论战激情,他稍稍有点不好意思。尤其是,当没有人想反驳他的时候。

"当我们和他们生活在同一个国家里的时候,对他们的隐性背叛还能够忍受。现在,这种背叛已经从隐性转向公开,直冲你的鼻子,直刺你的眼睛。他们撕裂了统一的民族的机体。就是那个机体:我们刚开

① 契尔年科、基里连科都是乌克兰姓。康斯坦丁·乌斯季诺维奇·契尔年科、谢尔盖·弗拉基米诺维奇·基里连科分别担任过苏联和俄罗斯的领导人。——译注

始培育的时候，愚蠢地称之为'苏联人民'。他们就这样撕裂了，现在你不可能再缝合到一起了。知道吗，我什么时候明白这点的？是在一天早晨。我在刷牙，厨房里的电视在说，煤矿发生了瓦斯爆炸，死了多少多少矿工。我甚至啐了一口，又来了，我想，唉，俄罗斯，这种事会发生多少次啊，我还恶毒地说了一句双关语：人因沼气而亡！而这时听清了，爆炸发生在乌克兰，不是在俄罗斯的矿井里。您知道吗，我稍稍轻松了一点。不，对那些死去的人，还是感到怜惜的，但是那样一种感觉，就像，怜惜阿根廷人，或者中国人。不像为自己人那样感到痛惜。我们和乌克兰人的全部亲情，现在就落到这第一反应和第二反应之间的间隔中。他们不是自己人。他们出卖了我们，我们承认这点。但问题在于，背叛应该受到惩罚。在我哥哥这件事上，全面的、历史哲学层面的思考与我家庭的屈辱痛苦，结合到了一个点上。您理解我吗？"

"是的，"少校平静地说，"都明白，除了一点。"

"什么？"

"在这些归纳之后有哪些具体的行动？"

季尔·谢尔盖耶维奇脸上洋溢开了笑容。

"当别人听完你讲话，不急着说你是疯子，这还是令人愉快的。行动很简单。您为我安排见个人，他能联系上在伊拉克的伊斯兰武装小组。总之，要有北约部队乌克兰成员驻扎的地方。"

"您是想……"

"是的，我想付钱，定点打击那里的乌克兰部队，让他们从炎热的南方朝家乡运回二三十口锌质棺材。这些人，据我所知，都是志愿军，他们自己选择了这条道路。他们是乌克兰叛徒们的尖锋，我们来把他们弄得钝一点。我们看看，那些一簇毛的老妈们和老婆们会唱出怎样的歌谣,她们原本很自豪:自己的儿子、男人在为世界上最大的民主出力,能赚到大把的美元,而现在,她们将要迎回的儿子和丈夫是一群身体右侧满是窟窿眼的人。"

沉默持续了很长时间。忧郁的服务员都过来了。季尔·谢尔盖耶维奇的注意力转向了他。就像在莫斯科任何一家引人注目的店里一样,吹毛求疵总能找到理由。小伙子没有按照应有的形式上茶,没有点香味小蜡烛,又不知为什么把擦手的小毛巾弄错了。季尔·谢尔盖耶维奇毫不留情地挖苦他,一条又一条,面面俱到,自己显然很享受。

"现在,给我账单。"

"好的。"

"账我会付的。这个……"季尔·谢尔盖耶维奇掏出一张一千卢布的钞票,当着涨红了脸的少年的面,慢慢地、展示性地撕成小碎片,"这是你的'小费'!"

当这番惩罚结束以后,他报复似的看着受了他的侮辱正在离开的服务员的背影,解释了自己这一招的意义。

"这些年轻的小丑①只对这种教训有反应。他们的所有冷漠就会在某处消失。"在保卫处长专注和平静的目光注视下,他还是觉得有点不自在。认为有必要再补充几句。

"您以为,我不知道这是暴发户的行为?我只是还没有适应自己大公司领导的新角色。老习惯。会改变的。"

少校开始看着自己的杯子,以此表示,他不认为有必要继续进行有关小丑的对话。季尔·谢尔盖耶维奇又扯了几下胡子。

---

① 旧时宗教仪式的戏剧中穿东方长袍的角色。——译注

"怎么样？您已经想出些什么主意了吗，亚历山大·伊万诺维奇，您有认识的圣战者吗？或者您想出于虚伪的人性而拒绝。"

"我在考虑。"

7

她深夜打来电话，如果她认为有必要算一下美国东岸和莫斯科之间的时差的话，那她就不是塔玛拉了。

"什么事，托玛[1]？"耶拉金疲倦地问道。甚至在去到地球的另一边以后，前妻还像就在附近一样，正好处在那样一种心理距离，能够经常给他带来一些不愉快。

"我需要和你谈谈。"她悄声说，仿佛他们那儿，在美国，也是晚上，她怕把什么人吵醒似的。

"我们已经在谈了。"

她伤感地叹了一口气。

"我不知道我该怎么做。"

"那就什么也别做。"

"琼[2]来了……"

"我知道，托玛。"

"这是她的房子。"

"这我也知道。"

---

[1] "托玛"和后面的"塔玛拉奇卡"分别是塔玛拉的小名和爱称。——译注
[2] 琼，美国人，耶拉金少校前女友，米·波波夫前一部小说《谁想当总统？》的女主人公之一。前妻塔玛拉，他儿子的母亲，当时离开他去了美国。最后结果是，两个女人住在一栋房子里。

又传来一阵委屈的哭泣声。

"房子,当然,很大,但你听我说,现在这里根本就没有地方。"

耶拉金摇了摇头,这只脑袋无论如何也没法调节到大洋彼岸思想运动的轨道上。

"我不懂。什么叫做——没有地方?"

"萨沙,她雇了个女佣。"

"你在那儿搞得这么脏?"

"你说什么呀! 只是琼说,我可以继续在这里住下去,甚至和谢廖沙一起,想住多久就多久。"

"那好,这里有女佣什么事?"

"唉,你怎么不明白! 琼说,她无法允许自己让我来替她整理房间。我原本就待在家里,还为谢廖沙打扫。还做饭。"

你不做饭更好,少校心平气和地想。

"懂了,亲爱的……"

"不要说这个词,我觉得,人们在仇恨某人的时候,说这个词。"

"不,托玛,我不恨你。我只是在尽量弄明白,你们那里发生了什么事。琼不喜欢你做饭,不喜欢你收拾,她雇了个菲律宾女人。"

"从波多黎各来的。"

"所以就拥挤了。"

"她什么事都要插手。"

"谁?!"

塔玛拉抽泣了一下。

"这个菲佣。"

"就是为了这个雇她的么。"

"她表现得好像我也是佣人似的。只是我是一个没有具体职责的佣人。"

"不管部部长。"

"什么？"

"没什么，托玛，没什么。你陷入这样的处境，没什么奇怪的。你寄人篱下。你是个抛弃丈夫的俄罗斯蠢婆娘，靠着一个不太富裕的美国婆娘的钱生活，那还有什么不满意的。"

"钱是你给我寄的。"塔玛拉用委屈的语调申明道。

"她和谢廖沙怎样？"

"他崇拜她。"

"懂了。"

"我想回来呢？"

"回哪儿，塔玛拉奇卡？"

"回家。"

"你在这里能做什么？那儿你好歹还有个职业——寄人篱下者。"

"如果你想通过侮辱摆脱我……"

"我没打算侮辱你。我力求做一个非常实在的人。例如，我会说，你无论如何都不能回到我这里。这儿还有谁会需要你，我想象不出来。你的母亲？她需要照顾。你自己一个人都没法生活下去。你最好留在那里。另外，我不想去刺激琼的神经。她会怎么想，如果你打算回俄罗斯的话？她会想，你是回到我这里。你是要和儿子一起回来吧？就是说，家庭复合。但不是这样！"

"就让谢廖沙和琼再生活一段时间。"

"这简直就是胡扯！"

"但是将来她可以把他送回来!"

耶拉金把话筒握得很紧,以至于它发出了嘎吱的声响。

"她自己,或许,会送来,但你,是母亲,这段时间里,将在哪里?!"

在很长一段时间的沉默后,塔玛拉用委屈的声音说道:

"你变得非常残酷,萨沙。"

耶拉金动情地喃喃说道:"傻瓜。"但她,好像没有听见,电话断了。

少校打开冰箱,往广口杯里为自己倒了点伏特加。又朝里面扔了两块冰,尽管伏特加原本就是冰凉的。坐到窗前的圈椅里。窗子半开着。感觉脚部有湿润的凉意,很舒服。后来,开始不舒服了。他披上了睡衣。

他又在心里痛骂了一阵前妻。一点也不同情她。他知道,她的心理状态非常糟糕,几乎是难以承受的,但要同情她……也用不着带着儿子逃跑,就像狐狸带着公鸡似的!她在那里竟然没有完蛋,也没把谢廖沙毁了,真是个奇迹。这个怪女人的内心生活是由哪些奇异的神话构成的? 在曾经很迷人的小脑袋里煮的是怎样的一锅汤啊! 汤……由此,顺着直接而短暂的联想,被伏特加酒稍微浸泡过的思路,将他引向了另一番思考。

显然,得离开现在这份工作。在与新领导享受茶艺的时候,少校就认定,那位仁兄明显心理变态,如果他能够实现自己病态的愿景,解开被压制的各种情结,到时候谁也不会觉得那只是儿戏。爱牴人的牛突然有了非常可怕的角。说实话,少校还不完全相信,自己真的会走到这一步,去实现那些偏执的计划,但他觉得,必须避免哪怕最小的风险,不让自己掺和进这盘"继承人"准备熬制的血腥肉汤里。决定离开,但是……

总的来说,少校去做保卫处长这份尽管赚钱但很麻烦的工作,只是因为琼。他不能允许自己让她在俄罗斯回收空瓶或者清洗门廊。他甚至不让塔玛拉去干这种活。一些很有地位的人推荐了他,同样有地位的人信任他。他手中有几十个人和一笔可观的预算。他感觉到人们尊重他,重视他。但同时也觉得,他是坐在别人的凳子上。没有扎根于这个职位。他可以再去"吉杰士"公司,年轻人的血液还在沸腾。很想冒一次险,不指望冒险一定会带来物质上的回报。要知道伙伴们也都等着。卡斯图耶夫、博贝尔、萨乌什金兄弟都等着。①

只是希望,他们依然相信,萨沙·耶拉金在可恶的岗位上还没有最终变成一只被穿歪穿坏的鞋子。他们在草原上某个地方安营扎寨,寻找未卜先知的帖木儿的宝马的头骨。少校决定从美国妻子离开这件事当中汲取至少这样一个好处:从烦恼的岗位上离开,好在,在这个岗位上的一年里,他没有牵连进任何不愉快或者不体面的事件当中。他怀疑,琼是要有个停歇,而根本不是害怕俄罗斯的日常生活,她不再把他、自己的少校看成是一个高尚的疯子。而中不溜儿的刻板的经理,她在美国要多少有多少。如果她回来,那就让她回到以前的他的身边。而这将是一种无条件的结合。

只是怎么离开?!

保卫处长在自己的领导遭遇卑鄙之极、异常危险的袭击之后立刻离开自己的岗位! 耶拉金非常喜爱一句中国成语:瓜田李下。社会舆论应该尊重,但界限是:这种尊重不迫使你违背自己的是非观。在这种

---

① "吉杰士"公司以及卡斯图耶夫、博贝尔和萨乌什金兄弟,都来自作者前一部小说《谁想当总统?》。

情况下抛弃阿斯科尔德是不可能的。而且,甚至都不知道,可以在哪里抛弃他!对自己的老领导,少校是尊重的。对一个做工作、热爱工作、会工作,并且善于督促所有的人都工作的人,是不可能不尊重的。阿斯科尔德·谢尔盖耶维奇不是天使,作为保卫处处长,少校很清楚这点,但他也一直知道,公司的领导从来没有越过某种无形的底线,甚至在违法的时候。也就是说,稀释汽油——可以,伤害孩子——不行。

那好,如果留下,他做什么呢?

真的去寻找与伊拉克逊尼派或者塔利班有联系的人?荒唐!绝对荒唐!首先,要弄清楚,是否真的在什么地方有美国人领导的乌克兰武装力量。有什么东西在提示耶拉金:在这方面,不要指望听到否定的结果。明天不会有消息说,所有的乌克兰人早就从南方战线撤回去了。因而没人可以打击。季尔在下令考虑这方面问题的时候,是有所遵循的。还是仍然可以骗骗他?他散漫而肤浅,在智力和性格上都有明显的缺点。让他转向,调整目标?不,根据各种情况来看,他早就在酝酿这个狂热的想法了。幕后的地缘政治——是个诱人的玩具。那这样来安排:让他自己惹火烧身?不,最简单和最好的方法——是想法把阿斯科尔德救出来,趁一切还没开始。还有一个暂缓辞职的原因。在莫兹加列夫两兄弟中,耶拉金无疑对哥哥更有好感。而且觉得,以前那段生活使他得到的外号"布莱士·莫兹加利"①很正确。至少表示,阿斯科尔德·谢尔盖耶维奇,无疑,是个非常聪明的人。保卫处长在自己的领导遭难后马上就走人……布莱士·莫兹加利不会相信,这只是巧合。

少校站起身,又给自己倒了点伏特加。真正的畅饮是很惬意的。

---

① 布莱士是法国杰出数学家、物理学家、哲学家和散文家帕斯卡的名字。——译注

不是买醉。有时,喝醉以后,脑子会特别的清晰,仿佛选择的难题,还有心理的深渊都不复存在。但是,最好不要冒险。经常的情况是,由于宿醉,脑子根本就动不了。

还有克拉芙吉雅·弗拉基米罗夫娜。两兄弟的母亲。身体肥胖,皮肤松弛,看来,以前曾是个爱发号施令的人,或许,还是个漂亮的女人。但是现在她对儿子们没有任何显而易见的影响力。去她那儿一次,当然可以,很近,离环线五公里……不,浪费时间,没有意义,还会引起老太太血压升高。这样的话,只有躺下,再睡个回笼觉,相信早晨会给人带来意想不到的智慧①。

第二天一早,少校集合起所有能够在救出领导这件事中起到哪怕一丁点作用的人。也叫了克钦,他来了,尽管是个大清早。他还带来了布尔达。自从不久前一同跑了一趟基辅之后,两位财政专家看来在一定程度上觉得自己也是救援队的成员了。目光相遇的时候,布尔达朝保卫处长微笑了一下,这个微笑可以被解读为是一个承诺:愿意效劳,以补偿之前所做的蠢事。克钦,是董事会成员,举止端庄,但非常矜持。

最引人注目的是雷巴克的缺席。因为没有人坐,他的座椅就像是一个开着口的空洞。对此,耶拉金自然做出满不在乎的样子,仿佛就该如此。

克钦首先讲话,以强调自己的地位。

"我明白,你们希望从我这里得到什么。金钱和乐观。钱我会给的。但乐观,则困难一些。我觉得,公司领导层里有叛徒,在把他挖出来之前,我们是救不出阿斯科尔德·谢尔盖耶维奇的。"

---

① 俄罗斯民间自古相信,人在早上总比在晚上聪明。——译注

作为对这番话的回应，耶拉金恭敬地点了点头，随后对手下人说：
"请大家汇报。"

他要求报告详情，部分地，是让自己能够把握事件的细节，部分地，
也是为了向董事会的一个成员展示保卫处所做工作的规模和细致程
度。从"建设工程设计"公司的领导被"绑架"，或者说被"俘虏"那一刻
起，在此后的时间里，与国内和乌克兰各种部门的代表、知情人士进行
了数十次的接触，并再次分析了可能是犯罪势力控制地带的情况。信
息很多，有很多出人意料的和很有意思的信息，在众人的视野里描绘出
了一些轮廓："建设工程设计"公司可能会遇到的大麻烦的轮廓，这些麻
烦在正常工作程序中原本是难以被发现的。如同在家里检查电线，却
会意外发现水管烂了。克钦在做纪录，布尔达也在做纪录。阿斯科尔
德要是在这里的话，暴风骤雨般先发制人的工作就会紧张地开展起来。
但是阿斯科尔德不在，也没有出现任何的暗示，表明他可能会在哪里。
但有一点是毫无疑问的，那就是他肯定到了基辅。从"乌克兰"宾馆出
来。但之后究竟去了哪里，他的行迹是在哪里中断的——就不得而
知了。

"政治"接触也没有带来任何的安慰。所有的一切又都回归到阿斯
科尔德那里。假如是他自己去杜马，去联邦安全局，或者去总统办公
厅，那……总之，就是这样一个圈。为救阿斯科尔德，需要阿斯科尔德
自己出马。

"我们，当然，还将，试试……"古林犹豫着，拉长声音说道。他曾经
在联邦委员会工作，好像在新闻办干过。

耶拉金对他点了点头："再试试。"接着便开始重新归置面前桌上的
文件。这是在暗示财务部门的客人，会议接下去的部分是纯专业性质

的。财务专家们都很机灵。他们快速地、干巴巴地祝愿大家工作成功，随后便起身告辞了。

少校后面发言说的第一句话仿佛触到了殿后的布尔达的后背。

"我带什么上去见领导？"

布尔达转过身，好心地提醒他：

"亚历山大·伊万诺维奇，季尔·谢尔盖耶维奇不在这儿，不在公司里。"

"那在哪儿？"

"现在总部在'美丽岛'。"

8

与妮卡打过招呼后，耶拉金指了指"继承人"办公室的门。

"在吗？"

"请坐一下。"

"请通报一下。"

这里的一切都令少校讨厌。女秘书的长相，墙上的照片——尽管他没有仔细看过它们，还有鱼缸，底部冒出一串串气泡，为的是让那些肥胖的、几乎不动弹的鱼们感到舒服，而它们仿佛不是在水里，而是在鱼冻里似的。亚历山大·伊万诺维奇不知道，最讨厌的还在后面。那讨厌的东西咧开厚嘴唇笑着从主编的办公室里出来了。回身对里面朗声说完"当然，季尔·谢尔盖耶维奇"之后，雷巴克见到了自己的顶头上司，不过他没有丝毫的尴尬。他用全部的动作表情表明，没有必要问他，为什么今天没去少校那儿开会。他是到将军这里来了。

还是应该要恢复原状。耶拉金很快找到了方向。

"等我一下。需要谈谈。"

雷巴克点了点头。不太情愿，但要公开摊牌，他还欠火候。耶拉金不再理睬他，走进了办公室。

季尔·谢尔盖耶维奇愉快又友好地指了指圈椅。

"请坐，请坐。你知道吗，我刚才想什么来着？为什么我们根本，根本不为所有这些在电影电视里死去的人感到可惜。乌玛·瑟曼①砍掉了几百个人头，施瓦辛格用自动机枪把人打成筛子，甚至血流成河，而我们从来没有考虑过，他们也是人。所有这些注定要死的次要人物。为什么？"

对这样的谈话，对突然转用"你"来称呼②，少校没有准备，所以回答很一般化：

"因为我们知道他们是演员，不会真的死，而那血是……"

季尔·谢尔盖耶维奇不满地挥舞了一下双手，带着鼻音低沉地说道：

"不，不，不，不对。要知道，如果英雄牺牲，例如，夏伯阳，我们会难过，有人甚至会哭泣。尽管我们知道，巴博奇金不会真的死去。③"

少校的眉毛动了动，做出思考的样子，然后微微摊开双手："我服输。"

"而这都是一个小男孩对我解释的。儿子。我的。米什卡。当我问他……简而言之，他说，这都是些次要人物，根据情节安排，推出来给

---

① 乌玛·瑟曼，1970 年 4 月出生，美国女演员。因主演昆汀·塔伦蒂诺执导的电影《低俗小说》和《杀死比尔》而闻名。——译注
② 在俄语中，工作环境里上下级多用"您"相称，用"你"称呼表亲近。——译注
③ 夏伯阳是苏联国内战争期间的英雄，根据他的事迹拍摄有影片《夏伯阳》，鲍里斯·安德烈耶维奇·巴博奇金扮演夏伯阳。——译注

主人公当牺牲品，他们都是广告人物，知道吗？作为人物，他们是一个模子里出来的。根本不像有血有肉的真实人物。我们都在心里知道这点，我们从不喜欢广告英雄。我们不可怜他们，即使他们进入电影，在那里一批批地死去。明白吗？"

耶拉金点点头。

"您有一个非常聪明的儿子。"

"曾经很聪明。现在已经差多了。正在失去他的率真。"

对这一说法少校没有做出评论。

季尔·谢尔盖耶维奇有几秒钟的时间默不作声地看着他。然后又开始说话，但这次说的慢得多。

"知道吗，我为什么要对你说这些？"

"不知道。"希望了解"我们是什么时候转称'你'的？"的愿望比好奇更折磨少校。

"不只是这么说说，亚历山大·伊万诺维奇。"

领导好像觉察到自己有些无礼，稍稍做了点调整。不管怎么样"你，亚历山大·伊万诺维奇"这种表述搭配，总比光"你、你"的，听上去顺耳些。①

"我回到我们上次的话题。我没有忘记，你，或许，希望我忘了。告诉我，你希望过，你想过，指挥官季尔反复无常，翻云覆雨。"

耶拉金开始看墙上的独眼鱼。

"事情的实质在于，我见到过，在电视里见到过我们的这些好战的乌克兰人。他们被派去支持"拼夺士"——美国佬。很妙的一个词，是

---

① 俄语中对人称呼名字加父称，表示对人的敬重。——译注

吗？我们的人就是这样称呼在巴尔干的美国人的。因此，亚历山大·伊万诺维奇，看这档节目的时候，我有了一个确切的感觉：这不是活生生的人，而是电视里的炮灰。你知道，有这样一些敏锐的心理瞬间：突然一下子，一大部分真理展现在面前。你并没有期待，但它服服帖帖地供你个人使用，有过这样的情况吗？"

客人什么都没说，主人突然大叫：

"妮卡，茶。"他看着少校，"或者，咖啡？"

喝咖啡的时候，哲学思考在继续。

"我注意到，随着我国社会资本化程度的提高，上层圈子的时尚也在发生变化。对男人而言，呈上升趋势的时尚是汽车、带桑拿的别墅、飞机和游艇。悠闲的太太们喜欢的是：网球健身、室内设计、个性时装、园林设计，还有些天晓得是什么东西。于是我决定往前一步，把女人和男人的时尚元素同时结合起来。明白吗？"

"还没有。"

"当你对我的建构关注的时候，就能明白了。我来解释，我决定来做地缘政治设计。作为开始，我们先剪短乌克兰民主的那缕头发。当我的忠实的穆斯林勇士们在伊拉克的卡尔巴拉附近，为一个连的乌克兰防化兵剪下头顶那缕头发的时候，我们就……"季尔·谢尔盖耶维奇停了下来，他想象的喷泉在这里断流了。他喝了一大口咖啡，用粗俗、凶恶的目光盯着少校的鼻子。

"干吗？"

耶拉金立刻点了点头。

"干。"

季尔·谢尔盖耶维奇侧过身子，靠上圈椅的扶手，还在自己的大腿上拍了几下。他好像高兴极了。

"我怀疑过,你不会答应。知道吗,我为什么叫雷巴克来?"

"知道。"

"是的,我原来认为,你是个洁身自好的人,会摇脑袋,不能理解这个浪漫构想的全部分量。我和他一起做了前期工作。"

"那现在呢?领导。"

"啊,悉听尊便,可以杀了他。但最好不要。我们和一簇毛作战,在我们这儿至少有一个他们的人在服务。"

少校点点头。

"知道我想的最多的是什么吗,萨沙①?"

耶拉金忍住了,是自己不好。

"我想的是,这些巨头们,这些比尔·盖茨们,他们的想象、幻想是多么贫乏啊。一个人有六百亿。还会有一千六百亿。那又怎么样呢?人一死,便再没有什么可回忆的。人们会忘记他。谁也不会记得这些贪财者的大名。罗斯柴尔德②是一个集合名词。要知道,严格地来说,世界对他们不感兴趣。气魄,规模,在哪里,在哪里?! 不,不可能用这些钱来搞个什么大动作就全球闻名。"

"那索罗斯呢?"耶拉金做出在继续着谈话的样子。

季尔·谢尔盖耶维奇则做了一个吐唾的动作。

"你说什么呀,萨沙,他只是一个非常大的投机者而已。我说的是别的,有关对人类历史的影响,乃至对自然的影响。人的自然。明白吗?"

---

① 萨沙是亚历山大的昵称。——译注
② 始于18世纪末期的欧洲银行家和社会活动家家族,犹太血统。——译注

"暂时还没有。"

"例如,可以买一座岛。召集一部分人,建立起一个理想的社会。现实的'乌托邦'。柏拉图的'国家'。要知道,还没有人试过。或者强制性地尝试过,那些萨沃纳罗拉们和加尔文们①。而我这里说的是志愿者,有全面的保障。风俗纯洁,精神环境纯净,道德生态良好。交配只是为了繁衍后代。或者相反——没有节制的妓院,就像在卡普里岛上克劳迪亚斯皇帝②那儿那样。这只是,瞬间勾勒的草图。如果认真想象一下的话会更有意思。而那个盖茨将在 93 岁的时候死在'2055 世界小姐'整过型的胸脯上,就这样。"

季尔·谢尔盖耶维奇叹了一口气,仿佛真的在惋惜不能把电脑巨头从人生的死胡同中拽出来。

"好吧,萨沙,去干活吧。我们没有几十个亿,但我们能在一簇毛们的灌木丛里弄出些声响来——教训教训他们。"

下楼后,耶拉金看见等在那里的雷巴克。拍了一下他的肩:

"你去吧。"

"那谈话呢?"

"没必要了。"

就让副手去想吧:将军对少校究竟说了些什么?

9

"怎么样?"

---

① 萨沃纳罗拉(1452—1498),意大利传教士,宗教与政治改革家。加尔文(1509—1564),宗教改革家,加尔文主义创始人。——译注

② 克劳迪亚斯(公元前 10—54),罗马皇帝,41 年—54 年在位。——译注

"你让我至少先把鞋换了。"

斯薇特兰娜·弗拉基米罗夫娜双手交叉,放在胸前。

"怎么,换好了?"

季尔·谢尔盖耶维奇什么也没回答,沿着走廊朝厨房方向走去,但中途又改变了主意,折进了书房。在写字台边的圈椅中坐下,写字台上堆满了文件、报纸和书脊朝上打开的书。他把电话机朝自己拉过来,开始拨号。但这个号没通。斯薇特兰娜·弗拉基米罗夫娜把丰满的手按到电话插簧上。

"说说。"

季尔·谢尔盖耶维奇张大鼻孔,释出怒气。他的妻子对这件事情感兴趣的程度令他恼火。

"你知道,斯薇塔,这毕竟不正常。"

"具体指什么?阿斯科尔德被绑架了?是的,不正常。"

"是你对此如此投入。"

"'投入'?请选用一个其他的词。"

丈夫忽地站了起来,朝争吵的人在剑拔弩张时通常去的地方——窗边走去。

"到底,发生什么了?"

"我不明白你的话。"

"是我不明白你的反应。这是我的哥哥失踪了,不是你的。不是你的哥哥,也不是你的丈夫。"

斯薇特兰娜·弗拉基米罗夫娜朝前走了一步,微微下蹲,神情坚毅地眯起眼睛。

"什么,什么?!"

于是,"建设工程设计"公司的领导害怕了。他们夫妇之间就此话题已经有过一次谈话了。那天,他意外地得知,所有这些年,当他和哥哥由于"思想"分歧而唇枪舌剑、争执不断的时候,他的家庭则由阿斯科尔德在秘密资助着。当时,愤怒爆发,天旋地转,季尔扔出了这样一句话:一个女人,与一个男人生活,却从另一个男人那儿拿钱,这不正常。他至今还持这一观点,但也非常清楚地知道了,说这样的话,他是不可以的。

斯薇特兰娜·弗拉基米罗夫娜斥责他,提出一大堆攻势猛烈的理由,有些是不公道的,但更多是很伤人的。每条理由几乎都是这样开始:靠什么生活?……你读研究生的时候,自己消闲自在,书最终又没读完,而那时已经结婚有家庭了,是不是?……你去中亚,还去度假胜地阿纳帕游玩,说什么是去考古考察,是不是?……回来后被人送去戒酒,是不是?……你们系的女秘书做人流,是不是?(季尔·谢尔盖耶维奇想插话:你是知道的,后来弄清楚了,这不是我的孩子,但他没说出来。)……我们送了儿子去他现在所在的地方学习,是不是?……最后还有,你一直死抱着自己那些愚蠢的爱好不放:生食,高山滑雪,练马场的马,佛教,是不是?季尔·谢尔盖耶维奇无可奈何地叹了口气,在这一刻他非常强烈地感觉到自己真是米佳。

"还是你认为,"夫人大声说道,"所有这些,都可以用我的工资来支付?如果这样的话,你要么是笨蛋,要么是混蛋!你的收入我就不说了。三十年两篇文章。"

文章比她说得要多,而时间段更短,但受斥责的人没有去解释。他在习惯一个想法:在这个战场上他胜不了。接下来人们甚至连做这样暗示的机会都不给他:科里亚秘密给钱这种情形有点不太道德。即使只是转交装着钱的信封,其他什么事都没有。他仍不相信,不相信妻子和哥哥会在他背后……但同时，又无法摆脱这事引起的愤怒和恐惧。原则上，这些反应，对你妻子行为的反应——愤怒和恐惧，不应该是一致的，它们甚至是相矛盾的。它们必须是相互排斥的，但，在他这里，却不是这样。

季尔·谢尔盖耶维奇于是没有和哥哥摊牌，也不再与妻子纠缠。他怕再自取其辱，但是惧怕并没有排除不断增长的愤怒。怕够了。更何况，科里亚失踪后，斯薇塔的行为变得让人难以忍受。仅仅因为曾经得到过钱而产生的感激之情，是不可能引发出这种焦躁的歇斯底里的。这里面还有某种更重要的原因。

但是，还没到撕破脸皮走人，或者赶人走的时候。米佳对着走近的妻子抱歉地微笑了一下。

"不管我与哥哥的关系如何，我，无疑，会竭尽全力，使他安然无恙，不受伤害……"

"你与哥哥的关系怎样？"

"你知道。"

"知道，知道。我太知道了。"

这一刻，季尔·谢尔盖耶维奇想，假如没有那本诗集的事，假如没有巧妙安排喂松鼠的事，那他现在就有话可说了。应该在婚礼之后马上就告诉她那个故事，蜜月的时候，一起一笑了之。现在，这么些年来，一个小小的、事实上无伤大雅的诡计不知不觉中承载了某种道德的重量，就像良心天平上的秤锤一样。

一句话，都是些走不出去的圈子。毫无办法。只有称一称，谁的背叛分量更重，需要制定度量衡。

"你为什么不作声？"

"因为你在说。"

"记住，我不允许你把这件事情压下！不管你多么不情愿。"

"你在说什么呀，斯薇塔！"

10

"您姓帕托林？"

"伊戈尔·伊万诺维奇。可以就叫我伊戈尔。"

一看也明白，可以只称客人的名①。二十岁刚出头。淡黄色的毛发，特别是眉毛和睫毛，引人注目，身材消瘦，火柴盒一样扁扁的，嘴唇比有些姑娘还要红润，腼腆的微笑。很难想象出还有比他在外貌上更不合适的人了。但，他是博贝尔推荐的。

"您以前在'我们'运动中担任领导。"耶拉金说道，没有用疑问语调。

"省专员。"

还真是人物，少校想。以前，这样的年纪是挤不进共青团州委书记行列的。还是挤得进的？过去的现实已经开始被遗忘了。

"您知道，将做什么吗？"

"反间谍。"

少校摇了摇头：

"不如说，是盖世太保。"

"政治警察？"

"只是，不是国家范围的，是公司范围。"

浅色的睫毛抖动了几下。

---

① 俄语交际习惯，对孩子和年轻人可只称呼名字。——译注

"我们将检查所有员工的忠诚度,还是只检查领导层?"

"我想,在这件事情上可以不打扰'人民群众'。"

长着浅色头发的小脑袋慢慢地点了一点。

"拿这份文件去办手续,您将在隔壁房间办公。那儿有需要的一切。又有电脑,又有卫生间。还有单独的门通向走廊。这张盘上是所有的人事信息,附带照片。关系、亲戚、秘密账户、董事们的私人空壳公司。甚至还有一组初步的说法。第一批意见我今天晚上前就需要。"

"经费呢?"

"我的皮夹。"

耶拉金从口袋里掏出一叠两百欧元的纸币,放到伊戈尔面前。年轻的"盖世太保"朝前伸出手,带着机器人般的优雅,用手掌盖住那叠钱,再把它拉向自己。

博贝尔是推荐了他,但也建议与他打交道要小心点。"自己的活他会做好,但重要的是及时让他走人,以免他咬住不该咬住的地方不放。"

"告诉我,伊戈尔,您为什么离开'运动'?"

"您问得对,我不是被赶出来的,我是自己离开的。"

"那原因呢?"

"致富的方法太慢。"

"很有说服力。"

少校点了点头,恬不知耻,这很好。堂而皇之只考虑自己利益的人,从来不会背叛,因为谁也不会太信赖他。尽管体形不太谐调,但客人快速而灵活地站起身来。

"请告诉我,亚历山大·伊万诺维奇,我能招多少人?"

"合理的人数。合理的。"

"结合的允许程度呢?"

这是指什么,少校想,他是在问,在招募的时候,哪些事情可以告诉被招募的人?

"局限于那些不告知就无法进行有效工作的内容。"

"再见。"

耶拉金依然对这一收获不是特别高兴。所有这些新的小伙子们都或多或少像外星人。可以和他们一起工作,但不明白,如何和他们一起生活。只是现在没有其他办法,也没有时间。今天早晨"建设工程设计"公司的保卫处长再次坐在《美丽岛》主编的接待间里,翻阅着新出的杂志,等待主编忙完。边翻阅,边打量着女秘书。他原本想和她聊聊,但这时,在翻下去的那页光面纸上,正好看到季尔·谢尔盖耶维奇的文章《在永恒之岸的两个乡村》。标题很美,但令人不解。少校开始读起来。领导描写了自己不久前的巴西之行。不光去了科帕卡巴纳海滩,还去了真正的丛林。还有在旅行过程中的发现。在离大洋三千公里的某个地方,在亚马逊河的岸边他发现了两个村子。一个村子里,母权制占统治地位;另一个,则是最严酷的父权制。在描写了两个对立村庄居民的习俗之后,旅行家开始提出一些总括性的结论。按照他的观点,当代社会的特点在于,这两种体系几乎是平起平坐地存在其中。只是在原始乡村,可以找到它们的纯粹形式,而在大城市里呈现出的,是"发展阶段的混合化状态"。在一个楼梯间里,我们既能够发现前者,又能够发现后者,而且还有第三者。也就是说,又有父权制,又有母权制,还有两个阶段之间的战争状态。事实上,离婚就是这一战争的表现。

正读到这里的时候,门开了,少校看到雷巴克带着微笑的嘴脸,感受到似曾相识的冲击,但这种冲击很短暂,因为在雷巴克身后又出现了两个人，他们的外表使少校忧愁起来。两位先生壮实魁梧，头剃得很光，目光深沉，眼睛发亮。身着东方服装，像尼赫鲁穿的那种。他们鱼贯而行，经过坐着的人身边时，甚至没有对他存在这一事实做出反应。雷巴克做出了反应，但没有从自己顶头上司那里得到任何回应。耶拉金想，自己做得不对，应该点一下头，不能太显露自己对正在发生的一切的态度。

主编闪现到走廊里，朝他招手。

"萨沙，来！妮卡，茶！"

亚历山大·伊万诺维奇走了进去，手里依然拿着那本杂志，用手指夹着登载刚才读的那篇文章的那一页。

"啊，你是我们杂志的读者！是什么吸引你啊？我写的乡村！真令人愉快，相信吗，我深感荣幸！读完了？"

"还没有。只读完第一页。"

"最有意思的是在结尾。我把一切归结到一个主要的对立面上。你知道，问题如果得以正确表述的话，是可以解决的。而我表述的是正确的。这是些深奥的、学术性词汇：父权制、母权制。如何把它们对接到日常生活中呢？当你明白，基础是男女关系中两种截然相反的现象时，一切就会显得更简单。这就是卖淫和通奸。你明白吗，这不是一回事？"

少校认真地点了点头。

"卖淫这种制度纯粹是宗法制的。男人把女人贬低到无生命的商品的地位。通奸则相反。女人没有限制地利用男性，剥夺他们个人的、人的属性。"

"老实说，不明白。"

"这有什么需要明白的,萨沙!在母权制下,男人没有父亲的权利,因为不清楚,谁是孩子的父亲。这个信息只有放荡的女人掌握。掌握并且操纵它。她为自己的孩子挑选父亲。选能够更好地养活和保护她和孩子的人。选更强大的人。信息就是权力。况且是这样的信息。当代荡妇和所有的人睡觉,但竭力找一个百万富翁做丈夫,给他生孩子,以此事实将他与其他公狗区别开来。实质上,还是那个与穴居时代一样的模式。简单的体力,或者是它转换后的形式——财力,没有形而上的权力(女性有的),那就什么都不是。男人把女人驱赶进家庭的城堡,但女人开始管理城堡。为什么妻子们不怕职业妓女,而怕女秘书?妓女只拿报酬,但贱货会抢走她的丈夫。"

耶拉金把可怕的杂志放到桌上,因为已经感觉到,主编的话是永远不会停下来的,于是便勉强地问道:

"那怎么办呢,米佳?"

主编对这一不拘礼节的态度①没有任何反应。

"家庭救赎。强有力的家庭——正是父权制的明确的手段和对人类两性的救赎。父亲世界的最后堡垒是资产阶级的道德。未婚妻是处女,也就是说,确保不是荡妇,对资本家非常重要,知道这是为什么吗?"

"没想过。"

"孩——子。因为他要知道,他的第一个孩子正是他的。童贞——是生产后代的容器上的铅封。也就是说,资本正是由他的骨血继承的。资本获得了时间维度。而性革命是母权制力量、非常放肆的力量的最

---

① 耶拉金突然对领导转称"米佳"。"米佳"是小名、爱称,通常是亲戚、挚友在私人场合使用的。——译注

猛烈的爆发。简单说吧,是放荡以最公开的、史前穴居般原始的形式进行的暴动。比如说,蓬帕杜夫人①鼓吹安宁的、隐秘的母权制。法国人总的说来,在这方面更聪明。他们把女人供上那么高的基座,使她们没法从上面下来。"

他多么熟练有趣地东拉西扯啊,就像以前的巫师通过念咒分散人的注意来止牙疼。他应该去做牙医,少校想。

"但是,一夫多妻制,我读到过,好像是男人的特性……"

"当然,但这不是男性的淫荡,就像女权主义者叫嚣的那样,而是扩展了的父亲身份。因为由许多女人生的所有的孩子都会有父亲。也就是说,都会在家庭中长大,明白吗?是的,即使在后宫。但同时,不管荡妇生多少孩子,她的家里始终是没有男人的,也就是说,是一个畸形的家庭,她所有的孩子都将是孤儿。得了,我已经厌烦了,坐吧。你当然想问,那些漂亮的、神秘的光头,刚从我这儿出去的人,他们是谁,看见我好像在找别人,大概,你嫉妒了。"

少校决定沉默。

"我现在把一切都告诉你。"

走出主编办公室时,耶拉金看见玛丽娜·瓦列里耶夫娜站在女秘书的办公桌边,手里拿着掀开盖板的手机。

"请告诉我,季尔·谢尔盖耶维奇什么时候去巴西的?"

女人狠狠地瞥了他一眼,声音中带着莫名其妙的委屈:

---

① 蓬帕杜夫人(1721—1764),法国国王路易十五的情妇,凭借才色影响了路易十五的统治和法国的艺术。——译注

"为什么您不去问他自己？"

11

把被搅和进来的少校派去卖命之后，主编惬意地倒进圈椅里，为自己要了一杯咖啡，再请玛丽娜·瓦列里耶夫娜进来。他对自己感到惊讶，惊讶于此刻感受到的好心情的涌动。

那阿斯科尔德呢？

正在做着力所能及的一切。他签了文件，为保卫处又招了六个人，并给与丰厚的薪水，季尔·谢尔盖耶维奇觉得，为解救兄弟，自己做得不错。另外，他很喜欢雷巴克带来的那几个剃了头发、长得像土墩一样结实的穆斯林。与地道的人打交道很愉快。还能和谁可以这样兴之所至地谈论伊斯兰神秘主义、霍查·纳斯雷丁①的苏非派呢。好像，他自己也给客人留下了好印象。谈话进行得是如此地愉快，几乎没有讨论具体的事情。对伊斯兰神秘主义一窍不通的雷巴克慢慢转动着肥厚脖子上剃得光光的脑袋，内心充满了对领导出乎意外的尊重。原来，在傻乎乎的外出酗酒纵乐的掩饰下，还藏着这么不凡的智慧。

季尔·谢尔盖耶维奇还是说了出来：他需要和伊拉克一些主要的逊尼派或者什叶派指挥官联系的渠道，听到这话，客人们垂下了眼帘。

办公室的主人安慰他们：勇敢点，这里不是"建设工程设计"公司，不要怕窃听。小杂志的秘密会有谁需要呢？

一位客人说，尊敬的主人说的那种渠道，并不以固定的、常态的形

---

① 霍查·纳斯雷丁，东方穆斯林地区以及地中海和巴尔干地区民间传说中的人物，
短小的幽默、讽刺和笑话中的人物，一些民俗故事中的主人公。——译注

式存在。那片土地上发生着经常性的变化，"那儿在进行着游击战"，客人解释道。

"也就是说，你们想说，这样的渠道，需要专门开辟并且付费？"

伊斯兰勇士们窘迫地垂下了眼睛，这表明，客户的直率令他们有些吃惊。他过快打通了从精致话题到粗劣话题的全部道路。但是，对他所说的意思客人们没有表示反对。甚至一开始启动就会需要钱。

季尔·谢尔盖耶维奇决定同时抓住这头公牛的第二只角。

"要付多少？"

来自东方的新朋友走了之后，主编又因自己那篇关于母权制和父权制的文章无比满足地嬉戏了一阵，很享受地看着自己是如何用惊人的口才刺激保卫处长萨沙的。处长笨拙地装扮出来的正确性、呆板的正面性使"继承人"觉得非常可笑。假如你真是个诚实正派、经验丰富的人，你怎么会让自己的领导身陷乌克兰警察局地下室这样的事情发生呢？如果你是负责人，事情搞砸了，还生什么气啊。就像牛马套上车那样，给你套上新设想，就拉吧，别去琢磨什么，如果你自己不会用大脑工作的话。那个雷巴克，马上就明白了该怎样做，立刻带来了两个博学的伊斯兰强盗。他们会拿了钱磨洋工？当然，有可能。但是，谁不用钱冒险，谁最终就雇不到阿拉伯游击队来实现自己精心设计的血腥目标。只有得到专家们验证过的枪杀乌克兰连队（不管它躲藏在哪里，不管它的任务还带有怎样的辅助性质）的带子之后，作为交换，他才会把费用中的大部分付给他们。不要帮助希律王①。见他的鬼吧，为泱泱大国感到难过，帝国的伤口也还没有愈合。发炎部位病源麇集，毒害着灵

---

① 犹太国王，圣经中说他是个极其残暴的人。——译注

魂,错的是那些用一纸别洛韦日协议①脱离兄弟大家庭的人。应该要为此负责。天然气、石油,不是用这些东西。而鲜血,那就是另外一回事了。

"玛丽娜·瓦列里耶夫娜!"

这次轮到他进攻了。议事日程上是讨论英国专刊。

"请告诉我,您是在哪里找到这样一些作者的?"

"您指什么,季尔·谢尔盖耶维奇?"

"我指的是那个写伦敦公园的大妈。"

"她有什么写的不对吗?"

"她写的尽是些平淡无奇的老生常谈。为了在所有写作者中脱颖而出,应该去寻找属于自己的、出人意料的色彩。例如,这里写的海德公园……"

"这里少了什么色彩?"

"世界上所有的人都知道,玛丽娜·瓦列里耶夫娜,海德公园里聚集着演说家,他们高谈阔论,想聊什么就聊什么,但为什么不写写,在那儿,在伦敦的中心,有一个巨大的供数百人使用的浴场。出一磅就……"

"我明白了。"

"您知道,这就是新色彩!"

"明白了。还有呢?"

"您为什么撤掉这个关于丘吉尔的故事? 关于他伸出的手指,做成字母'V'的形状,代表'胜利'。他在这一刻看上去真的很蠢。在古罗马

---

① 1991 年 12 月 8 日,俄罗斯、乌克兰、白俄罗斯三个东斯拉夫国家的领导人在白俄罗斯的别洛韦日自然保护区签署《独立国家联合体协定》,宣布苏联停止存在。——译注

元老院,保民官①也做这个动作,它表示的是'否决'。为什么我们不能写,著名的英国首相文化水平很低。"

"因为这是英国专刊。杂志会送往使馆的。"

"哦,拜托。他们怎么,会读?"

"会读的,还会生气的。"

"不去管它。"

"这是命令?"

"命令。"

"好吧,我保留文章的事实部分,但去掉评价部分。"

季尔·谢尔盖耶维奇挥了一下手。

妮卡端着托盘轻盈地走了进来。

"您的茶,季尔·谢尔盖耶维奇。"

"我要的是咖啡。"

"英国专刊。"玛丽娜·瓦列里耶夫娜走出办公室时,轻轻一笑。

甚至女秘书的又一次"没脑子"也没使主编生气。他今天还有一项娱乐。关于"狄康卡"的文章已经排好了。

12

耶拉金少校拿起电话听筒,拨了一个号,等来了对方的应答。他对着话筒大声地叹了几口气,随后按下插簧。这个过程他连续重复了三次。接着他便开始等待。就像他预想的那样,等待的时间并不长。

---

① 古罗马最高民选平民官员(公元前 5 世纪开始),拥有否决法官和参议院决定的权力。——译注

"亚历山大·伊万诺维奇!"

"是的,是我,克拉芙吉雅·弗拉基米罗夫娜。"

"您能立刻来我这儿吗?"

"出什么事了?"

"我很焦急。"

阿斯科尔德和季尔兄弟俩的母亲说,来过三个神秘的,甚至可以说是可疑的电话。

少校没去延长这出喜剧,他立刻出发了。他没法无所事事地坐着,不能对调查的进度施加影响使他很恼火。他决定从问题的后面包抄,说不定会在那儿找到些有用的东西。当然,利用一个年老的蠢女人的恐惧心理,不太好,但是,说到底,这也是为了她自己的利益。简而言之,他希望从莫兹加列夫先生家的泥沼里捞到某些有用的信息。或许,老婆子会说漏些什么,这样就能哪怕部分地弄清楚,"继承人"针对乌克兰的那朵可恶的仇恨之花是从怎样的心理蛀孔中冒出来的。是啊,班德拉分子杀了父亲,是啊,现在又绑架了哥哥,但这一解释好像不完全像是解释。为了使这一因果结构生成到真实而具体的复仇状态,还需要些什么东西。

"不用紧张,克拉芙吉雅·弗拉基米罗夫娜,您的房子始终处在监控之下,没有什么威胁到您。"他在路上打电话时这样说。他顺着这个方向思考得越久,就越觉得这一点是可能的,那就是绑架事件不仅与乌克兰的利益有关,也与莫兹加列夫家族的心理有关。而这,令人遗憾。家庭故事要比信贷故事更复杂。挑开家族的情结,比撬开保险箱还要难。最好不要把这些因素扯进调查里,但是,也可能,没有这些就解决不了问题。只是能够使老婆子开口谈起来吗? 而且,做这事,要非常谨慎婉转。无论是哥哥还是弟弟都不会喜欢有人侵入他们的禁区，即使是他们自己保卫处的力量。

在走进克拉芙吉雅·弗拉基米罗夫娜房间的时候，少校还不确定，他正在走出的这一步是完全正确的。

莫兹加列夫两兄弟的母亲住在一套整洁的有两个房间的居室里，配置着朴素但体面的东德家具，只是冰箱因自己的瑞典身份而在整体风格中特别醒目。克拉芙吉雅·弗拉基米罗夫娜身体还硬朗，尽管体态臃肿，她不希望为她雇保姆，尽管大儿子一直建议。"我又没有瘫在床上。"她说。

她与少校几乎在他进入公司工作的第一天就认识了。她被介绍给他，作为一号保护对象。她瞬间就充满了对他的信任。因为各种各样的事情给他打电话，甚至是些无关紧要的事情，亚历山大·伊万诺维奇也很配合，总是很细心，很耐心。他非常清楚，领导是如何小心翼翼地对待自己的妈妈的。

克拉芙吉雅·弗拉基米罗夫娜从冰箱里拿出一个装着鲜榨果汁的玻璃罐。她很关心健康。两人立刻谈起了可疑电话的事。莫兹加列娃女士稍微平静了些，慢慢接受了保卫处长的说法。

"那么，亚历山大·伊万诺维奇，您认为，这是个偶然？只是某个人打错了？但为什么是三次呢？"

"别人给了他一个错的号码。第一次他想，是没拨对号码。第二次他想，是那个给他号码的人错了。第三次，只是为了查验一下。事不过三嘛。"

老太太点了点头。

"您别生气，亚历山大·伊万诺维奇，我把您拉过来，但最近我不知怎么老是不安。"

"是——吗？与什么有关？"

"各种各样的梦，算来算去，所有的梦，最后都是灾难。"

少校带着理解的表情噘起嘴。

"是的，梦有时……"

显然，老太太已准备讲述夜间梦中见闻，少校吓得打断了她。

"您这是不习惯，克拉芙吉雅·弗拉基米罗夫娜。"

"您指的是什么？"

少校稍稍停了停，还可以打住，围着这个话题绕绕圈子。算了，听天由命吧。

"我听说……您一生的经历，充满动荡不安。和丈夫一起……森林兄弟①，班德拉分子……"

她微笑了一下，神情庄重，又带着忧伤。站起身，走出房间，回来时拿着一本相册。少校暗暗叫苦。还不知道，什么更令人烦闷：是听别人的梦，还是看别人的家庭相册。但是既然需要，那就应该去做。

"这是五十年代初，我还完全是个小姑娘。"

的确，还是个小姑娘。瘦瘦的，柳腰，扎腰带的连衣裙，头发梳成花形，手里拎着公文包——一个小教师。

"这是谢廖沙。"

中尉。最多中等个头，但有着运动员般的体形，果敢的外表。

"在练单杠，他像个全能运动员。扔手榴弹，举哑铃……"

---

① 20世纪40—50年代波罗的海三国——立陶宛、拉脱维亚、爱沙尼亚——的民族主义武装力量，利用茂密的森林作为掩护，反对苏维埃政权，力图恢复"独立"。
　——译注

上身赤裸——看得出，穿三号军装。周围是朋友—同志。大家都在微笑。比赛。

"这是在哪里？"

"杜布诺。这是我们那个地方的景致。小巷子，您看，都是弯弯曲曲的。但总是很干净。屋顶上都盖着瓦。人们都会精打细算。街道都通向山里，因为小城坐落在斜坡上。"

"就是在这里，请原谅，谢尔盖被杀的吗？我忘了老爷子的父称。"①

克拉芙吉雅·弗拉基米罗夫娜只是点了点头，几乎无动于衷。也没有告知自己已故丈夫的父称。

"是的。就是在这栋房子后面，人们在这里做衣服，有裁缝，还有洗衣店。如果往下走，有条小河，有风车。还有干草棚，他，谢廖沙就是在那里被发现的。他们还想烧了干草棚，但是干草没有燃起来。很奇怪，是吗？干草……"

耶拉金决定再稍稍往前进一点，好像，女主人并没有把那些感受埋藏起来。

"再次请原谅……"

"请问吧。"

"为什么杀您丈夫？"

"因为爱情。"

"您是指？！"

女主人叹了口气。

---

① 谢尔盖是名。谢廖沙是谢尔盖的小名、爱称。按俄语表达习惯，对尊者长辈表敬重时应称名加父称。——译注

"一切都很简单,尽管也觉得有些不好意思。稍稍有点。当时我年轻,快乐。做教师。歌唱得不比当地人差,哦,他们唱得可真棒。也去参加舞会——年轻嘛。他们有小提琴、手风琴,我们就一起跳舞。于是,当地一个家伙看上了我。一个小伙子。长得很帅,留着漂亮的胡子,他吹笛子,领子上绣着花……他是那么爱我……谢廖沙发觉了,说要毙了他,他真有一把枪。我就不知道,那儿究竟发生了什么,怎么发生的,只是最后在小河旁的干草棚边发现了谢廖沙的尸体。还有草叉……他是被草叉……他们,当地人,被抓了几个,那还了得——杀了军官,尽管谁也没有看到。判了。就判了那个小伙子一人。但不是坐牢,而是,据说,枪毙。我们不久就离开了那里,去了科夫罗夫,后来又去了车里雅宾斯克。再在那里生活是根本不行的了。危险。在市场上,有人把牛奶泼到我脸上。您想象一下,过的是什么日子。还有那时已经有两个孩子了,靠父亲的抚恤金生活。一个上幼儿园,另一个刚上托儿所。我自己去学校上班。"

少校在椅子上坐不安稳。好几个问题就在嘴里,像在舌尖上跳舞,你追我赶,争先恐后,他几乎已经插入到老太太断断续续的告白中,但电话铃声影响了他进一步的提问。

克拉芙吉雅·弗拉基米罗夫娜拿起了听筒。

"是我,好儿子,是的,非常非常高兴,不然我心神不宁。是,我知道……什么?"克拉芙吉雅·弗拉基米罗夫娜慌张地朝客人看了一眼。"亚历山大·伊万诺维奇正在我这儿做客,是我请他来一趟的。"

老太太又看了一眼保卫处长。

"好的。守口如瓶。我答应。是的,一切正常,身体还好。我会等的。对谁也不说,瞧你说的……"

少校明白，莫兹加列娃女士是不会再回答他的问题了。有意思，是谁向"继承人"告发了他的来访？"继承人"又是从哪里知道，我们会谈些什么？！窃听器，在这里？！不可能！有尾巴？雷巴克在卖力？更多还是一个简单的巧合。但已经够酷的了。现在应当想想，对季尔·谢尔盖耶维奇说什么。

"再来点果汁吗，亚历山大·伊万诺维奇？"

"我，看来，该走了。"

"那好吧，好吧……"

"您给我讲述了很多有意思的事情。"

"我还想，我在浪费您时间呢。"

13

帕托林结束汇报时，正好是子夜，电视里报时的钟声伴随他说出最后几句话。耶拉金侧身对着他坐着，办公室半明半暗。一如保卫处长此时的心境。

"那结论呢？"

"是我错了。"汇报人说道，尽管声音里面没有一丝愧疚感。

只有他们两人在办公室里。少校很想喝一点，但又懒得起身，而帕托林充当端酒倒水的角色，他觉得，又不适合。他是个气量小、容易见怪的人。

"简单来说，这些光头先生们真能与逊尼派地下组织接上头？您觉得呢？"

汇报人的回答并不迅速，然而语调很有信心。

"更有可能是的。"

"也就是说,是些认真可靠的人。那,他们是否会愿意介入这么把握不准的事情中来呢? 钱归钱,但毕竟是有风险的。"

"我有这么个感觉,季尔·谢尔盖耶维奇用某种方法给那些人留下了务实的印象。再有,钱还是不少的,而要干的活又是拿手的。如果发现他们已经在这类事情中做过中间人了,我不会觉得奇怪。至少是在我们的北高加索做过。"

少校站起身,走到贴墙迷你酒吧边,往广口杯里倒了一大杯白兰地,举起杯子在空中挥了一下,问帕托林:"你想喝吗?"后者坚定地回绝了。

"我还是觉得这一切匪夷所思……怎么可能呢,近五十个人的生命取决于一个用钱支付的任性要求。"

年轻的专家没有对这句话做出评论,好像,他对上司的不安和怀疑不感兴趣。少校把倒出来的酒一饮而尽。他知道,这里没有人会支持他善良的议论和愤懑。

"这样,我现在就去。不会太久。我想,两三天吧。继续办那件说好的事情。希望它会带来一些结果。所有新来的人,我希望,都已经对事情有所了解了。"

"都了解了。"

"还有一个任务。要您亲自完成的,帕托林先生。"

少校把一个塑料文件夹放在桌上,里面有几页纸。

"需要验证一个老故事的真实性。这里是姓名、日期,以及当事人的其他信息。故事,确实,很老了,发生在其他城市,甚至可以说,发生在国外,但可能对我们来说很重要。要把它完成。"

帕托林把文件夹拿到手里。

"杜布诺村,外喀尔巴阡。什么时候需要?"

"就像我年轻时候那些共青团领导人说的那样——这昨天就需要了。但我不在的时候,你还有时间。"

"我明白。"

少校按了遥控器上的一个键。

"瓦夏,把车开过来。我们去机场。"

14

季尔·谢尔盖耶维奇兴致勃勃,而《美丽岛》杂志社则在紧张的等待中悄无声息。通常,领导的这种心情表明,他又想出了什么诡计,而工作人员则将面临一段艰难的时光,直到那荒谬的念头自己消退,或者经过大吵大闹,鲜血淋漓地成为现实。备受压抑的各部门主任们一个接着一个跑到玛丽娜·瓦列里耶夫娜这里来商量对策,但她也没什么可用来安慰他们或者进一步吓唬他们的良方。

没有消息。这特别令人不安。员工们想象着最可怕的场景。不久前,小莫兹加列夫还只是个权力有限的暴君,而现在,他的任性会随着他的无限的权力成倍地增长。

而所有人都没有意识到,季尔·谢尔盖耶维奇咄咄逼人的好心情一点都不是针对饱受痛苦的员工们的。

主编,而在现在这个场合,更确切地说是"建设工程设计"公司的领导,在等待客人的到来。善于完成任务的雷巴克报告说,穆斯林信息中心的代表们准备提出具体的建议。雷巴克工作努力,不做那些毫无用处的人道主义的反省,这使季尔·谢尔盖耶维奇感到高兴。显然雷巴克立刻就明白了,微妙的心灵活动是主人的特权,而下属应该通过仔细完成工作来实现自我。在新领导看来,雷巴克是一个完全可以被驾驭的人,这是他的一个大大的、显著的优点。仕途发展前程明确——是非常强大的吸引力,也是最大积极性的刺激因素。耶拉金应该被赶走,但不能操之过急。谁知道坐上了亚历山大·伊万诺维奇位置的米隆·罗曼诺维奇①会怎么表现。此外,还应该有人去寻找和解救阿斯科尔德。雷巴克不可能一下拉两张网。

喝完咖啡,季尔·谢尔盖耶维奇走到接待间。他想和人说说话,打发点时间,离那两个光头伙伴到来还有近一个小时。看到领导微笑着出现在自己的面前,女秘书本能地站起身来。她像其他人一样地清楚,这种微笑意味着什么。

"妮卡。"

"是,季尔·谢尔盖耶维奇。"

"记得吗,您一周前向我要求休假。"

姑娘慢慢地、表示否定地摇了摇头。仿佛她要么失去了记忆,要么赶走了噩梦般的预感:这个不仅微笑,而且还在讨好的领导会弄出些什么花样。

"不。"

"什么不? 不记得了?"

妮卡又摇了摇头,这次很肯定。

"不记得。我不想休假。"

"是——吗?"

领导很惊奇,但没发怒。他笑得更开朗了。

---

① 雷巴克的名和父称。——译注

"您这么喜欢和我一起工作。"

女秘书带着最严肃的表情点了点头。

"如此喜欢,以至于都不愿意与我分开两星期?"

"是的。"妮卡低声说道。

季尔·谢尔盖耶维奇双手做了个动作,踮起脚尖转过身,回到了自己的办公室。他并没有打算给妮卡休假,他只是想跟她开个玩笑。假如她确认想要去休假,那他就会愉快地确认他不同意放她去休假。没成功。但是,着实让手下人吓了一跳。新的职务就有这样的威力?

坐回圈椅里后,季尔·谢尔盖耶维奇又为自己要了一杯茶。客人们即将到来,他感到高兴,但也觉得不安。甚至有些出汗了。尽管在他看来事情几乎是简单的。主要的,是找对人。老实说,领导的作用也就体现在这里。在各种情况的现有配置中,唯一使他稍稍有点不安的,是新伙伴的名字。他们叫阿卜杜拉和焦夫杰特。这是什么?现实的嘲讽,还是狡猾的东方智慧的游戏。当然,没有人能够禁止这些先生们在加入危险行业时使用假名,但不管怎样,在他们的做法里发现游戏的成分,还是令人不快。焦夫杰特是胆小鬼的意思,而阿卜杜拉是"战士"。

玛丽娜·瓦列里耶夫娜走进房间,尽管是为了对她而言很寻常的事,但悄无声息,感觉她比自身的影子还要轻。她来是对主编建议的材料提意见的。季尔·谢尔盖耶维奇对她亲切地微笑了一下,打招呼般地扬了一下眉毛,好像在说,来吧,玛丽娜·瓦列里耶夫娜,赶快说真话吧,或者,这次又有什么事使你们痛苦万分了?

她叹了口气,拿定了主意。开始了。

"我们,当然,会登这个东西。"

显然指的是"狄康卡"。

"那是自然的。"主编往后靠到舒适的圈椅的背上,神情举止像保护人一样。

"只有一点:我想请求您,允许我稍稍柔化一下这个姑娘——列霞的形象。"

"怎么?"季尔·谢尔盖耶维奇表现出非常真诚的兴趣,人从原先那个姿态朝前慢慢地弹回来。

玛丽娜·瓦列里耶夫娜依然试图在领导的脸上和声音里找到哪怕些许恼怒的印迹,他的迷人微笑把她弄糊涂了。

"我一直认为,'狄康卡',还有旁边的村庄,不是'红灯区'。"

"写得很像红灯区吗?"

她点点头。

"而这个姑娘……"

"列霞。"领导讨好地补充道。

"是的。她看上去简直就像是个魔鬼,恶魔般的人物……"

"她看上去像个女妖,玛丽娜·瓦列里耶夫娜,女妖小姐。"

"就算这样。"

"正是这样,要知道,这是乌克兰。"

"就算这样,但这一切太文学了。结果不像是笔记,而像是个短篇。而我们,您知道,避免任何的虚构。这是我们杂志的原则。"

"您想说——我添枝加叶,随意捏造?"

玛丽娜·瓦列里耶夫娜沉着脸,低下了头。

"我没说这个。"

"您说了。而且说得对。您按自己的想法修改吧,这就是我要建议您的。是的,是的,是的。请别这样看着我,仿佛受了迫害似的,这不是挑衅。解释非常简单。狄康卡,村庄,甚至整个乌克兰都不再使我感兴趣,至少,在文章所描写的那个意义上。明白吗?"

玛丽娜·瓦列里耶夫娜点了点头,其实什么都没明白,因此而特别郁闷。

要弄清楚领导的这番宽容,其实很简单。他决定接下去要掩饰起自己对乌克兰问题的特别兴趣。要想想不在现场的证明。

副手刚走出去,电话铃响了起来。

"斯薇塔?"

"你能马上回家来吗?!"

"不行,这不胡扯吗,我在上班,我马上有个会面。"

"那我以另一种方式对你说:你必须马上回家。"

她说话用的是一种特别的声音,无比平静,甚至可以说是死气沉沉的。在这种声音的后面感觉得到某种因巨大不幸而获得的权威。

"我……听着,但我……"

"马上!"

"出什么事了? 米沙有事?"

"畜牲!"

斯薇特兰娜·弗拉基米罗夫娜放下了听筒。

有整整几秒钟的时间,季尔·谢尔盖耶维奇相信,他,当然,不会像毛头小子那样,撂下事情拔腿就跑,他哪儿都不会去的。离命运攸关的会面总共只有四十分钟了。但随即他已经在摸按钮叫女秘书了。

"对不起,您的茶。"

"我要的不是茶,我要汽车。"

15

斯薇特兰娜·弗拉基米罗夫娜在门厅里迎接丈夫。她一只手把着门，另一只手扶着尚未完全整理好的发型。她身上穿的不是睡衣，是一条漂亮的裙子，脚上不是家常拖鞋，而是一双昂贵的晚会凉鞋。而此时外面笼罩着十一月的肃杀寒意。一下子几个想法在季尔·谢尔盖耶维奇的脑海中闪过，所有的想法都很蠢。斯薇特兰娜想诱惑他，在经过了那么多个月的和平共处之后。斯薇特兰娜准备去剧院，想带他一起去。但外面不光是十一月的天气，而且还是下午三点。第三个想法已经是很恶毒的了：她想让他与阿卜杜拉和焦夫杰特的会面泡汤。

"再见！"他准备转身就走。

"进来，进来。我说，进来！"

听语调明白，要说的事与去剧院无关。

"我有非常、非常重要的会见！"

"娜塔莎，请出来！"

走廊里光亮如镜的抛光实木复合地板上，有影子在移动，从客厅里走出一个高个儿姑娘，身穿白色裤装，令人羡慕的长发披到肩上。她左手撑着门框，右手叉腰。她的目光，在这样的光照下，难以分辨，但是可以设想，一定动人心魄。季尔·谢尔盖耶维奇还没认出她来，但吓了一跳。惊吓到这样的程度，以至于焦夫杰特也好，阿卜杜拉也好，都从他的脑子里一下子飞了出去。

斯薇特兰娜·弗拉基米罗夫娜摆弄好最后一个发夹，手刚空出来，马上就拿起一支口红。她转过身，打量了一眼登场的客人，恶狠狠地咧嘴一笑，并开始用力地涂抹自己的嘴唇。

"怎么……"季尔·谢尔盖耶维奇刚开口提问，但立刻明白了自己想问什么,因此,就住了口。

"怎么,"妻子抓过了主动权,"大概你想说,这是你的女儿,是吗?"

主编终于认出了这个姑娘,他很清楚,这不是他的女儿。各种复杂的感觉同时在他心里生成,既有随时会出现的对妻子的畏惧,又有意外相见带来的愚蠢的喜悦。

"怎么,说呀,说点什么呀。"斯薇特兰娜·弗拉基米罗夫娜涂满口红的嘴快速地说着。她正在结束自己富于战斗性的妆扮,充分准备好面对即将到来的交锋。

季尔·谢尔盖耶维奇这时却被另一个有点游离的想法吸引过去了,那就是:在他的生活里,一切好像都是倒着发生的。不按常规。所有的一切在开始的时候,都如同讽刺喜剧,而重复时,便像悲剧。十二年前,那时,他和斯薇塔都还年轻,性欲旺盛,对爱情、婚姻、床笫之欢等这类事情,都持自由的观点(两人在一定程度上都有点装),就是在那个时候,米佳·莫兹加列夫在与自己开放的妻子预先做了几次试探性谈话之后,把一个自己认识的女人带回了家。带来的这个姑娘,显然是个真正开放的人,在性方面什么都愿意干,更不用说是三人做爱这样简单的玩艺儿了。当他设想这场游戏的时候,他确信,一切都会很棒,他们夫妇会证明,他们非常前卫,等等。最终,应该从语言转向身体——他很不自然地说了一句所谓的双关语。但是,当冉娜跨过他们那时还很小的房间门槛的那一刻,他瞬间就像被钉满了楔子。他明白,他在任何情况下、永远都不敢向斯薇特兰娜建议去做他设想的那件事。因此,出现了一个非常滑稽的场面。妻子把客人只当成是丈夫的同事,是像同志那样顺路来看望他的。冉娜则确信,接着会有设想中群交的那些明确步骤,于是她的表现也与此相符。也就是说,没有做得很庸俗,没有说暧昧的笑话，没有把香蕉塞进嘴里，没有长时间地、挑逗似的舔咖啡勺。她自己就是礼貌得体的化身。相反，斯薇塔则想展现自己的彻底解放、无拘无束，一直把谈话的主题转向冒险方面。她五次提起，说他们夫妇是很现代的，对很多东西她都愿意睁一只眼闭一只眼。米佳感觉自己就像是水星，一个面始终炙热，另一个面则冰冷无比。他艰难地说出一句又一句话，既无法呼应妻子顽皮、但总体上是天真的态度，也无法呼应冉娜无语但有力的询问：何时开始？他最终得以安然地送走了客人，并赢得了妻子的夸奖（你的女同事多可爱啊），他对这一夸奖报以难堪而自嘲的笑声。这个滑稽故事常常被他想起，他有时会在最不合适的场合憋不住扑哧笑出声来，用手捂住脸。

现在，瞧，真正的悲剧。

他在这一幕刚开始的时候太过迟钝，而现在，不管他想出什么理由，斯薇塔都不会相信他一个字。

"她……"

"别装，你知道她的名字。"

"她……"

"她叫娜塔莎，你和她在狄康卡见过。我不知道，在那里你们之间发生过什么，但你给过她名片，请她来家里，就像来自己家一样！"

"是吗？"

"怎么，亲爱的，你这就要开始叨咕，说是当时喝醉了，现在什么都不记得了？！"

季尔·谢尔盖耶维奇那时是醉了，但记得很多事，所以没法马上确定该说什么。夫人突然打了他一个耳光，她的样子表明，她这样做不是出于愤怒，而是为了在他身上激发出一些清晰明了的话语和行动。

娜塔莎立刻飞快地、同时又优雅地改变了姿势,从家庭闹剧的观察点上消失了。

斯薇特兰娜·弗拉基米罗夫娜继续他们的谈话,仿佛那个耳光没打过似的。也就是说,用平静的、系主任惯用的语调说道:

"老实说,我没料到,这样的事情会发生。什么洗浴小姐,用科里亚钱的女秘书,一些难以避免的小罪过,也就算了。但没想到你有胆子公然做这样的事情。你简直就是,即使再抬举你,也最多就是个可怜的混蛋。"

"为什么……是可怜的?"

"你自己知道!"夫人吼道,突然离开她站的地方:站着继续吵闹她已力不从心了。她朝走廊尽头走去,就像当年罗马军团的士兵,脚上凉鞋的金属配饰叮当作响。她又立即返回。穿着高跟鞋,她显得稍稍高一点,她居高临下地——既在直接意义上,又在间接意义上——看着丈夫,压低嗓音说道:

"你会后悔的!知道吗,你会后悔的!"

"好的。"米佳顺从地点了点头,他准备后悔,准备受折磨,只盼望眼前这场噩梦不再持续下去。原来,他甚至都不知道,他对这个暴跳如雷的女人依赖到什么程度。而这又是在好像既无爱情又无好感的情况下。那还有什么呢?!真不知道"没了她就不行"的认定是从哪里来的!

"什么'好的',白痴?!你以为,好像你自己套上白痴的盔甲,我就拿你没办法了。会有尖刀的,会有的!你会嚎啕大哭的,会让自己遭报应的,你信不信,我知道。我太了解你了,就像人们了解熟悉的蟑螂一样。"

她指的是什么,米佳想,但没法专注于这个想法。

"你爬过来,低三下四地爬过来,我根本不会听你讲完。我永远不会原谅你,我可以向你保证。但如果你爬过来,下跪求饶,或许,我就不置你于死地。你明白我说的是什么吗?"

季尔·谢尔盖耶维奇想,他什么都不明白,但他觉得,这一威胁又合理,又可怕。于是认为最好说:

"是的。"

"如果'是的',那就带着自己的乌克兰小婊子,卷铺盖从家里滚出去。"

就是说,剧院我们是不去了,丈夫想,并开始点头,无条件地、完全彻底地同意夫人的建议。为了确认自己同意,他低声说道:

"当然,当然我走。"

"和她一起。"

"是的,我走,她也走。不是你,斯薇塔,不是你走。你也没地方去。"

系主任女士无声地发怒了。

"你这样认为?"

她突然开始收拾起来,穿上大衣,在衣架上寻找围巾。季尔·谢尔盖耶维奇劝阻她,真诚地希望她留下来。当然,没能成功。他不能与她对立,应当承认这点。门重重地被打开又被关上。主编站在刚才他一直站的地方,很惆怅,他试图想弄明白些什么。

娜塔莎又走到走廊的亮处。尽管无边的惆怅像块石板一样压着他,但季尔·谢尔盖耶维奇还是穿过石板感觉到,她真漂亮,没说的!这个想法,就像一条喜悦的小虫,在沮丧的莫兹加列夫先生的心里蠕动起来。他会愿意就这样永远地站下去,但知道是不可能的。他清了清

嗓子,说:

"你有行李吗?"

娜塔莎说了一个奇怪的、但总体上还是能够懂的词。

"悠。"

"那我们走吧。"

丈夫没有锁门。当他和自己那位从天而降的姑娘走向电梯的时候,伴着咄咄逼人的叮当声和喘气声,妻子正沿着楼梯走上来。从她怒气冲冲的话语中可以明白,她不是什么大傻瓜,不准备为了某只外来的母狗而离开自己的家。

16

松树林中的一栋房子。"建设工程设计"公司的郊外总部。"索斯诺夫卡"——一个已经消失了的生产联合体原先的郊外招待所。桑拿浴室、台球室、酒吧、几间精心布置的房间、配有电睡眠疗法和各种松弛剂的医疗室。

迎接"这对年轻人"的是保卫处长本人,他是季尔·谢尔盖耶维奇在半路上打电话召来的。带妙龄女郎去哪儿,老实说,他自己能想到,但他还需要支持,确保其他可能出现的需求得到满足,安排,照料。

问题立刻就出现了。首先,在车里怎么坐?或许,他坐前面,坐在司机边上,她坐后面,就像乘客一样?太正式,太不热情。不管怎么样,姑娘总还是响应他的召唤(哪怕是醉酒时发出的)飞来的。这样的座位安排会让人不快,引起反感。但如果和她一起坐到后面,又会显得像是个自满的俗人。既然她来了,那就挤挤她。季尔·谢尔盖耶维奇决定把选择的担子转移给娜塔莎,如果她自己坐到前面,那就表示,她更多觉得自己是乘客，而不是可爱的客人。如果相反，那他也就坐到她边上。

结果是第二种情况。

司机把娜塔莎的包放到后备箱，询问路线怎么走，那表情似乎是在这个世界上他对什么都不再感兴趣，为此领导很感激他。

"一路顺利吗？"季尔·谢尔盖耶维奇问出了自己的第一个问题。

娜塔莎只点了点头作为回答。

"你是怎样找到我的？"

她默不作声地从胸前的口袋里掏出一张他的名片。

"啊，我给了你名片！"

"四张。"娜塔莎说道，但还是没有转身，眼睛紧紧地盯着司机的后脑勺。

"四张？"季尔·谢尔盖耶维奇感到一阵尴尬。他想象着在狄康卡醉酒的场面，自己徘徊在乌克兰清新的暮色中，死乞白赖地追逐着穿民族服装的女服务员，一次又一次地把自己的名片强塞给她。他知道，在某些状态下他有多么令人厌烦。斯薇特兰娜有一次用摄像机把他的状态拍了下来并放给他看，很可怕。所以现在，在尴尬之后，他内心涌起了对娜塔莎感激的浪潮。真想不到，那么纯洁的心灵，那么信赖别人。尽管有四张硬塞过来的名片，但她还是透过他醉酒的外表，看到他内在某种充满人性的、或许还是吸引人的东西。季尔·谢尔盖耶维奇一直确信，喝醉的时候，他不光吵闹、急躁，像个煽动者和低俗的莽汉，有时也特别机智，别具一格，粗犷奔放。或许，娜塔莎欣赏他身上的这一点？苦笑、刻薄的笑掩盖着受伤的心灵。娜塔莎们，当然不是知识分子，但凭着女人的天然直觉，领悟到，这样的人应该同情，而不是厌弃。

"你是一个人来的?"

她迅速地朝他这里看了一眼,季尔·谢尔盖耶维奇明白,自己说了一句傻话,于是真的觉得浑身发冷。① 而且他害怕了,因为不知道还该问什么,即使只是为了让谈话继续下去。

汽车沿着莫扎伊斯基公路驶出了莫斯科。他们开过"苏维埃之翼"体育宫,已经到了环线立交。主编在脑子里想着显然不该问的问题:她来多久? 她的父母放她来吗? 她准备在莫斯科做什么? 结果自然是,什么也不能问,不能说。能做的只有一件事,庄重地、尽可能超然地保持沉默。不管怎么样,不是他去她那儿,而是她来他这里。或许喝一点? 汽车里有酒吧。或者建议娜塔莎也喝一点,为了重逢!

建议了。

得到了略带惊讶的同意。他打开嵌入式冰箱,随着每个动作的展开,越来越觉得有信心。当然,当男人有哪怕是微小的,然而是具体的事情做的时候,他就会觉得自己在这个世界里是恰当的。

"拿着高脚杯。"

"哦。"

"香槟还是白兰地?"

"马蒂尼。"

"太好了。为什么? 为你的到来,好吗?"

不要总是征求她的同意,他突然想到,哪怕是在表面上,主动权也应该掌握在男人的手里。

---

① 俄语里"说出一句傻话"中的动词与"使冻结在一起"是同一个词,因而主人公有此联想。——译注

前面已经说过，迎接他们的，是耶拉金。同时，他又在送别另一批人离开别墅。那些人慢吞吞地、不情愿地坐进小面包车。一些衣衫不整的姑娘，双腿修长，没有化妆，脸看上去很可怕。不知为什么，超级模特的身材经常引发脸部的退化，似乎上苍赋予某个姑娘吸引力的总量不能满足所有的需求。说句公道话，也应该承认，有时一张迷人的脸，是安在一个胖墩儿或者骨瘦如柴的人身上的。

这些姑娘中有几个人季尔·谢尔盖耶维奇已不是第一次见到了，因此，尴尬的感觉又一次向他袭来。他没有马上下车，目光垂向鞋尖。

少校果断又恼怒地指挥着，看得出，他原本指望在领导来之前摆脱这批宿醉的人。这一刻季尔·谢尔盖耶维奇对少校的努力颇为感激。

终于走了，那就好。

"您好，季尔·谢尔盖耶维奇。"

"你好，亚历山大·伊万诺维奇。"

"现在那儿正在整理。十分钟就好。"

房子里跑出一个听差的，从后备箱里取出新客人的包，彬彬有礼地表示愿意为她效劳，意思是护送她到入住的地方。点头哈腰，像个伙计，季尔·谢尔盖耶维奇心不在焉地想，因为也没有什么其他的可想。总的来说，"伙计"这个词，不是对于旅馆里的服务员，而是对于堂子里的服务员更合适。① 领导看着来自狄康卡的娜塔莎带着无意中流露出来的优雅走上露台的台阶，他问保卫处长：

"她怎么？"

"不明白，您是指？"

---

① 俄语里，"跑堂、茶房、伙计"与"性的、有性的"两词在拼写上相同。——译注

"她怎么找到我的？"

"据我理解，您给了她自己的名片。在农庄的时候。"

姑娘和少校说法吻合，这使"继承人"感到非常高兴，牵制内心活动的猜疑自动消融了。领导笑了起来。但是，马上又让自己停了下来。放心得太早了。情形没有逆转，还是奇怪的，甚至是愚蠢尴尬的。

"我需要和她谈谈。"季尔·谢尔盖耶维奇说出了自己的想法。少校耸了耸肩，似乎在说，当然，除了其他事情之外，这事也可以和她一起做。

"我可以走了吗？"

"当然，可以，但请你再等一下，亚历山大·伊万诺维奇。"

"听您吩咐，季尔·谢尔盖耶维奇。"

他皱了一阵眉。

"我暂时没什么要对你说的。啊，对了，她，娜塔莎，多大？"

"已经成年了。"

"我不是这个意思……"尽管他关心的正是这点……"就是说，我年纪比她大一倍多。"

少校耸了耸肩，比上一次更超然。现在他的动作可以解读为：这有什么意义吗？！

"我不是说那个，亚历山大·伊万诺维奇，不是说那个。"

少校站着，垂下眼睛，慷慨宽容地让领导有时间把握自己的想法。

"那亲戚呢？"

"我说了，她已经成年了。"

"那国际上的……反响呢？"

少校笑了，是啊，他说，您别搞笑了。季尔·谢尔盖耶维奇也觉得不好意思。对于一个策划针对乌克兰的地缘政治血腥破坏活动的人来说,他在这件事情上显然是太注意细枝末节了。

"好吧,您没事了。"他干巴巴地说。

少校做了一个正式的点头动作,接着从唇缝里挤出这样一句话:

"伟哥在浴室的小柜子里。以备万一。"

季尔·谢尔盖耶维奇先是恼怒地涨红了脸,但是少校已经坐进车里,也不朝他这儿看。当他的"奔驰"朝门外驶去的时候,小莫兹加列夫心里浮起了对他的感激之情。对于如此微妙的问题,这个少校表达得是那么的简单而委婉。事情是这样的,季尔·谢尔盖耶维奇此刻对自己的性能力并没有完全的信心。与妻子房事的次数很少,索然无味……而桑拿浴室——它被称作是伤风败俗之地——里的女人们,所有事情都帮你做。季尔·谢尔盖耶维奇获得性高潮,据他记得(而这样的记忆都要穿过醉酒的薄雾),似乎都没有经过自身的任何努力。而在目前的情形下,他相信,需要表现出自然的阳刚气概,但他不知道,他现在还有多少能力来做这种表现。

他叹了一口气,朝房子走去。慢慢地走上露台,模糊又漠然地想起,对于心理分析师来说,楼梯的形象是性行为的象征。总共只有四个台阶。很短。他站在过厅里,试图通过声音来确定,在楼上四个房间的哪一间里,狄康卡小妖精正在打开自己的行李。与此相关,就出现了一个问题:他怎么办?就是说,住进同一个房间,还是婉转一点,住到隔壁去?不管哪种情况,都会在关系中造成含糊性,而关系原本就很暧昧。还会伤害她。她是到他这里来的,而他去了隔壁房间。应该把自己的东西扔到她那里去。他开始用坚定的步伐沿着楼梯走上二楼。

敲门,还是直接进去?

第一次，应该敲门。

敲了门，但没有应答。

又敲了一次，还是悄无声息。

果断地拧动门上的把手。

房间里空无一人。

包像被开膛破肚般地打开着，仿佛是布料的火山喷发了一样，双人床上，扔满了毛衣、裙子和披肩。双人床，季尔·谢尔盖耶维奇暗自注意到这点，同时听到了浴室里传来的流水声。啊……当他刚才在反省的时候——天性过分细腻的男子总是这样，那已成年的姑娘，已经在为激情盛宴准备一切必需品了。

莫兹加列夫先生就像被太热的淋浴水烫着了一样，跑出娜塔莎的房间，穿过平台，冲入另一个房间。直接进到浴室。小镜箱。想必，这里所有的房间，都是按销魂的最新规则标配的。这就是——伟哥。季尔·谢尔盖耶维奇举起塑料包装袋对着光线看了一下，咧嘴笑了。袋里一共两片。显然，人们认为，这一制品的用户是无法接连两次做爱的。好了，应该开启自我牺牲的新纪元……以前他只吃鹅肝，现在发展到吃伟哥了。① 他把一粒胶囊放进嘴中，从龙头里接了口水，把胶囊吞了下去。接下来，它什么时候开始起作用？过一小时？过两小时？小箱子里没有任何说明书。显然，常客们已不需要这类信息。问谁呢？当然不可能去问服务员！给耶拉金打电话？那就意味着，承认自己是听从了他的建议的。男性的骄傲，依然还是个可恶的东西。甚至连愚

---

① 俄语中"鹅肝"和"伟哥"两个词都由六个字母组成，而且后四个字母都相同。——译注

蠢或者卑鄙,人们都能够承认,而……啊,有了! 季尔·谢尔盖耶维奇乐呵呵地从口袋里掏出手机。

"玛丽娜·瓦列里耶夫娜?"

"您请说,季尔·谢尔盖耶维奇。"

"我这儿发现一份好材料。"

电话那头传来一声叹息。

"您请说。"

"马尼拉勃起学校。"

"什么——什么?"

"就是您听到的那个。菲律宾人是这方面以及各方面提高刺激性的大专家。"

"那怎么,季尔·谢尔盖耶维奇?"女士的声音变得紧张起来。

"应该做一个对比表。例如,与菲律宾的方法相比,传统的手段效果如何,比如酒精,还有果仁、鱿鱼、伟哥。"

"伟哥?"

"包括伟哥。服用后在多少时间内它开始发挥作用?"

"那您为什么问我这个问题?"

"您是我的副手……"

电话那头呼吸声变得沉重起来,听得出受委屈的感觉。

"玛丽娜·瓦列里耶夫娜……"

"您想说,我可能会与那些男人有接触,他们……只有借助那些……"

"对不起,我没想到,这会如此地冒犯您。"

"您还要嘿嘿地笑。"

"我没有笑。"季尔·谢尔盖耶维奇说道,尽管他发觉从他嘴唇流向听筒的正是嘲讽的笑声。

玛丽娜·瓦列里耶夫娜放下听筒。高招没能奏效。她会不会想……不会,主编安慰自己。外边天还亮着。另外,她更容易把领导想象成一个卑鄙小人,而不是阳痿患者。

接下去做什么?

说实在的,可以等等,等到药效出现。

他走进娜塔莎的房间(现在甚至可以不敲门了),发现她已经在床上了。后脑勺对着他躺着。这使主编很亢奋。还是胶囊已经开始起作用了? 不管怎样,应该先洗个澡。我们要用清洁来回应卫生。一定也要在这里淋浴! 那当然的!

当半裸的"建设工程设计"公司的领导用毛巾捂着细瘦的腰部钻出浴室时,他看见被子下的姑娘已经翻了一个身,看着他的方向。他一下呆住了,保持着那个悄悄溜进来的姿势。随即发现,错了——她没在看。眼睛紧闭着。不仅如此,如果细听的话,能听到一丝悦耳的鼾声。

睡着了?!

真的,睡着了!

过度紧张。路途奔波。艰难的决定。

接下来该怎么办? 笑着推醒她? 未必会得到感谢。半梦半醒间的女人是很任性的。吩咐人送来一瓶放在冰桶里的香槟,还有鱼子酱? 商人的庸俗! 而最不可能的是,就这样一走了之。这意味着,他,一个富裕而全能的男人会被少女的轻微鼾声吓跑!

好吧,那就让我们分别睡着,但同时醒来!

然而,这个无辜的计划也注定难以成真。一个保安探进头来,眯起眼睛，报告说，有人请领导听电话。

季尔·谢尔盖耶维奇先是吓了一跳，随后想到自己现在的身份，便愤怒起来。

谁如此大胆?!

原来，是斯薇特兰娜。

天哪，他可彻底把她给忘了。在闹剧爆发的第一时刻，他觉得自己会死在倒塌了的婚姻的巨大废墟之下，但一走出共同住所的大门，就什么都忘了，甚至关于往日家庭生活的记忆也仿佛蒸发掉了一样。

"你在那里?"斯薇特兰娜快速地厉声问道。"在自己的藏污纳垢之地，好的，那就准备好。不用等太久的。"

说完啪地摔下了电话。

这说明什么？首先并且也是最令人不快的是：妻子，即使是前妻，看来，知道森林桑拿房的存在，知道她的丈夫有时会来这里逍遥。偶尔，非常秘密地，带着不变的羞愧回味在此的奇遇。她知道，并且忍住了?! 真不明白，这不像她的做派。太不像了。但现在这有什么意义呢。这一心理上的不快，季尔·谢尔盖耶维奇相对容易地承受住了。如果他堂而皇之的出轨已经被发现，那他偷偷摸摸地在这藏污纳垢之地无论干什么事，严格地说，也都无所谓了。只是不得不承认，斯薇塔对他的仇恨和鄙视现在看起来会更有根据。不管了。而那个，在"不久的将来"里，她占卜出了什么？他要"不太久"地等待什么新的可怕的事情发生?! 最糟糕的，是她要到这儿来。她发现她让可恶的丈夫太过容易地脱身了，于是打算要搞一场婆娘殴打，打得脸上抓痕累累，高跟皮鞋乱砸脑袋？季尔·谢尔盖耶维奇想到娜塔莎的作战能力，叹了一口气。斯薇特兰娜·弗拉基米罗夫娜处在愤怒的状态——而她的愤怒又是合理的，在体重上又占明显优势，她会是最有希望的获胜者。

对了，可以搬到其他地方去。立刻，秘密地。去宾馆。莫斯科有各种各样的宾馆。这是逃跑？就算是逃跑吧，只要不是血洗。要知道，可能会一下子失去两个女人。季尔·谢尔盖耶维奇感到，他已经迷上了娜塔莎。尽管这种感觉甚至比蜘蛛网还要薄弱，但它确实存在。

他怯生生地朝卧室张望了一下。姑娘朝左边翻了个身，现在可以仔细地看看没有埋在枕头里的那部分脸了。惊人的、动人的线条——有灵性的太阳穴、柔嫩的面颊、波浪般的卷发。肩膀，锁骨上端的小窝，横着的睡衣背带，见鬼，背带真是五花八门，哦，甚至眼泪都开始要冒出来了。

季尔·谢尔盖耶维奇惊恐地意识到，他现在不能闯进去叫"起床！"，要她收拾东西，一起跑到什么地方去。两个女人，尽管方式不同，但都牢牢地制约着他。处在这样两个女人之间，是怎样的一种滋味啊！

我不让她上楼，丈夫这样决定，并朝一楼走去，边走边掩着睡衣的下摆。他吩咐给他送来两片芬纳西泮和一杯水。或许，换衣服？不，最好穿着睡衣见人，更有居家的、主人的样子。外面下起了雪，很大，很贪婪，像占领者一样。应该到露台上去见斯薇塔，睡衣能将谈话的时间压缩到最短：我怕冻着，对不起！

这样过了三十多分钟。藏污纳垢之地的主人服了药片，然后，稍稍有些不合逻辑地喝了杯咖啡。但是既没能放松，也没能打起点精神。断头台上的约会，这就是他将面临的，他对自己越来越没有信心，甚至还带着可耻的懦弱想过，如果能够回到原来的状态，那该多好。没有什么娜塔莎，斯薇塔赶着去自己的学院上班，而他则悄然考虑着对乌克兰连的秘密血腥打击。

大门外出现了一辆汽车，鸣响了喇叭。保安跑了过去，回来后报告说，来了"某个男人"。季尔·谢尔盖耶维奇恼怒地摇了摇头，现在还可能会来什么男人?! 愤怒的斯薇塔可是立刻就到啊。

"告诉他，现在顾不上他，一个人也没有，总的来说……"

保安又跑了一趟，回来报告说，"这个男人，他是父亲"。

"我自己就是父亲，所以……"突然，他脑袋里咯噔一下，"谁的父亲?"

保安没有来得及回答，他被命令把客人引进房子。季尔·谢尔盖耶维奇有点像发疟子似的身体发抖，药片和咖啡各半的作用，和"这样的会面穿睡衣特别不合适"的想法，在脑子里汹涌奔腾。

他走了进来，仿佛在用靴子敲打着地面，尽管脚上实际穿的是双普通的皮鞋。一看见他，最初和主要的联想是——西瓜。这完全是一个圆形的人，那肚子! 另外，还穿着暗条纹的大衣，在几乎光秃的脑袋的顶端，有一绺滑稽的卷发。众所周知，好西瓜的根茎是干枯的。而客人头顶上的那簇头发是潮湿的。

苍白的、刮得很干净的脸，额头上的皱纹因汗水而发亮，两眼的位置稍稍有点高低不一，由此产生的印象是：他能同时看到一切，地上的和地下的一切。胖胖的手指触碰到纽扣，大衣解开了，就像有人开始把西瓜切开。

季尔·谢尔盖耶维奇是如此地不知所措，以至于都没有站起身来。

"请坐，您尊姓大名啊?"

客人费力地脱下大衣，松开领带。季尔·谢尔盖耶维奇此刻想，他根本不关心娜塔莎的老爷子叫什么，他想的是，斯薇塔出现的时候，他该做什么。唉，会有一个多么荒诞的家庭会议啊!

"伊万·塔拉索维奇。"

"非常高兴,我叫……德米特里·谢尔盖耶维奇。有什么可以效劳的?"

客人又一次试着再松开些系在喉头部位的那个结。

"我的柜女在您这里。"重音落在词尾。可以理解,说的是姑娘,而不是家具。

说出这句话,伊万·塔拉索维奇就像从自己肩上卸下了一副重担,他坐到圈椅里,在他的重压下,圈椅犹如大浪中的一叶扁舟般摇晃了一下。主人不露声色,等待客人开口。

"吾再没有哑女儿了。"

这一申明非但没有使情况变得明朗,反而弄得更乱了。这句话既可以理解为,伊万·塔拉索维奇生气了,他要与自己的孩子脱离关系,也可以理解为除了娜塔莎,他没有其他女孩了,甚至还可以这样想:他想说这个女儿几乎是个哑巴。事实上,这一整天里,从她那里又听到过几句话呢?而可以辨别得出来的只有"马蒂尼"一个词。

季尔·谢尔盖耶维奇等待着吵闹的开始,在客人的表情和行动中紧张地寻找暴风骤雨将临的迹象。吵闹是不可避免的,不然父亲为什么那么快沿着女儿逃亡的足迹赶来。是的,说真的,他们那里,年轻人的感情不长久。但是,要知道,对孩子很钟爱。还有很多其他的想法,根本没有必要的想法在季尔·谢尔盖耶维奇的脑子里盘旋,就像在跳圈舞。旋转的舞蹈里,闪过的还有受骗的焦夫杰特和阿卜杜拉的光脑袋、愤怒到脸色死白的斯薇特兰娜,以及其他许许多多的人和事。但现在最主要的,是经受住第一次打击,来自塔拉索维奇的打击,他大概也准备好了毒箭。

　　但是客人的表现与可期待的有所不同。他不时地擦拭他那汗涔涔的光脑袋,皱着眉头张望着,用鼻子大声吸气,因此甚至可以认为,他自己觉得很尴尬,还没有决定是否要大闹一番。最终,他犹豫着从上装口袋里掏出一张矩形卡片。又是它,可恶的名片,主编发起愁来。他怎么,把名片洒遍了乌克兰的黑土地?!瞧,现在冒出幼苗了!现在还会发现,他请来留宿的不仅有神秘的女服务员,还有她的老爸。不——不,应该事先清空口袋里的名片,在自己人圈子里喝酒。

　　伊万·塔拉索维奇开始解释说,娜塔莎昨天从家里消失以后,他翻遍了她的东西,找到了这个地址。由于没有发现其他线索,他决定立刻赶来,趁着还没有什么可怕的事情发生。她坐火车,他乘飞机,所以,他几乎追上了她。照着名片上的地址,他遇到了一个非常漂亮、但怒气冲冲"女人"①。容量多么大的一个词啊,季尔·谢尔盖耶维奇不由自主地想到,在乌克兰语里也好,在俄语里也好,这个词很正确。这个"女人"也把西瓜先生打发到森林桑拿房来了。

　　"就是说,她自己不来?"

　　顶着一缕头发的脑袋摇了摇,表示否定,这在主人心里激起一阵喜悦:局势缓和了,不用担心婆娘大战了。一个战场的战争不那么可怕。

　　"这系您的房舍。"伊万·塔拉索维奇说,同时环顾着房间。他说这话的时候,不带疑问语调,就只是为了说点什么。他还没有选择好行为路线。他在这里扮演什么角色,他是来要回女儿,还是拿她做交易,待价而沽?季尔·谢尔盖耶维奇再次紧张起来。看来,没有暴风骤雨般

① 原文中词语是"女人"之意的俗称,此外这个词在俗语里还有"妻子"的意思。——
　　译注

的吵闹威胁他了,但这并不意味着所有的问题都已经解决了。老实说,这些话还都不说明什么,什么都不清楚。狄康卡女服务员是以什么身份来到这里的? 如果这是一种无声的歇斯底里呢? 幼稚的轻率举动,逃避自己的问题,而现在姑娘的眼泪就要开始了:爸爸,带我回家吧!总之,怎么对父亲说,他,这个莫斯科佬公狗,来包养他年轻的女儿。在还有一个活生生"女人"的情况下。或许,他,这条公狗,心灵太过敏感了。我们可知道这些外省的女服务员是些什么样的人! 所有当代青年都是,他们从十四岁起就……这对父女会不会"诈"他? 要知道什么都还没有发生过,娜塔莎睡在他床上,但他和她没有睡过。但已经开始问这样一些财产问题了! 谁的房舍?

"这个房舍不是我的。也就是说……不完全是我的。是宾馆。"

季尔·谢尔盖耶维奇捕捉到了西瓜的目光,里面可真是无所不有啊! 应该说些什么,作为回答。不一定要做出明知有错的样子,说到底,她是自己来我这里的。因此,……

大门外又出现了一辆汽车。

斯薇塔还是来了?!

还是又来了一支放荡的队伍。

啊,是耶拉金!

季尔·谢尔盖耶维奇没有想到,自己会由于这个人而欣喜到这种程度。他是个实干家,他久经世故,就让他拿着大把的美元把这个烂摊子给收拾好。

此刻,季尔·谢尔盖耶维奇既喜悦又恐惧地感觉到,伟哥的作用开始了。他把伟哥这事儿忘记得干干净净,甚至忘了什么时候服下的,因此现在已经没法确定人工激情的潜伏期了。

少校站在门口，和大家打过招呼后问道：

"季尔·谢尔盖耶维奇，能和您说句话吗？"

"不行。"也许是出于任性，也许是为了卖弄，他这样回答，同时掩着睡衣的下摆。他觉得娜塔莎的父亲在他睡衣的外形轮廓中捕捉到了些什么。不希望他认为这种态度是针对他的。就让他觉得，在他面前的是一个性感巨人。不，当事关你的女儿时，那巨人立刻就变成狂人。

伊万·塔拉索维奇把目光从一个莫斯科佬身上移到另一个的身上，他无法明白，现在更多应该听从于谁。

保卫处长最先确定了方向。

"呃—呃，尊敬的，嗯……伊万·塔拉索维奇。"

"我？"西瓜转向他。

"请您跟我来。"

伊万·塔拉索维奇照着他的话做了，很乐意并且显然很轻松的样子。耶拉金把他带出屋子，他们走下台阶，走到被雪压倒的草地上。

"喂！"季尔·谢尔盖耶维奇叫道，"亚力山大·伊万诺维奇，来一下！快，请过来！"

少校脸上做出坚忍的表情——聪明的仆人，在无条理的东家手下效力，他回到屋里，随手关上了门。

"只是别打他，别折磨他，明白吗！"季尔·谢尔盖耶维奇压低嗓音说道，他看见，伊万·塔拉索维奇通过门上的玻璃看得见他嘴唇的动作。或许，他甚至已经从他说出的话里读出了些什么。至少，他的眼睛瞪圆了。

"我干吗要打他和折磨他。我是第一次见到他。"少校不以为然地耸了耸肩。

"好，好，只是要把一切都办妥。"

"他的女儿还在这里？"

"在这儿。她还能去哪儿？去吧，去吧，哦，停一下，请您告诉这个老爸——我给她买套房，以及其他这类的话。我再也不想见到他，明白吗？"

"明白。"

"不然他真会把自己当作亲戚了。"

少校又点了点头。

"对妈妈无论如何一个字也不要说。希望，斯薇塔有脑子，不会去多嘴，搅和。"

"希望吧。"

"当然，她会说漏嘴的，但我想，不会马上。好像，就这些。不，呃，我不知道这怎么说……还有两个人……焦夫杰特和阿卜杜拉。我不想得罪他们，但是要今天与他们见面……您可见到了现在这个情形！"

"我没有和这些先生联系的方式，季尔·谢尔盖耶维奇。"

"那就算了，哦，不，给雷巴克打个电话，他有，告诉他，让他取消约会，如果他们还等在杂志社的话。请他告诉他们，这只是推迟，一天，两天。"

"我给雷巴克打电话。"

"我寄希望，寄希望于你，亚历山大·伊万诺维奇。"

耶拉金微微鞠了一躬，走了出去。

季尔·谢尔盖耶维奇通过门上的玻璃，看着少校把条纹大衣带离露台，朝远处走去，秋风吹动着伊万·塔拉索维奇黑色身影上的那簇灰白的头发，不知为什么，他变得忧愁起来。他想，原本，现在正是时候，飞奔上楼,进入小客厅,来到睡着的小姐身边,朝前端着自己上足了弹药的武器,推醒她,呼吁她立即回应,按人类日常生活的所有规律和概念来看,这是完全合乎逻辑的,正确的,但他知道,这是不可能的。对他极端扭曲而又敏感的躯体的全部结构而言是不可能的。

乌克兰

1

伊戈尔·帕托林并没有因为得到委派任务而兴高采烈。"家庭"的事情,最不可理解,这一点,他已经明白,尽管自身生活经验并不足。这里的一切都深不可测,人物和版本永远不会是最后的定数。能够把普通家庭的故事彻底理清楚的,要么是弗洛伊德团队,要么是百集巴西连续剧。

但杜布诺小镇赢得了他的喜欢。

山坡,瓦房相连,像六七条带子蜿蜒伸向河边,而这一切仿佛为山毛榉森林镶嵌上了卷曲的边框。布痕瓦尔德集中营,爱说俏皮话的季尔·谢尔盖耶维奇如果看到这里的景致,大概会这样开玩笑。进入杜布诺以后,生活仿佛在换挡,从排挡三换到排挡一。这里能看到很好的西方汽车,但几乎总是停着的,停在漆成各种颜色的房子边上。小镇像座博物馆,一些地方的马路至今仍是卵石路面,车主们不得不顾虑,在博物馆是不该开车的。

这里的人很和蔼,帕托林好像没有发现任何对未作掩饰的莫斯科佬口音的特殊反应。不过,脑海里不时跳出科斯托马罗夫的话:"乌克兰人不是报复心强,只是出于谨慎而记仇。"这句话为什么会跳出来?

对了,还有,为什么这个地方叫杜布诺,如果周围满是榉木的话?①

---

① 俄语中"杜布诺"的词根是"橡树"的意思。——译注

或者是鹅耳枥树？

在镇行政楼里，工作人员立刻就把吉尔内科家的地址给了他，并且提醒说，到那里要花很长时间，因为他们住得远，在镇子的边上，磨坊后面。穆希凯维奇街。最好有人带着去。伊戈尔也很客气地感谢了他们的好意，说，自己想散散步，看看居民区。这是真话。十五分钟后他已经在按一所独院住宅的门铃了，住宅是长形的，有两套居室，位于院子的中间，而这个秋日里的院子显然是收拾过的。

开门的是个四十岁的妇人，眉毛浓密，双颊红润，脸上带着谨慎的微笑。她似乎准备欢迎每个人的到来，但又不确信，此刻这种态度是否恰当。伊戈尔·帕托林在任何情况下都不会吓着别人。灰色的风衣带樱桃色的翻领，整齐的分头极富魅力，脖子上戴了一条雅致精美的围巾，戴皮手套的右手拎着一只超薄型的公文包。

"雅尼娜·伊万诺夫娜·吉尔内科，我可以和她谈谈吗？"

女主人脸上的微笑变得伤感起来。

"不行，她在医院里。"

"在医院？！"

帕托林突然哆嗦了一下，用戴着皮手套的手指摸了摸紧紧贴附在额上的那绺长发。随后做了自我介绍：莫斯科频道的电视工作人员。

女主人自称列吉娜·斯坦尼斯拉沃夫娜，她建议客人进屋，但对于已经告知的事情她已经没什么可补充的了。

"是的，妈妈在医院。"

"在精神病院？"

列吉娜·斯坦尼斯拉沃夫娜感到惊讶，她甚至想，或许，应该生气？这个年轻人总的来说给人以好感，他和气、古怪，非常消瘦的外表也使他不可能有凶险的内心。甚至那颇具挑衅性的外来特征也不令人反感。不是乌克兰人，不是罗辛人①，不是匈牙利人。对了，还用说什么呢，如果他自我介绍说：来自莫斯科。但列吉娜·斯坦尼斯拉沃夫娜在这个词中没有听到任何的蛮横与敌对。至少，在现在这个场合。这人感兴趣。对妈妈感兴趣。列吉娜·斯坦尼斯拉沃夫娜紧皱眉头，说：

"妈妈是心脏有问题。"

"莫斯科佬"开始道歉，如此地真诚，令人很快就明白了，他是真的不好意思。还年轻，冲动，总是先说，然后再想。

帕托林的述说表明，他是首都一家电视台的编辑，为一部讲述苏维埃政权在西乌克兰存在时期的影片搜集材料。

列吉娜·斯坦尼斯拉沃夫娜纠正了他表达中一个涉及国情变化的前置词②，纠正的时候，平静而不容反驳，就像所有女教师做的那样，而她正是在当地两所学校中的一所里当教师。

客人再次在脸上做出道歉的表情。看得出，为了完成使命，他愿意对许多事情予以容忍。

"还是习惯不了。"

"那就去习惯。"这几个字被说得很坚定，尽管不带挑战性。

列吉娜·斯坦尼斯拉沃夫娜让伊戈尔喝够了高质量的咖啡，同意带他去生心脏病的母亲那里。但不能说，这样做她很乐意，完全没有任

---

① 奥、德、波、俄正式文件中指加西利亚的乌克兰人。——译注
② 俄语中表示"在……"（表位置）的前置词一般有"в"、"на"两个，其后名词在表示国家名称时绝大多数用"в"。乌克兰未独立时，表示"在乌克兰"之意时用"на"。小说中伊戈尔·帕托林正是用了"на"而被列吉娜·斯坦尼斯拉沃夫娜纠正。——译注

何的犹豫。犹豫的含义客人不明白,但它的存在,他无疑是感觉得到的。所以说话很少,怕把她吓跑。最简单的,可以用"来访出乎意料和不同寻常"来解释犹豫产生的原因。原本人们好好地过着自己的日子,突然就像雪落到头上一样:哎,请讲述一下四十年前这里的情况。列吉娜·斯坦尼斯拉沃夫娜对客人的兴趣逐渐变得越来越冷静清醒。为什么这一切突然在现在发生?这是一部什么影片?为什么正是来他们、吉尔内科这里?还有,真的是来自莫斯科吗?而您是从谁那儿听到我们的故事的?

这一礼貌的盘问,发生在从小河岸边回来、沿着一条整洁的石砌街道往上走的时候。路过一座天主教堂,灰色的尖顶高高耸立,立面的壁龛里有圣徒们的雕像,他们身体伛偻,穿着积满灰尘的衣服,端坐在那里。很奇怪,帕托林想,在从上往下走的时候,他觉得已经把这个居民点研究过一遍了,可原来,这里还可以走一条完全不同的路,还紧贴着教堂。

他们从教堂右转,到了一条小街上,街的两边围着金属栅栏,栅栏的后面,是落满了树叶的小花园,矮小的房子。女教师向所有相遇的人行礼致意,客人也开始模仿她,他看到,这令女教师喜欢。有教养,这是小城镇居民最大的品质。

除了不愉快的盘问,还有不开心的故事。生活很难。所有这些没完没了的选举把任何人都会弄疯。现在不再会有人拿着什么旗帜上街了。但生活应该尽量像个人样。只有真相能为自己开辟通向未来的道路。她对帕托林又重复了一遍问题:他真的愿意站在全面而彻底的真相一边,在自己的电视节目中发声吗?

"不然我是不敢来找您的。"

　　这一回答使列吉娜·斯坦尼斯拉沃夫娜如此地感动,以至于她没有在里面发现丝毫的虚假。她请求要温和、细心地对待雅尼娜·伊万诺夫娜,也就是自己的老母亲,因为她的身体已经很不好了。

　　"您害怕了,担心她是否神志清醒?"

　　"再次,看在上帝的份上,请您原谅。"

　　帕托林把手放在胸口,表情丰富地眨了眨眼,发誓说,他自己也不明白,怎么会冒出那句话。列吉娜·斯坦尼斯拉沃夫娜决定相信他,尽管某些不快之感还是留了下来。她还答应,如果一切进行得顺利——那她就介绍电视台客人与小镇上其他有意思的人认识。

　　"许多人都遭了难,许多人。要知道,被流放,不能幸免。"

　　帕托林对此并不在乎,但他暗暗想到,这些"有意思的人"肯定也不时地去刺激那些穿着漂亮的苏联制服的莫斯科佬们。但他真的在这一格局中不持任何积极的立场,他感兴趣的只是他在调查的这一具体情况的真实图景,于是,他什么也没说。

　　当列吉娜·斯坦尼斯拉沃夫娜指着前方说那就是医院时,客人小心翼翼地问道:"或许,该买束花吧。"那儿以前是波兰禁闭室,之后开了一家德国妓院,再后来又成了苏联指挥部。

　　"现在是医院。花不用了。妈妈不喜欢花。她在服丧。从那时起,您明白吗?"

　　"明白。"

　　"花,她只认墓地上的。"

　　"空着双手不方便吧。"

　　"我给妈妈带来了泽菲尔巧克力软糖。她喜欢的。"

　　夏天的时候,大概,这是一个花草茂盛的舒适院子,长椅放置在幽静的角落里。现在，树木凋零，所有的一切都在眼前暴露无遗。关闭了的喷泉，它的底座水池。从打开的门里散发出炸鱼的味道。

"请在这里稍候我。"

列吉娜·斯坦尼斯拉沃夫娜钻进了屋。她不想老太太在医院室内见客人。帕托林双手背在身后，绕着喷泉踱步。他试图想象吉尔内科女士——这位四十年前致命的多角恋事件的见证者的样子。但没来得及。他看到列吉娜·斯坦尼斯拉沃夫娜从散发炸鱼味的门里引出一个高大、丰满、穿着花袍的女人。假如他是耶拉金的话，那他肯定会立刻注意到，这个老太与莫斯科老太克拉芙吉雅·弗拉基米罗夫娜在外表上极其相像。

吉尔内科女士原来是位彬彬有礼、喜欢说话的人。没有发现她对这个陌生人、还是一个外国人有任何的偏见和提防。请问吧，我会回答。只有一个不便：她只说方言，而且是搅和得很厉害的方言。因此有时只得再问，而且是问几遍，也因此采访好像一直在重复多次中进行。最终，列吉娜承担起翻译的角色。这就是她翻译过来的：

战后，杜布诺驻扎有苏联部队。说部队也不是部队，而是军官和士兵二十个人，带有一部电台。军官先生们住在很好的房子里，还有一位侍者。上尉先生（莫兹加列夫）很爱喝酒，但总也喝不倒。在所有的小酒馆和地下室啤酒屋里，人们都认识他，也都尊重他。当然，与真正的波兰中尉不同，但他也是个有文化的人，也带着手枪。而上尉的妻子……

"克拉芙吉雅·弗拉基米罗夫娜？"

列吉娜点点头，确认说的就是她，但她不想从自己的嘴里再次说出这个名字。

上尉的妻子是个漂亮的女人,但自由奔放,无拘无束。她的儿子,好像,五岁左右。应该理解——这是指阿斯科尔德。可是她开始左顾右盼。在市场上看中了吉尔内科夫人的弟弟,萨什卡。这是个多棒的小伙子啊,真没说的。这时从老太太袍子的口袋里出现了一块手帕,因为流出了点点老年泪花。她看上了他,燃起了热望,开始去获取自己想得到的。一会在这儿"偶遇",一会在那儿招呼。而萨什卡是有未婚妻的,玛露霞。村子就在山下,她就是从那儿来的。全都商量好了,秋天结婚。"他到我,到自己姐姐这里来抱怨,我怎么办,我只能画十字祈祷,这就是我能帮上的所有的忙了。"但是上尉老婆激情燃烧,已经是在不知羞耻地追逐小伙子了。丈夫在小酒馆喝酒,眼睛看不见,但有人告诉了他。他就蹑手蹑脚地过去了,那一刻上尉老婆刚好在老磨坊后面的干草谷仓里粘在萨什卡身上。上尉先生什么都明白了,一言不发地掏出手枪,而萨什卡则抄起了草叉。老太又掏出手帕,但眼泪没有出来。

"他,您的萨什卡,刺死了上尉,是吗?"

吉尔内科夫人叹了口气。

列吉娜点了几次头,以确认这一猜测。接下去,故事就按照可以预测的方向发展。法庭,监狱,等等。玛露霞以泪洗面,上尉的老婆以泪洗面。只有他的小男孩很坚强,一点也没哭。

帕托林耐心地听着。

"请再告诉我,这对我很重要。上尉的妻子这时已经怀孕了!?"

问题,总的来说像个问题,但吉尔内科夫人突然没了交谈的兴趣,低下头,开始拨弄袍子的腰带。帕托林坚持着。

"上尉去世八个月后第二个男孩出生,是这样的吧? 季尔。两个儿子，阿斯科尔德和季尔。"

老太依然不参与对话，而且还开始喘粗气。她所有的诚心与和蔼都不见了踪影。

"我们走吧。"列吉娜·斯坦尼斯拉沃夫娜说。

"可，等等，我们还刚……"

老太的嘴唇发青了，女儿从她口袋里掏出一个装有药片的透明小袋子。

"妈妈，妈妈，这儿，拿着。"她不知从哪儿拿出一小瓶水，拧开盖子。"喝吧，妈妈，喝一口。"

帕托林不自觉地往后退了两步，脸上的表情显得很困惑。列吉娜生气地把变化了的目光朝他射来。

医护人员推着轮椅车跑来。众人退进楼里。莫斯科佬决定等一下。如果母亲这台机器的运转开始出问题的话，或许，还能从女儿那里了解到点什么。

等了很久。当列吉娜·斯坦尼斯拉沃夫娜走出医院时，天已经开始暗了。她尽量在经过帕托林身边时能够不与他说话，但是他并没有表现出客气的态度。

"听着……"

"不，您听着。"她突然停住了脚步，裹紧风衣。"我不相信，您是电视台的，莫斯科、波兰或者其他什么地方电视台的。"

"为什么？这是证明。"

女人的脸一阵抽搐，露出厌恶的表情。

"在我们家里，舅舅的名字，萨什卡舅舅的名字，还有，与他有关的一切，这……"

"我明白。"

"假如您明白，那您为什么还要暗示生病的老太太，对自己的死他自己有责任。暗示是他把这个上尉的妻子肚子搞大的——就像你们那里说的，然后杀了她的丈夫，也就是说，他被判刑是罪有应得。"

帕托林用双手做着致歉的动作。

"我只是想弄清楚。"

"没什么要弄清楚的。只要看看文件。上尉的第二个儿子是在他死后和萨什卡被捕后十个月，而不是八个月后出生的。"

"有这样的文件？"

"神圣的母亲啊！"

帕托林用右手的手指摸了一下前额。

"萨什卡不可能是第二个孩子的父亲。他爱自己的未婚妻，面对带着枪、喝醉酒、失去控制的军官，他自我防卫，他爱自己的玛露霞，他死在劳改营里。"列吉娜·斯坦尼斯拉沃夫娜一字一句地说道。

"这一切都发生在九月，在一九六五年九月的头几天……"帕托林开始扳着手指算。

"九月底开庭。而第二个男孩是一九六六年七月出生的。我们听说了。镇子里大家都站在我们这一边，政府也好，群众也好，都站在我们一边。对我们来讲，重要的是证明萨什卡一点错都没有。现在，您走吧，去核实，我再也没有什么要对您说的！"

帕托林转身朝向列吉娜·斯坦尼斯拉沃夫娜：

"如果还有什么的话，如何联系？"

"您走吧，请！"

莫斯科

1

"安东!"耶拉金高声地、恶狠狠地喊道,通过两条途径——电子设备和空气传导,这一信号被送进了接待间。门口出现了一个小伙子,穿着黑色西服,系着黑色的皮质领带,表情沮丧地站着,知道会受到斥责。

少校指了指桌子右边的圈椅,一个男人,戴着很难看的眼镜,镜片很厚;留着花斑胡子,面带微笑,手脚伸开懒洋洋地靠坐在椅子上。

"这是谁?!"

安东看了一眼他预先拿在手里的名片。

"涅斯托尔·伊卡洛维奇·克里亚耶夫,地缘政治科学博士,共同管理学硕士,水星协会的研究主持……"

"够了! 为什么你放他进来?"

"涅斯托尔·伊卡洛维奇说,他是您的旧友,您见到他会高兴的。"

"但我,我对你说过,他是我的旧友吗?"

安东仔细地理了理领带的结。表情严厉地吸了一口气,快步走向坐着的人,用力抓住他瘦小的肩膀,已经准备把他拽出圈椅,但被命令阻止住了:

"放下他。你回到自己那里去吧。"

秘书助手几乎不易察觉地撇了一下嘴:领导任性,那又有什么办法呢,不然怎么是领导呢。

"你好,萨沙。"共同管理学硕士和善而又亲近地朗声说道。"要知道我找你有要事。我记得我们一起经历过的所有往事，我想，你是不会拒绝的。"

保卫处长什么也没说，等着下文。

"记得吗，当时我们借助我的阿尔卡伊姆发掘扳倒了那个竞争者，葛罗金，记得吗？我们拯救了，如果不是世界的话，那至少是国家。那是怎样的一段时光啊，啊？当我们联结在一起的时候，科学洞察的力量就会扩大成正义的力量，那是不可战胜的实力。"

"你来的目的是什么？需要钱？"

"是啊！"克里亚耶夫高兴地叫了起来，被人们理解的时候，人会变得很幸福。他迅速打开已磨旧了的、照例是皮质的公文包，用魔术师般的动作从里面掏出一叠大尺寸的照片。"你看看！"

少校快速而冷漠地把照片翻看了一遍。一条不深但很开阔的小河，泡沫翻滚的波浪，穿过散落着白色石头的河谷。远景是有着白色峰顶的群山。前景，克里亚耶夫戴着闪闪发光的眼镜，洋洋得意地用手举着经纬仪。

"好像是巴达赫尚山区①。"少校顺口说道。

"差不多，差不多。我给这个地方取了另外一个名字——冈瓦纳！"

"为什么这里……"

"碎片，原始地壳的最后一块可靠的碎片。我这儿有地理学家的结论，如果你想听的话。"

"不想听。"

克里亚耶夫呵呵一笑。

---

① 位于阿富汗东北部和塔吉克斯坦东部。——译注

"神奇的地方,比如,你想知道吗,在那儿剃刀不会钝。永远不会!没有任何寄生微生物。电池不会用完。几乎不会。电话联系,一个简单的'诺基亚'一秒钟内就让你与里约热内卢连接起来。"克里亚耶夫眼睛朝上翻,表情暧昧。"这个应该单独讲述。愿意的话可以发财。"

耶拉金知道,和涅斯托尔·伊卡洛维奇争论没有用,但还是不由自主地提了一个表示怀疑的问题。

"这个,你的冈瓦纳的碎片,是从哪儿落到塔吉克斯坦的?"

"应该学习地质学,少校。地壳运动,听说过吗? 看看印度,它粗野地冲进欧亚,喜马拉雅山是由于它的压力而在地壳上形成的褶皱。印度,是冈瓦纳的尾巴,明白吗?"

"够了。"耶拉金厉声说道。"我不是银行家,我最多只是这里的保安。"

安东走进办公室。

"什么事?!"

"亚历山大·伊万诺维奇,您有妻子吗?"

耶拉金紧张地咽了口唾沫。

"一个女人打来电话,说她是您的妻子,我没为您接过来。"

少校深深地吸了一口气,试图抑制住越来越强烈的愤怒。

"不该让这个'旧友'进到我这里来——但不能由此得出结论说,不该把我妻子的电话接进来,你明白我的话吗?"

"我明白。您有妻子。"

少校拿起电话,心里猜想,两个有权自称是他妻子的女人,现在是哪一个在电话的那端。遗憾,不是琼。

"萨沙,怎么办?"

“塔玛拉,解释一下,怎么回事。”

“他又跑了。”

“谢廖沙?”

“是的!”

“报警。”

“这儿没有警察局。”

“请琼帮忙,让她打电话。”

“你怎么不明白,琼不在这儿。”

“听着,从头开始说,他什么时候不见的?”

“今天早晨。”

“塔玛拉,‘今天早晨’这个时段还在继续,或许,他自己会回来的。虽然,我们之间时差是多少?”

“七个小时。”学者克里亚耶夫很乐意地提示道。

“我们没有任何时差。我们在梅德韦德科沃,萨沙。”

少校噘起嘴,长长地、长长地吐了口气。

“你自说自话地回来了。”

“我是和谢廖沙一起回来的,他不见了。”

“这样吧,坐在原地,一步也不要离开!我来处理这事。”

少校起身。

克里亚耶夫也站了起来。少校把冈瓦纳的照片递给他。教授叫了起来:

“这是给你的,给你的!”

“干吗给我?!”少校隔着桌子朝他俯过身去。

“很漂亮啊。还有,这可是冈瓦纳啊。我走了,亚历山大·伊万诺维奇,我懂的。我会打电话的。经常打,你别担心,会打通的。"

"我重复一下,我不是银行家,只是保安。"

"这好啊,每个人都应该在自己的岗位上劳动。我们大家都应该相互帮助。"

2

整个一周过得特别快。季尔·谢尔盖耶维奇一方面彻底地茫然无措,另一方面实际上又很快活幸福。在同居的第二个夜晚,在郊外桑拿浴室的客房里,那事发生了。一切都很简单,没有缠绵,没有表白,总之,老实说,甚至连句话都没有。在仔细地冲浴并用特别的古龙水修饰一番之后,主编走进了黑暗的卧室,无声地脱掉浴袍,悄然钻进被子。娜塔莎躺着,已准备好,而他就立刻开始了蓄谋多时的侵占。娜塔莎一点也没有反抗,但也没有特别配合,做了那几个动作,正好是为季尔·谢尔盖耶维奇获得满足所要求的。他,自然,也没有指望激情四溢,而姑娘的矜持在他看来不是冷淡,而是羞怯。也就是说,他是按对自己最有利的方式来理解的。他没有用任何话语来纠缠从天而降的女伴。例如:你怎么样,喜欢吗?她自己也没有对发生的事情有一声的评论。

季尔·谢尔盖耶维奇几乎马上就睡着了。因此他也不知道他开始打鼾之后娜塔莎做了什么:去了浴室,然后是一趟悄然无声的厨房冰箱之旅。对着瓶口,喝了两小口"马蒂尼"酒。在半开的通风小窗边抽了两支烟。

早晨开始了,似乎什么事情都没有发生过。姑娘已经被季尔·谢尔盖耶维奇好好地体验过了,但是他好像并没有产生这样一种自信:他对她是拥有某些权利的。另外,他也没有觉得,她的内心世界对他变得稍微透明一点了。

他们在吃早饭时见面了。

季尔·谢尔盖耶维奇把报纸翻得簌簌作响，尽力做出对上面登载的内容感兴趣的样子。娜塔莎温顺地坐着，双手放在膝盖上，眼睛东张西望。

盘子里燕麦片静静地冒着热气。

招待员兼管理员尼娜·伊万诺夫娜还是一个相当年轻的女人，她把鲜榨的橙汁从漂亮的罐子里倒入杯中。随后又拿来了烤面包和果冻。

"你干吗什么也不吃？"主编关切地，同时又严厉地问道。

娜塔莎微微一笑，拿起勺，垂直地插到盛着燕麦片的盘子里，用灵巧的手指将勺转了一圈。随即用晶莹的目光羞涩地看了一眼季尔·谢尔盖耶维奇。

"不喜欢？"

她否定地摇了摇头，眼中依然露出安宁的神色。脸颊上纤细的茸毛闪耀出蜂蜜色泽的光芒。或许，这是难以察觉的微笑的隐约闪现。

"那你想吃什么？"

娜塔莎贪婪地吸了一口气，在瞬间的思索中微微张开了嘴。

"香肠。"

"你想吃香肠？"

"浅蓝色的。"

"这是什么，啊，茄子？"

娜塔莎点点头，摩擦了一下双手。

"尼娜·伊万诺夫娜！"

招待员毫无表情地听完了新的要求。然后用受到侮辱的专业人士的语气表示，"蓝色"要等一下。司机先要赶去市场采购，还要把它们煎出来……

"你们就没有现成的？"

"您指的是什么？"

季尔·谢尔盖耶维奇用力地撕扯报纸，把撕下来的纸片朝大桌中央扔去。

"罐头的茄子你们没有吗？海外鱼子酱——茄子酱①，没有吗？"他转向娜塔莎，"你要鱼子酱吗？"

她听话地点了点头。

当所点的一切都端上来之后，娜塔莎开始制作三明治。面包、香肠、一层褐色的"鱼子酱"。喝过了一杯提神咖啡的季尔·谢尔盖耶维奇饶有兴趣地注视着她。工程终于完成了，独创的三明治被一只油腻的手举起，娜塔莎对它张开了嘴，这是一张无以伦比的、长着美丽整齐的牙齿的嘴。矜持、文静的少女瞬间变了模样，她疾速地咬下一口食物。季尔·谢尔盖耶维奇的心甜蜜地揪了起来。他认为，生理健康的这一显著表现与他有某种关系，甚至可以说，预示着未来有趣事情的发生。

娜塔莎咀嚼着，而他则向她提问。

"你喜欢在这儿。"

"嗯。"

---

① 这里季尔·谢尔盖耶维奇套用家喻户晓的苏联电影《伊万·瓦西里耶维奇换职业》中的一句台词："红鱼子酱……黑鱼子酱……海外鱼子酱——茄子酱。"——译注

"如果你想的话,我们从这儿,搬到别的什么地方去。"

"嗯。"

"我们现在去,坐车去商店兜风,好吗?"

"好。"

娜塔莎舔了舔嘴唇,就像一只可爱的动物,主编的体内又涌起了波澜。奇怪,他想,姑娘在餐桌边看上去居然比在床上更性感。

招待员无意中看到了整个场景,她很不满意,最终觉得自己不能不干预了。她在这里见过很多"这样的姑娘",这里来过各种各样绝对疯狂的人,突然的呕吐和毒瘾发作,斗殴,割脉,但不知为什么,这个沉默寡言的贪嘴姑娘令她觉得特别不安。她很反感地看着这个长着山羊胡子的傻瓜疾速坠入浅水河的深坑底端。她走到季尔·谢尔盖耶维奇面前,转达保安们的意见。好像有人夜里在厨房窗边抽烟,烟头从通风窗扔出。就像在乡下一样。

娜塔莎皱起眉头并噘起嘴唇,又用舌尖去舔。

"原本没什么,季尔·谢尔盖耶维奇,但我们这扇窗的下面放着汽油罐。气体……可别爆炸。"

招待员看着领导的脸的时间越长,她对自己开始这场谈话正确性的自信就越少。

"我不抽烟,尼娜·伊万诺夫娜,这点您很清楚。"

娜塔莎像要验证什么似的朝他这里看了一眼。男人以最忘我的方式奋起捍卫她,她感到意外,轻舒了一口气。

"您不抽烟,我知道,但是……"

"什么'但是',尼娜·伊万诺夫娜?"

"没什么,季尔·谢尔盖耶维奇,我……"

"就是——您！您现在就去，把这些罐子搬到安全的地方。我从今天起就做出这样一条规定——在这所房子里，所有的烟头只从通风窗扔出！"

3

当耶拉金走进自己那套老旧的两居室的门厅时，谢廖沙欢快地尖叫着，扑上来搂住他的脖子。塔玛拉站在走廊尽头，不好意思地低着头。

"你怎么，骗我？"

"你好像见到我们不高兴。"

"我，真的，非常忙，你能仁慈地解释一下吗，为什么用这种违反规则的方法把我引诱到这里来。"

"我没有引诱。"塔玛拉深感委屈，转身朝向破旧的墙壁。

耶拉金抱着因饱食美国食品而发胖的儿子在屋子里跑了一圈。

"你没走丢，是吗？"

"没有，"儿子高兴地确认，"我没走丢。我出去玩了，结果迷路了。后来还与人打了一架。"

"怎么没有乌青块啊？"

少校问问题，与其说是为了得到儿子打斗冒险的信息，不如说是为了适应他说话的新方式。谢尔盖说话语法准确，甚至过分准确了——这点以前没有察觉，不过每个字都被包裹进薄薄的一层不易捉摸的口音中。

走进客厅，少校想坐到沙发上，但又改变了主意。

"你们来很久了？"

"我说了，一早就来了。"

"建设工程设计"公司的保卫处长，自然，不住在这里。他照例在市中心有一套带全部服务的单位住房。这里的房间空关着，家具物品都蒙上了一层灰，灰头土脸的，好像是受了委屈。塔玛拉拥有最多的，是主妇的直觉，然而，这一直觉在她在这里的一整天时间里却没有觉醒起来。在国外的生活改变了儿子的语言和前妻的性格。耶拉金不想在塔玛拉刚踏上故土时就去刺伤她，而置这个事实于不顾，他又办不到。他说：

"你不该不提前说一声就来，不然我就派人把这里打扫一下。"

"我是故意不说的。"

"难道，你指望在这里碰到谁？"

"如果真是这样呢？"

儿子无忧无虑、蹦蹦跳跳地去了卫生间。

"对于你在我生活中占有怎样的地位，你的认识是不对的。你的到来没有改变什么。"

"那又怎么样，我至少能出于好奇看一看，你会把什么样的姑娘带到自己家里。"

少校还是坐了下来，靠在沙发背上，闭上眼睛想放松一下，但由于扬起的灰尘而咳嗽起来。

"姑娘，姑娘，假如你知道，我都在工作中忙些什么……尽管，"他睁开眼，看着塔玛拉不幸又不美的脸，"你也没错到哪里。"

"你知道的，我总是有感觉……"

"有你感觉什么事！你这是歪打正着。不过，我还真的要把一个姑娘带到这里来。还是来自国外的。当然，不是为了自己。"

"那为了谁?"

"为了制造丑闻。当丑闻落到某人头上时,他就不再异想天开了。"

对这句莫名其妙的话,塔玛拉报以挖苦的冷笑:

"你贩卖奴隶?"

少校又闭上了眼睛,扭动了一下嘴唇和鼻孔,仿佛在说,随你怎么想吧。

不该说,真不该说!

"你拉皮条,萨沙? 摆迷魂阵啊。保卫处,大公司。"

对这番话,坐在沙发上的人没有做出任何反应,可以认为,他睡着了。塔玛拉没有从自己的挖苦中得到任何满足,只是为了把谈话继续下去,她突然用和解的口吻问道:

"那,至少漂亮吧?"

"谁?"

"那个姑娘?"

"怎么对你说呢,看个人爱好。好像很健壮,但似乎也有些消沉。当然,没什么脑子,但在我的戏里,这倒是个优点。我想,她能办成的。"

"办成什么?"

"我的那个计划。眼下她正在准确地完成我的指令。也就是只要做到一点:保持沉默。她,当然,很难,但如果你想获得什么,那就要忍耐。"

塔玛拉快乐地在自己的椅子上扭动着身体,又有机会讽刺挖苦了。能折磨自己那位非常正派的丈夫她总感到很甜蜜。

"你把她塞到某人的身体下面,这就是你的工作!"

耶拉金微微睁开一只眼睛。

"听着,你为什么从琼那里离开?"

塔玛拉高傲地皱着眉头。

"一时糊涂?你就是这样跑到美国去的。"

"不是,不是一时糊涂。我已经厌倦了寄人篱下的生活。自尊心使我痛苦到了极点。"

"那你准备在这里干什么?"

"我觉得,你会安排我的。为了你的儿子不挨饿。"

"为什么他说话这么奇怪?"

塔玛拉朝卫生间方向看了一眼,好像应该从那里传来谢廖沙的说话声似的。

"你想从我这里听到什么,他说话很正常。"

"我没打通琼的电话,但我相信,她很不愉快。你肯定都没有和她说再见。"

讥讽的笑声。

"啊,她不愉快了!她一直在说谎,脸上微笑着,心理在鄙视。或者是仇视。"

"住口!"

这个词是以这样一种语调说出的,以至于刚要开口的塔玛拉再也没有发出任何声音。耶拉金从口袋里掏出一个信封,放到沙发的扶手上。

"我不会再来这里。我会派车来接谢廖沙的。在我方便的时候。别再想出什么花样。我没时间玩游戏。我已经变得更加粗暴,更加不择手段。"

从卫生间传来一声莫名其妙的轰响,夹杂着男孩快乐的尖叫声。

"那儿怎么了?"塔玛拉跳起来,朝声音传来的方向跑去。她打开门,叫了起来:

"萨沙,萨沙!漏水了。"

耶拉金走到门口,低声说道:

"叫水管工来。"

当门在他身后关上时,湿漉漉的塔玛拉边笨拙地用手抹着脸,边酸溜溜地说:

"那,又怎样。她反正不会再回到你身边来了。"

4

季尔·谢尔盖耶维奇这些天也最关心语言问题。娜塔莎沉默不语,确切地说,是保持沉默,通过冷漠的目光、头部惊讶的转动和屏息静气来表达自己对发生的一切的态度。她事实上一共只使用两个词:"是的"和"或许"。作为老电影《外星奇遇》①的崇拜者,主编原则上并不反对他与美女的全部交往都建立在这样一种"二进制"的基础上。但令人困惑的只有一点,那就是她以这种方式只是与他交谈。对其他人,她有时则不吝啬词句。他自己就像不自觉的和不被察觉的证人一样,亲眼目睹过娜塔莎与别人的几次激烈的语言交锋。有一次她和尼娜·伊万诺夫娜在厨房里吵架,当时,季尔·谢尔盖耶维奇正在浴室里,显然,娜塔莎认为,他什么也听不到。但他听到了,衣服穿了一半,站在那里,欣赏着决斗的声音画面。年轻的女主人对决年长的管家婆,鲜活机敏的

---

① 莫斯科电影制片厂 1986 年拍摄的一部喜剧片。片中主人公意外地来到"金-札-札"星系的普流科星球上,那里居民的全部语言只由几个词组成。——译注

乡村土话迎战高级女仆的傲慢俚语。尼娜·伊万诺夫娜被击溃，遭践踏，她哭泣着，嘴里说着一些难懂的骂人话跑开了。

对于这一胜利，季尔·谢尔盖耶维奇就像是对自己的成功一样感到高兴。姑娘在习惯，就是说，她想留下。在做巢，情感之巢。

第二次战役娜塔莎是针对玛丽娜·瓦列里耶夫娜发起的，在《美丽岛》接待间，她去那里"透透气"，当时主编正在赶着编辑一篇笑里藏刀的东西。前额高大的编辑部贵妇自己撞了上来。娜塔莎问了她一个问题，问题本身没有恶意，或许有点直率和孩子气，但回应她的是一堵智力优势的冰墙。来自狄康卡的女服务员并不理解，别人是用什么来侮辱她和贬低她的，但那微笑着的"眼镜蛇"的敌意，她是能够清楚地感受到的。于是她不假思索地大骂起来，矛头直指她腰以下的某个部位，还用上了自己王牌的"哎"声。玛丽娜·瓦列里耶夫娜气得说不出话来，差点把习惯捻转在手指间的自来水笔扔掉。在争吵现场的妮卡专注地看着并不存在的文件。她决定暂时保持中立，玛丽娜·瓦列里耶夫娜的自以为是早就令她恼火，这位饱学阿姨被人如此粗鲁地教训了一顿，对此只会感到高兴，但领导的情人采用的方法，还是令她感到难堪。她所持的观点是：可以往死里打，只是不要鲜血四溅。

当娜塔莎带着胜利者的表情回到办公室时，因门半开着而什么都听到的季尔·谢尔盖耶维奇感兴趣地问道：

"别人欺负你了？"

"或许吧。"娜塔莎不确定地说道。

这段故事甚至好像给了主编以灵感。如此伶牙俐齿的姑娘，在他面前，却不会清晰地说话，看上去俯首帖耳，这令人感觉得意。仿佛你牵着一头小母豹漫步在上流社会的舞会上。季尔·谢尔盖耶维奇就是在这样一种灵感昂扬的状态下接见最终赶来的雷巴克的。

"那儿怎样？"

黝黑、疲惫、失望的脸，压抑的情绪在反弹，土豆鼻子因此而微微地翕动着。

"灾难！"

"是吗，你说什么呀！"

米隆·罗曼诺维奇脸色更阴沉，鼻子也动得更厉害了。

"我们，季尔·谢尔盖耶维奇，联络的是太体面的人物，又用太不体面的方式甩了他们。"

"是的，我听说，'伊斯兰联盟'，好像……"

"是的，'伊斯兰联盟'。那是一些非常认真、十分务实的人。第一次会面后，他们认为，我们也是非常认真的。"

"确实如此啊。"

"他们已经开始了一些准备工作，采取了一些试探性的步骤。"

季尔·谢尔盖耶维奇叹了一口气，他特别不喜欢别人责备他，教他怎么生活。就是面对优越的哥哥，他也不总是能忍受这一点的，更不要说下属了。

"听着，家伙，你这样地坚持，好像自己也已经变成那个联盟的成员似的。"

米隆·罗曼诺维奇什么也没说。他非常不喜欢现有的处境。他从一开始就真诚地为新领导的利益着想，同时也真心地指望通过这件事在"建设工程设计"公司里的位置能有所提高，他自己采取了若干有失谨慎的行动呼应焦夫杰特和阿卜杜拉，不过好像是超越了领导的意志。他挖好了渠道，从各方面来衡量，它们都应该灌满互惠互利的水。倒回去的话，既昂贵又危险。而这里还有这个丫头坐在角落里盯着看，出于礼貌盯着杂志看也好呀。傻女人！看来，老板不只是一个古怪的王子，还是一个愚蠢至极的人。

"我，季尔·谢尔盖耶维奇，不该受到这样的责备。完全不应该。我只是错在对这项工作太投入了。"

"没什么，没什么，我想说，一簇头发有点燎焦，就足够了。"

娜塔莎用拳头捂着嘴扑哧一笑。

雷巴克快速地，但非常仔细地朝她看了一眼。

"我可以走了吗，季尔·谢尔盖耶维奇？"

"可以，甚至可以坐车离开。米隆·罗曼诺维奇，休个假吧。我真心地建议您。把奖金领了。你很努力，我知道。去自己的小故乡乌克兰，到那些美丽的地方去看看。"

由于嗔怨，雷巴克甚至眯起了眼睛。主编并没有想暗示"你将在我哥哥阿斯科尔德受难的地方休养"，并以此来伤害他。他只是想做件让娜塔莎觉得开心的事。但米隆·罗曼诺维奇却正是按这个意思来理解领导的这些话的。当生为乌克兰人的他被"建设工程设计"公司的其他领导怀疑背叛的时候，他忍了，寄希望于季尔·谢尔盖耶维奇的信任。可现在事态却在这么发展！于是他把某些东西隐藏到了心底。

如果女人想诱惑男人，她只需坐到他身边，不用开口。这个结论是季尔·谢尔盖耶维奇从与娜塔莎和交往中得出的。但她沉默的本领还是令人惊讶。甚至在最亲密的时刻。只是有一次，当主编在药物特别强烈的作用下决定放弃他们床上发汗的标准方式，转向色欲创作的幽径时，娜塔莎突然小心翼翼地问他："您享（想）要舍（什）么？"这令他清醒过来，但没有感到不快。她身体内什么东西开始显现了：狄康卡的天然娇羞,还是女人通常的惰性？对于女人的娇羞,季尔·谢尔盖耶维奇倒不是特别着迷。在自己丰富多彩的人生的各个时段,他都曾接触过外省的小姐们。他早就明白,所谓落后,是个十分相对的东西。他已经无数次地确认,在他造访的小城里,因特网还没有,但口交已经有了。

"我们现在就走。"他对娜塔莎说,而她,总的说来,也并没有表现出不耐烦的样子,"我把一篇杂记写完。"

写完后,读了一遍给若有所思的女友听。作者与缪斯。文章讲述的是在生机勃勃的苏联时期召开的高端物理学大会上发生的故事。在讲台上主讲的是诺贝尔奖获得者保罗·狄拉克,而院士朗道则坐在主席台上胡闹。在发言者每说出一句话后,他几乎都要插一句:"狄拉克——杜拉克①。"学者做完报告后朝自己的位子走去,在经过爱说俏皮话的院士身边时,突然大吼一声:"朗道——道②。"

"精彩的故事,不是吗？"季尔·谢尔盖耶维奇问道,自己则因创作的激情而容光焕发。他听到了只有一个词的回答:"郝笑(好笑)？"于是觉得非常幸福。这里应该解释一下。事情是这样的:季尔·谢尔盖耶维奇认为,人自由的程度,就是他语言自由的程度。娜塔莎把自己关在人为的语言限制的笼子里,这种感觉令他不快。她害怕展露自己语言的原生态。只有在刻不容缓的战斗需要的时候,这一原生态才迸发出来。其余时间,她仿佛带着她自己铐上的愚蠢禁令的镣铐。她放弃天生的语言特征,希望自己在别人眼里看上去更有利些。他几次温和地暗示她,别这样,打开心扉,袒露出来。这就是为什么他对于这第一声

---

① 俄语"杜拉克"意为"傻瓜"。——译注
② 英语"道"意为"向下"。——译注

"好笑"这么高兴。透过虚假体面的忧郁面具露出真实性。在他想象中,乌克兰女人应该一直不停地、随时随地地提出带有言外之意的问题。现在,在娜塔莎身上也开始显露出珍贵的乌克兰女人的特征、天性。他,自然希望这发生在床上,希望在某个高潮瞬间听到"啊哦,妈姆,杀了我吧!!!"之类的激情话语。怎么办呢,事情还没有完全像希望的那样,但重要的是,第一只春燕已经翱翔起来了。

季尔·谢尔盖耶维奇微笑着从圈椅上站起来。扣上上衣扣子,庄重地说道:

"我们去看房!"

5

斯薇特兰娜·弗拉基米罗夫娜处在一种困惑的气愤状态中。对自己的丈夫,她觉得,她是了如指掌的,他们婚姻内部的关系早已定形,充满了铁一般坚实的惯性,甚至无法想象出它可能破裂的确切原因。当然,斯薇特兰娜·弗拉基米罗夫娜在将丈夫扫地出门后的最初几天里,处在正常的狂怒里。伤害她的与其说是背叛这一事实本身,不如说是事实的呈现形式。原则上,她同意与这个像轻歌剧里倒霉蛋一样的人继续生活下去,尽管猜得出他那些秘密的、胆怯的、庸俗的背叛勾当。但她不能容忍出轨不忠在自己的家里丑态百出地示威游行。她相信,米佳自己也被这场麻烦的规模和程度吓坏了,目瞪口呆,心力交瘁。很愿意让这一切烟消云散。让那个目光凝滞、笑容异常的奇怪姑娘消失。他愿意接受该受的惩罚,如释重负地回归自己在家中的从属地位。尽管他在职务上突如其来地得到了升迁。最有意思的是,斯薇特兰娜·弗拉基米罗夫娜的感觉几乎没错。在第一瞬间,第一小时,或许,第一天,米佳的确被这场灾难吓坏了。但不久就渐渐地平静了下来。这容易解释。我们更惧怕的,不是已经发生的事,而是可能发生的事。于是季尔·谢尔盖耶维奇放下了惊恐中抱着无辜脑袋的双手,他意识到,他所梦见的庞贝城的末日,已经过去了。而未来是一连串乐趣,如同穿廊式房间一间连着一间,而非一系列灾难。

斯薇特兰娜·弗拉基米罗夫娜错了。她应该把乌克兰姑娘一个人赶走,不该捎带上自己那个软弱的丈夫。即使他已走火入魔,即使他和乌克兰姑娘之间在床上已经有过什么——但要知道其实并非如此,他依然会对强大的、战无不胜的斯薇塔无条件投降。对着举在他头上的扫把眯起眼睛,在旁边发出几声呜咽。什么东西是不应该给他的?——自由。放虎归山。对我也是一种惩罚,斯薇特兰娜·弗拉基米罗夫娜惊恐地意识到正在发生的事情的意义。不,不,不管说什么,钱改变人。被赶到街上的,不是一本无聊杂志的傻头傻脑的主编,兜里只揣着借来的两千卢布。被赶出去的是个百万富翁。即使只是一个暂时的、偶然的、并非当之无愧地在利用别人巨额财富的百万富翁,但还是百万富翁。

不管怎么样,该做点什么?

她拨通了耶拉金的电话。她和这个人之间没有友谊,但也还没有把关系搞坏。她明白,仅仅为了她,他甚至都不会从圈椅里起身,但如果事关公司,还有阿斯科尔德,那就不一样了。好像,对这个军官来说,责任、义务这样一些概念还是有意义的。系主任女士记起,五年多以前在他们家的地下室里开着某个名叫"有限责任公司"的机构,不禁扑哧一下笑出声来。但放松的时间很短。眼睛里又涌起仇恨的泪水。她要把米佳的蜜月变成霉月。

"亚力山大·伊万诺维奇?"

"是我。"

"我们需要谈谈。确切地说,我需要谈谈。"

市中心一家舒适的咖啡馆。没挂帘幔的巨大的玻璃窗外,道路泥泞,车顶都被雨雪浇湿,警察将全身包裹在雨衣里,只露出眼睛。室内散发着咖啡的香气,尽管少校也好,系主任也好,都没有点咖啡。绿茶,淡味酥脆饼干。耶拉金搅拌着茶杯中几乎无色的液体。还是很难摆脱这样一种想法:这种饮品纯粹就是骗人的。清水!但这话又不能说出来。

"您知道发生了什么?"

少校点点头。他知道。甚至比谈伴想的还要多。他有点不好意思,但并不可怜这个皮肤白皙、怒气冲冲的女人。客观上,人们对她不好。老实说,他自己对她也不好。但真的要与她休戚与共,体验现实的耻辱带来的剧痛——哪怕是短暂地,他办不到。

"那女人哪来的?"

"乡村里的。狄康卡附近。民俗餐厅。我们在那里停下来吃东西。"

"清醒过来后,已被绑上石膏了。[1]"斯薇特兰娜·弗拉基米罗夫娜神经质地哼了一下。

无论如何,说谎是非常困难的。哪怕是对着你不喜欢的人。哪怕是为了成全一件好事。对了,现在少校已经不那么强烈地感到"继承

---

[1] "跌倒——昏厥——清醒过来后已被绑上石膏了"是苏联著名影片《钻石手臂》中的一句台词,家喻户晓。表示在不知不觉中了别人的圈套。——译注

人"与"伊斯兰联盟"那些光头代理人的接触充满不可避免的麻烦。这一切有点像一出糟糕的戏。但是,有备无患。可以扳起扳机开玩笑,但后面,只要一个偶然的动作,子弹就会射出膛。

"酒醉狂态。绝望,恼怒,因为没法帮助兄弟。伏特加。很多伏特加。一张不很难看的小脸蛋在眼前闪烁,接下来的一切,我想,应该都清楚了。"

斯薇特兰娜·弗拉基米罗夫娜点了点头。

"好吧,名片,地址,或许还给了一些钱,死皮赖脸地邀请。但这一切,亚历山大·伊万诺维奇,就像您说的,都是在烂醉如泥的时候发生的。"

"是的。"耶拉金重重地叹了一口气。

"这就算了,米佳,该死的季尔·谢尔盖耶维奇,我清楚。我搞不懂的是她。就算那地方是乡村,就算是最荒僻的村子,但她也不可能看不见他的状态啊,那是一种狂态,胡言乱语,最后只会以宿醉告终。而且,据我所知,他们在那儿什么都没发生。"

少校摇了摇头,表示否定,是的,什么都没发生。

"她,怎么,那么傻,甚至都不想想,万一醉酒的莫斯科先生有老婆、家庭、孩子?"

"她并不让人觉得她是一个会深入思考的人。"

斯薇特兰娜·弗拉基米罗夫娜把一块饼干扔进茶里。

"请再给我解释一下,还有,为什么她贪恋他?即使在清醒的时候,他也不迷人,米佳,还是喝醉酒的,不受束缚的米佳,他就是个虚弱的稻草人,留着山羊胡,就这德性。您自己也说过,我也看到了,她长得不难看,年轻,即使有点傻。那儿不会闹饥荒吧!还不至于每个乌克兰小妞都愿意跟任何一个莫斯科佬走！我不信，这儿有什么地方不对劲！"

少校回想起丰盛的乡村餐桌，充沛的空气，有力的舞蹈，当地人健硕的身体。真诚、开朗的快乐。显然没有饥荒。其实，他知道解开斯薇特兰娜·弗拉基米罗夫娜重重困惑的答案。只是不能对她揭晓。怎么能告诉她呢，他亲自来到狄康卡，迅速地运作好了这场年轻女郎突然到访"继承人"寓所的行动。到现在他自己还很惊讶，竟然能如此简单地与娜塔莎一家达成一致。她父亲，刚一听说有这样的可能性，几近狂喜，打开了一罐三升的自酿白酒。姑娘自己则坐在一边，基本上沉默不语，但有时也对一些意见抢白几句。老妈塔米拉·叶夫列莫夫娜只是哭，不时地跑到后面穿堂里，端来盛着东西的盆子和托盘。会有这样一种印象：对有机会将亲爱的孩子脱手，而且送到那么远的地方，她也有说不出的高兴。说实在的，少校那时已准备好进行一场艰苦卓绝、令人作呕的谈判，让自己做出禽兽不如、几乎像贩卖奴隶一样的事情。他还估算了为计划成功而要支付的数额。

结果，一切要比预想的简单百倍。父亲自告奋勇要和"订货商"一起去莫斯科，亲自看看一切，和未来的女婿打打交道，确信是把女儿送到好人家里，甚至同意去女婿前妻的寓所看看。这是少校为了强化闹剧所需要的。

谁也没有觉得自己受了侮辱，所有的人似乎都在等待他的出现，把他几乎当成大救星。这令人不解，由此也有点使人警觉，不过，不会因为某些心理幻影而放弃已经构想好的计划。阿卜杜拉和焦夫杰特那边，毕竟，很现实了，季尔·谢尔盖耶维奇与他们的谈判已经进行到了难以回转的地步，在这样的情形下，任何一种能够对抗疯狂计划的办法都是好的。季尔·谢尔盖耶维奇无疑是个喜欢装腔作势、轻浮无知的人，也正因为如此，他想象不出他所策划的这一地缘政治的计谋有多么可怕。他会觉得，他是在下棋，因此不会在任何一着一步前驻足。这个局应该拆散，用全然不同的其他有趣的东西来盖过它。

说实话，亚历山大·伊万诺维奇不太相信"继承人"和女服务员之间可能会产生稳固的恋情。一场简单的家庭闹剧——就像他诚实地对塔玛拉解释的那样——对他来说就够了。作为"歼灭性"力量，他更多指望的不是冷漠、迟缓的娜塔莎，而是因正义的怒火而更加强悍的斯薇特兰娜。季尔·谢尔盖耶维奇，就像德国一样，无法应付一场双线作战的战争：同时与乌克兰和妻子作战。少校也希望能有个喘息，利用这一时机，或许，能够在解救阿斯科尔德的事情上有所进展。

现在，他颇感惊讶地注视着情节的展开。他对自己谈伴的同情，最多就像对棋盘上困在充满敌意局面中的一枚车一样。

"您知道，亚历山大·伊万诺维奇，这不能让它发生。"

"这"是指离婚。

"这将是灾难。对所有人的灾难！"

少校点点头。他都同意，但任何措施都不准备采取。

"或许，我把米沙叫来？"

"您这样想？"

"这会吸引他，亚历山大·伊万诺维奇。"

"不知道，不确定。这也可能成为负面的催化剂。"

斯薇特兰娜·弗拉基米罗夫娜突然全身收缩起来，愤怒地问道：

"您暗示什么？！"

少校并没有表现出他对这一反应的惊讶，但在心里对自己说——又是一段家庭秘密。既没有时间，也没有兴趣管这种事。但最好是说些谎话。

"我是怕,这种情况会对孩子造成创伤。最好让他留在英国。"

"而目前这一情况在对我造成创伤,而且极其严重!您,会对此做些什么?!"

"您知道,我会竭尽全力解救阿斯科尔德·谢尔盖耶维奇。随着他的回归,一切都会自然而然地按部就班。我相信。"

她哼了一声:

"用这句似乎合理的话,可以掩盖所有的不作为。"

"我想,我不该受到这样的责备。"

"您别生气,请解释——这是真的?"

"您指的是什么,斯薇特兰娜·弗拉基米罗夫娜?"

"我指的是这一繁杂的犯罪方案。米佳对我说了。乌克兰官员们串通好,绑架无助的俄罗斯商人,要把他彻底掏干净。如果他不把所有的东西交出来,那人们就会再也听不到他的消息。而且找不到任何人帮忙。现在就是这种新的强盗做法,是吗?"

少校耸了耸肩:"好像是这样。"

"如果求助媒体,电视台呢?"

"我怕,这无济于事。"

"为什么?"

"指控会太抽象,没有证据,这样的控方看起来像一个精神错乱的偏执狂。不能这样,侮辱整个国家是有害的,更何况,手头上没有掌握任何事实。人们将会恶意地嘲笑我们,如此而已。可以做点什么,只是要通过隐蔽的渠道来进行。"

"那就去做!!!"

少校礼貌地微笑了一下。

"您现在一走,我就开始做。"

"不许生我的气!您应该和米佳谈谈。"

"谈什么?!"

"谈离婚,亲爱的,离婚!要让他觉得,这是灾难。而且,首先对他而言。"

"我会尽力的。"

少校已经准备站起来了,他觉得,这场不愉快的对话结束了,但突然明白,谈伴并没有这样认为。她往茶杯里又浸进一块饼干,接着又是一块。仿佛试图在这些粮食方块下埋葬掉某种不愉快的疑虑的源泉。

"还有什么,斯薇特兰娜·弗拉基米罗夫娜?"

"不,这儿有点不对劲。"

少校警觉起来。

莫兹加列娃夫人抬眼看着他,这是一双像安在旧洋娃娃脸上的透明的、圆圆的眼睛。

"对不上。"

"请原谅,我不太明白。"

"要么是这个姑娘有钢铁般的神经,要么是她受别人的指使。"

少校喝了一口没有味道的茶。他决定先保持沉默。

"她是怎样一个人?您见过她,亚历山大·伊万诺维奇?"

"您已经问过了。我见过她,两次,就一眼。我已经说过了,就是那种乡村小妞。纯真,有点迟钝。脸色白里透红。碰上了能从偏僻乡村来到都城的机会。我不认为,她真的迷上了季尔·谢尔盖耶维奇。"

"假如您说出相反的话,我会认为,整个这套计谋,是您的杰作。"

少校苦笑了一下。

"但您也知道,斯薇特兰娜·弗拉基米罗夫娜,这样的故事怎么开始,并不那么重要,它们会向任何一个方向发展。"

系主任女士结束了对自己茶杯的装载,茶水开始溢出,流到茶托上。

"某种,请原谅我的表达,动物水平的无道德行为。"

少校耸了耸肩。

"您不觉得,她像是个非洲神话里听人指使的僵尸吗,啊,亚历山大·伊万诺维奇?"

"我觉得,这个假设太古怪了。"

斯薇特兰娜·弗拉基米罗夫娜朝他挥了挥圆软、高贵的小手,侧身朝向桌子。

"某人在引导她,这个某人也回答了我,什么时候一切会弄清楚。而您,我请求把自己那部分的工作做好。让米佳明白,花天酒地是一回事,离婚则是另一回事。"

说完她就走了。

6

但是今天不愉快的谈话还没有结束。接下来,好几个人,一个接着一个,当中只间隔几分钟,都急着要和他谈话:帕托林,尼娜·伊万诺夫娜,塔玛拉和克里亚耶夫。最后那位最走运。耶拉金决定对他让步,给他一笔钱去冈瓦纳考察。少校因此似乎也缩短了为对付正在来临的混乱而拉得过长的防线。涅斯托尔·伊卡洛维奇收下了钱,他的表情显示,似乎他根本就没有怀疑过,这迟早都会发生。他高兴地请耶拉金去做客,断言,亚历山大·伊万诺维奇一定会用上这一邀请的,因为那些地方"高耸而神秘"。

尽管已经挂了电话,耶拉金还骂了很久。

塔玛拉抱怨,说学校拒绝接收谢廖沙,"而他那么渴望学习"。

"好的,我下礼拜处理这件事。"

"对不起,萨沙,为什么要等到下礼拜,现在就去。"

"不。"

"为什么? 你儿子是学习,还是在街上瞎逛,你都无所谓!"

"首先,因为我在莫斯科的另一头。"

"但你有车呀。"

"汽车不是直升飞机。另外,现在已经是四点半了。"

"那又怎样,工作日。"

"四点半,又是礼拜五。"

塔玛拉的鼻子发出扑哧的声响。

"你想说我是个傻瓜,我不明白……"

"我想说我下个礼拜处理这事。"

帕托林是在基辅火车站边被接上车的,他还没有回过家,坐到上司身边后,他为自己疲乏的外表道歉。

"瓦夏,升起玻璃隔板。"

"是,亚历山大·伊万诺维奇。"

玻璃板无声地升了起来,车厢被隔音板封住了。帕托林在按摩太阳穴和眼睛。他去了三天,三天里几乎没睡过觉。如果少校的乌克兰之行花了一昼夜不到的时间,那他的助手则不得不在原苏联的大地上兜了好一阵风。他一路上到过的城市有科夫罗夫、别尔哥罗德(莫兹加列夫家亲戚住那儿）、车里雅宾斯克。

"累了，伊戈尔？"

"有点。"

耶拉金沉默不语，以让同事斟酌好语言表达。显然，他在扎帕杰尼亚和乌拉尔地区挖到了点什么。

"就像预料的那样，克拉芙吉雅·弗拉基米罗夫娜的故事不能给出事件的真实情景。雅尼娜·伊万诺夫娜·吉尔内科，也就是亚历山大·吉尔内科——萨什卡·吉尔内科的姐姐，强调，不是她的弟弟爱上莫兹加列夫上尉的妻子，而相反，是她爱上他的。"

"这我从一开始就怀疑。"

"我觉得，亚历山大·伊万诺维奇，两位老太太都在说谎，确切地说，都在编造。一个老年痴呆对决另一个老年痴呆。"

"就像通常那样，真相在中间的某个地方，或者甚至更糟——根本就没有真相。"

帕托林慢慢地点了点隐约被照亮的脑袋。在这样的光线下，会觉得他的头发不是淡黄色的，而是花白的。

"我们的出发点是，亚历山大·伊万诺维奇，他们，上尉的妻子和这个萨什卡之间有恋情，至于谁的感情更浓烈，这不重要。对我们来说，重要的是季尔·谢尔盖耶维奇可能是亚历山大·吉尔内科的儿子。"

"那怎样？"

"也就是说，季尔·谢尔盖耶维奇的父亲是乌克兰人。这应该能缓和一下他的立场……"

"我懂了，懂了，文件显示什么？"

帕托林从自己的公文包里拿出一大堆颜色各异、大小不一的文件。

"翻遍了一大堆各种各样的文件。季尔·谢尔盖耶维奇的出生地不是杜布诺,也不是车里雅宾斯克,而是科夫罗夫,莫兹加列夫上尉在那里等待新的任命。他出生在一九六六年七月,足月,十个月,也就是说,是在亚历山大·吉尔内科被拘留后半个月或一个月后怀上的。吉尔内科不可能是季尔·谢尔盖耶维奇的父亲。"

少校拿过那堆文件,在手里掂了掂。

"这里还有别尔哥罗德亲戚的证词,克拉芙吉雅·弗拉基米罗夫娜的阿姨在她生小儿子季尔时去过科夫罗夫。顺便说一句,他们所有的人都叫他季马,不是季尔,也不是米佳。"

"也就是说,伊戈尔,结果您是白跑了一趟。就是说,当然,没有白跑一趟。我感谢您所做的工作。现在我们能够明确地排除这样一种可能:我们的主人公是半个乌克兰人。"

"老实说,亚历山大·伊万诺维奇,即使我们能够证明些什么,也丝毫不能保证这自然会对我们有益。混血儿,他们是最难预料的。季尔·谢尔盖耶维奇也许会更加凶狠。我并不认为,我们由于排除了这一可能性而失去了些什么。"

"或许,你是对的。感谢上帝,我们的第二套方案正常实施。"

"什么方案?"

"改天给你说说。工作一直在继续,它的特点是,不管你完成了多少,并不意味着,工作因此而变少了。明天你要早点起床。九点,算了,十一点吧,等你带来其他方面的分析结果。"耶拉金对正在钻出汽车的助手说道。助手只是叹了口气。

"现在去哪儿?"瓦西里问,见机放下了隔音玻璃。

"当然,去桑拿浴室。去'索斯诺夫卡'。"

应当去检查一下，"继承人"旁边出现的新人是谁。根据尼娜·伊万诺夫娜在电话里报告这一计划外访问时的声调，很难判断细节。

"你，瓦夏，开得快一点，但不要赶。"

"您想打个盹，明白。"

保卫处长把头朝后靠去，张开嘴，不知为什么，采取这个姿势的时候，他最容易考虑问题。特别能够处理那些不愉快的想法。而此时此刻，所有的想法都是不愉快的。没有什么令人高兴的。甚至成功地安排了来自狄康卡的女破坏者这一点，也未必令人高兴。那妞倒是个有经验的学生和不错的演员。由于严格执行雇主——少校耶拉金同志的指示，她把"建设工程设计"公司临时掌门人挤出了反乌克兰的危险轨道。

少校动了动下巴。真想不到会落到这样的境地：连塔玛拉都可以踹他——人贩子！不流露出自己的恶心，是一回事，真的问心无愧——则是另外一回事。好吧，娜塔莎姑娘已经完成了布置给她的任务，现在到付酬金的时候了。答应了她，答应了她的父亲、神经兮兮的老妈，答应他们，给他们的女儿一套两居室，在一栋好房子里。这是起码的。如果"继承人"玩一会再抛弃她的话。住宅已经有了，只是需要装修一下，墙纸、瓷砖、洗衣机……但是胃口会在吃饭的过程中逐渐增大的。她会不会为自己在床上付出的忍耐而要求额外的奖励？说，你们的季尔·谢尔盖耶维奇太恶心了！或者试图退出这场游戏。尽管她的护照上有三叉戟①，但她会成为两居室的完全的所有者的。不，不，少校安慰自己。她怕他，怕少校，她老爸也怕他。同时又敬重他，这个坏蛋。为自己的女儿找到了一个好买主。他们所有这些人，这些一簇毛们，都令人

---

① 乌克兰的标志。——译注

讨厌。算了，需要的时候他自己也会是个恶棍，是他建议他们做这桩买卖的，但他们为什么同意呢？要知道，他们可并没有因饥饿而浮肿，没有到要卖孩子的地步。不是大饥荒。

克拉芙吉雅·弗拉基米罗夫娜的故事也散发出明显的腐臭味道。很久以前，在一座不喜欢俄罗斯军官和苏维埃政权的外省小城里，生活打起了一个结，这个结不愿彻底解开，即使运用最灵巧的手指也无济于事。上尉年轻的妻子克拉娃爱上了谁，和谁睡了觉，有了谁的孩子，现在已经查不出来了。已经没有什么性感的军官妻子，没有苏维埃政权，有的只是肥胖、古怪、好幻想的老太太，她或许真的不记得，谁、和谁、什么时候以及为什么。而他，少校，指望从新挖出来的真相中获取某种好处？文件证明，这个要针对乌克兰敌人实施计划的凶狠的复仇者，自己没有乌克兰血统。而他对乌克兰的敌意，是荒谬的，就像那位不正常的天才涅斯托尔·克里亚耶夫在争论时喜欢说的那样。一切都变成难以理解的胡言乱语。而且，这种曝光不见得会让小莫兹加列夫停下脚步。因此，去他的，损失反正也不大。

耶拉金试图换个内容。不应该从角色里出来，所有这些反思，都不是在他这个位置上的人应该有的。保卫处长是一个由火石、钢铁和粪土做成的人。如果他想好好地完成自己的工作，他就应该忘掉某些事情和观念。

理想的决定看上去很简单——应当找到阿斯科尔德！应当解救阿斯科尔德！

与刚刚考虑过的那两方面比起来，这一方面取得的成功更少。那儿，除了一大堆乌七八糟的东西之外，还是有些成功在熠熠闪光的。而这里仿佛立着一堵无门无窗的墙，有着无法消除的障碍。为了把握总体情况，耶拉金每周两次，周一和周四，来参加"建设工程设计"公司的"短促集会"。坐在会议主席（公司的董事们严格按顺序来完成这一义务）的右边，带着最专注的表情，力争明白，公司里实际上在发生着什么。似乎没有发现任何大规模的变动、裂痕、背叛。但这并不能使保卫处长放心。他知道，有时大楼全部倒塌后外墙面也还会保留着。感觉告诉他，所有这些得体的、外表平静的人，正在悄悄地从共同的商队里，抓着缰绳牵走自己的运货骆驼。当然，他什么也没有办法证明。帕托林招募来的小伙子们很努力，但他们的努力遭遇到了认真而全面的封堵，根据这点，就能得出一定的结论了。谁也不反对保卫处长，而克钦和卡塔尼扬更是争先恐后地来帮忙，但他觉得，严格地讲，他被置于事情进程之外。每天他都在错过些什么。非常可能，当真正的主人重获自由那天到来的时候，他只会提一个惊讶的问题——我的生意呢，萨沙？！

耶拉金安慰自己，当季尔·谢尔盖耶维奇的意志恶魔被召来的美女的石榴裙迷住的时候，他，保卫处的领导，将有更多的时间与掏空"建设工程设计"公司的秘密战略做斗争。这些先生们最怕的是阿斯科尔德的回归。可以确信，假如他们知道，他死了，他们会抱着袋子——里面装着抢来的钱财，堂而皇之地奔向四方。他们还在循规蹈矩，这一点则间接证明阿斯科尔德还活着，在未来还有战斗能力。不是直接的证明。我们无法确认，整个这场骗局是由董事会成员中的某个人炮制出来的。但完全不能排除，实际情况就是如此。

汽车拐上了熟悉的乡村沥青公路，朝远处闪烁着的灯光驶去，一路溅起无力自卫的融雪的积水。

花天酒地行乐处的一楼客厅，壁炉边那圈沙发和圈椅上，坐着一群人。在这一画面的中心，是一个双层的玻璃小桌，上面摆放着水果和饮料。少校用老到的目光一眼断定，饮料只有一个人在喝。陌生人，大概有四十岁左右，穿的西装，明显不是"范思哲"，因而就特别引人注目。

"哦……"季尔·谢尔盖耶维奇喊了起来，展示着由于亲爱的亚历山大·伊万诺维奇的出现而感到的喜悦。"欢迎光临我们的寒舍，请，请！"

"继承人"没有醉，尽管表现得像个醉汉一样，这样的效果是在与其他人同乐的环境里才有的。尽管客厅里的气氛难以用这种方式来描述。娜塔莎坐在屋角的圈椅里，双手捧着一个很大的红苹果，脸上的表情介于紧张和惊惶之间。怎么回事？

这里还有一个人物。年轻的小伙子，穿着格子衬衫、褪色的牛仔裤、肮脏的旅游鞋，有点挑衅似的把细长的双腿直直地伸向壁炉。保卫处长出现时，他稍微收了收腿，仿佛要收敛一点自信度。小伙子的一双眼睛从一直要长到鼻梁上的浓眉下打量着四周，还仿佛用额头中间三粒饱满的粉刺在吓唬着世人。

季尔·谢尔盖耶维奇指了指端着酒杯的四十岁左右的男人。

"这位是柯西卡，柯西卡·克里沃普利亚索夫，我的老朋友。我们是校友。只是我改了道，而他成了考古学家，真正的。他的一切都有古代遗风，一切。"

"我觉得，这从我的衣服上就看得出来，"考古学家说着站了起来，微笑着伸出手，"我不做考古学家已经很久了。我在出版社工作。"

"你知道，这是什么样的一个人吗？！"季尔·谢尔盖耶维奇高声说道："我只说一个故事。九三年。"

"这里说的不是雨果。①"考古学家说道,很文雅地从大酒杯里喝着白兰地。耶拉金并不理解这句插话的意义,但他相信,插话是到位的。

"九三年,好像是十月四号。我们刚通过 CNN 看了攻打白宫的消息。鲁茨科伊②被押入大牢,需要在瓦砾上收拾残局。上峰给历史系打来了电话——需要档案专家,受过特殊训练的,要许多。当时在的只有我们,没有经过任何训练,还好喝酒。我来到柯西卡的部门,在世界观问题上无能为力、缺乏灵感时,我总是去找他。"

季尔·谢尔盖耶维奇不知为什么用得意的目光扫了一眼在场的人。当然看得出,他竭力要给大家留下深刻的印象,首先是给娜塔莎。但耶拉金并不相信,姑娘会认为在她眼前发生的一切是自由精神的盛宴,并且希望加入其中。

"命令,总归是命令,而我又不想一个人,所以就求他搭档。我们被放了进去,通过警戒线,直接来到高官们的办公室。地板上散落着国家级文件,卫生间里传来恶臭,保险柜都被拆开。我们只管往前走,划出工作场地,拿来装文档用的袋子。我们身后,隔着一段距离,是一些端着自动步枪的人。不知是保护我们,还是监视我们。这时发生了一件惊人的事情。柯西卡几乎是立刻发现了一个皮包,那种,知道吗,跨肩背的。拉开拉链,里面是……"季尔·谢尔盖耶维奇朝心爱的姑娘的方向投去长长的、不知为什么有点调皮的一瞥,"一叠、一叠、一叠外币,主要是美元,但也有其他货币。枪手们当时又后退了一点,旁边没有一个人,把包放到袋子底部,上面堆上些文件,扛起走人。要知道,没人检

---

① 《九三年》是法国著名小说家雨果的最后一部长篇小说,描绘了资产阶级和封建势力在一七九三年进行殊死搏斗的历史场面。——译注

② 亚历山大·弗拉基米罗维奇·鲁茨科伊是当时的俄罗斯副总统。——译注

查，我们看到，入口出口处就是这样的。但是，没有，柯西卡·克里沃普利亚索夫拿起包，走到最近的一位军官面前，交上了这袋宝贝。没有提任何要求，甚至连四分之一都没要。"

克里沃普利亚索夫腼腆地盯着玻璃杯。脸红了，不知是由于自豪，还是由于惭愧。

"瞧，俄罗斯考古学家有着怎样的天性啊。我那时也捞到好处了。甚至都打算开公司，我觉得，像是找到了一座金矿。在哈斯布拉托夫①的办公室里。那儿书架上有几百本签名书。都是最最民主派作家的。据说，他们第二天就开始小心翼翼地打听，能不能取回那些错误地落入恶棍手中的书籍。我搬出了两大袋这样的废纸，坐到电话边，开始了大规模的勒索。我把你的书还给你——上面有这样的题词：赠亲爱的、敬爱的鲁斯兰·伊姆拉诺维奇，在灰尘中匍匐，亲吻着您的足迹……你把等同于从出版社得到的稿费的钱给我。不然，就让这件丑事曝光。"

耶拉金听着季尔·谢尔盖耶维奇的讲述，眼睛却看着那个浓眉毛的小伙子。显然，他是个乌克兰人。而且，属于结实健壮的那种。梳洗打扮一下，会是一个漂亮得可以展出的小伙子。还不是一个普通的，而是心里有打算的小伙子。这里，什么东西可能是他所需要的？少校明白了，尼娜·伊万诺夫娜在那通惊慌的电话通话里指的是他，而不是无私的考古学家。

娜塔莎抓住了少校的视线，用嘴唇发出一个词。

"兄弟。"

---

① 鲁斯兰·伊姆拉诺维奇·哈斯布拉托夫是当时的俄罗斯最高苏维埃主席。——译注

"是的。"季尔·谢尔盖耶维奇大声确认道,同时神经质地用手指把胡子撸成尖尖的楔形。"娜塔莎的兄弟,瓦夏,他是特地来的,帮助装修房间。可以在自己人这里盖房建屋的话,他干吗还要到其他地方去找工作呢。"

"不是瓦夏,"小伙子说,"瓦西里。"

季尔·谢尔盖耶维奇挥了一下手,说,去你的,就叫瓦西里吧。

"他既是木匠,又是油漆工,是上帝亲自把他派来给我们的。他会按娜塔莎喜欢的做好一切。""继承人"继续着他快活的话语。

"我都明白了。"少校说着站起身来,但他的语调更多地表示的是"我们会弄清楚的"。

克里沃普利亚索夫觉得愉快的晚会要结束了,便匆匆地喝完了杯中的白兰地。由于玻璃杯的形状非常外凸,因此还有很多昂贵的饮料留在了杯底,考古学家的目光流露出明显的惋惜神情。而少校得出的结论是,"继承人"的朋友不仅是一个考古学家,还是一个酒鬼。

瓦西里也站起身来,说了一句话,用的是某种难以理解的方言,好像是斯拉夫语,但一个字也听不懂。

为了不让少校生气,娜塔莎立刻解释说:"他丛(从)西部来。"

"你,亚历山大·伊万诺维奇,怎么样,把他带到布拉坚耶沃。"季尔·谢尔盖耶维奇插进来说道,"瓦西里将住在那里,就住在那套房间里。定金我已经给他了。还有钥匙。"

"那他自己去吧。"少校说。他,不管怎么样,还是保卫处长,总不见得用"奔驰"车载着外来劳工满莫斯科跑吧。

"他是头一次到城里来么。""继承人"试图为"亲戚"说话。瓦西里朝门口走去,做出很独立的样子,扭动着颧骨,没有理会试图以亲切的方式与他告别的季尔·谢尔盖耶维奇。不知是由于年轻人的拘谨，还是有什么其他原因。

7

第二天的早晨少校是在自己的办公室里迎来的。他在沙发上过的夜。几次试图联络琼。但都没有成功。高科技不仅帮助人们联络，也影响人们联络。但是，耶拉金并不生气。这样甚至更好。他和琼商定至少三个月互不往来。不做任何联系。高科技的任性没让他打破承诺。只过了两个星期，而他，借着有重要事情的由头，已经在设法与琼谈谈了。他要问，为什么塔玛拉从她那儿跑掉。他会接受任何解释，他只是想听到她的声音。

十一点一分的时候帕托林走进办公室。他看上去休息过了，但还是心事重重的样子。

少校朝他点了点头："说吧。"

"好像找到了些什么。"

少校又点了点头："直接说！"

"布尔达，克钦先生部门的。有过两次未经审批的乌克兰之行。两次都是去基辅。"

"什么意思？"

"我们在查。"

"得到克钦批准的，还是他自作主张的？"

"我们在查。"

保卫处长取下吊在电脑平面显示器边角上的领带，开始往头上套。

"财务——专家——先生们。只是为什么是布尔达？我一直觉得他像是个来自数字世界的书呆子。冒险的小人物。戴了面具?! 这些年来一直戴着!?"

"我们会查清的。安排了对他的跟踪,亚历山大·伊万诺维奇。是些新人,其他地方来的。即使他经验丰富,深藏不露,他们也能对付。我觉得,目前不该有过急的行动。"

少校终于整理好了领带,挥了一下手,表示同意:那就跟踪观察一下。

"那个'伊斯兰联盟'怎么样?"

"一个成分非常复杂的组织,内部成分不一。里面有穆夫提①,有伊斯兰评论家—突厥学家,有'古代民间诗歌委员会',还有石油开采商。关系,确实很广,但,总的来说,没有条理。很难确定组织的核心,谁的声音起决定性的作用。好像,为争夺占主导地位的影响力,在进行着隐蔽的斗争。但国际上的联络他们肯定有。"

"情报部门方面是谁在控制他们?"

帕托林叹了口气。

"当然,我首先想弄清的就是这事。但始终什么都挖不出来。起先我觉得,这是一个非常严谨的组织,浇灌上厚厚的混凝土,为了一些特殊的国家需求埋伏着。我们没法在他们的围墙下挖坑打洞。"

"那现在呢?"

"还是那样,简直一点线索都没有。于是我决定换一种方式来看问题。"

"哪种?"

"没有奥秘,也没有过奥秘。在这个联盟里混乱和争吵不是隐蔽形

---

① 伊斯兰教教法说明官,或伊斯兰教高级神职人员。——译注

式,而是存在形式。这既是他们的优势,也是劣势。也就是说,他们单兵作战,没有协调,但如果没有指挥部,那就不可能通过一次打击击垮它。也不能将它置于一个监督人之下。"

少校沉默了几秒钟,在自己的记事本上按逆时针方向旋转着铅笔。

"如果我理解正确的话,也就是说,我们即使非常希望,但也没法阻止联盟的活动,哪怕直接联系联邦安全局帮忙?"

助手摊开双手。

"恐怕,是这样。"

"那我也恐怕要这么想了。"

"但他恋爱了,而且,好像还不能自拔。他现在顾不上为哥哥复仇。另外,他在与联盟成员、也就是伊斯兰教徒们打交道时的态度风格,使他自己的名声大受影响。他的做派甚至连那些光头小伙子们都感到厌恶。他们未必会再与我们联系。"

耶拉金让铅笔停了下来,手指朝帕托林指了指。

"你说,他恋爱了! 那就给你一个任务。很紧急的。瓦西里·彼得罗维奇·斯捷法尼克,乌日哥罗德州,等等。所有信息都在这张纸条上,我像'索斯诺夫卡'管理员一样检查了他的证件。"

"怎么?"

"要了解,他是谁的亲戚。谁是他的父亲,谁是他的叔叔、阿姨,谁是他的姐妹。特别是姐妹!"

办公室的门呼地打开了,季尔·谢尔盖耶维奇走了进来,穿着白色的三件套西服,扣眼里很俗气地插着一朵康乃馨,手里拿着卷成筒状的稿子。

帕托林立刻站起身,把那张记录着要去乌克兰完成的新任务的纸条匆匆塞进口袋。

"去吧,去吧。""继承人"朝他高傲地挥了挥手稿。

少校用食指朝帕托林指了指手表的表盘。赶快!

"又是为什么奔忙?"

"您不知道吗,季尔·谢尔盖耶维奇?我们在找您的哥哥。"

"得了,别强嘴。"

"对不起。"

"听着,萨沙,别闹了。我在许多方面都感激你,但不要越界。读过《红与黑》吗?"

"看过电影。"

"啊,不一样。书里更精彩,德·拉莫尔侯爵给他的秘书朱利安·索雷尔两套燕尾服,红的和黑的。说,如果你穿黑色的燕尾服来我这里,那你是我的秘书,如果穿红色,那你对我而言是我的朋友红衣主教雷茨的儿子。假如朱利安是个庸俗的人,那他会几乎每隔一天就套上红衣服。"

少校严肃地点了点头。

"我懂了,我立刻改穿黑色的衣服。"

季尔·谢尔盖耶维奇声调忽高忽低地笑起来——如果可以这样描述的话。看来,他的心情很好。

"我有两件事情找你,萨沙。甚至有三件。第三件——我决定出席今天的董事会。我想亲眼看看这些面孔。告诉我,是否有线索了,哪怕是一点点?你刚才说的很对,我们在找阿斯科尔德。良心折磨着我:寻找工作我们做得不好。"

"条件是,季尔·谢尔盖耶维奇,您不向我要行动细节……"

"继承人"拍了一下手。

"就是说,有,就是说,有!"稿子影响了他,于是他把它扔到桌上,用手指指着它。

"这是我的第一件事。"

"听您吩咐。"

"你昨天认识了柯西卡·克里沃普利亚索夫。"

"记得有这么回事。"

"考古学家,一个不贪私利的人。"

"是的。"

"他今天早上九点到杂志社来找过我,已经带来了文章。只是带来文章就好了。文章是好文章,正符合《美丽岛》的风格。讲的是帕台农神庙。原来,这个举世闻名的范例——建筑和谐与直线几何的范例,是彻头彻尾的欺骗。"

少校睁大眼睛。

"是的,是的,所有的柱子都微微朝里倾斜,因为假如真的严格垂直竖立的话,就会觉得神庙要向四方倒塌。檐壁也是,它们都是由曲线构成的,为的是看起来像理想的直线。"

"这太惊人了!"

"得了,别装了,你一点也没感到惊讶。总之,是篇好文章。可以刊登,也应该刊登。玛丽娜拉长了脸,但没有要求收回。但这还不是全部。"

少校试图表现出自己的理解力。

"还有第二篇文章?"

季尔·谢尔盖耶维奇叹了口气,发起愁来。

"不是。柯西卡想来工作。他说，没饭吃了。他的出版社关了，他被扫地出门。妻子走了。就这样白白拿钱他又不愿意。他想正式进入《美丽岛》工作。"

"那怎样？"

"什么怎样，"主编火了，"那儿只有一个位置是给知识狂人的。博利瓦驮不动两个人。① 要知道，柯西卡是个搞各种有趣花样的高手。知道吗，年轻时有一次他是怎么突发奇想的？"

"把宝贝献给了国家。"

"你记得？好样的。但这还不是全部。他写了一部《真理报》编辑的日记，但不是真的《真理报》，是假的。明白吗？"

"不。"

"三十年代，曾经为高尔基专门出过《真理报》专版，从上面撤下所有关于惩罚处决之类的消息，换上一些无可非议的材料。目的是为了让这只海燕②不抽搐。而柯西卡炮制了所谓的编辑日记。真大胆！甚至九十年代初还发表在了某份小杂志上。"

"怎么，真有这样一份《真理报》？"

"这已经无所谓了。你要看重的是，怎么想出这一招的！所有的人都被柯西卡惊倒了。因为得意，他就开始喝起酒来。因此，我要他在我跟前干吗！？我知道，姑娘们会立刻宠爱他，从家里给他带来馅饼。他会在单位里过夜，某人会怀上他的孩子。而我到时候要么维持纪律，这

---

① 语出欧·亨利短篇小说《我们选择的道路》，后由列昂尼德·盖达伊（1923—1993）改编成电影《干练的人们》（1962）而广为流传，成为谚语。意为"在友谊与利益之间做选择时，更偏爱后者"。
② 高尔基创作有著名的散文诗《海燕》，因而常被称为无产阶级的海燕。——译注

很讨厌，要么对这一切睁一只眼闭一只眼，这更令人讨厌。"

少校稍稍摊开双手：

"那您就对他说，没有位置。"

季尔·谢尔盖耶维奇停住不动了，睁着鼓鼓的眼睛，胡子朝前翘着。

"对柯西卡？"

"是啊。"

"你保卫处长可以这样做！我可不能这么干。我或许在心底里也是个嗜血怪人，但不是吝啬鬼。赶走朋友，在他求助的时候……哼，你真说得出口！"

"我是想帮您的。"

"主要的是有愿望，萨沙。请想想，把他安排到哪里，啊。想想。他的文章我暂且拿着。我们有很多人去希腊。雅典是什么？带卫城的雅尔塔。让大家随身带上尺去量一量。从小山上把石头带走是不允许的，但丈量是可以的。谁能更准确地量出廊柱的倾斜度，谁就能得奖，比如，能得到微波炉，怎么样？"

季尔·谢尔盖耶维奇为自己要了杯茶，开始很享受地喝了起来，带着履行了职责、出色地完成了工作后的成就感。

"那第二件事呢？"耶拉金说。

"啊？"

"不还有一件事吗？"

"啊，对了，小事一桩。从她，从受委屈的女人那里还能期待什么好事情呢。她怎么也不能相信，我已经从她的统治下面摆脱出来了。她总说我是个微不足道的小人物。对此我已经习惯了。她说娜塔莎是别人给我下的套。"

"什么,什么?"

季尔·谢尔盖耶维奇把目光从茶杯上抬起,带着意味深长的微笑看了一眼少校。

"就是你刚听到的那句话。斯薇塔说,她不知道,这是谁做的,而我知道!"

"继承人"突然抖了一下茶杯,一些大大的、并非圆形的水滴溅到了桌面上。

"她不知道,而我则全都明白。"

"是吗?"少校用木然的声音问道。

"是的。但我不生你的气,萨沙。知道吗,我是怎么猜到的,怎么得出这一结论的?"

少校什么都没说,咽了一下几乎没有的唾液。

"奇迹!没有跟踪,没有审问,没有其他的废话。我是从最一般的考虑出发的。娜塔莎的出现——是个奇迹!她的出现,还有这一切是怎么发生的,又是如何打击到斯薇塔的,而她可是铜山女主人①,你知道的。我不相信生活本身能发生这样的翻转。只有傻瓜才会相信。每个奇迹都有脚本。也都应该有合适的演员。非常合适的演员。"

季尔·谢尔盖耶维奇又喝了一口茶。

---

① 乌拉尔民间传说中的山妖,拥有地下宝藏,掌管高超的技艺。她时常以娇美的女人形象示人,但有时是戴着王冠的蜥蜴。巴维尔·彼特罗维奇·巴若夫(1879—1950)据此创作了著名的童话《铜山女主人》(1936)。谢尔盖·谢尔盖耶维奇·普罗科菲耶夫(1891—1953)将其搬上芭蕾舞台,创作了著名的舞剧《宝石花》。——译注

"当然，你别怕，我惦量过了。你努力为我好，你让我陷入幸福之中。或许，你有自己的某种目的，天晓得，愿意的话，你就说。只是别说是什么出于对自己爱戴的领导的爱。如果想撒谎，那就编一个精致点的谎言出来。要有趣的。"

少校咳了一下。

季尔·谢尔盖耶维奇做了个鬼脸。

"是的，不一定，不一定要现在。现在我感受着恋爱的狂喜。简直是，令人战栗。但有些东西至今无法明白。知道吗，最大的谜团是什么？"

"不知道。"

"你这一切哪来的。最大的谜团，是娜塔莎的行为举止。她是个斯芬克斯谜一样的人，乌克兰的斯芬克斯。我知道，你对她，就像人们说的，面授机宜，提醒告诫，影响控制，但你无法把她变成生物机器人啊。要知道，这可是恐怖，地狱，深渊——我指的是别人的家庭丑闻。进入那里，并且泰然处之，为此要有什么样的能力素质啊?! 我不理解她，也就意味着，越来越赞叹她。愿意崇拜她。娜塔莎是我的图腾。当然，有一点点可怕。我觉得她很聪明，但对我的玩笑，她却没有反应，当男人没有觉得自己很机智的时候，他与赤身裸体没什么两样。在她的智慧里有某种来自爬行动物的东西，具有神性吸引力的爬行动物。不，这是个坏词，侮辱性的词。她，你明白吗，是加拉蒂亚①，但只复活了百分之

---

① 希腊神话《皮格马利翁》中的女主人公。皮格马利翁用神奇的技艺雕刻了一座美丽的象牙少女像，在夜以继日的工作中，他把全部的精力、热情、爱恋都赋予了这座雕像。像对待自己的妻子那样抚爱她，为她起名加拉蒂亚。爱神阿芙洛狄忒被他打动，使雕像获得了生命，并让他们结为夫妻。——译注

九十五。她身上还留有少许难以战胜的石头般坚硬的滞固。有那么一点点。但这点压倒了一切。"

季尔·谢尔盖耶维奇想再喝一口，但杯子已经空了，他皱起眉头，朝杯中看了一眼，随即把杯子放到满是水滴的桌上。

"你认为，我就是个傻瓜，萨沙？我不知道，这一切从旁观者的角度来看是怎样的。糟老头子，当然，还不特别老，顺便说一句，我每天早上都有很棒的勃起，你别对我说，这是膀胱充盈所致。不要嫉妒。我觉得，在她那方面，除了感情之外，还有某种打算。管它呢！重要的是进展。而进展是正面的。她想要有自己的房子。搭巢。在那儿孵出小鸟，就全了？她的计划，就像所有姑娘们的计划一样，短浅。而我——更深入，我要把她重新塑造，重新搅拌，按自己的方式烤制。而系主任同志是在白忙活。她还在恐吓我，好像她手里还有对付我的短剑。瞎说。虚张声势的愤怒。来，再给我来点茶。现在我等待你的讲述。让这件事的画面更完整。"

少校已经控制住了自己。等到领导面前重新摆上一杯热茶后，他才开始讲述。他是从问题开始的。

"是娜塔莎把一切告诉您的，还是她的父亲？"

"不。你把他们训练调教得都很好。特别是那个老爸。他也不是傻瓜，怎么会胡扯对自己不利的话呢。"

"嗯……是啊。"

"娜塔莎也是在我自己把整个图景给她描绘出来以后，才承认的。她很不愿意。你对她来说很有威信。"

"嗯……是啊。"

"说吧……萨沙。"

"怎么说呢,确实,猫捉老鼠的游戏。"

"说真话,真话,只要真话。只是别胡诌,说你关心我的性教育。说实话!!!"

"当然。我不完全喜欢您的那个打击在伊拉克的乌克兰连队的计划。小伙子们一点都没有过错,做化学防护,要知道他们也有母亲,或许还有孩子,而我们从棕榈树下向他们射击。此外,我还为自己考虑:这么多麻烦,这么多损失的可能性,繁琐、杂乱、人数众多。这种事情搞砸,组织者就要被法办。"

季尔·谢尔盖耶维奇开始做鬼脸,又把开水溅了出来,甚至溅到了自己的膝盖上。

"啊——是啊,懂了,全懂了。你安排这一切,目的是让我把心思从计划转移到娘儿们身上,是吗?"

少校沉默了一会儿。

"对这个结果我表示感谢。但你的策划——不仅仅是一种自然的谨慎,还是眼光短浅的体现,还打着人道主义的旗号,哼,简直就是一堆狗屎。无辜的人是没有的!一切都取决于确定过错的方法。而救赎的形式取决于时代的风格,如果你能理解这点的话。你做得对,没有提阿斯科尔德,把他作为原因。这事的原则性更强。眼下,我不能够对乌克兰大发雷霆,但也不能停止为自己的国家抱屈。知道吗,萨沙,我又有个想法。要知道,不只是小俄罗斯①一家背叛了伟大的国家构想。还有叛逆的海滩。"

从少校的脸部表情看,最后那句话他没明白。

———————

① 指乌克兰。——译注

"波罗的海沿岸，爱沙尼亚人、拉脱维亚人以及其他'人沙'。知道有人很快会将他们收回——的确，不会有其他可能——他们就在自己小小的自由里报复性地寻欢作乐。不久前有人在爱沙尼亚搞了一个游戏，听说了吗？像四一年那样。一小队希特勒破坏分子"Φ"在帕尔努附近的海滩登陆，朝纵深地带进发，肆意破坏，铲除斯大林的雄鹰——苏联飞行员们的窝点。但最终，他们还是被赶进埋伏圈并在那里被机枪解决掉了。现在的那些爱沙尼亚爱国者，法西斯化的黄口小儿，决定把这变成景观游戏。参加者配置相应装备，从海上登陆到沙丘，边走边打，为所欲为，展现战斗气概。游戏就在那个苏联军队伏击点结束。因此，我有个想法。接受游戏的规则，不过要接受的话，那就全盘接受。在人所共知的地方秘密设立一个伏击点，用卫国战争时期的武器击毙那些嬉笑打闹的卑鄙小人。在爱沙尼亚找十几把还能用的什帕金冲锋枪，两把捷格加廖夫机关枪，不费吹灰之力。我们雇来的小伙子以普通旅游者身份进入，没有比这更简单的了！这将是场即兴演出，啊！很棒，同意吗？"

少校好像点了点头。

季尔·谢尔盖耶维奇若有所思地打了个哈欠。

"只是要等很久，到明年夏天。"

"继承人"又打了个哈欠，随后回到了前一个话题。

"知道吗，萨沙？既然一切都已经说开了，所有的前引号我们都已经打上了，那你就把事情做到底，怎么样？"

"希望……"

"再具体点？理解。从娜塔莎的嘴上撕下封条，啊。允许她有说有笑。热血木乃伊的角色她演得很好，也演够了。我印象深刻，掉进去了,陷进去了! 够了! 让她不再隐藏自己的声音效果。要知道,默不作声的乌克兰姑娘,这只是一半的快感。让她饶舌,闲扯,叽叽喳喳。说定了?"

耶拉金点点头。尽管局面好像已经顺利地摆平了,但他并没有觉得轻松。有什么东西在悄悄提醒他,真正的清算还没有发生。

季尔·谢尔盖耶维奇站起身,朝坐着的耶拉金挥手作别,快步朝门口走去。消失在门后。但立刻又返了回来,边走边推搡着走在他前面的克里沃普利亚索夫。柯西卡不好意思地、醉醺醺地微笑着。

"安排一下,给他安排一下,亚历山大·伊万诺维奇。预先谢——了。""继承人"喊着跑开了,就像掉下赖兴巴赫瀑布深渊的夏洛克·福尔摩斯。

少校不解地看着抛给他的考古学家。学者一动不动地站着,像一块花岗岩石碑。从他背后冒出了帕托林。他惊讶地瞟了一眼站立者,快速迈动着自己的罗圈腿,一下窜到桌边,俯身坐到少校身旁。悄声说道:

"斯特凡·塔拉索维奇·科诺佩利科,伊万·塔拉索维奇·科诺佩利科的亲兄弟。斯特凡·塔拉索维奇有个儿子瓦西里。也就是说,是娜塔丽娅的堂兄弟。伊万·塔拉索维奇住在波尔塔瓦州,斯特凡·塔拉索维奇住在乌日哥罗德州。都符合。他是兄弟。"

"谢谢。"少校轻声说道,"办事效率很高。"

"是的,事实上,"帕托林满不在乎地一笑,"我直接往狄康卡给娜塔丽娅的父亲打了个电话。信息是从他那儿来的。"

"是吗?"少校的脸上掠过一丝厌恶。

"有什么不对吗?"

"还是要谢谢你。"

考古学家克里沃普利亚索夫打了个响亮的、湿漉漉的喷嚏。他要么是想吸引别人的注意,要么只是感冒了。

"是的,"少校说,"我记得,您想工作。"

克里沃普利亚索夫点了下头,表示确认,同时打着喷嚏。

"有一份在户外的工作。"

少校在桌子的抽屉里翻寻了一阵,拿出一张"院士"克里亚耶夫的名片。

"和这个人联系,就说,是我介绍的。再见,多保重!"

当衣服皱巴巴的客人离开后,帕托林表示出了兴趣。

"被流放的哥萨克?"

"天晓得他是谁。不管怎么样,我把他打发到冈瓦纳,涅斯托尔那里。既是名为考古学家,就应捣鼓土地。①"

少校的右手握成拳头,于是手中那支普通的铅笔发出脆折声。

"我还没完。"帕托林说。少校斜着看了他一眼,目光里闪过一丝疲惫。

"雷巴克。"助手说。

"哦,怎么会这样! 我们怎么会忘记了这么重要的人物呢。怎么,信奉伊斯兰教了?"

帕托林对头儿勉强的玩笑报以微笑。

"看来,他们好像有关联。雷巴克和布尔达。"

---

① 俄语中有谚语"既是名为蘑菇,就应听人采食",少校显然是想套用这一谚语的结构。——译注

少校尝试着将铅笔的两部分在断裂处接起来。

"这正是重要的。谁操控谁,或者他们是联手?"

"我们正在弄清楚。"

安东把头探进办公室。

"亚历山大·伊万诺维奇,董事会。"

"啊,是的。季尔·谢尔盖耶维奇已经到了?"

"他走了。"

"怎么走了?!"

8

步行,风衣敞开,围巾飘起。他朝司机挥了一下手,后者已经为他打开了真皮内饰轿车的车门。他越过马路,全然不理会正好开过的汽车按响的显示惊奇的喇叭声。他的脸很可怕,随着下巴剧烈地扭动,胡子也忽左忽右地转动着。眼睛里仿佛在发生着某种奇怪的事情。从那里爆发出各种闪电。季尔·谢尔盖耶维奇冲进安静、潮湿和空无一人的街心花园,绕着中心花坛走起来,边走边驱赶面前那只可怜的鸽子。

尽管这有点奇怪,但他在谈话后首先清晰感觉到的是自豪。不,他毕竟不是一个软弱的臭知识分子,不是一个以杂志为营盘的微不足道的害人虫。就在两分钟前,他轻而易举地拿下了经验丰富、久经沙场的少校,保卫处长。击败了他。迫使他承认自己的所做所为,少校甚至还没明白,是在哪一刻被识破的。是的,是这条白蛇斯薇特兰娜,在最后一次谈话中对他吐出一大堆毒汁,是她刻薄地暗示,说狄康卡礼物降落他家,其实没那么简单。这看起来最多只是婆娘绝望的叫喊。他最初也是这样看的。没有太在意。尽管自己也注意到了。但他还是决定检验一下自己的怀疑，就像一个关心自己健康的人送某种液体去化验一样，以便最终科学地确保他没什么可担心的。

但是突然，没想到吧！

季尔·谢尔盖耶维奇走了整整两圈，而鸽子依然没有想过要转到一边去，还是拼命地一拐一拐地走着，爪子不时地没到雪水里。

现在做什么？！

不应该操之过急！尽管很想抓个人来痛打一顿！精明强干的少校会为自己的创意受到惩罚。诉讼还没结束，最终的判决目前还不会做出。季尔·谢尔盖耶维奇在感谢少校所做的一切、感谢他把美人娜塔莎送到他手中的时候，并没有言不由衷。只是感激可能是暂时的。如果突然发生什么事情的话。

会是什么？

天晓得！

应该谈谈。和娜塔莎。把已经宣布的事情做成。谈话会非常、非常有趣。

自然，季尔·谢尔盖耶维奇被自己的发现惊呆了，但同时又非常好奇。他所经历的这一事件的价值没有减少，情调也没有凋萎，他的血液还在血管里沸腾。此前，由于神秘感和莫名其妙的道德优势，娜塔莎好像耸立在高高的基座上，现在，她似乎有点退到暗处，但在那里，她变得更有趣、更肉感、更宝贵。一尊理想的雕塑正在最终变为一个软绵绵的姑娘。哦，把对淫逸的贪恋作为自己膜拜的对象，是怎样的一种幸福啊！原来，他有自己的迷恋，可笑的、龌龊的、老男人的迷恋，因此并不孤单。我们水晶般纯洁的少女也不错，做交易，要价格。

季尔·谢尔盖耶维奇大笑起来，笑得很疯狂，当然是在他弱不禁风的身体和慢性支气管炎能够承受的程度之内。但这已经足以彻底击溃那只不幸的鸽子。它转到边上，栽倒在地，翻起了白眼。

应该谈谈！

季尔·谢尔盖耶维奇掩上风衣衣襟，果断地朝座驾走去。自己对自己感到惊讶。在他的意识里，娜塔莎的行为丝毫也没有转变成某种令人厌恶的东西。他不能把它当作背叛。总的来说，背叛，是结束短期关系的行为。但这里却是另外一回事。这更多是女人的作战计谋。不管怎么样，这还是一个诚实的选择。她把他看成是一个有前途的男人。哪怕只是为了物质上的利用。是的，这是一种算计。因此会有雕塑般的举止、凝滞的眼神和那种使人难受的、毫无变化的心灵微光。没什么，他会忍受，而她会爱上。那自尊心呢?! 这里何必再要顾及这个呢?! 实质上，她也没有说谎。只是默不作声地走近，坐在你身旁。少校同志只是简化了事情的技术程序。安排送货上门。现在我们就到了，把一切都商定。所有的句号都打上，没有逗号。

季尔·谢尔盖耶维奇感受到喜悦的涌动，似乎他在内心凿开了一股清新的喷泉。一切是怎样开始的，从哪儿开始的，这不重要，以后在给我们新生的孩子讲述他们通向世界的道路是怎样开始的时候，我们还会笑呢。

9

少校坐在会议主席右边自己的位置上。在笔记本上做着记录。他把阴郁的目光从一位董事身上转向另一位董事，保持脸上表情不变。从某一时段起，他开始觉得，他有点理解正在发生的事情了。假如人们对他说，公司的一些领导持这样的观点，就是说，认为保卫处长真的对事件了如指掌,他会非常惊讶的。

关于"建设工程设计"公司领导阿斯科尔德·莫兹加列夫神秘失踪的信息至今尚未进入八卦媒体。一方面,当然,他不是大富翁阿布拉莫维奇,没有生活在聚光灯下,但这件事本身对于媒体、对于公关,无疑是一个亮点。新的题目。跨国敲诈。真要曝光,是会引爆出很艺术的尖叫声的。但这种情况还没有。也就是说,公司内部没有真正的叛徒,不要说高层,甚至普通员工中都没人拿机密的八卦做交易。一方面,可以为此感到高兴。甚至在有强大的敌对压力的情况下,公司依然保持着队伍的团结,捍卫着共同的利益。另一方面,耶拉金始终记着一点,那就是表面的波澜不惊可能是这样一种征兆:内部正在进行破坏性的活动,人们没有分身去做那些价值极少的声东击西。老鼠没有从船上逃离,但这还不说明任何问题。

"您想说些,补充些什么吗?"今天的会议主席康拉德·克劳恩问保卫处长。克劳恩是个胖乎乎的波罗的海人,长着白色的睫毛,脸上挂着甜蜜的、儿童般的微笑。他分管的工作始终成效显著,而领导本人总是在自己汽车的天线上系着圣乔治丝带①。他是位双料忠诚者,既忠诚公司,又忠诚居住国。

"我想申明,解释一下,"少校和着克劳恩的语气开始说道:"事情有些进展了。我们发现了一些线索,我们已经开始顺藤摸瓜了。当然,情报我无权与你们分享。不是出于对你们的不信任,先生们。"

---

① 俄国沙皇时期最高军事奖励圣乔治勋章获得者佩戴的一种双色丝带。为庆祝反法西斯战争胜利60周年,"圣乔治丝带"2005年春首次出现在俄罗斯一些城市中,2006年该活动在全俄境内开始推广。现在,这种象征着俄罗斯人对先烈追思和对胜利自豪的丝带已成为纪念卫国战争活动的重要标志之一。——译注

"我们理解，"克劳恩微笑了一下，比平时更亲昵，"我们会容忍的。"

少校口袋里的电话响了。这个号码只有非常少的几个人知道。

"请原谅。"少校掏出手机走出了办公室。

"有什么事，伊万·塔拉索维奇，我正忙着。"

"你们的小伙子给我打过电话？"

"是，是帕托林，怎么？"

"他对我侄子感兴趣。"

"瓦西里？"

"是的，瓦西里。"

"怎么？"

伊万·塔拉索维奇重重地叹了口气。

"您说吧，伊万·塔拉索维奇，我，真的，忙着。董事会。"

"好吧，我过后再打。"娜塔莎的爸爸又叹了口气。

"您那儿是怎么了？！好吧，我现在这里一结束就给您再打过去。"

"好的。"

"您别离开电话。"

"随身带着，在口袋里。"

"听着，有点不对劲？这个瓦西里，怎么，不是瓦西里？"

"不，是瓦西里。"

"那他怎么，不是娜塔莎的兄弟？"

伊万·塔拉索维奇又叹了口气。

"不，是兄弟。"

"真的？"

"真的。"

"如果您骗我……"

"不,不。"

"那是怎么回事?或许,您醉了,伊万·塔拉索维奇,啊?!我只是现在刚想到。"

"不,我一点点,一小杯,为了心脏。"

"好吧,明白了。"少校咬紧牙关,"我再打给您,等着。"

少校回到会议室,坐到自己的位置上,这样一种感觉一下变得很强烈:自己做得不对。老头打电话,并不是为了敲诈,不像自己在第一时间想的那样。他喝了酒,应该理解是为了壮胆。但现在再出去打电话……五分钟内第二次跑出会场——不合适。

10

当季尔·谢尔盖耶维奇走进自己的临时居所时,迎接他的不是他的心上人。而是他感觉中可以说是可恨的尼娜·伊万诺夫娜。她接过风衣,问是否还需要什么。不知为什么,这一刻,她因自己的殷勤而显得特别恶心。主人懒得去分析这一全新感觉产生的原因。而要借助她的帮助又是不可能的。啊,这就是敌意的原因:他想大声喊"娜塔莎!你在哪里?"或者类似的话,但这只僵硬的母鸡在场使他不便启齿。只得无声地搜索。首先,自然,去卧室。

没有美人。

去二号卧室,她喜欢闲躺在那里翻看杂志。

没有。

浴室里空无一人。

台球室里也是。

季尔·谢尔盖耶维奇在屋里徘徊,尼娜·伊万诺夫娜恶心的白围裙总在意识外围闪现。结果是,哪儿都没有娜塔莎,而这个傻婆娘却无处不在。此刻已经不能简单地问:娜塔莎在哪里?!这样显然会让人觉得他是个忧心忡忡的傻瓜。

或许,她到外面去了?但十一月底,在草木凋落的外面能做什么呢?

去商店了?很有可能,尽管他俩准备今天一起去的。开完董事会后。天啊,"继承人"用手掌拍了一下额头。忘了董事会了!不好意思!不过,管它呢,为什么他要去迎合所有的人呢!

但是,应该有个解释:为什么爱人正是在非常需要她到场的时候缺席。不会是为了要吓唬他吧……季尔·谢尔盖耶维奇回到卧室,打开壁橱。所有的连衣裙都在原先的地方。箱子也是。梳妆台上有五个打开的软管,或是唇膏,或是化妆油彩。不,完全不像她出走了的样子。季尔·谢尔盖耶维奇咯咯笑了起来,他记得,在危险出现的时候,应该试着嘲笑危险。或者,至少是嘲笑胆怯的自己。

最有可能是去商店了。只是因为没等到他。给你个教训,别在董事会上坐得忘了时间。尽管……季尔·谢尔盖耶维奇奔下楼,尽量给人以无忧无虑的印象。现在他非常希望见到尼娜·伊万诺夫娜。但是,见鬼,她也不见了。在她通常待的地方——厨房,餐厅,到处都没有那块白围裙!为什么所有的女人都突然从这幢房子里消失了?!

门砰地响了一下,季尔·谢尔盖耶维奇已经不掩饰自己的急躁了,他朝尼娜·伊万诺夫娜跑去,她拿了一小袋壁炉用煤回来。他还没来得及问任何问题,她就边脱雨衣边说:"娜塔莎去看装修进行的情况了。那时您还在忙着开董事会。"

由于汹涌而来的轻松感，"继承人"头晕目眩，全身大汗。他想抬脚就走，但又怕步态暴露出他突如其来的乏力，于是就继续站着。只得靠语言来挽救局面。

"我来早了。"

尼娜·伊万诺夫娜不易察觉地耸了耸肩。来了就来了，这是你们的事。不要把我搅和进你们的生活，雇主先生。这记"耳光"只得忍了，季尔·谢尔盖耶维奇想。而且，此刻他也顾不上她那些高傲的女佣的感受了。他惊呆了：原来，他已经开始完全受制于这个无声女孩的表现了。没什么，没什么，少校答应过，她会畅谈起来的。最多过两个小时，她会回来。那样我们就能用语言彻底说清一切了。

他给自己倒了一杯果汁，一口喝完，又倒了第二杯，又喝完了，但没有意识到这是什么果汁。他上楼来到卧室，和衣躺到床上。闭上眼睛。几次把头从一边转向另一边，在枕头上翻来覆去，竭力捕捉暖蜡的味道：娜塔莎的头发上一直散发出这种味道。闻到了。这一气味的作用就像瞬间的镇定剂。身体和被他认为是自己心灵的东西，同时幸福地放松了。不管怎样，这个世界上的一切安排得多好啊，有波折、风暴和尔虞我诈，但主要的、最重要的东西——如果全身心地专注于它的话，是不会从人的身边被夺走的。两个小时后娜塔莎会回来，他会对她说，说她这个默不作声的姑娘无疑想听到的东西。来，我们结婚吧！就让她认为，她的计划启动了。可笑的丫头！是她的计划，可赢的是我！只有两个小时。

季尔·谢尔盖耶维奇揉开右眼的眼皮，看了一眼挂在对面墙上的钟。长长的秒针，抽动着，一格一格地跳过去，就像是被打死的巨大蜘蛛身上唯一一条还有生命的腿。形象过分奇异，但还是进入了"继承人"的意识。分针只是非常偶尔地动一下,以至于使人觉得,它每次的移动仿佛都是最后一次。八秒,或者十一秒。季尔·谢尔盖耶维奇忍受着时间的抽搐。随后因一个可怕的念头而震怒:要两个小时!!!这就像是由表盘组成的整整一个连队,而蜘蛛的腿要慢慢地从它们中的每一个上面摸索过去。这怎么忍受得了!

季尔·谢尔盖耶维奇在床上坐起。至少应该打个电话!

总是这样,在最需要的时刻,手机一开始找不到,然后又帮不上忙。被呼对象,自然,无法接通。没问题,现代文明还有其他手段,不只是电话,还有汽车。那条分针的蜘蛛腿还没朝前跨出一步,季尔·谢尔盖耶维奇已经在向布拉坚耶沃疾驶了,他不停地揿着手机的拨号盘,由于无人接听,手机给人的感觉就像又聋又哑一样。

司机显然觉察到了领导的状态,因而把车开得飞快,很冒险,超越所有车辆,对无声的诅咒漠然处之,那些诅咒来自被他这种极端驾驶方法羞辱了的、不会陷入爱河的普通司机们。

当他们驶进高层建筑小区时,季尔·谢尔盖耶维奇唉了一声:

"我忘了门牌号!"

"是这儿。"司机说着,在一个没有任何特点的大门前刹住了车。随后又对急速冲出车子的主人补充道:

"十楼。"

电梯与电话一起构成日常灾难的中心。电梯停运。主编的呼吸原本就在胸腔内咻咻作响,向上短跑的时候,更是注定不可能平静下来。脚步声回响很大,季尔·谢尔盖耶维奇在向各各他①攀登,他一边呼吸

---

① 耶路撒冷附近的基督殉难处。——译注

着未完工的工地散发出的刺鼻气味，一边设法让自己平静下来。现在最令他不安的，不是心动过速，而是娜塔莎已经离开这里回家了。还没把手机打开。命运攸关的甜蜜打闹因此还将被推迟几个小时。

跑上七楼以后，季尔·谢尔盖耶维奇终于控制住了自己的情绪，使之开始符合常理的要求。他放慢了奔跑的速度，不想让娜塔莎看到他气喘吁吁、情绪激动的样子。最好在靠近她时，嘴角带着宁静的微笑，聪明的眼睛放射出理解的光芒。不是冲过去指责，而是邀请进行亲密的对话，随后无限宽容地用手爱抚她抹了暖蜡的头，而头则因感恩的呜咽而颤抖。

房子还没人住，所以在登楼的过程中，季尔·谢尔盖耶维奇没有遇到一个人。

这就是十楼了。

应该站一会儿，应该站几分钟，尽量让呼吸平稳。可不想闹腾出心绞痛之类的麻烦事。呼吸要轻，不然，在回声很大的空屋子里或许什么都听得见。对了，十楼，是哪个单元？这里一梯有三户。

季尔·谢尔盖耶维奇在原地转了一圈。所有的房门看上去都一样，没人住的样子。轻点，呼吸，轻点！在某扇门的后面，娜塔莎正在给自己、也给未来的丈夫搭建爱巢。

嘘！

声音！

一些声音！甚至不是一些，而是很多。无疑，来自那扇绿色的铁门后面。偷听不好，但是必须的。他侧着身靠上一步，这显示出季尔·谢尔盖耶维奇还是有那么些不好意思，他把耳朵贴到钢质的门框上。门框通过出色的振动膜，借助自身物理性能发生着作用。因而什么都听见了，而且非常清楚，也不会有疑问，是谁在那里发声。

11

"快点，瓦夏，快点！"这些话少校每隔两三分钟重复一次，"或许，我们还来得及。"

他们现在也在赶往布拉坚耶沃，比起季尔·谢尔盖耶维奇的司机来，瓦夏开得更疯狂。

少校靠在车厢的角落，疲惫地看了一眼帕托林。后者侧面朝上司坐着，默不作声。他刚刚对领导第二遍转述了他与科诺佩利科先生的谈话，他是按在开董事会的少校的命令进行这一谈话的。由于狂怒，少校不停地发出呼哧声。

"老鬼，啊，我怎么也不明白，为什么他不马上提醒我！"

帕托林没有转头，说：

"可以理解，乡下人害羞。"

"这就是为什么他同意这事的原因，现在一切都明白了，现在一切都能说得通，都能各就其位了。用一个小一点的耻辱来盖过更大的耻辱。"

助手点头赞同。

"有点像这么回事。此外，更小的耻辱，就这么叫吧，不在眼前，而是在远方。而且有机会通过合法婚姻来结束这一切。作为父亲，他可以被理解。另外，就像他说的，他当时晕头转向。要知道，他们那里，情况发生，就像火药爆炸一般。火花飞过，一切就开始了。这一个，名字叫什么来着，被人用车辕抽打，伊万·塔拉索维奇自己，弄断了他一根，或者两根肋骨。好不容易逃脱。娜塔莎被灌了些药片，她好像清醒了一段时间。他说,你们来了以后,她就处在这样一种状态:愿意,不愿意——反正都一样!跌进深渊也好,去莫斯科也好,无所谓!"

"这就是为什么她有着极端的冷漠。"

"是的。"

少校重重地叹了口气。随后又更重地叹了口气。

"甚至想想都可怕,季尔会怎么样。"

这时甚至帕托林也叹了口气,尽管不清楚,在他那扁平的胸腔里哪有气的位置。

"现在只有希望,我们能来得及在事发前赶到,并且把局面扭转过来,亚历山大·伊万诺维奇。"

"现在我们会赶路,会抱希望,但当我们到达以后,看到没有希望,那会做什么?"

助手认为这个问题是反问。少校说出自己的想法:

"最坏的结果——他把我立刻赶走。无言地承受,他不会。他会急匆匆地去向穆斯林道歉。如果他把精力转移到狂饮上就好了。所有的希望都寄托在狂饮作乐上。我们,对了,带着白兰地吧,是的,有,我知道。如果马上灌醉他并且一直让他处在需要的状态里,我们,可能,就会有时间把布尔达和雷巴克的事情弄情楚。我相信,他们在那里嗅到了点什么。要知道,当时派去的正是布尔达,结果花了三千美元,换来劳教所的地址。"

"我那时还没有参加工作。"

"所以我在还原图景,一起来分析研究。检察院某个奇怪的人给我们的瓦列里·伊戈列维奇指了方向:波尔塔瓦地区的隔离室。据说阿斯科尔德就被关在那里。这从一开始看起来就像是个愚蠢的玩笑。干吗要把人从基辅拉到波尔塔瓦?! 但是我们就相信了,随心所欲地行事,那我们怎么还能清醒地去想对策呢! 尽管,我们的工作就是研究对策。"

"我知道,布尔达被骗了。"

"别提了,伊戈尔,别提了。没有什么隔离室——是个女子劳教所。给信息的人也消失了。"

"原本该把那人一同带来的,亚历山大·伊万诺维奇。"

"谁,布尔达把他带来?!"

"这里有两个解释,亚历山大·伊万诺维奇。要么是基辅人感觉自己很有信心,甚至可以颐指气使。决定在心理上压垮我们,说,伙计们,别爬了,篱笆太高。"

"要么呢?"

"要么是根本没有什么骗子。所有的角色都是瓦列里·伊戈列维奇自己扮演的。又是瞪大眼睛跑来,又是编造三千美元支付金的事,关于拿钱的人,也是编的。还扮演了一次苏萨宁①——把您的团队从基辅带到波尔塔瓦附近。"

少校拧开白兰地酒瓶的盖子,喝了一大口。

"是的,我想过,想过这点。的确,布尔达身上集中着太多没法查证的东西。而这本身就可疑:为什么一个一般的高级职员能进入事件的中心。"

"这……"

---

① 俄罗斯民间英雄。1613 年,波兰侵略军强迫农民苏萨宁引路找寻新沙皇。苏萨宁将波军带到密林里,引入歧途,最后与敌人同归于尽。——译注

"是的，不像！根本不像，太不像了！我不相信，一个人能这样地转变。他在公司八年，一直是个被整得谨小慎微的布尔达，但怎么就突然摇身一变成为足智多谋、气宇轩昂的施基里茨①了。"

"无论如何，我现在锁定他了。"

"是的，伊戈尔，锁定他。不管我们今天追赶的结局如何。布尔达要么是自己想出这一切，要么会把我们引向想出这一切的那个人，而后一种可能性更大。很突出的一点是，米隆老和他在一起。他是清道夫，总是能嗅出腐烂味道从哪儿冒出来的。关于他的上司克钦，也别忘了，这一位更凶狠。而克钦与卡塔尼扬的联系很紧密。"

帕托林满意地搓了搓干瘦的小手。

"总之——所有的人都有嫌疑。"

12

"啊哦，妈呀，妈呀，救救我呀，妈呀……"

季尔·谢尔盖耶维奇用麻木了的手推了一下门，门好像心甘情愿地、友好地悄然打开了。

"啊哦，妈呀……"

不过，有些词季尔·谢尔盖耶维奇没能理解，他在这声音的岩浆流里，沿着黑暗的走廊，慢慢地前进，逐渐靠近喷发口。从某种意义上来说，他已经明白了一切，但同时，他又什么都不明白。听觉希望把做出不可避免的可怕结论的责任转移给另一个感官，转移给视觉。他缓慢

---

① 苏联影片《春天的十七个瞬间》中潜伏在德军内部的智勇双全的苏军谍报人员。——译注

地、悄无声息地朝前走着，脚步越来越慢，越来越轻。靠近了里门的左侧，正是从那里，与十一月白天的日光——令人难受的苍白光线——共同泻出的还有如此激越、如此恶心的话语。

季尔·谢尔盖耶维奇从门框边毫不畏惧地朝前移动了一下脚步，他不想看上去像个偷窥者，他希望至少以监视人的面目出现。他朝里看了一眼，什么变化也没发生。也就是说，"他们"一开始没有发现他——昏暗走廊里的一张苍白的脸。那恶心的事直接就在地板上做，在不久前上了漆的镶木地板上，铺了报纸当床。纯粹的爱情，没有任何财产，除了感情。他们垂直于他冒火的视线躺着。躺着，自然是闭着眼睛——人类的天然的害羞感，爱是一个圣礼，它最好的装饰，是黑暗。哪怕是主观的。嗷嗷叫的娜塔莎的脸，季尔·谢尔盖耶维奇，感谢上帝，没有看到，它被插着扫帚的桶遮住了。这可以被看做是一种怜悯。然而，瓦西里颤抖的卷发，直入眼帘，他咬牙切齿，脸上凸起的肌肉令人毛骨悚然，强烈的喘息撑大了鼻孔。左眼不情愿地微微睁开，侧视瞥见了走廊里的魅影。下一瞬间，已经是两只睁大了的眼睛在盯着不速之客了。再过了一秒，娜塔莎的兄弟急速地从地板上跃起，为了做出哪怕是相对的垂直姿势。沾上油漆的手掌在脱离地板时，也有力地扯起了粘在手上的报纸，报纸被撕破，发出洋洋得意的声响。瓦西里不知为什么把报纸展示给季尔·谢尔盖耶维奇看，脸上充满了淫荡的笑容。

"继承人"没有发出任何声音，退到了黑暗中，消失在走廊里，走出房门，顺着楼梯朝下走去，不协调地、断断续续地迈动着双腿。经过一层楼，空无一人，又一层……一直往下走了四层。突然看到，有扇门开着。门里站着一个穿汗衫的人，在抽烟。季尔·谢尔盖耶维奇在他面前停了下来。

"听着,老兄,你有剃须刀吗?"

吸烟者隔着 T 恤挠了挠肚子。他的体重是瘦弱的楼梯旅行者的两倍多,此外,从他家的厨房里传出一群人快乐的喧闹声。

"你要什么样的,锋利的?"

"最锋利的。"

男人往手上吐了口唾沫,掐灭了香烟。

"来吧。"

"你家浴室在哪里?"

"你要剃刀干吗?"

"你真的不明白?"

房间的主人打量了一眼这个可怜的人。

"想刮胡子?"

"真机——灵。不像我。"

"来吧,浴室在那儿。剃须刷在杯子里,只要加点热水就可以了。"

"谢谢你,朋友。"季尔·谢尔盖耶维奇真诚地说。

13

"我们快到了,亚历山大·伊万诺维奇!"

少校想,帕托林用名字和父称称呼他好像太频繁了一点。饱含尊敬?只是希望,这不会影响这个瘦瘦的雇佣兵的工作质量,不会退步。目前,少校对质量还是满意的。

"电梯停了。"

"就是说,谁也不用留在下面。"少校说道,又从瓶里喝了一口酒。他们开始上楼,倾听周围动静,检查每一个楼梯间。他们登上十楼。房间的门开着。这立刻就使耶拉金觉得不对劲。为什么,他说不上来。

娜塔莎和瓦西里坐在厨房里。就这么坐在凳子上,旁边是一张被水泥粉弄脏了的桌子。既不喝茶,也不交谈。就坐着,看着窗外,宽大的玻璃窗上,溅开的雨滴汇成蜿蜒曲折的水流。

少校在厨房门口停下脚步。瓦西里睨了他一眼,用肮脏的手指把没太洗净的卷发从额前移开,仿佛坚持要让额头上的粉刺亮相。娜塔莎温顺地看着自己的双膝。假如季尔·谢尔盖耶维奇能看到她此刻的模样,无论如何都不会相信,她会如此动听地在木桶后面嗥叫。

"他在哪儿?"少校问。

"他什么都看到了。"

"他什么时候看到的?"

"就……"瓦西里挥了下手,立刻明白了——一切刚刚发生。

帕托林立刻拨通了司机的电话。

"瓦夏,你在那见到头儿了吗? 他没从门洞里出来?"

卷发小伙子听到瓦西里①的名字成堆,皱起了眉头。

"没有。"帕托林说道,同时折叠起像工会证一样的扁平手机。"没有出去。"

"我才不管呢!"瓦西里突然说道,但不太明白,他指的是什么。他不怕隐蔽在门洞某处的季尔·谢尔盖耶维奇,他不在乎少校责备的目光——少校似乎用锐利的目光将他按在凳子上。或许,还有其他什么。

耶拉金转身走出房间。娜塔莎用四分之一音的嗓子唧唧地说起道歉的话,并想起身跟着少校,但她的兄弟—情人用一只手使劲地、牢牢

---

① 瓦夏是瓦西里的小名。两人同名。——译注

地拽住了她，并把她推到落满雨水的窗边。

"这……"当帕托林和少校走到楼梯间的时候，他说："我们现在掌握了什么，半乱伦？说句实话，我并不完全相信伊万·塔拉索维奇告诉我的那些事。当然，理论上知道，这样的事情是有的，甚至在亲兄弟姐妹之间，还知道父亲与女儿睡觉，但亲眼目睹……"

对这场灾难的理论分析并不使耶拉金感兴趣。

"这栋楼还没住满人。我们开始依次来查看所有没上锁的房间。他现在正躺在某个地方或者正在割自己的静脉。"

他们没能这样做。因为这时从下面传来居家生活里常有的喧闹声，也许是唱歌，也许是打斗。门砰的一声。少校和助手不约而同地朝楼下跑去。在下面四层的地方，他们在房门口遇上了那个穿 T 恤抽烟的人。他们问他有没有看见一个穿风衣留胡子的人。

抽烟人摇了摇头表示否定。没有，他这儿没人有胡子。

"请您再想想。"

来人的不信任使抽烟者感到愤怒。他显然处在渴望闹点冲突的状态。他的背后传来很多嘈杂的声音。

"我们能进去看看吗，您可能没发现。"

"难道我没发现，谁和我一起喝酒，你……"他没能说完。他看到了直接指向他鼻子的枪口。帕托林悄无声息地瞬间掏出了武器。少校感谢他的这一决定。任何徒手的力量都难以战胜醉酒谵妄的蛮劲。

"你去看吧。"抽烟者平静地说道，吸了一口烟。少校走进房间。帕托林和主人留在了门口。

"他向我要剃刀，还问浴室在哪儿。"抽烟者说。枪口继续对着他的额头。

少校走向厨房——这套房间在格局上与十楼的房间一模一样。在摆满食物的桌子旁,还坐着六个高矮胖瘦长相各异的穿 T 恤的男人。他们中有几人在抽烟。显然,不像在门口那位那样讲究卫生。见到客人后,他们齐声喊叫起来,说着打招呼的话,每人都挥舞着一只手,因为另一只手都拿着杯子,频频做出邀请的动作。季尔·谢尔盖耶维奇看来不在其中。

"亚历山大·伊万诺维奇,看看浴室!"帕托林的叫声从门口传来。

这件事也没能做。因为,这时从冰箱后面,就像月亮从云的后面那样,慢慢地浮出"继承人"的脸,光光的,醉态十足。他无声无息地躲在那儿的小角落里。要认出他并不容易。他,真的剃掉了自己宽而密的胡子,可怜的尖下巴因为强烈和痛苦的感情的折磨而颤抖着。

"萨——沙,"他呻吟着,声音有点不像他,"你找到我了!"

乌克兰

1

布尔达和雷巴克沿着小路走着……森林里的小路。耶拉金少校副手神情专注,克钦助手抑郁不欢。一分钟前后者得知,从莫斯科赶来帮助他、答应承担所有行动风险的米隆·罗曼诺维奇,必须立刻赶回去。这是"继承人"歇斯底里的命令。

"他们那儿出了什么事?"布尔达又一次用沮丧的声音提出这一令他困惑的问题。他对自己卷入这件事已经觉得不高兴了。如果没人期待你的主动性,那你就不要把它表现出来。那些不期待的人,他们知道得更多。第一次,财务"书呆子"瓦列里·伊戈列维奇·布尔达做了一件主动的蠢事:在乌克兰内务部大厅与一个长着胡子的客气的上校兴致勃勃地攀谈起来。第二次,采取了一个错误的行动:给这个上校三千美元,私下换取关于波尔塔瓦劳教所的信息。有这两次显示自我的尝试就够了,足以明白,不要再以同样的方式采取任何其他行动。就算是耻辱,就让人们用手指指点点,就到这里,止步!但是,不。他想恢复名誉。当最初的情绪平复之后,记忆清醒过来了,而财务专家布尔达的记忆是照相式的,就是他经常事后会回忆起当初观察的时候好像没有看到的东西。半夜醒来,他坐在床上,仿佛清楚地看见车牌号,长胡子的上校就是坐这辆车离开的。出内务部大门,上校是步行。而布尔达急忙赶往宾馆,"建设工程设计"公司"空降团"的总部就在那里,也就是说,完全是两个方向。而布尔达又一次见到上校只过了三分钟,完全是偶然的。过马路的时候,他朝十字路口看了一眼,在某辆"丰田"牌轿车里,认出其中一个乘客就是刚才的谈话伙伴,扫了一眼汽车的引擎盖。脑子"拍下了"号码,随后就忘了。上校正在放在膝盖上的公文包里翻找着什么。因此没看见自己被"拍下了"。

一只正常的办公室的壁虱会做什么呢?会在第二天早晨向公司强力部门的某个人汇报:有这样一些信息浮出来。来自记忆的深处。用这一信息你们想做什么就做什么吧。但他不是这样,他非常想证明,他瓦列里·伊戈列维奇不是一只穿裤子的计算器,而是某种能力更强的东西。上帝原谅,他,决定行动了。正好赶上去基辅出差。他利用自己在基辅知情人中的私人关系,确定了汽车主人的身份。但至此,他行动的愿望也到头了。人们一给他讲述这个长着胡子的上校的事情,他就会立刻想起一句古老的谚语。"不要奢望你无能为力的事情。"罗马人的话是对的。他沮丧地回到了莫斯科。他怕与耶拉金说话。其实,他正是想在耶拉金面前表现自己。甚至是非常渴望!与克钦分享,他不觉得有意义,也没有愿望。阿斯科尔德失踪以后,财务处领导变得沉默而忧郁。此外,他还不掩饰自己针对下属在波尔塔瓦自我表现的讽刺态度:让部门蒙羞了。

但布尔达不能就这样自己揣着获得的信息。很巧,他在单位走廊里迎面遇到了雷巴克。后者也是暂时没有接到重要的任务,也是希望能证明些什么。这两个人很容易相互理解。米隆·罗曼诺维奇很快意识到——财务专家所做的笨手笨脚的发掘完全可能将他们引向一座金矿。没有什么东西影响他们去开采这座金矿。耶拉金毫不掩饰地让他坐冷板凳,而"继承人"更是直接地敲打羞辱他。如果他,雷巴克,把真正的主人阿斯科尔德·谢尔盖耶维奇给他们带回来,那将会是件很愉快的事情。雷巴克和布尔达一起又一次前往基辅，私下调查。而现在，根据他们在基辅共同工作的结果，瓦列里·伊戈列维奇忧伤地想：或许，我要么就不参与了？

"那怎么行？只有你当面见过他。"

他们住在不同的宾馆，布尔达为此甚至感到高兴——与米隆·罗曼诺维奇的交往刺激他的神经，尽管他们意愿相同。

他们像间谍一样，在基辅的公园里碰头。公园很漂亮，但非常邋遢。就像一头美发，里面却长了很多头屑。满地的碎纸、袋子、瓶子、报纸、肮脏的单只旅游鞋。悄然走过的人们的身影。但是，视线越往上，感觉就越美好。排列有序的、挺拔的树干，光溜溜的树枝，第聂伯河上的天空闪耀着难以描摹的十一月的金色光辉。其他任何地方都没有这样的自然美景。

"米隆·罗曼诺维奇，我不能，请您理解，我原本就已经越线了。我怎么解释我在这里做什么？四天之内，我已经是第二次来这里了。这是基辅，您知道，基辅，所有的一切都是从这里开始的。"

"你汇报了要去哪里？"

"当然。"

"干吗呀？！"

"怎么能不汇报呢？！我相信，现在样样事情都受到监视。耶拉金招募了一批新人，他们到处插手，因此最好都公开。我自己想好了财务方面的说辞，但非常，非常……"

米隆·罗曼诺维奇动了动他那宽大的鼻子，无疑，鼻子对于他如同是一个额外的思维器官。

"不要夸大其词,瓦列拉①。我们这里毕竟不是盖世太保当道,不会分分秒秒地监视每个人。"

"就算这样吧,那让我们还是来把事情做到底。您和这个上校谈谈,或者他不是上校,只是在那时穿成上校的样子。之后您再回去。"

雷巴克抽动了一下脸颊,表示不同意。

"今晚我就要汇报。小莫兹加列夫大发雷霆。"

"他一直大发雷霆的,过后就忘了。"

智慧的鼻子并不同意这一想法。从仕途发展的角度出发,他是对的。在开始寻找失踪主人之前,弄清现主人对此的态度是有意义的。"继承人"需要这点吗?他现在需要这点吗?他们是兄弟,当然,兄弟……

"那我也回去。"布尔达甚至稍稍跺了一下脚跟。

"不。我觉得,留下更好。"

雷巴克的这一看法有自己的道理。不要从脉搏上把手完全抽掉,哪怕这只是瓦列里·伊戈列维奇的手。

"我为你掩饰一下,瓦列拉。我到了以后,看看情况,为你掩饰。"

"那我呢?我做什么?"

"总之,你就观察监视。等我回来。我会在那儿解释,说你忙。我来掩饰。"

实际上,米隆·罗曼诺维奇不打算为布尔达做任何事情。他并不在乎布尔达,而且,他认为财务专家在试图恢复自己名誉的时候,其所做所为就像个傻瓜。但谚语得到了证实——傻瓜总走运。只是他们不

---

① 瓦列里的小名。——译注

会利用运气。

"我想,我到莫斯科后在一两天内把一切都搞定。你暂时先观察着。我给你留一个小伙子。"

"干吗?"

"能跑腿买啤酒。"

"那,好吧,就让他留下吧。他住在我的房间里?不过……"

"一个条件——不要对任何人说一个字。这对你,也对我有利……"

瓦列里·伊戈列维奇觉得不快。怎么会这样,一个他招来进行合作的人,而且,就像他觉得的那样,全然不是重要人物,只是作为执行者,竟然已经在向他提条件,表现得像个不容置疑的头头。而最恶心的是,没有办法摆脱这种局面。

莫斯科

1

"别哭！"在一小时内，少校，或许，已经是第五次对娜塔莎这样说了。她哭得很轻，几乎没有声音，只是不时地用脏兮兮的食指一会儿在右眼、一会儿在左眼抹去泪珠。她的状态，少校不理解。难道会因为与自己不爱的、令人讨厌的"扒皮客"季尔·谢尔盖耶维奇断绝关系而大受打击？未必。或许，是因为普通的娘儿们的幸福——与被禁止的恋人重聚——被断送而哀号？这也并不太像。还有第三个原因，某种难以理解的原因。根本不愿去探究。

他们坐在少校的车里，往市里开去。

"我们现在做什么？"刚上路的时候，瓦西里傲慢地问道。他的手黑黑的，上面还粘着没被彻底揭去的报纸屑。尽管如此，他的样子很高傲。他对现有情形满不在乎，目光坚定地看着前方。而且，他对周围人都有意见。他告诉少校说，他觉得少校有罪过：弄出这么一锅恶心的糊粥。他显然在心中也对自己的恋人、这个从厄运的魔爪中挣脱出来的姑娘不满，因为她屈从于父亲卑劣的意志，没有反抗。没有保卫爱情！

"我不知道，我们将做什么。"

这个回答没让瓦西里满意。他直截了当地对少校说，由于他，少校，是这摊子乱事的罪魁祸首，他应该把事情摆平，还要赔钱。在这样一些有权有势的大叔面前（他们开着异常豪华的黑色轿车，穿着名贵的西服，衣服里面还掖着手枪），这个年轻人没有丝毫的胆怯，真令人吃惊。

但保卫处长眼下没有心情来欣赏他表现出来的这种独立性。

"停车。"他对自己的瓦西里,也就是司机说道。

"奔驰"车平稳地停到了路边。

"下去。"少校说。

"什么?"长粉刺的瓦西里问。

"出去!"

少校打开车门,路边都是湿草。

情人瓦西里沉默了几秒钟,然后阴郁地说了句粗话。

"别这样。"娜塔莎低声说。

"走!"兄弟命令道。

2

听到开门声时,斯薇特兰娜·弗拉基米罗夫娜正在摆牌阵。她丢下拿在手里的牌,站起来,但马上控制住了自己。又坐了回去。看了看占着一半桌子的五颜六色的牌。一眼发现,刚丢下的那张牌落到了该去的地方。她感到一阵意外的喜悦——一切都会好的!

季尔·谢尔盖耶维奇在前厅里慢慢地、若有所思地脱下外衣。沿着走廊走过打开的门,嘀咕着,发出某个类似"你好"的词。

醉了! 斯薇特兰娜·弗拉基米罗夫娜感到惊讶,但随即明白了,她根本没必要惊讶。所有这些不久前发生的事件把人改变了。稍有醉意的主人回到了自己的窝。他想喝酒——就喝个够,他要剃须——就刮光胡子。男人剃胡须表示与过去告别。也许,还会开始胡闹。不过,这点系主任女士可不怕。

她现在做什么？

首先，要弄清情况。

他进浴室了？很好，来得及打个电话。

那头耶拉金立刻拿起话筒。用沉闷的声音讲述了发生的一切。

天哪，斯薇特兰娜·弗拉基米罗夫娜幸灾乐祸，欣喜若狂！她背叛了他，这个贱人给富有的情人戴上了绿帽子！给这个机智聪明的主编戴上了绿帽子！和谁，和自己的堂兄!？不，她，斯薇特兰娜·弗拉基米罗夫娜，当然，希望负心人在他龌龊的艳遇里碰上一些恶心的事情。但没想到这么快，这么富有戏剧性！

现在自己该如何表现？

如果你想控制一个人，那就凡事都不要像他期待的那样去做。

吵闹，十之八九，不会发生。他干吗要在这里吵闹?！

但和解也不会发生。况且，她本人也不渴望和解。至少目前。目前还不清楚，和解的条件是什么。

他正在清洗罪孽。为此一次淋浴是不够的。

最有可能的是，不会有任何的谈话。他会拿起白兰地酒瓶，再喝上一口，骂骂咧咧、横七竖八地倒到床上。以前，在浪漫的年纪，在他还被允许惹事淘气的时候，他就是这样做的。

一瓶打开的酒正好放在厨房桌子的中央。由于显而易见的原因，莫兹加列夫夫妇不置备酒吧，或者酒窖。而这瓶酒系主任女士是为自己和女友阿列夫京娜买的，她俩喝着酒，已经搬弄了很多是非。

算了，就让他喝个够吧。会有时间琢磨和收集到更多的信息的。

这时门铃响了。

斯薇特兰娜·弗拉基米罗夫娜迟疑不决地走到走廊里。

门铃又响了一次,听上去更坚决了。

季尔·谢尔盖耶维奇蓬乱的头从浴室里探出来。

"开门,斯薇塔。"

妻子听从了,不过还是问了一句,谁?是雷巴克,她不太清楚他是谁,但好像是在公司工作的。米隆·罗曼诺维奇一见面就开始喋喋不休地道歉:这么晚了,假如不是季尔·谢尔盖耶维奇直接指示……

"没关系,没关系,进来吧。到这儿,书房。或许……喝点什么?"

"不,不,我只是来办事的。"

"是的,是的,有事!"主人快步走来,边走边掩着浴袍。"是找我有事,有无比重要的事。"

他的语气出人意料地充满了对妻子的藐视,仿佛她只是一只祈求关注的猫,斯薇特兰娜·弗拉基米罗夫娜忍不住了。她准备应对丈夫的任何表现——家庭行为意义上的:发怒、蛮横无理、恶毒讽刺、眉头紧锁完全忽视,但可不是这种藐视。

"你为什么把胡子剃了,傻瓜?"她蹦出这么一句。

丈夫已经消失在书房厚重的门的后面,听到这句话他又探出一半身体,眯起眼睛看着妻子,傲慢地透过牙缝说道:

"这样我更像死亡天使。"

说完就消失了。

副教授女士鄙夷地哼了一声,喃喃地说出了自己对他的看法——编辑过的版本:傻瓜!

但是她的心情变糟了。她觉得,她在房间里不舒服,仿佛她在自己的家里没有得到完全的保护。难道这句装腔作势的关于死亡天使的胡话,真的对她起作用了?! 不得不承认,这句胡话也是原因之一。斯薇特兰娜·弗拉基米罗夫娜在屋子里转了几圈。在厨房里喝下了一小杯白兰地——仿佛是把酒精泼到了猜疑的篝火上。她需要马上与谁来讨论一下局势。女朋友她有，是些难看的科学博士，不知怎的所有人的丈夫都是糖尿病患者。

不合适。

这时耶拉金少校一下子进入了她的脑海。

她找他是否太频繁了？一小时内第二次打电话！啊，去他的吧，顾不上礼节了，而且，如果他胆敢表示，说什么他记得在危机时刻给与过她的那些帮助，她会让他知道自量。

"斯薇特兰娜·弗拉基米罗夫娜，为什么您觉得他准备杀掉谁。"

她陈述了自己的理由、怀疑、观察。耶拉金沉默了一会儿。好像，他并不准备对她的电话置之不理，不准备像撵走一只愚蠢的苍蝇那样打发掉她的来电。

"您说，雷巴克在他那儿?"

"是的。很讨厌的一个人。他会有什么火烧眉毛的事。"

"这个我不知道，但谢谢您打来电话。"

"但……"

"我理解您，但您自己想想，现在这种情况下我能做什么——在您的卧室门边安排一个保镖?"

"我不会离开房间的!"

"这倒也没必要，斯薇特兰娜·弗拉基米罗夫娜。如果季尔·谢尔盖耶维奇想出什么主意的话，那，我相信，不是针对您的。"

"您这样认为?"

"我知道是这样。"

斯薇特兰娜·弗拉基米罗夫娜把桌上的牌拢成一堆,裹上克什米尔披肩,蜷缩到沙发的一角,望着开着的——但处于静音状态的——电视机的荧屏。

"继承人"与雷巴克的会面,不仅秘密,而且简短。"建设工程设计"公司保卫处长位置的竞争者走出书房,迅速向房门口走去。

季尔·谢尔盖耶维奇在他后面慢慢地走出来,在走廊里停下脚步,望着无声的电视机的荧屏。那儿正播放着来自加沙地带的镜头,汽车在燃烧,石头横飞,以色列履带坦克扬起尘土。

"多么宏伟的计划,"季尔·谢尔盖耶维奇突然说道,由于意外,斯薇特兰娜·弗拉基米罗夫娜甚至像是呛着了一样。他用他一贯的态度说话,好像他们之间什么事情都没有发生过。他还是要和解?

"我确信,犹太人早就暗中和阿拉伯人谈妥了,现在他们把全球蛊惑人心的外交拆成两半,并且骗钱,骗钱,一批人骗美国,另一批人骗欧盟和沙特。他们不能和解,人们会忘记他们。"

斯薇特兰娜·弗拉基米罗夫娜像木乃伊般地坐着,心中盘算着丈夫的这一开场白会有怎样的后续。他口若悬河。是否要回应他的这一令人不解的主动表示。不管怎么说,是他跑到女服务员那里去寻求幸福的,而不是她去找男学生。另外,谁知道他这通废话是什么意思。他总是喜欢对着电视机谩骂。十之八九,这是他轻慢口气的继续——他从乌克兰农舍回来时就带着这样的口气。

仿佛是特地为了让妻子没有任何彩虹般快乐的预感,季尔·谢尔盖耶维奇突然急剧地改变了话题。

"你知道吗,斯薇塔,我那时欺骗了你。"

"什么时候?"斯薇特兰娜·弗拉基米罗夫娜突然有那么一瞬的幻

觉：他现在会开始辩解，愚蠢而可怜地辩解，会说没有任何的背叛，有的只是误会。和那个女服务员他没睡过，只是人性化地尽力帮助来自兄弟邻邦乌克兰的人而已……

"从一开始。当我们喂松鼠的时候。我从来没有喜欢过那个……见鬼，忘了，叫什么来着，他的诗。我只是在沙滩上瞥见放在你盖布上的他的诗集，随后就到图书馆借了一本。背出了二十行。"

说完这话，季尔·谢尔盖耶维奇转过身，朝自己的书房走去。

斯薇特兰娜·弗拉基米罗夫娜不能容忍最后一句话不是出自她的口中。

"我一直知道这事！"她尖声叫道。

季尔·谢尔盖耶维奇在书房门口停了一下。

"就是说，这些年我白白地担惊受怕了。"

3

帕托林坐在领导的对面，给自己倒了点水。少校已经发现，他总是这样做，但从来什么都不喝，既不喝水，也不喝为他沏的茶。少校至今不明白，他是否喜欢这个年轻人。有办事能力，有条理，那是没说的。但他内心有什么？尽管，干瘦的他哪有安置某种"内心"的地方。有那么两次，耶拉金给博贝尔和卡斯图耶夫打电话，希望老朋友们能够间接地赏给他一些有用的信息——关于他们推荐的那个人的信息。直接提一些不信任的问题，他不愿意。干吗要得罪一个工作做得好的人呢，即使不是当着他的面。但同时，你又感觉似乎在与机器人配对工作，很难摆脱这种感觉奇怪的金属味。特别是现在，突然清楚了，在所有和他——保卫处长一起为公司国王失踪的事情绞尽脑汁的人当中，能够信任的只有这个小伙子，而与其他人相比，这个小伙子又最不像正常人。

"我已准备好去基辅。和一小组人。"

"是吗？"

"我觉得，布尔达应该拿来直接派用场。雷巴克回来了，立刻钻到了季尔·谢尔盖耶维奇的翅膀下面，他，我们大概不能碰。是时候向那些配角先生们提些具体的问题了。我指的是那三个'K'①。"

耶拉金叹了口气。

"去吧。"

"您，对不起，在这里，也盯着点，亚历山大·伊万诺维奇。"

"有什么建议？"

"我不喜欢，亚历山大·伊万诺维奇，雷巴克被紧急召到'继承人'那里这件事。"

"我也是。"

"有几个原因。第一个，当然，是这样一种想法：小莫兹加列夫试图恢复与'联盟'的关系。"

"当然。"

"应该研究一下，我们能在这方面做什么。"

少校疲惫地点了点头。

"是的，你是对的。而且应该尽快研究。季尔没有沉湎于酗酒，不然倒是一件好事，而现在他要用地缘政治来疗伤了。在乌克兰妞那儿人为刹车之后，他现在会以双倍的速度朝前冲。我最好给他带来个芬

---

① 克钦、克劳恩、卡塔尼扬三人姓氏都以字母"K"开始。——译注

兰女人，或者意大利女人，或者混血女人！印第安人和黑人的混血。这样的话看他还会去报复谁?!"

上司的这段话简短、焦躁，说的时候，助手一直在点头，同时等待着自己开口的机会。

"我说的正是这个，亚历山大·伊万诺维奇。我做了一个小调查，请原谅，没有报告，是自己的想法。"

"哦，说吧，说吧！"

"科诺佩利科兄弟，原来，不是乌克兰人。"

少校的状态立刻从松弛转为紧张，柔软的圈椅甚至在他身体下面发出吱的响声。

"说，说！"

帕托林拘谨地微笑着。

"我不知道，是什么使我一闪念……"

"没事，伊戈尔，这是常见的天才的显现。"

"我给伊万·塔拉索维奇打了个电话并且直接……他们原来是白俄罗斯人。"

"乌克兰怎么会有白俄罗斯人?"

帕托林甚至没有笑。

"白俄罗斯人到处都有。兄弟民族间的相互渗透。亚努科维奇①，如果您想知道的话，也是白俄罗斯人。"

少校将电话拽到跟前，不过他显然不知道该拿它怎么办。

"我和他说妥了，亚历山大·伊万诺维奇。"

---

① 维克多·费奥多罗维奇·亚努科维奇，乌克兰前领导人。——译注

"和谁?"

"和科诺佩利科老大。他给季尔·谢尔盖耶维奇打电话,告诉他这事,就是他们是白俄罗斯人。他以为——这是他的话,大家都知道。"

"我们怎么能知道呢,我们又不是从巴拉诺维奇①郊外把他的娜塔莎带来的!"

"他说——方言。语言。白俄罗斯语和乌克兰语有区别。"

少校举起那对宽大的无所不能的手掌,轻轻一拍。

"瞧你说的?!真的,我们怎么会没注意到呢。算了。你告诉我,他同意了吗?"

"不情愿,但是同意了。最近这些事情发生后,给季尔·谢尔盖耶维奇打电话,他肯定不舒服,但他答应我了。"

"这好。或许,对用于解决问题的资源而言,这只是沧海一粟,但有胜于无。对了,我看,你还想说什么。"

帕托林内心又微微燃起职业的火焰。

"您知道,亚历山大·伊万诺维奇,我又想到什么。突然间的。"

"我已经说过了——这是天才的显现!"

"我们必须注意到所有的可能性。我觉得,不应该引入不在场证明制度。"

"这是指什么?"

"是这样,我们不该在进行调查时,明确地认定某人在任何情况下都不会做出某种行为。"

少校是慢慢地领悟这一复杂的思想的。最终还是完全领悟了。他

---

① 白俄罗斯的一座城市。——译注

不快地哼了一声。

"这样说来,你认为,我们连'继承人'都要怀疑?灾难啊。"

"糟糕的是,我们没有从一开始就考虑到这点。布尔达,雷巴克,财务专家们,作为乌克兰国家行为的敲诈勒索,这些,当然,都重要,但是,真的,要去找找,这事对谁最有利!"

耶拉金回忆起那次匆忙的基辅—波尔塔瓦夜游。回忆起季尔长长的、充满醉意的表白,他是多么地赞赏和热爱哥哥阿斯科尔德啊。但是,如果需要的话,特别是如果借助于帕托林透明的鱼眼深入透视的话,就能发现其中一些附加含义。隐藏在喃喃的醉话的表层之下。感激之情常常酷似一种病态的冲动。小莫兹加列夫死气沉沉的家庭深渊是命中注定的。说实在的,也正因为如此,他,耶拉金少校才这样快地决定去狄康卡接娜塔莎。在这样的家庭关系中没有什么值得保护的东西。不是深渊,而是干裂的河床。他们的孩子一直在国外,从各方面来看,家庭破裂对孩子来说也不会构成伤害。至少,我们希望这样。要知道,我们不是冷酷的婚姻破坏者。

"仔细研究过这团乱麻的人,不可避免地会想:哥哥莫兹加列夫的消失对弟弟莫兹加列夫非常有利。是的,亚历山大·伊万诺维奇。据我所知,弟弟不太喜欢哥哥,很可能,还嫉妒哥哥。在哥哥的庇护下他没有机会充分地施展自己的抱负。知道吗,我有一个朋友在动物养殖场,那儿饲养着用于拍摄电影的动物。"

"提这干什么?"

"在他们那里的笼舍里,养着一些狼。两只成年的公狼,三只母狼,一只幼仔。一只,当然,是领头的,第二只公狼在头狼身边无比温顺。它是那样的善良、懒惰、迷人。但是,有一次,头狼被带出去拍戏了,去了几天。于是，情况大变。"

"知道。那个善良的家伙变得凶狠无比起来。"

"它搞定了所有其他的狼，定下了新的规矩。假如它知道怎么能让头狼永远出差的话，它也会去做的。"

少校沉默着。他不喜欢这个谈话。但是，又无可奈何地感觉到年轻人的话里有些道理。而且，帕托林那时不在吉普车里，没有听到"继承人"歇斯底里的告白。结论是建立在纯逻辑的基础上的。当然，逻辑来自动物世界。

"亚历山大·伊万诺维奇，您别以为，我是一下做出所有结论的。我没有说，布尔达从一开始就执行季尔·谢尔盖耶维奇的指令，干扰我们的调查。尽管正是他，沿着错误的轨道，把整个团队带离基辅。我也没说，现在他正在基辅执行'继承人'的命令……"

少校一下子站了起来，快速地绕着桌子走了一圈。

"够了，够了，先到这里。各种各样的可能性，头都要爆裂了。感觉是我蒙着眼睛在打一场一人对多人的比赛。"

"对不起。"

是的，是的，基辅那儿是有问题，这件事情上有人故意摆了迷魂阵，应当做些选择，因为要应对所有的可能性，确实分身无术。

"原因可能在那儿，在乌克兰。是的，说实话，为什么是可能呢？既然阿斯科尔德在那儿，就是说问题的根源也在那儿。但我有这样一种感觉，现在我们处在这样一种状态：我们首先应该把事件的后果搞清楚。而且是产生在这里的，在莫斯科的。"

少校坐了下来。

"我可能不对，但我觉得，最令人担惊受怕的，是'继承人'恢复与圣战者之间的关系。"

"根据我的情报，亚历山大·伊万诺维奇，关系冻结了。是圣战者自己冻结的。"

"而明天一早你会发现，已经解冻了。"

帕托林举起盛了水的杯子，悬空举着。

"照我的想象，亚历山大·伊万诺维奇，这种复杂混乱的恐怖袭击，在伊拉克领土上进行的，而且还是有选择的，只打击乌克兰部队，还要录成有说服力的电视节目，很难在一两天里组织起来。这需要几个星期，甚至几个月。我们来得及处理好基辅的事情。阿斯科尔德重获自由——一切问题就解决了。"

"情况是这样。但是季尔像一匹咬紧衔铁的马，已经无所顾忌了。一开始，说实话，我低估了他。我想，这种蠢事我们很容易搞定。新鲜的女孩一上床，与乌克兰的战争就会取消。现在他变得有些不一样了。受过锤炼了。感觉是，他会走到底。"

帕托林看着领导，眼神里包含着些许怜悯。领导受的折磨，他不完全明白，而且，在助手看来，保卫处长所关心的全然不是应该关心的事情。就像常说的，主要的不是这个。但如果他非常需要，也可以给他些建议，帮助他。帕托林好像有些依恋领导了，或者，至少确切地感到自己是他团队中的一员了。

"亚历山大·伊万诺维奇，如果您有这样一种恐惧，那优雅的胜利不会令您高兴——而我们，尽管路径混乱，但正在不可避免地走向这一胜利。那让我们挥舞一下斧子吧。"

"斧子？"

"是啊。您在联邦保卫局、联邦安全局，还有，在警察局里，都有认识的人。您告诉他们,说有人正在谋划这样的事情。您把一切都放进小碟里,他们到时候只需要用自己的碟盖来盖上就可以了。他们喜欢所有的工作都由别人为他们做。"

"你建议我做什么?!"

帕托林一点都不窘迫,尽管别人在明确而且愤懑地暗示他,认为他在建议自己的头儿走向背叛。

"我建议进行一场掩护战。军事即兴演出。空弹演出。如果您被这些抽象的人道主义的噩梦折磨着,如果您被十几个在巴比伦沙漠的乌克兰丑八怪超役军人死亡的前景折磨着,那您就坚决地从心里把这些刺拔掉吧。只是现在不要谈什么背叛和诸如此类的东西。如果有消息说他们又暗中串通起来了的话,那我明天去弄清楚,这次会面计划安排在哪里。您的朋友们在会面进行到高潮时,把两辆'瞪羚'车开到那里,车上我们那些穿着斑点迷彩服的丑八怪们会把焦夫杰特和阿卜杜拉按倒在地,还会让他们保持这种姿势一到两个小时,这样他们就永远不会与我们费解的季尔·谢尔盖耶维奇签订任何协议了。而我:去基辅吧,就这样!"

少校这时想,在焦夫杰特和阿卜杜拉边上,如果把"继承人"的鼻子也压扁,那也不错。结束恐怖主义话题的双重保障:策划者和执行者都感到害怕了。

"知道吗,伊戈尔,你把我想得太好了。"

"不明白您指什么。"

"不知为什么你确信,我是天使,我只怕无辜的人血流满地。"

"那您还担心害怕什么?"

"经验表明,如果有谁会因尸首遍地的战役结果而倒霉,那就是保卫处。因此我关心的首先是自己，我是个正常的人。"

"我从来没有怀疑过这点。

"那就去基辅吧。会面地点的信息放到我桌上，就去。"

"明白。"

4

妮卡跳了起来，键盘板先是被裙子勾起，随即又砰地一声落回桌面。

"哦，季尔·谢尔盖耶维奇……"

主编平静却严厉地看了她一眼，走向自己的办公室。

"您想知道，我拿自己的脸怎么了？"

"没有，没有，季尔·谢尔盖耶维奇，我没想问这个。我想……"

主编板着脸打开了门。待在那儿。站了几秒钟。随后关上了门，走到妮卡的桌边，在访客的椅子上坐了下来。

姑娘面无表情，看不出内心的活动，但脸红红的。季尔·谢尔盖耶维奇问道：

"我，怎么，以前从来没有在这个时候来编辑部吗？"

妮卡努力地摇了摇头，说从来没有。

"我的办公室经常派这个用场吗？"

"瞧您说的，季尔·谢尔盖耶维奇。"

他摸了一下光光的，自己还尚未习惯的下巴。

"那，好吧，我们不去影响他们。我们来工作一会儿。打开文件夹，妮卡。我们在杂志上开辟一个新的栏目。"

"哦，太好了！"

"它将叫……它将叫'点滴知识大百科',知道我说的是什么吗?"

"我恐怕没懂,季尔·谢尔盖耶维奇。"

"妮卡,有这样一个说法:一滴水,在里面映照出整个世界。"

"是的,是的,我记得。"

"在信息方面,情况也是如此。您了解到一个简短的事实,而这个事实会改变,或者,至少强烈地澄清您对世界的认识。我们将搜集这样的事实。"

"现在我懂了。我觉得是懂了。"

季尔·谢尔盖耶维奇微笑了一下,刮了胡子以后,他的笑容变得难看许多。

"举几个例子。原来,在《古兰经》中竟一次也没提到过骆驼,而在美国宪法文本里,您一次也不会读到'民主'这个词,这说明什么?"

办公室的门开了。从里面走出玛丽娜·瓦列里耶夫娜,跟在她后面的,是个又瘦又高的戴着眼镜的年轻人,迈着小步,手足无措。穿着破旧的牛仔裤。

"请您原谅我,季尔·谢尔盖耶维奇。我和我的心理师借用您的沙发做诊疗。编辑部里没有其他沙发。这个时间您通常不在办公室。"

"那在走廊里呢?"主编问道,他指的是会计科那张很好的皮沙发。助手很聪敏地反驳道:

"走廊里的心理诊疗?"

季尔·谢尔盖耶维奇点了点头。

"我们走吧,谢尔盖·鲍里索维奇。"玛丽娜·瓦列里耶夫娜庄重地说道,不易察觉地、轻轻地推着"心理治疗师"朝门口走去。

"我希望,这不是她的兄弟。"季尔·谢尔盖耶维奇在他们身后低声说道。

"您说什么？"

"我们继续，妮卡。"

"那个谢廖沙，确实是个大夫。"女秘书非常小心地说道。

"要搞个沙发祝圣仪式。"

"那有一盏落地灯。在右面的扶手边。"

季尔·谢尔盖耶维奇站起身，懒洋洋地用手拍了一下女秘书电脑显示屏的后背。

"我们两人，妮卡，说着话，却相互不理解，是鸡同鸭讲。"

5

《美丽岛》杂志的主编就像雷神一样冲进"建设工程设计"公司的大楼。风衣甩到一个门卫手中，公文包扔到另一个门卫的脚下。叫所有在单位里的人集合！立刻通报：公司总裁失踪。

许多人都在单位里。克劳恩，克钦，建设部的代理主任索契尼科夫。还有三个副手，代替正在出差的主任。所有人脸上的表情都很正式，而且，可以说，很平静。都尽量不看旁人的眼睛。只有保卫处长盯着别人看。

"萨沙，有什么可吹嘘的?!"

少校把他所考虑的关于在基辅那些线索的事缓慢、平稳、详细地转述了一遍。说的时候，他不朝雷巴克的方向看，也没有公开提及自己的副手去这座城市的事。米隆·罗曼诺维奇坐在旁边，能感觉到他坐的椅子绷紧了，他长满汗毛的手指紧紧地抓住了扶手。

"布尔达？就是那个长着大鼻子，眼睛水汪汪的？他那时还和我们一起去过。但据我所知，他在我们这里既不是杀手，也不是侦探。他是谁的部门的？"

克钦举起铅笔。

"是您把他派去那里的？"

"不是。"

"那他怎么冲到那里去了？为什么你们决定把我们最主要的事情托付给他。给这个瘦小无力的人。萨——沙，请解释！"

"我已经说了，瓦列里·伊戈列维奇是唯一亲眼见过他们的人。他是我们的诱饵。您看过电影《死亡季节》吗？"

"电影和德国人。这就是您的工作水平吗？"

在场的人都垂下眼帘，所有的人都感到愉快：保卫处长也遇到麻烦了，他原来也不是那样无所不能的。少校在这一刻的确感觉很糟糕。他原想通过自己详细的，但总的来说又是含混的报告，让"继承人"心绪不宁。如果帕托林有关莫兹加列夫兄弟间秘密竞争的说法有哪怕一点点依据，那么，看到少校的人顺着真实的线索去侦查，而且完全有可能马上获得结果——营救出哥哥，这个做弟弟的，应该会紧张起来的。他会感到害怕，并取消自己的流血计划。他会顾不上这些计划，而要考虑一下，如何在阿斯科尔德面前就这一大堆事情为自己开脱。

讲话的时候，他注意地看着季尔·谢尔盖耶维奇，但什么也没有觉察出来。相反。"继承人"自己发起攻击，而且目的是显而易见的。把自己手下所有的搜寻者——保卫部门的人员描绘成无能的白痴，把他们的行动说成是注定要失败的。这样，他"复仇"的道德理由便无可反驳了。真应该做些什么！

"那儿不只是布尔达一个人，季尔·谢尔盖耶维奇。我的助手帕托林,和一个小组,今天也已飞往那里。准备好了行动计划,也做了备案。基辅的那个爱开玩笑的人,这两天,或许,这几个钟头内就会被抓到。我希望,我们能让他开口。根据已发生的一切,从逻辑上来判断,这个人不可能不知道很多东西,为此……"

季尔·谢尔盖耶维奇皱了一会儿眉。

"这一切……我不知怎的不太喜欢。太久了。你们想出这一切,想了多久?为什么布尔达只是现在才开始回忆起些什么?为什么我们的人不马上留在那里?"

"我们原来确信,退役上校已经不在人世了,或者他在非常遥远的地方,就和死了没什么两样。"雷巴克突然开口说话。明显破坏了从属规则。显然,他在显示自己恢复了在"继承人"那儿的特殊地位。

季尔·谢尔盖耶维奇没有朝他的方向投去鼓励的目光,他只看着自己的前面,问道:

"怎么,那方面没有更多的信息泄漏?再也没有谁被攻破,他们的检察官、警察,都没有?"

少校摇了摇头:

"惊人的密封性。有时候我甚至觉得,真正的乌克兰人与此无关。要在他们漏洞百出的袋子里藏匿这样一把锥子,简直是不可思议的。"

"继承人"朝着保卫处长瞪大了眼睛:

"这又是什么,萨沙?!新的说法,全新的?!或许,阿斯科尔德是在这里,在莫斯科被打死、被埋掉的?!他,可能,连基辅都没有去,啊?你想在这里胡说八道什么?!他到底去了还是没去?"

"去了。"少校低下头。小莫兹加列夫绝对不会屈从于挑衅。即使是直接的、粗暴的。

"继承人"的目光快速地从保卫处长那里转向克钦。

"财务专家们，我们的商人们，有什么要说的。"

瓦连京·瓦连京诺维奇·克钦庄重地等了一两秒。

"您想知道什么，季尔·谢尔盖耶维奇？"

"你不知道？！我希望，你告诉我，根据我们金融证券的运行情况，能否看出，我们在一点点地被掠夺，或者还没有。正在运走我们的血汗钱，还是尚未开始。只是不要对我说，这不好确定。这就像拔河：一端拉过去了，另一端也会跟过去的。"

"现在没法说，阿斯科尔德·谢尔盖耶维奇签署过什么文件没有。"

"说不上签过，还是没签过？"

克钦点了点头。

"继承人"刻薄地哼了一声：

"你别生气，但是我不相信。要么是你看得不仔细，要么相反，看得太仔细。"

财务专家用铅笔点了一下桌面。

"对不起，季尔·谢尔盖耶维奇，但您的话听上去非常像建议我辞职。"

"继承人"一下子从桌边站了起来。

"不，眼下我不会放任何人走的。你们休想！米隆·罗曼诺维奇，说两句。"

耶拉金慢慢地用目光扫了一遍桌边坐着的人的脸。由此获得的信息并不多。那些脸没有表露出任何东西。要知道，每位先生为了保持这种印象要耗费多少内在的力量啊。克钦和克劳恩马上就开始告辞。学着他们的样，其他人也准备起身。少校注意到，以前，当保卫处长没有表示再也不需要什么人之前，是没有人走的。"继承人"的行为发出了信号，规矩变了。

但最使少校不安的还不是这个。而是他不再理解自己领导的行为动机。太过惊人的变化。激动，对所有的人指指点点。忽而像被塞到少校炮制的"娜塔莎"牌酒瓶中去的妖精那样坐着，忽而突然挣脱出来，变得完全不可预测。尽管，不是完全不可预测的。因为，他计划中重要的一点，现在就非常明确：他将扑向穆斯林的怀抱。有必要从这一点出发考虑后面的行动。

口袋里的手机嘟嘟响了起来。少校看了看号码，重重地叹了口气。

塔玛拉！

她总是带着自己的一勺毒药出现在局势演变的中心。

"你干吗？谢廖沙不见了？"

长长的呜咽。

"说话呀！"

"是的。"

"什么'是的'？"

"不见了。"

"什么时候？怎么回事？在哪儿？"

又是鼻子扑哧扑哧的声响和哀怨的叫声。

"快来，萨沙，求你了。毕竟他也是你的儿子。"

"等等，你先告诉我，出了什么事。他不见多久了？去哪儿了？"

"我刚发现。"

"他是在家过夜的？"

"当然，他住在家里的。"

　　"不是,昨天夜里,他是睡在家里的?"

　　"是的。"

　　"好的。接下去,他去上学,是吗?"

　　"他没从学校回来。"

　　"难道他该回来了么?你自己看看手表!你怎么不说话?塔玛拉,你在哪儿?你在干什么?"

　　"看手表。"

　　"看到了!"

　　"怎么,我只睡了十分钟?"

　　"你睡睡醒,托玛。"

　　"别这样,萨沙。"

　　"谢廖沙回来,让他给我来个电话。"

乌克兰

1

瓦列里·伊戈列维奇·布尔达足不出户地待在宾馆的房间里。随着时间的推移，他越来越后悔自己屈从于内心的冲动，这一冲动把他推到了第聂伯河边①。而做现金缴税的人会有怎样的冲动呢。他还怪自己的记忆力，它的准确和顽固这次起了坏作用。人的能力，是他的主要敌人。而与敌人应该斗争。雷巴克派给他的人叫马拉，晚上睡在房间的过道里，不幸的财务专家租的商务套房并不大。马拉给他提示了一个简单而可行的斗争方法：迷你吧。但又提醒说，那都是些小玩意儿，啤酒、干葡萄酒、小瓶白酒，还说，自己可以去宾馆街对面的商店跑一趟。

"多少?"瓦列里·伊戈列维奇问。

"指什么?"

"这要多少时间?!"

"大概，十分钟左右。"

"十分钟?!"瓦列里·伊戈列维奇的脸上现出紧张思考的表情。

"或者，那，七分钟。"马拉把过重的责任揽到了自己身上。

"七分钟，那就七分钟吧。"

保安快速地穿上夹克、风衣，检查了一下手枪。他并不相信会有什么事情发生，只是长期习惯使然。

----

① 基辅位于第聂伯河边。——译注

"好了,快去跑一趟。"

瓦列里·伊戈列维奇在他身后关上了门。然后跑向凸窗,为的是像看真人秀那样亲眼观察一下马拉的行动。商店位于马路的对面。瞧,保安那头发理得很短的圆脑袋出现在下面,出现在观察者的脚下。左顾右盼,选择穿越车水马龙街道的线路。来往汽车潮湿的车顶,湿玻璃后面霓虹灯招牌上蜿蜒难辨的字母。

电话响了!

不是手机!!

瓦列里·伊戈列维奇有些厌恶地看了一眼茶几上那个灰色的家伙。它在他心中引起的恐惧,甚至超过一只巨大的、在种类上尚未被科学认知的蟾蜍。

不接!

不,不能这样,这已经像是迫害狂了,老是觉得受人迫害。前台会打来电话,讨厌的酒店妓女也会来骚扰。

觉得自己突然暴露,这很不舒服。原先他觉得,他很好地隐藏在一个洞里,固若金汤。而安全感正在被这一铃声摧毁。

电话机不顾布尔达的感受,继续发出颤抖刺耳的铃声。看得出,不达目的它是不会罢休的。如果这是一个令人不快的电话,那就不想当着马拉的面接听。瓦列里·伊戈列维奇不确信在证人面前自己能保全自己的面子。

"喂。"

"您好。"

"您好。"

"听出我是谁吗?"

财务专家喉咙哽咽,说不出话来,但他强迫自己挤出了一个词。

"没有。"

"那,我们就根据外表来试试。我是乌克兰内务部的上校,留倒 U 字形的胡子,大厅⋯⋯想起来了?"

下一个回答瓦列里·伊戈列维奇说得更艰难。

"是的。"

"您喜欢我们上次的会面吗?"

"喜欢。"

"想再见一次吗?"

"我⋯⋯不过⋯⋯"

"别折磨自己了。我想和您再见一次,这就足够了。"

"您是谁?"布尔达试图激发自己做出某种攻击姿态,于是这样说道。

"上校,您原以为呢?"

"您为什么要见我,想还债?"莫斯科佬继续说道,口气里带着放肆,而这放肆则源自注定失败者的绝望。

"顺便说一句,包括欠的债。要知道,那时我骗了您。我想把钱还您。乌克兰的上校,特别是,警察局的上校,都是些水晶般纯洁的人。请您记住这点。"

瓦列里·伊戈列维奇咳嗽了两声。

"您想来?"

"是您得来。"

咽了口唾液,接着是浑身感到一股透彻的寒意。

"如果我不同意呢?"

"别,别,没有人要伤害你。没必要。您没弄出什么不愉快。但是,如果您现在开始行为古怪的话,那就会弄出很多不愉快,知道吗?"

"去哪儿?"

"去老地方。您记得内务部大楼的位置吗?"

这时手机响了。

"对不起,我手机响了。"

"您可别想什么花样……"

"好的,好的。喂,马拉。你忘了问我想要什么? 你知道的,酸牛奶,我喜欢酸牛奶。什么开玩笑。就这样,通话结束。我听着,上校。要求我做什么?"

"合作。这对您要求的并不多。"

这一夸张的文雅语气,在瓦列里·伊戈列维奇听来,如同是十足的嘲弄,但他已经知道,他会把一切忍受到底。只有这样才能存活。

"您现在走出自己的宾馆,朝右转,接着就沿人行道一直走,直到和林荫道的交汇处。慢慢地走。不要回头张望。就像在欣赏基辅的秋日美景。"

"好的。我都明白了。但……还有一个人和我在一起。"

"什么人?"

"马拉。他去买酸奶了。"

"保镖?"

"算是吧。"

电话那一头出现了瞬间的沉默。在决定马拉的命运。瓦列里·伊戈列维奇觉得自己像个叛徒。彻头彻尾的臭狗屎。他过快地改变了忠诚的对象。没有人强迫他提起保镖。该让电话里的那些神秘的上校们自己来解决这些问题。把夏洛特·科迪①派到他这里来，或者还有什么其他的。不，财务专家竭力安慰自己，不然他们会想，我是在玩双重游戏。马拉原本就没法藏匿。需要这个酸奶有个鬼用！

话筒里又传来了声音。

"别担心。告诉他，让他留在屋里。您五分钟后出去。已经有人在等您了。"

"但给马拉的命令是不离开我一步。"瓦列里·伊戈列维奇快速说道，但他的印象是，他的话对方已经没有听到。

他瘫倒在椅子上，浑身是汗，脑子里一个讨厌的念头，像针一样扎着他：就这样把我收编了，只用了两分钟，没有任何麻烦，那么轻而易举。是的，两分钟，而五分钟后就要出去。正好，从马拉身边可以就这样跑开。瓦列里·伊戈列维奇冲到商务套房的过道里，甩掉脚上的拖鞋，双脚塞进自己那双尺寸如童鞋般的皮鞋，从衣柜里拉出风衣。装有现金和证件的皮夹，他总是放在贴胸的口袋里。最后一次扑到窗边，想检查一下，道路是否畅通无阻。他看到了马拉，拿着两个袋子贴在胸前——显然是他要的酸奶，正在跑过马路。一会儿马拉会想，监护人逃跑了！

于是会有各种说法。布尔达脑海中浮现出了雷巴克的脸。他摇了摇头。

我们穿过餐厅离开！

一入住宾馆，意识到自己使命的间谍性质，瓦列里·伊戈列维奇就探摸好了一条从自己房间撤退的隐蔽通道。他原本已经离开窗口了，

---

① 法国女英雄，贵妇，杀害让·保罗·马拉的凶手，被雅各宾派处死。——译注

但是眼角瞥见马拉在凸窗下停住了脚步。不是自愿的。有个人走近他，抓起他的手。这是个高个子、浅头发、瘦得不可思议的人，财务专家觉得以前肯定在哪里遇见过他。在哪儿？记忆，快说话！这个穿着风衣瘦如细杆的人想要什么？要分享酸奶？瓦列里·伊戈列维奇在心里神经兮兮地呵呵一笑。但是，当他看到马拉转过头，不情愿地跟着瘦子先生离开时，他就完全顾不上笑了。马拉是朝宾馆左面走去的。与财务专家自己现在该去的方向相反。

也就是说，他们决定自己来关照马拉。真是迅速！这看上去又客气，又咄咄逼人。但本质上都一样。

尽管路上的障碍已经排除，瓦列里·伊戈列维奇还是从备用通道走出宾馆，来到后院。那儿散发出一股酸味，他在卸载的拖车之间绕来绕去地走了一阵，越过一个水洼，惊动了在那里定情的猫儿们。他来到了波格列宾斯基街。方向——朝右。在湿滑的柏油路面上，倒映着霓虹广告，像漂浮的油迹一样。打着雨伞的人们分别朝着前后两个方向匆匆赶路。树木郁郁寡欢，但不像莫斯科果戈理纪念碑附近的树木那样悲观无望。是的，这里，在基辅，甚至在这样的天气里，春天也喻示着未来的生活是一个无疑的事实，而在莫斯科，这只是可能性。然而，这样的比较，是前几天瓦列里·伊戈列维奇在像间谍一样散步时想到的。而现在他什么都不想，甚至没有注意到自己右脚脚跟没有完全塞进鞋帮，以致于步态出现了一种跳跃的动作，尽管不明显，但完全不合时宜。可要停下来，弯腰整理鞋帮，财务专家不知怎的又不敢。尽管，当然，可以理解，原因何在。

不，继续这样走不行。他转向左边，朝一张椅子走去，想把脚搁上去。

"坐进来，布尔达。"他听到有人对他这样说。一辆很大的汽车，车门开着，这句话就是从里面传出来的。汽车的牌子特殊、高级。车身是黑色的。装饰这辆车要用掉多少黑色啊！

上车之后，瓦列里·伊戈列维奇立刻就发现了坐在里面的上校，只是没穿军装，没有胡子。

"您好。"

"我们打过招呼了。"

汽车毅然决然猛地往前一冲，起动了，毫不客气地穿梭在那些牌子低级的车辆之间。

"您想问，我们去哪儿？"

说实话，财务专家对此并不感兴趣，但他说是的，我想知道。

"去机场。"

"您要坐飞机去什么地方？"瓦列里·伊戈列维奇试图把谈话继续下去。

上校大声地笑了起来。

"不，我是送人。"

或许是送我，瓦列里·伊戈列维奇想，于是问道：

"送谁？"

汽车朝向人行道，突然刹住。财务专家觉得，这是汽车对他愚蠢的问题做出的反应。

"您的护照。"上校伸出手。

瓦列里·伊戈列维奇漠然地把整个皮夹递给了他。乌克兰军官用熟练的手指从里面抽出需要的证件，递给司机。而司机，一言不发地跳下车去。一些店招使得街道看上去热闹而有活力。司机在雨中弓起身子,朝其中一家店铺冲去。

"那我去哪儿?"财务专家谨慎地问道,他最终鼓足勇气,弯下腰,把手伸向受尽磨难的脚跟。

"我还不知道。"上校冷漠地说道。

被绑架者忍不住大声咳嗽起来。眼前发生的事情的异常程度,还是让他惊讶。

"这是怎么回事?"

"是这样。今天飞的免签地是哪里,我们就把您送往哪里。"

司机很快回来了。他把夹着彩色纸张的护照递给上校,而不是乘客。瓦列里·伊戈列维奇没有伸手去要护照。他现在顾不上好奇。他引以为豪的记忆女神谟涅莫辛涅开始工作了。他想起了在哪儿见过那个把拿着酸奶的马拉带走的瘦子。尽管当时只是一瞥,而且是侧面,但确定无疑,他在"建设工程设计"公司的大楼里见到过他。在保卫处的走廊里。

这意味着什么?!

都协调好了的?!

都是针对布尔达的!

他们这辆超级汽车又紧紧咬住了车流。

乌克兰上校好像与耶拉金有联系?是的,不是好像,而是直接有联系。也就是说,应当明白,他,布尔达先生,来到这里,与其说是干涉了乌克兰的阴险计划,不如说是打乱了一帮机智聪明的莫斯科人的步骤?怪不得,这一切从一开始就显得不正常,不像通常这类事情那样。一连串怪事。那雷巴克呢?从他在这里在基辅活动的情况来看,他知道些什么呢,为什么像被烫着了那样,刺溜一下飞速去了莫斯科?

算了，瓦列里·伊戈列维奇安慰自己，而且，真的，他几乎平静下来了。眼下他什么都盘算不出，想不出任何有用的办法。应该沉潜下来，转移到一边，观察一阵。实际上，这就是现在他正在做的。我要变成一个容易说通的人，在内心困惑的颤动中他这样决定。我会满足一切要求，直到最后一个最愚蠢的要求。最主要的是活着，而自己其余的一切特性都可以随着时间的推移而恢复。

"去鲍里斯波尔①?"

"去鲍里斯波尔。"假上校回答。

---

① 基辅的主要机场。——译注

莫斯科

1

会面的地点季尔·谢尔盖耶维奇选得是如此奇怪,以致于耶拉金甚至怀疑——信息是不是假的? 帕托林保证说,信息是准确的,随后便飞往基辅,去营救布尔达了。少校坐下来制订计划。

"奶酪"餐厅位于花园环线上,就在鲜花林荫道汇入处。紧靠噪声鼎沸的立交桥。汽车在这个地方挤成一团,就像木桶里的沙丁鱼。体面的车主们在一些穿着奇怪制服的怒气冲冲的大叔们的指挥下花十分钟泊车。奇怪的是,这个地方很受有地位的人青睐。或许,菜肴做得特别好?

对于少校策划的行动而言,餐厅里供应的食品的质量并不具有决定性的意义。

具有决定性意义的,是"继承人"的汽车从哪里驶近餐厅。自然,只有唯一一种可能。沿花园环线内侧,从马雅可夫卡方向驶来。在黎巴嫩使馆的边上,或者稍稍再过去一点,要安排一些接受了指示的自己人。保卫处长自己准备在餐厅边上的"茶馆"里占据一个位置,从那里既可以看到超负荷的停车场,又可以看到餐厅的入口处。他将坐在窗边,和一个自己人用眼光交流,那人将扮演在立交桥墩上贴海报的角色。

少校特别关心了一下护卫车。就是说,他悄悄地替换了"继承人"的随从,拿掉了普通保镖,放上了直接为他工作的小伙子。与此同时,没有引起雷巴克的任何怀疑。他庆幸自己从来不让米隆与员工们有密切的工作接触。小伙子们得到的命令是,及时向少校同志报告主车"梅赛德斯"在行进过程中的所有"偏移"。

耶拉金在玻璃墙边的柜台旁喝着加奶的咖啡,斜眼观察着事发地的情况,并在小公文包上弹动着手指,就像拉威尔①的朋友,那个独臂的钢琴家——拉威尔专门为他写了一首特别的协奏曲。公文包里放着今天比赛的王牌。杯子边放着一部手机,为了不引起旁人的注意,调到了静音状态。当手机盖上亮起红色圆环时,上校便把手机贴到耳边,了解季尔此刻所在的位置。

假如有人不嫌麻烦来观察少校表情的话,他会发现,少校每喝两口咖啡,眉头就会锁紧一层。不明白正在发生什么的时候,是耶拉金最感苦恼的。

"继承人"的奔驰车表现很奇怪。也许,随着时间的推移,汽车也会越来越像自己的主人?它一次又一次放弃了右拐的机会——如果它最终准备开到花园环线内侧的话。既不拐到契诃夫街,也不拐到彼得罗夫卡。不知什么原因,慢吞吞地朝喇叭街驶去。

还是会面地点信息有误?!

少校的脑海里浮现出自以为是的帕托林的形象,而且形象不佳。耶拉金明白,这个小伙子他还是不喜欢,根本不喜欢。他还让他在自己手下干,只是因为他从来没有失过手。只要这个憔悴不堪的浅头发家伙哪怕办砸一件事,他就会毫不留情地把他赶走。

---

① 莫里斯·拉威尔(1875—1937),法国作曲家,印象派作曲家的最杰出代表之一。——译注

他给安排在黎巴嫩使馆边上的人打了个电话。给他们鼓气,让他们进一步做好准备。好像也不用鸣金收兵,如果帕托林真的被骗了,如果俄罗斯资金与穆斯林资源的世纪会晤将在另一个地方举行的话。这很危险,原因还在于:如果"他们"决定欺骗帕托林,那意味着他们已经看出了他——少校的意图所在,现在他自己也几乎已经暴露了。对了,焦夫杰特和阿卜杜拉眼下也没有出现在我们的"奶酪"餐厅,这也证明了这一结论是对的。

电话诱人地眨了眨眼。

"什么?!"少校几乎叫了起来。这是什么奇怪动作?"奔驰"车开始在斯列坚斯基修道院附近改变车道,转圈。

真的,这是什么意思?!

这加奶的咖啡真讨厌!

"沿林荫道下行,回到喇叭街?!"少校发现有人用怀疑和惊讶的目光看着他,于是马上压低了声音。还不够像一个间谍。

而穆斯林们还是没有出现!手表上已显示约定的时间。

假如"继承人"这时前往的不是鲜花林荫道,而是其他任何地方,那少校会带着轻松的,尽管也是沉重的心情,取消行动。

往右转了?!

竟有这样的事!

总的来说,季尔在做的,是原本打算做的事,驶向"奶酪"餐厅,只是按了这样一个原则:既然能够复杂,那为什么要简单呢?

林荫道上堵车?这是自然的。这些供散步的街道——是理想的堵车温床。林荫道梗塞。

行驶速度——每小时三公里。少校眯起眼睛看了一下手机显示的时间：好像，还有十分钟左右。十分钟用于什么，在什么之前十分钟？少校来不及找到答案，因为这时他看到，在右边，潮湿的人行道上，在雨中拱着背的人流中，出现了两个穿着胶布雨衣的有趣的人影。

是他们！

焦夫杰特和阿卜杜拉。耶拉金亲眼见过他们，记得很牢。他们的汽车在哪里？是坐地铁来的，就像聪明人做的那样。汽车在市中心更多是个负担，而不是帮手。

他们停下脚步。观察。谨慎的人。

广告张贴者也发现了他们，于是展开了画有女歌手茉莉花肖像的海报——这是约定的暗号。白痴，他没看见吗——少校什么都看得见！

"继承人"的"奔驰"车在寻找林荫大道上可以直接停车的地方，显然是要从左边挤出来?!

少校眼睛没有离开那两个黑色的、发亮的身影（他们共用一把大伞），开始给依然站在黎巴嫩使馆边上的手下下命令。三言两语说明了新的任务。

现在要做的只是等待。

焦夫杰特和阿卜杜拉对雨中拥挤的停车场十分满意，他们慢慢地朝餐厅走去。餐厅是个六面体建筑，玻璃外墙，里面灯光明亮。几乎就在这一瞬间，三个拿着条纹棍的警察从大使官邸那里沿花园街人行道下行朝他们冲了过来。

湿雨衣停下脚步，稍稍放低举着的雨伞。

那几个警察朝着鲜花林荫道口的方向，继续冲了过去。

电话告知，"奔驰"车看来要拐到《文学报》古老大楼前的小空地上。

他们赶得到吗？不光要赶到，还要来得及"抓住"季尔·谢尔盖耶维奇和雷巴克。

焦夫杰特和阿卜杜拉走进餐厅。看不见他们了。

现在在决定，这块"奶酪"会在谁的捕鼠器里。

海报张贴者看见，服务员跑向贵客。他们脱下雨衣。走向桌子。他们对自己先到——尽管已经迟到了五分钟，感到惊奇和不快。

还是应该承认，会面的地点选得是成功的。谁也看不见耶拉金先生，而事件却在他面前发生，就像在迷你剧场的舞台上上演一样。少校想，他近来也出现了一个讨厌的说双关语俏皮话的坏习惯。就像季尔·谢尔盖耶维奇喜欢做的那样。而且，显然，在情绪非常紧张的时刻，这一点体现得特别明显。莫非，从领导那里传染上了？

下一个电话使耶拉金稍稍平静些。开始检查莫兹加列夫先生的证件了。仔细，缓慢，与信息库的资料在做比对。

少校想象着"继承人"愤怒的叫喊和动作。

法律代表们冷酷的、湿漉漉的脸。

根据张贴海报者的举止来看，焦夫杰特和阿卜杜拉表现平静。尽管要求奇特的伙伴还没有来，但他们眼下并没有焦躁不安。有个熟悉的人走出餐厅来到小广场上，哦，是阿纳托利·费多洛维奇·贝绍维茨①。站在那里，用牙齿发出"嗞"的声音，等着自己的汽车开过来。非常好。这个人——是这家餐厅体面、可靠的免费保障。

季尔·谢尔盖耶维奇，大概，在歇斯底里地给警察塞钱，而且很多。

张贴广告者在膝盖上展开"箭头"组合的海报。意思是，会面②多半

---

① 1946 年出生，著名的苏联足球运动员和俄罗斯足球教练。——译注
② 在俄语行话、暗语里，"箭头"有会面的意思。——译注

不会有了。圣战者已显得非常疲惫了。

而在那里,季尔·谢尔盖耶维奇扑向警察,大打出手,雷巴克几乎拉不住他。

出现了"在线"公司的海报。少校微笑了一下,尽管开始更加不安。一个非常关键的时刻正在到来。现在焦夫杰特或者阿卜杜拉会给雷巴克打电话,少校的人应该会向雷巴克要过电话,用干巴巴的正式语气问道,他是在和谁通话,同时做自我介绍:上尉某某。您能否来一下,因为您打电话给的那个人,因有嫌疑而被捕了……焦夫杰特,很有可能,会瞬间把电话掐断。

这一时刻的确危险。

雷巴克可能会不接电话,关机。会把手机扔到沥青路面上。会……

不,一切正常,开始了!

焦夫杰特和阿卜杜拉离开"奶酪"餐厅。在林荫道上的手下人还要稍稍等一下。万一伊斯兰战士想检查一下《文学报》那边究竟发生了什么。这会看得出的,如果他们经过"茶馆"朝右走的话。

但他们什么都不想检查。他们朝彼得罗夫卡方向走去。

收兵!

冈瓦纳

1

发动机不时地发出像打喷嚏一样的声响并且熄火,于是灰尘便会追上"吉普",这团像云一样的灰尘是车子拖带着的,像捆绑在一起一样。车里的人也开始打喷嚏,尽管车门紧闭,空调拼命地在运转。

"高山地区。"卡斯图耶夫好像已经是第五次这样解释了,他坐在前面的位置上,旁边是默不作声、晒得黝黑的司机,做出听不懂俄语的样子。

涅斯托尔·克里亚耶夫和"继承人"的朋友克里沃普利亚索夫瘫坐在后面。他们脸色发灰,而且看来,脑子里的想法发黑——无比悲观:他们不相信能活着到达目的地。考察营地在西面二十多公里、比现在所处的位置低一点五公里的地方。这还只是直线距离。如果是曲线距离,那就算不清楚,苦命的日本车轮已经在尘土飞扬、布满石块的道路上滚过多少俄里①了。

卡斯图耶夫坚持要做这趟旅行,博贝尔支持了他。耶拉金的老朋友们很了解这些山神,以及这里的惯常礼节。科学是科学,但必须按规矩拜见主人。

一条宽而浅的河,河水带动小石子拍打着漂石。地理能源考察活动的指挥涅斯托尔·伊卡洛维奇·克里亚耶夫站在岸边,欣赏着白雪

---

① 1俄里等于1.06公里。——译注

覆盖的连绵高山的壮阔景象。他们怎么会知道我们在这里呢,他说。

"世界屋顶!"他庄严地呼出一口气,又吸了一口气。"我现在理解勒里希①了。啊,真刺眼,见鬼!"

卡斯图耶夫和博贝尔同意他关于世界屋顶的说法,但马上就开始了这样一个话题:在更实际的意义上关心一下屋顶,那倒不错。

"那我们就什么时候去一趟吧。一早。"考察队领导同意了,尽管不情愿。"为了工作,为了工作,为了工作。"

博贝尔使他心烦意乱,他说,要去的话,不是"什么时候",而就是明天,跑一趟的话,一个早上不够,可能要用半天。

"还要花去超过所有经费一半的钱。"卡斯图耶夫补充道。

第二条信息使涅斯托尔·伊卡洛维奇更觉不安。他舍不得钱,当然,不是出于吝啬,而是这样一来用于考察的经费就可能不够了。这两个人,少校的哥儿们,令他十分恼怒。还有,他们每人已经花费了他相当可观的一笔钱,居然还打算要他拿钱去孝敬当地的某个强盗。还好,他没对他们说少校给了多少钱。涅斯托尔·伊卡洛维奇认为自己是发现自然界中,同样也是人性中起伏涨落现象的专家。正因为如此,他在需要的时间出现在了需要的地方,捕捉到了少校心情的细微变化,并将这么一大笔无偿的款子抓到了自己这双从事科学的手中。

"我们在国外,涅斯托尔。"博贝尔说道,他感觉到了学者内心疑虑的颤动,"在这里最好付钱。"

"亚洲。"卡斯图耶夫叹了口气,他自己几乎就是个亚洲人。

----

① 尼古拉·康斯坦丁诺维奇·勒里希(1874—1947),俄罗斯画家、作家、考古学家,1920年起居住在印度。作品充满东方的自然与神话气息。两个儿子也长期生活在印度,是东方学家和画家,从事相关的研究和创作。——译注

"就这样吧。"涅斯托尔绷着脸挥了挥手,"明天,就明天。我说的是,明天我们想想做什么。现在我们去卸设备吧。"

他们一起朝卡车走去,车内,在积满尘土的箱子上坐着"继承人"的朋友,汗不停地从他戴的巴拿马帽下流淌出来。

地点是由克里亚耶夫测算出来的,但在地图上则是由"雇佣兵"卡斯图耶夫和博贝尔辨别确认的。被遗弃的镇子,在河以南五十米,克里亚耶夫把这条河称为"埃列温特",以取代当地居民起的名字。这条河是冈瓦纳——他已经习惯冈瓦纳了——神秘地理现象的一部分,他觉得,还是这样一些著名水道在所有意义上的远亲:勒忒河、科库托斯河、阿赫隆河和斯堤克斯河。

镇子并不古老,但很荒凉:几座平顶建筑物,围着生锈、断裂、带刺的铁丝网。歪斜的木制塔楼,矗立在水槽后面。被划得斑痕累累的空水槽架在弯曲的铁架上,侧面戳着几只坏了的水龙头。地上散落着一些燃料桶,不知怎么的,都被踢瘪了。什么奇怪的怒气,非要用这种对待燃料桶的方式来补偿自己?

在镇子中央,地上有一个没有完全烧毁的机械轮的外胎,而这一机械,从尺寸看,应该是用于开采亚特兰蒂斯采矿场那种。周围散落着一些小一点的轮子……其余垃圾杂物甚至不值得一一历数。除了汽车后视镜。它挂在中间的桅杆上,刺眼地反射着阳光,就像在烧电焊一样。

克里亚耶夫打量了一下周围,说道:"人们遗弃了这个地方。这并不使我感到惊奇。不理解这个地方意义的普通人,是不可能待在这里的。"

"资助停了,于是所有人都跑了。"卡斯图耶夫匆匆地说出了过分理性的观点。学者朝他这里投来智慧和嘲讽的一瞥。

在镇子的另一头，在垂下的铁丝网外面，发现了两块建筑骨架一样的东西，由打磨粗糙的石头砌成。

"瞧!"克里亚耶夫意味深长地说。

"怎么?"同伴们诧异地看了他一眼。

"在苏联气象站和车辆维修站建成之前，这里就有人居住。我相信，假如我们像考古学家那样，只要稍稍地，就那么挖掘一点点，我们就能在这里找出一整块反映不同时期定居点生活的千层饼。"

"那怎么样?"

"一直有人在这里生活，因为这个地方很方便，也吸引人们来定居落户。但是，如果不会利用无形的世界能源影响几何学，那任何落户定居的尝试都注定要失败的。"

聪明机智的卡斯图耶夫，赶紧利用这一话题来为自己的目的服务。他赞扬学者思想深邃，同时又提醒他，除了高高在上的，能源的力量，还有地上的，行政的力量，也要求得到尊重。目前的情况下，这个地上力量就是当地区管理局的领导，或者这个职务在这里还有什么其他叫法。因此明天应该做的，不是开始考虑这一问题，而是马上就去拜访。

"不然的话，我们就像所有其他来过这里的人那样，会坚持不下去的。"

克里亚耶夫皱起了眉头，他不喜欢人们使他落入逻辑陷阱，他更舍不得那些钱——要被迫孝敬当地某个无知的野蛮人的钱。

"无论如何你们都不会善罢甘休的。那我们去吧。"

帕米尔"主人"的大本营坐落在镇子里，一眼望去，意识里马上就会出现一个词"基什拉克"——中亚的村庄。根本不可能用其他方式来称呼这些各式各样、位置杂乱而且不知用什么材料建成的房子的大杂烩。冰冷的山间溪流穿过基什拉克，飞快地奔向埃列温特河。它在阳光下闪烁着寒光。溪流之上，四棵榆树弯下粗糙的树干，朝四面伸出光秃秃的树枝——已经是秋天了。在一棵老树的旁边，一辆"三菱"吉普在晒太阳，车旁一个拿枪的赤脚男子在蹲着打盹。这一景象是对卡斯图耶夫论断的图解——他说，在这些山里面，除了传统的帕米尔文化外，还有两个亚文化。"卡拉什尼科夫"枪文化和"帕杰罗"车文化。在从考察营地到"主人"营地的途中卡斯图耶夫与人分享了自己的这一认识。

来客所乘"吉普"的司机把车停在了主人车子的边上。

"大概他们这里有个汽车交易所。"克里沃普利亚索夫低声地开了个玩笑——这是他在整个旅途中说的唯一一句话。但司机却对这句话突然做出了反应。他转身朝向乘客，大声地说了一句大家听不懂的话。不过，能够理解——出去！

他们出了汽车，边活动着身体，边四处张望。从两座低矮平顶土房间的小巷里跑出两条硕大的狗，站在那里，若有所思地看着客人们。一阵风吹过，从房屋那里带来烧煮的焦糊味。小巷里又走出了一个五岁左右的男孩，赤裸着晒得黑黑的小肚子。他站到两条狗的中间，很随意地往它们的颈脖子上蹭，好像是它们的同类一样。狗依次打了个哈欠。

"走吧。""吉普"司机说道，同时关上车门，打开了防盗报警系统。

"主人"在自家院子里接待客人。这里有令人感到舒服的阴影：两棵矮小的、树枝向四面伸展的枫树，树冠如盖。在最舒适的角落里有低矮的木头垫板，上面覆盖着几层毯子。"主人"半躺在破旧的靠垫上，只穿着一条短裤，头上戴着绣花尖顶小圆帽。手里拿着一个空茶碗。院子深处，铁皮棚下，火盆和大锅冒着热气，日常的居家生活就围聚在它们的边上展开着。

主人邀请大家坐下。客人们随意地坐到被太阳晒热、发出奇怪气味的毯子上，穿着矮勒皮鞋的双脚从毯子边上垂下来。

"主人"微笑着，平静，客气，甚至可以说，迷人。他是一个高大、皮肤晒得黝黑的男人，五官端正，脸刮得很干净，漂亮的牙齿闪耀着自然的而不是牙科手术造就的健康的光泽。但比牙齿更好看的，是眼睛。乌黑的眼珠，明亮的眼白。这个自信和蔼的人要求别人称他"鲁斯泰姆"。

他亲手为大家斟茶，把茶倒入发出高山纯净光泽的茶碗里！

卡斯图耶夫第一个尝了尝茶，并立刻开始陶醉：啊，多好的茶啊，啊，多好的水啊！

鲁斯泰姆看着他，脸上笑盈盈的。他或许觉得可笑，或许真的感到高兴。

从屋子里走出一个又高又瘦的男人，穿着斑点制服，留着有点卷曲的胡子，苍白的嘴唇带着甜蜜的微笑。他向客人们问好——但听不懂他说什么，向鲁斯泰姆微微鞠躬，也坐到晒热的毯子的边上。人们自然期待"主人"会介绍他，因为他显然是个心腹。但是微笑着的鲁斯泰姆用几乎听不见的声音说了两个词，斑点立刻笑得更加甜蜜，并从铺垫物上滑了下来。明白了，不会给他上茶的。

随后他就消失在房子里。

鲁斯泰姆朝在火盆边忙碌的人喊了一句什么。立刻从那儿快步走过来一个妇人，端着一道热气腾腾的吃食。直接把它放在客人和主人之间的毯子上。他双手做了个动作，张开的手掌指着食物："抓饭！"

他似乎在说，你们，说实在的，还等待什么呢?！

大家吃了一会儿。而且，主人按惯例用手吃，为客人们则很客气地提供了勺子。克里亚耶夫和克里沃普利亚索夫用了勺。卡斯图耶夫试着模仿鲁斯泰姆："主人"能快速灵巧地卷起一个个肥腻多汁的小饭团。卡斯图耶夫做得差多了，但总的来说，他还是能够适应这种饮食方法的，尽管烫痛了嘴。当最初的饥饿感得到了满足以后，鲁斯泰姆为自己要了一筒卷纸，开始擦拭直到肘部都是琥珀色的双手。卡斯图耶夫觉得，合适的时刻已经来临，于是便开始从头说起他们出现在这里的意义。科学考察。涅斯托尔·伊卡洛维奇是个大科学家。做出了一个很大的发明，现在需要实地检验一下脑子中发现的东西。

"你们的营地在老汽车厂那儿?"鲁斯泰姆略带东方口音的提问打断了他的话。

客人们点了点头。

"那是我的土地。"

卡斯图耶夫又点了点头，令人高兴，谈话正在进入需要的轨道。

"这就是为什么我们要来到您这里。带着我们的敬意，带着请求。"他用手对克里亚耶夫做了个信号，后者叹了口气，把手探入怀中。卡斯图耶夫抢过那个用旧报纸包的纸包，在坐着的姿势允许的范围内，弯腰躬身，将纸包递给鲁斯泰姆。"主人"接了过去。打开纸包。绿票子像叶子般一下子散落到毯子上。

莫斯科

1

耶拉金和帕托林坐在《美丽岛》杂志编辑办公室的接待间里。默不作声地坐着，不时地看一眼外表冷淡的妮卡，看一眼挂在她身后墙上的（位置正好在她头的上方）道林纸大日历——上面印着一只硕大的带着微笑的狗头。在快乐的莱卡狗长长的粉红色的舌头上，贴着一些记录电话号码的小纸片。这一画面会引发伸出自己舌头的强烈愿望，也因此会让人流口水。所以会觉得，来访者饿了。

保卫处长已经把一切都跟自己的助手讨论过了。布尔达从基辅宾馆逃脱的故事，所有可能的细节，他都清楚。马拉对信息的加工整理没有提供任何新的东西，他非常不了解雷巴克的各种计划，而这，说实话，也是意料之中的。在土耳其或者埃及的海岸追踪布尔达被认定是前途渺茫的事，因为根本就没有这样做的机会。因此决定在莫斯科挖掘这个财会人员的秘密。克钦的整个部门都受到怀疑。不过，这也没什么新鲜的。克钦也好，所有其他董事也好，早就被怀疑了。只是这样做的好处在哪里？

他俩黎明时分在少校办公室里进行谈话时，季尔·谢尔盖耶维奇突然打来电话。"你那么早在单位里干什么，萨沙？""啊，我和帕托林在这……""你们到我这儿来。""就现在？""不，瞧你说的，我现在正要躺下睡觉。十二点，在《美丽岛》。"

伸着舌头的狗头边上的挂钟显示着十二点半。少校并不生气。相反感到高兴。他觉得，他还没有准备好会面，他寄希望于约会推迟的每一分钟——突然会闪现出一些见解呢。心情欠佳。"继承人"还想出了些什么念头？还猜出了什么？上帝保佑，希望没有。他很会掩饰。例如，这么多天来，从来没有提过一句：你为什么去我母亲那儿，萨沙？仿佛这一切没有发生过一样。

帕托林令人生气，尽管，少校心底里承认，在基辅失利中他的责任最小。应当更早一点把小伙子派到那里去，要知道，他自己急切地想去，那就意味着，他感觉到了点什么。一个辜负了你期望的人——哪怕错不在己，他的样子，应该是沉痛的。但是，帕托林的举止，完全是特立独行，根本不想采取所谓"比湖水沉静，比小草卑微"的姿态，也就是说温顺谦恭。当代务实青年，真见鬼！不，哪怕稍稍迎合一下领导的亚洲习惯也好。至少在领导不快的时候，做出极为痛苦的样子。帕托林一直试着朝妮卡使眼色，而少校的火眼金睛已经看出，这个干瘦的浅色头发的小子甚至连短暂的、肤浅的调情都指望不上，少校至少由此而感到欣慰。

手机轻柔地触动到了少校脾脏的部位。

"是的。是我。听出来了，听出来了。我们已经分手了。你们太傲慢……什么，不傲慢？他愿意道歉？啊，他不，但你……我要对你说……不要对我说任何'难道'！既不应该，也不需要。谁，我错了？！这是他教你这样蛮横无理的？！我会祈祷宽恕，我的罪过我知道，但你骗了我！"

不愉快谈话的第二部分，少校是走出接待间去进行的。他不希望女秘书听到。当然，她未必能够根据他的话重构出完整的场景，未必能够利用这一重构，如果真的被炮制出来的话。但是上帝保护小心翼翼的人。

"我理解，娜塔莎，你们没东西吃，没地方住，但不应该从一开始就说谎！也转告你父亲，让他别打电话！记住，我再也不想听到任何关于你们家的事情。"

少校皱起了眉头,将拿着电话的手从耳朵边移开,并在空中摇了摇,仿佛要从电话里甩掉那些难听的话。

"别嚷,别嚷,我说。谁袭击?! 我问,谁袭击?! 用怎样的刀?! 哦,上帝! 你胡说什么呀?! 在哪个售货亭边? 夜里,在售货亭边,有人刺伤了瓦西里? 没有致命?! 那伤得怎样? 停下,停下,你觉得,这是季尔·谢尔盖耶维奇在报复? 你知道你在说什么吗?! 雇了五个混蛋,他们刺伤了你的瓦西里?! 不要晚上掉在啤酒桶里。是啊,没喝酒! 就算没喝酒,就这样认为吧。就算是,做装卸工。你为什么觉得季尔·谢尔盖耶维奇会想出这招来,雇几个带刀的匪徒?"

在等待娜塔莎停止抽泣的时候,少校想,其实派两个人去打坏装卸工健康的肝脏就够了。不用任何刀子。尽管,还真说不准主人复仇思想里会有些什么离奇的念头。

"他怎么,要死了吗? 伤在哪儿? 大夫请来了? 好吧,我派个人过去。大夫,钱。就这样,闭嘴,就这样!"

回到自己的座位后,少校开始直接注视妮卡低着的头的头顶。姑娘很会做样子:除了自己电脑的键盘之外,她对任何东西都不感兴趣。

讨厌的工作,耶拉金想。世上所有的一切都是可疑的。但瓦西里被刺伤这件事,可能会是有益的。如果这是季尔所为,那,总的来说,是件高兴的事情,是幸福。作为献给美好的和解祭坛的供品,半升乌克兰年轻人的血就够了。也就是说,复仇者胃口原来不大,小羊羔取代计划中的百牛大祭①,就能使他觉得满足。假如这是偶然,那也一样,毕竟戳

---

① 古希腊人的盛大祭典,最初杀一百头牛或其他牲畜作为祭品。——译注

入了血管！一定要把这件事情纳入到一会儿的谈话里。"继承人"或许会对这一侧面途径感到高兴，并从那里释放出自己的愤怒，眼下，他正怒火中烧，怒不可遏。只是无法将这件事情当作自己保卫处的业绩提出来，因为"继承人"无论如何都不会相信，保卫处会自发地为他实施报复。

带着刚经过一次很好的心理治疗的女公民的优雅，玛丽娜·瓦列里耶夫娜步态轻盈地走进接待间。不过，耶拉金也好，帕托林也好，对于女助手生活中这方面的情况，一点都不了解，他们只是略感不解地欣赏着这位丰满、幸福的妇人。

"季尔·谢尔盖耶维奇怎么样？"

"哪——一个季尔·谢尔盖——耶维奇？！"走廊朝向接待间的门开了，门口出现了"继承人"，他穿着染色驼毛大衣，戴一顶宽边红帽，就像罗马教皇那样。浑身上下都是蓬松的、正在融化的雪花。他不是一个人。一个健硕的、比他高出一头的姑娘挽着他的手。一下子很难描述，她举止如何，但显然很招惹人。如果从下往上看：四十一码的皮靴，十厘米高的尖细后跟，有力的、肌肉饱满的小腿和大腿。裙子是常见的那种。飞行服式皮夹克，在腰间由一把小挂锁扣住。胸脯似乎要从外套里挣脱出来。蓬松浓密的棕红色头发，上面也粘着些晶莹的雪花。嘴唇使人想起饱餐一顿后的吸血鬼。

"劳驾，请让路，我引领着一个新栏目！"季尔·谢尔盖耶维奇喊道，他和"姑娘"快速地进入了办公室，仿佛跳着探戈那样。

"这是娜塔莎。"妮卡轻声对在场的人解释道，"她将在我们这里做'反民间故事'栏目。"

玛丽娜·瓦列里耶夫娜轻声地、鄙夷地哼了一下。

"冬天。"少校说道，不明白他指的是什么。

"是啊。"不知为什么,帕托林附和道。

从办公室里传出女人的笑声。一种特别的笑声:根本不是对机智的玩笑或者领导的玩笑做出的回应。

玛丽娜·瓦列里耶夫娜又哼了一声,转身回自己的办公室去了。

"怎么她可以和心理治疗师那样,而季尔·谢尔盖耶维奇就该为自己的行为感到羞愧呢。"妮卡在她身后说了一句不是所有人都能听懂的、有点不怀好意的话。

耶拉金和助手对视了一下。女秘书对他们解释说:

"你们别多想什么。他们什么也没做。季尔·谢尔盖耶维奇只是用化妆笔刷在呵她痒。"

"她真的叫娜塔莎?"耶拉金问。

"是啊。"妮卡叹了一口气。

大约十分钟后,笑声和响亮的吐气声停息了。脸颊绯红的新"栏目"负责人走出办公室,对女秘书说了句"我在自己的办公室",便"踏踏踏"地沿着走廊走去,甚至没朝耶拉金和他的助手看一眼。

妮卡又叹了口气,朝他们点了下头。

"请进。"

帕托林刚出现在门口,就被"继承人"赶回了接待间。少校试图申辩,说,是您叫我们两人一起来的。

"去他的!"办公室主人挥了一下手,"我不喜欢他。"

沙发上摆着湿的驼毛大衣,旁边是湿的皮夹克,看上去,好像它们在继续模仿着主人们的性游戏。

"坐吧,萨沙,坐吧。汇报吧,如果想汇报什么的话。"

耶拉金讲述了在基辅发生的情况。

"布尔达,这只小老鼠,跑了?"

"是的。"少校摊开双手。

"骗人。我不相信。他为什么要这么做?! 你把我弄糊涂了,坏家伙。你大概想,可以随便地糊弄我。你认为我脑子不正常,那女服务员事情之后,可以对我为所欲为了。"

"怎么会呢,没有。"

季尔·谢尔盖耶维奇用手指朝耶拉金做了个示意威胁的动作。

"不,我可不是一个粗鲁的人,一个神经衰弱的人,像许多人、许多傻瓜想的那样。我是历史学家。再告诉你一点——是历史哲学家。我。知道吗,什么是历史哲学? 这可不是你的人智说①。"

少校点了点头,因为,为什么不点头呢。

"继承人"陷入了思索,按摩着还不习惯的光光的下巴。

"你知道,萨沙,阿斯科尔德在工作过程中,不断成长:建筑队的战士,共青团区委的指导员,共青团区委书记,合作社创办人,商人,百万富翁。是的,我对你已经⋯⋯但是,我,在这段时间里,一直在思索。他是实践者,并且证明了自己是一位成功的实践者。真正务实的、能干的、精明的、有头脑的人。而我,你明白,是历史哲学家。但是,请相信,这不只是闲扯。某些领悟到的东西,我已成文写在纸上。记得吗,我给你读过关于母系和父系的文章?"

"记得。"

"但这不是我唯一的一篇文章。你感到惊奇,是吧。"

"我原本也是这么想的。"

---

① 迷信认为,人可以直接与灵魂世界交往,是神智说的一个变种。——译注

"是——吗？那，对你来说，我现在要做的，就不会是意外了。我再给你读一篇文章，或者可以是两篇。"

季尔·谢尔盖耶维奇将胸口斜靠在桌子上，身子尽可能地朝向他的听众。

"明白吗，萨沙，我非常希望，你能理解，我是一个严肃的人。"

"我……"

"别说话。你还没有听过文章。你还不能判断。你这是礼貌在替你说话，但我对所谓的礼貌嗤之以鼻。"

季尔·谢尔盖耶维奇把手伸进办公桌的抽屉，拿出薄薄的一叠稿件，纸张陈旧，打字机打印，由老式的弯曲回形针固定。

"我这不是昨天写的，萨沙。瞧，回形针都生锈了，你看得见在纸上留下的锈迹。这说明什么？说明文章是好多年前完成的。而这，又说明什么呢？"

"什么？"

"别装傻。这首先说明，文章的思想很早就在我脑子里产生了，如果到现在我还敢拿出来读这些内容的话，那就意味着，思想是饱经磨难后得出的，来自内心，没有随着时间的推移而改变。"

"我理解。"

"我希望是这样，萨沙。我思考的果实。科里卡，就是阿斯科尔德，牛栏无数，从贫瘠的非黑土地带，也能赚到大把大把的卢布，而我则聚精会神，我思考。他从青年人那里榨团费，匆匆忙忙地写汇报，而我匆匆忙忙写的是完全不同的东西。他得到的是去匈牙利旅行的机会，不用排队就分配到的住房，而我得到的，是妻子、还有她的女伴和熟人的嘲笑。但是，我怎么样呢——抱怨吗？"

"没有。"

"抱怨的。你多么虚伪啊,萨沙。你看到别人在抱怨,却说'没有'。处在我的位置上,照理应该不再信任你,而我不会。知道吗,为什么?耸耸肩? 你大概知道的。其他人更差。比你还要虚伪。"

"谢谢。"

季尔·谢尔盖耶维奇挥了一下手,你得了吧。

"好,我来念文章。'论帝国概念'。题目是这样的,为的是看上去具有科学性,明白吗。好,听着。"

(为了不影响故事情节的发展,我们将文章附在书后。)

"完了。你觉得怎样,萨沙?"

少校本能地看了一眼左手腕。几乎是一个不易察觉的动作,但是文章的作者觉察到了。

"怎么,长了? 只有三十五分钟。好吧,给你读个稍微短一点的。我有,我甚至还有很多。"

季尔·谢尔盖耶维奇在纸堆里快速地翻寻着。

"这个有意思。是真正的发现,如果不带成见地来看的话。但绝大多数人都是带着成见来看待的。文章的题目是'第四场布匿战争'。你,萨沙,当然记得,因为在学校里学过,这些布匿战争①一共是三场。

---

① 在古罗马和古迦太基之间的三次战争,名字来自当时罗马对迦太基的称呼 Punici——布匿库斯。三次战争分别发生在前 264 年—前 241 年、前 218 年—前 201 年和前 149 年—前 146 年。布匿战争的结果是迦太基被灭,迦太基城也被夷为平地,罗马争得了地中海西部的霸权。——译注

我这里讲的是其他历史时段。而且,不是关于罗马和迦太基,而是关于莫斯科和诺夫哥罗德。莫斯科,众所周知,也是罗马,尽管是第三罗马①,而诺夫哥罗德如果翻成腓尼基语,意思正是迦太基。同意吧,敏锐的历史洞察力在这里显而易见。这些强权之间进行的战争,也完全可以被称作布匿战争。是吗?"

少校强忍着不再去看一眼手表。

季尔·谢尔盖耶维奇更投入地看着手稿,继续说着,只是他吐出来的那些话是无论如何也不可能出现在那些发黄的纸页上的。

"我原本应该把你赶走的,萨沙。从一开始。相信吗,那时,关于你的一切我就都知道了。你哪怕像一块放平的石头也好,但是,不,你活跃,你足智多谋,只是你的所有活力不知为什么都给我带来损害。我想出来的和希望很快做成的一切,你都完全不喜欢。为什么,萨沙?"

季尔·谢尔盖耶维奇抬起眼睛,而少校则垂下眼帘。

"出了娜塔莎那件事后,任何一个在我这位置上的人都会这样做:不光要把你赶走,还要非常严厉地对你进行处罚。我不知道,为什么我没这样做。我,大概,只是与其他人不同罢了。鲜花林荫道上的巡逻队?我甚至都不用去向你证实,这是你搞的。还有谁会想出这一招呢。

"一开始,我,当然,很愤怒。扯啊扔啊的。而且时间很久。大概,有三个多小时。但后来就开始思考,并且得出这样一个结论:在雷巴克问题上,我错了。我想用自己的信任、升迁的前景来收买他,而他也变

---

① 16世纪初,菲洛费伊主教在给莫斯科大公瓦西里三世的奏折中宣称,前两个基督教国家——罗马帝国和拜占庭帝国都已崩溃,俄罗斯是当然的继承者。莫斯科是继罗马、君士坦丁堡之后的"第三罗马",是新的基督教信仰的保护者。它将永远屹立于世界,不会有第四个罗马出现。——译注

得对我赤胆忠心。为了迎合我，他会把亲娘卖了。但问题在于，我根本就不需要他的亲娘。我需要他想出办法，快速地做成一笔独特、血腥的生意。但是他，尽管自己也很渴望，却想不出来怎么办。他没有这个能力，他办不到。"

深深的叹息声在那些历史纸张上簌簌飘过。

"外部对雷巴克的干扰能力要比雷巴克的计划能力更高明。有一段时间，我很难过，甚至接近于沮丧，但是找到了出路。简单而自然的出路，就像所有摆脱看似无望的僵局的出路那样。萨沙，你想不想知道，这个出路是什么？"

"请说吧，米佳，我听着。"

"我决定赶走雷巴克。"

少校的脸上没有出现对这句话的任何反应。

"任用你。"

"我，如果没记错的话，已经在为你工作着。"

"继承人"咯咯地笑了起来，笑得还是像在过去的好时光里那样地令人讨厌。

"不，你以前的工作是反对我。而现在将是'为了我'。你自己，在最短的时间内，设计出行动方案，设计并且实施，还要在电视里播出。至于这是什么行动，你知道得并不比我差。我需要至少二十具乌克兰军人的尸体在伊拉克土地上。我把经费增加一倍，放开你的手脚，如果它们不知为何被束缚起来了的话。但最终，在我的任务里，主要的是：我要你负责，萨沙！对此你可以故意不感兴趣——但这是威胁。你和所有人一样，都有软肋。我已经想好了，怎么最有效地利用它们。这句话没让你气恼吗？"

少校叹了口气,摇了摇头。

"没有。因为我已经想到,早晚会走到这一步的。"

"那,你有什么可说的?"

耶拉金摊开双手。

"这什么意思,萨沙?"

"这就是说,我同意。"

"怎么,没有任何要求?"

"在这种情况下通常的要求。如果一切都委托给我,那就谁也不要再对我发号施令,不要催促,不要在背后推搡。"

季尔·谢尔盖耶维奇笑了。

"你希望拖延时间,赢得一到两个月的时间。最多给你二十天。不会再有其他指令。从今天谈话算起,五百小时之后,伊拉克逊尼派屠杀乌克兰防化排的新闻应该出现在所有频道里。"

"为什么正好是五百小时?"

"因为不是五百天,我对你……"

"懂了。"

"这才好。计划不要有任何的调整。无论是在地域层面,还是时间顺序层面上。对不起,我的表达书面化了。"

"没什么。"

"我指的是,不要指望能把伊拉克替换为爱沙尼亚,用爱沙尼亚'Φ'破坏小组的崇拜者们来替代乌克兰士兵。不要挪到夏天。五百小时,办妥一切。换成分钟你自己能算。"

少校对此点了点头。

"咱俩,萨沙,就不再见面了。这是为了不让你产生这样的想法,那就是，比起干掉三十个乌克兰军人来，除掉一个莫斯科的神经质要容易得多。好了，就这样，萨沙，去吧。我们在电视荧屏上见！"

2

少校刚走出《美丽岛》编辑部，就掏出电话，但还来不及打出去，别人的电话就打进来了。

"亚历山大·伊万诺维奇，我刚收到一份可怕的文件。"

"谁？听不见您说话！"少校试图做出信号不好的样子。

"您一切都听得很清楚，亚历山大·伊万诺维奇。"

"是的，是的，现在，好像，好点了……"

"这是一份通知，我得出庭。"

"我的上帝，您做了什么呀？"

电话那头传来一声愤怒的尖叫。

"您别再开玩笑了！"

"我也没想开玩笑。"

"他，好像，也不想开玩笑。"

少校终于从一个语境转换到了另一个语境。

"季尔·谢尔盖耶维奇准备与您离婚？"

"您会不知道这事！您为什么不说话？！"

"我正在想，可以做些什么。"

"应当让这事停下来！"

"斯薇特兰娜·弗拉基米罗夫娜，我不是终止这类事情的专家！"

"立刻让它停下来！您煮了这锅粥，您也想想，怎么收场。我等着您的建议！但不能无休止地等下去！如果您不帮助我，我就开始自助，而这谁也不会喜欢的！请您相信我。"

"见鬼！"帕托林说道，他正在为上司打开车门。他清楚地听到了对话大部分的内容。

"她知道我的那些与女服务员有关的计谋？"

"或者是猜到的。"

"这都一样，完全一样。知道也好，猜出也好，我都无所谓。"

他们开车上路。少校报出了地址，那是娜塔莎告诉他的。路上他讲述了与她对话的内容。帕托林的反应是这样的：

"胡说八道！"

"就是说，你认为，是偶然事件！"

"一把刀，夜晚，小售货亭边……这个瓦西里是个令人讨厌的家伙，属于那种总会碰到什么事的人。我相信，他是咎由自取。亚历山大·伊万诺维奇，我觉得我们不该去。干吗插手这种事情！材料已经做好，没有对我们不利。即使他们想对我们使坏，也没有人会相信，不会相信一个字。给季尔·谢尔盖耶维奇他们也不敢打电话，他们会怕的。"

"你最好想一下，大夫的事怎么安排。"

"哪个？"

"不善言辞的那个。"

"还是决定去？"

"是的，决定了，而且这个话题，也就到此为止了。"

他们两人同时开始拨电话。

"谁啊……儿子？太好了。为什么好？至少是因为你没走丢，在家坐着。妈妈在吗？不能接电话，就是说，病了。早就病了？睡了？好的，懂了。你知道，谢廖沙，我想问你……你想回美国吗？"

少校用眼角余光看到了助手脸上的表情。表情不同寻常。

"想想,你是那么喜欢那里,谢廖沙。那儿你还有朋友,你自己说过的。不,不会很久。然后我自己去找你们。我们开车兜风,或者他们那儿还有什么好玩的。想去'迪士尼'吗?偏僻的地方?这,不知道。和妈妈一起去,当然,好儿子,和妈妈一起。是不会放你一个人出去的,而我又没时间在美国转。因此,我要请求你从作业本里撕下一张纸,用大字母写上:我们,也就是你们,'去美国'。把这个拿给妈妈看,摆在她鼻子前,让她给我打电话!不,她的病就会好的,我会让她不生病的。撕下来了?那就写!只是别从日记本里撕,好吗?"

"大夫那儿都谈好了。亚历山大·伊万诺维奇,大夫准备好了。"

"那好,我们很快就到了。"

帕托林等来了一个间歇,他显然一直在考虑:或许,根本就什么也不问,但最后还是没能忍住。

"他怎么,威胁了?"

"谁,季尔,我们的谢尔盖耶维奇?你知道,伊戈尔,这也可以称作威胁。说到了我的弱点。不知是泛泛而论,还是具体有所指。最好还是给自己上保险。还需要一个大夫——麻醉医师。"

"我明白。"

少校试着拨通琼的电话。但对面是电话自动应答机。他彬彬有礼地请那台机器告诉女主人,有人因一件重要的事情要找她,她最好让人家知道她在哪儿。

雪花在车窗外闪烁,粘满整扇窗,秋天转为冬天,呈现出的是一幅并不令人愉快的景象。一下还说不上来,为什么是这样。与观察到的景致没有特别的关系,少校想的是,他希望自己孩子出生时他能在场。

他没有答案。此外，他也不知道怎么对待这样一个事实：一些东正教神父开始关怀同性恋者。而且关于安乐死的问题也非常模糊地被摆到他的面前。或许，最正常的是对所有这些问题都没有看法。不，关于同性恋，或多或少还是有些定论的。

汽车在一个看不见的坑洼上颠簸了一下。很厉害。

"相当于五十公斤 TNT。"帕托林开了个玩笑。司机瓦夏从镜子里责备地看了他一眼。

"听着，"少校对他说，"你自己到我们那些乱伦的乌克兰人那儿去一趟。把事情解决掉。给些钱。但不要多。只要让……那家伙你最好别当面见他。让他带着自己长满粉刺的高傲见鬼去吧。"

"他们是白俄罗斯人。"

"是的，我忘了。"

"那您没车怎么办？"

"我走走。"

冈瓦纳

1

涅斯托尔·伊卡洛维奇·克里亚耶夫很投入地工作着。检查仪器的读数，一个电表接着一个电表地查。主要的"实验楼"是一间低矮的屋子，没有窗户，一扇门，只有门框，屋内空气闷人，散发着老式润滑油料的气味，十五台仪器在吃力地运转着，它们被放在摇摇晃晃的工作台或倒扣的箱子上，有的就直接放在地上。克里亚耶夫根据自己的"隐性能源互动"理论在居民点各处放置了多个结构秘密的传感器，导线都接到这里。

涅斯托尔·伊卡洛维奇在自己的笔记本电脑里记录下所有必要的数据信息后，前去查看"能源车间"，就是直接被放置在岸边的太阳能电池。他检查了连接线，从电池板面上清理掉了几个风滚草的球茎。真不知道它们是从哪儿来的，为什么会出现在这些没有生命的地方：只有最现代化的科学才能够在这里为自己找到食物。

对小镇的仔细考察使我们能指出至少三个作为其历史构成的文化层。弹毛车间、地质队的汽车厂和气象中心。比较难确定的是，这些转换是按怎样的顺序进行的。什么在前，是制造毡垫，还是寻找铀矿？对于自己所选择的地方有那么丰富的过去这一事实，克里亚耶夫先生感到非常高兴。"人们总是被吸引到这里来。"他重复这句话。"人是很直觉的动物"，也就是说，塔吉克工匠也好，苏联地质学家也好，苏联（还是苏联！）的天气预言家也好，都感受到了这个地方的特质，他们从这里上天入地：把握气象规律，找寻矿物资源，但一直没能解开这个地方的真正奥秘。

大多数标准的当代学者的特征是实用主义（有时转变为因循守旧）。冈瓦纳心脏的研究者正处于这样的环境当中。队友助手们没有表现出哪怕是装出来的热情。他们像疲惫的影子似的在营地里徘徊，无精打采地打牌，在帐篷里睡觉，谈论的话题只关乎各种各样的蝎子。应该怕的不是蝎子，而是失去生活的意义，涅斯托尔·伊卡洛维奇不止一次地对他们这样说。他们回答，在这样的气候条件下——白天三十度，夜里零下二十度——没法思考。最令人不快的是，他们居然在这一无比健康的气候环境中生病，而这里连结核杆菌都从来没有过。涅斯托尔·伊卡洛维奇亲自展示锻炼的方法：先在太阳底下坐二十分钟，随后跳入山区冰冷的河中二十秒。自然会大呼小叫，因为水温只有五度左右。但是，随着叫声，所有的病菌也烟消云散。卡斯图耶夫、博贝尔、季尔·谢尔盖耶维奇的朋友都拒绝这种预防措施。他们有点奇怪地开着玩笑。克里沃普利亚索夫说，山区河流，是一部升降梯，不过是一部下降的电梯。"这不是升降梯，也不是提升机，而是埃列温特。①"涅斯托尔·伊卡洛维奇纠正他。正好，"继承人"的朋友由于不合时宜的机智而受到了惩罚：眼皮上突然出现了一片麦粒肿。"用这些大麦哪怕酿点威士忌也好。"卡斯图耶夫也试图开个玩笑。眼皮越来越肿。将他推到冷水里进行根本性治疗的所有尝试都没有取得成功，当他的面貌变得像维吉②一样之后，大家决定把他送往最近的医院，而这家医院很远。

---

① 在俄语中，升降梯、提升机、埃列温特三个词发音相近。——译注
② 东斯拉夫神话中来自地狱的人物，用目光杀人。他的眼睛通常覆盖着巨大的眼睑和睫毛，没有别人的帮助他无法抬起眼睛。——译注

叫来了汽车。考察队其他成员也都和病人一起挤进了汽车：每个人都在"内地"有急事。

涅斯托尔·伊卡洛维奇带着讥讽的表情注视着他们的疏散行动。他不是第一次感到自己被抛弃，不被人理解，不是第一次感到自己是揭示真理道路上高傲的孤独者。

只是有点可惜了那些钱——那些用于计划外的汽油费。

据塔吉克人萨什卡说，他们答应"过三天左右"回来。萨什卡自己回城看未婚妻，而正是那个姑娘把他打发到荒凉的冈瓦纳打工赚钱。

涅斯托尔·伊卡洛维奇于是孤身一人，与心爱的工作为伴，他不感到寂寞，甚至还哼哼曲子，不时地玩弄着小扳钳，拧紧原本就很紧的螺帽。

突然——一团尘云。

从山那里，从"帕米尔高原主人"栖身的地方。

正开过来一辆"吉普"。

第一个想法——又来勒索！原本应当一下就说定，给当地头人的钱管多少时间。西方人和东方人，怎么算时间，怎么算钱，在理解上是很不相同的。

在两个长着红铜色脸庞的保镖伴随下坐着吉普前来的是塔希尔，一直面带微笑的鲁斯泰姆的弟弟。就是在哥哥与客人会面时很没面子地被赶走的那个。"我想看看。"他这样解释自己到来的原因。涅斯托尔·伊卡洛维奇是个热心于科学生活态度的人，尽管如此，他也不相信来人所说的兴趣是真的。他一直等待着那人开始谈话，他就是为此而来的。他等待着，心里在数着那些藏在一个特别地方的绿票子。残酷的结膜炎和贪婪的当地人：当两大灾害同时降临的时候，可以认为，考察算是给毁了。

塔希尔并不着急。他在营地里走着。不像哥哥那样微笑。他提问题——这些问题承担的使命是要证明,他不是个野蛮人,而是位饱学之士。他说的是关于手机漫游和其他什么的。说对于这些东西来说,这里正是一个惊人的地方,仿佛营地上空悬挂着一颗通信卫星。他表示,与科学领域的人士交朋友,他很愉快,甚至引以为荣。涅斯托尔·伊卡洛维奇听到这一声明之后明白了,所有的钱都得交出去,不然,不到一小时,他们就会开枪或者沿着山地升降梯把你做掉。他已经准备好提出那个已成惯例的问题:"多少?"但这时,塔希尔,鲁斯泰姆的弟弟说,为了表达友谊,他准备让学者先生看看某些非常有趣的东西。

"走吗?"塔希尔问。涅斯托尔·伊卡洛维奇绷着脸看着他:瘦高的个子,细窄的眼睛,鹰钩鼻,长长的卷成冰柱状的胡子。很少会遇见像塔希尔和鲁斯泰姆这样长相迥异的兄弟。

"那,走吧。"考察队长同意了。他原以为当地人会给他看镇子里的什么东西。但那人把他带到车边,带到自己的"帕杰罗"边。

"那……"克里亚耶夫做了个手势,指的是留下没人照看的设备仪器。

塔希尔解释说,"我的人"会照看一切有价值的东西。"人"立即在"实验楼"的背阴处坐了下来,并把"卡拉什尼科夫"插到两个膝盖之间。

现在他们会把他带到某个更远一点的地方,开枪打死,而仪器设备则会被拆卸下来、运走。考察队长坐到日产车发烫的前排座位上时,是这么想的。他自己也无法回答,他更不希望发生什么,是前者还是后者。

塔希尔开车沿河疾驶,过一百多米后,猛地朝右转,将车直接开进湍急的河流中。浅滩,克里亚耶夫猜想。同时立刻觉得自己像是锅中的游蛇。头撞到了车的天花板,鬓角撞到了侧支架,左肘撞到了驾驶员的耳朵,又是头,只是这次不知撞到的是哪里!已经开到对岸了。塔希尔快乐地叫喊着,揉着被撞疼的耳朵。马达轰响,车轮划开河水,"吉普"攀上河岸。

这趟旅行是短暂的。只有几百米的距离。"礼物"位于不远的地方。是一块不高的、不均匀地分成两部分的灰色岩石突起物,从营地那儿看,在雪峰灰色山脚的背景下,并不显眼。除非你特别仔细地看,不然,不会发现。

涅斯托尔·伊卡洛维奇还在为自己的生命担心——或许,他们这里,当地人习惯在某个具体的地方枪杀学者。例如,在灰色的岩石边。

"走吧。"塔希尔说。

保镖留在驾驶员的座位上。这是个好兆头。坏事通常是让手下人去完成的。

走到离岩石很近的地方,克里亚耶夫看到刻凿在上面的像梯子一样的东西,很粗糙,并不是一级一级有规则的,而只是在需要的地方凿一点。塔希尔已经跳到第一级石阶上,做着有力的手势:"跟我来,跟我来!"

突出岩石的顶部是平的,有一半地方的上面又有突出山岩罩着,就像现代体育场屋顶那样。岩壁上有两个大小不同的黑洞。涅斯托尔·伊卡洛维奇环顾了一下四周。如果从环绕平台的天然矮墙后面看出去,营地、河流和周围的空间尽收眼底。一个天然的观察平台。

有意思,不过这些和我有什么关系,考察队长想。

"走吧!"塔希尔继续邀请着,"去洞里,去那个更大一点的洞。"

涅斯托尔·伊卡洛维奇叹了口气,跟着他走去。在入口处,首先跃入眼帘的是塔希尔的手电。电筒射出的光线在墙上、地上来回滑动,照出一块块图案。那,当然是篝火遗迹。未必是有意思的。游客们通常在当年还是尼安德特人烧火的地方点篝火。骨头?我发誓,这不是剑齿虎,而是去年的羊骨头,科学家笑了。

塔希尔沿着墙面把光柱往上照去。

"石髓!"

嗯,是的,是的,蝙蝠挂在那里,拉屎。有几千年了。问题是,它们是如何做到头朝下倒挂的?

"不是石髓。"塔希尔说着把电筒光停留在眼前一块相对平滑的石头上。涅斯托尔·伊卡洛维奇仔细察看,又再靠近一步,还不知为什么用力地吸气。是的,这不是石髓,这,无疑是某种图案。如果不是新做的,那这可能是……

出洞穴后,他们是在音乐声中往回走的。"吉普"播放的悠长的东方旋律响彻空间。塔希尔继续谈论友谊,提高自己的身价,强调在霍罗格,甚至在杜尚别,他都有"自己人",这意味着与他交朋友好处很大。他是爱哥哥鲁斯泰姆的,但他自己也能做事。和自己的朋友们一起。

最后,他证明,他和鲁斯泰姆是非常不同的人。"帕米尔的主人"从涅斯托尔·伊卡洛维奇那儿拿了两千美元,而他弟弟,不仅分文不取,还送了他也许是最有价值的科学礼物。

即兴晚餐(加热的罐头焖肉和巧克力)后,考察队长在送别客人时,已经真诚地感到高兴:他在冈瓦纳也有了自己人。

莫斯科

1

儿子去母亲那里。在与自己的保卫处长谈话之后，他已经没什么地方可去了。这个少校吸吮别人的所有力量，精神的，生理的。完全是个没有良心，甚至可以说，没有人性的人。在与这个穿着夹克的蟒蛇谈话——哪怕是简单的谈话——之后，季尔·谢尔盖耶维奇总是觉得不舒服。为什么要留这样一个人在身边，让他处在对自己的衰弱神经构成危险的这么近的距离里？第一，他从一开始就过分密切地、名目繁多地介入寻找阿斯科尔德这件事情当中来。拿掉他，会意味着弟弟不太希望哥哥回来。少校在"建设工程设计"公司的管理层和保卫部门中有极高的威望。就算有点残暴，但威望并不因此而减少。此外，只有少校和雷巴克了解"伟大复仇计划"。没法再对其他人说，也不能把它宣布为公司业务的正式目标，不然会把你送进精神病院的。第二，随着时间的推进，有一点清楚了，那就是把他留在身边比把他赶走更安全。毕竟是可控的。还有，第三，还是希望少校能找到董事长。找到并把他"捞出来"。当然，如果这一切——也就是绑架——不是他制造的话。或许，这已经不只是绑架。或许，阿斯科尔德已经被少校的手下人杀死，现在正和贡加泽[1]的头颅一道，躺在基辅郊外森林里的某个地方。而一切看上

---

[1] 格奥尔基·鲁斯兰诺维奇·贡加泽，格鲁吉亚族乌克兰记者，《乌克兰真理报》互联网版的创始人和首位主编。贡加泽于 2000 年失踪并被杀害。他的死亡事件成为全国性的丑闻和反对时任总统列昂尼德·库奇马抗议活动的导火索。——译注

去就像是包藏祸心的乌克兰人的阴谋。

当思想开始沿着过分奇巧的弯道行进时，季尔·谢尔盖耶维奇便把它拉直。不需要成为自己想象力的奴隶。"要知道我可不是弗鲁贝尔①。"他回忆起自己同班同学的这句话。那人有艺术的天赋，但没有丝毫自我组织的能力。

对那伙董事的怀疑，也没有完全消除。如果仔细观察的话，就会发现，他们身上哪还有什么人性。克钦、克劳恩、卡塔尼扬。还有其他所有的人，都是蒲鲁东②诅咒过的那种人。阿斯科尔德严格管束他们。压制自私念头。他早就该让他们觉得讨厌了。在他不大的但生机勃勃的帝国里，亲信们脑袋里的分裂梦想是不可避免的。即使拿破仑当政时，手下的元帅们也梦想外省称王。为什么不想想"建设工程设计"公司金钱元帅们的阴谋呢！是的，他们已经厌倦了无敌大叔科里亚。如果不能小规模地诈取一个人的钱财，那就应该大规模地把他做掉。

不，我们不会对公司捣鬼——有罪过的是乌克兰人！他们在莫兹加列夫家族面前，在斯拉夫民族大家庭面前，在全世界的、绝对是和平的东正教国家的思想面前，他们是有罪的。

在和少校谈话之后，是什么在剧烈地撕咬着内心？！又是她——娜塔莎！"继承人"感到非常痛苦，以至于闭上眼睛，哀怨地啜泣起来。总的来说，借助于沸腾的仇恨，他控制住了这一吞噬肺腑的忧伤，他用忙碌的活动抵挡它的侵袭，但有时防护中也会突然出现漏洞，于是他的内

---

① 米哈伊尔·亚历山大罗维奇·弗鲁贝尔(1856—1910)，俄罗斯著名画家，个人风格鲜明。——译注
② 蒲鲁东(1809—1865)，法国政论家，经济学家。1840年发表《什么是财产？或关于法和权力的原理的研究》，提出"财产就是盗窃"的论点，蜚声于世。——译注

心也会突然被烫伤。娜塔莎这个烂货!!!婊子!混蛋!

季尔·谢尔盖耶维奇在后座上翻来覆去。一切都令他心烦意乱,甚至飘落的雪花,这一通常能疗治内伤的医生,也使他恼怒。

什么都可以,只要不是她!

我们会傻傻地撞上其他问题的。

少校,少校!哪怕少校也好!

不光少校,还有儿子!

米什卡!

对了,这里还有个现实问题!

不知怎的,他发现没法与儿子联系上。斯薇塔,带着那张变得麻木的脸,总是自己把接通的电话送到丈夫的耳边,让父亲和儿子交谈。这是她在所有时候的方式。她总是能在他们父子之间塞进些什么。是的,当孩子还没有长大,当他喊叫、吹泡泡的时候,斯薇塔几乎是一个人在为他付出心血,日见憔悴。年轻的历史学家则全身心地沉醉在强烈的志向和抽搐般的智慧迸发之中。他一直在向哥哥证明着什么,一直在向自己证明着什么。但这又有什么不正常的呢?!女人在某段时间里因为天性而比孩子的父亲更亲近宝宝。但是,米沙长大成人了,结果发现,父亲再也不可能接近他了。所有的道路,都被宠爱儿子的母亲堵死了,而且宣称,不需要父亲增添任何的帮助。想出这样一些话来灌输:"我把他像孤儿一样养大。""他从来就没有过父亲,现在还需要干吗?!"

当然,不应该低头和让步。应当紧紧咬住,斗争,采用计谋,找到通达米沙意识的道路。害怕,不敢!还有,不太想。不负责任,说到底,是生活中的一大便利。自己不好。但因此也不轻松。感觉是,他和儿子像连体婴儿般被分离开了,经过一个很长的、几乎没有痛苦的,而且最可怕的是——成功的——手术。

现在,应当坦率地承认,他们几乎就像是陌生人一样。

他甚至没有可以和米沙联系的电话和地址,而这也完全正常。

所有的聪明人都说,自己的不幸,首先应该责怪自己。但是要知道没有人说,应当"只"责怪自己,"仅仅"责怪自己。无法摆脱这种感觉:他作为父亲的疏忽、他的自私、懒惰、贪杯酗酒、充满哲理地探寻真理,所有这一切,正中系主任同志下怀。这使她既能让父亲离开儿子,又能指责他待在一旁,事不关己。

是的,季尔·谢尔盖耶维奇暗自苦笑,样子很难看,以至于司机在反光镜里看到他的笑容后,紧张地咽了一下口水。是的,全是我自己的错,但与此同时,又充分感到,我是受骗陷入这种状态的。

不过,最恶劣的,还是少校!

因为他是敌人!危害分子!不停地带来危害的危害分子。为一个寡言少语的娜塔莎就要付出多少代价!这时,"继承人"的意识似乎又开始被灼热的雾气所笼罩,于是他抱住了自己剃光头发的脑袋,顶在前座的后背上。

应该去妈妈那儿。

真好,他已经在去妈妈那儿的路上了。

妈妈老了,她什么也不会明白,这是最主要的。不明白,但会可怜他。

克拉芙吉雅·弗拉基米罗夫娜见到小儿子很高兴。显然,对于大儿子的失踪,她什么都不知道。当她的小猫卡林卡不见了的时候,整个房间都会弥散着镇静安神剂可尔瓦乐的味道。还有更明显的标志:假如她有哪怕片刻的怀疑,就会不停地用电话来折磨你。"自己的科里亚"克拉芙吉雅·弗拉基米罗夫娜不仅喜爱,而且,怎么说呢,特别看重,另眼相待。很久以前,米佳就已经感觉到,母亲的注意力集中在哥哥身上。对他的期待更多,赋予的希望更多。最初米佳甚至对自己在哥哥崇高威望的阴影下安静舒适的被遗忘状态很满意。后来他才领悟到,对阿斯科尔德的严格与要求,是家里的最高嘉奖,而对他季尔的宠爱和放纵,则出自怜悯——父母懒惰的这一柔性表现形式。就像常说的那样,谁多得,谁的责任也大。什么都不被要求的人,什么都不是。米佳试图打破这个格局,而且不止一次,但他的每次暴动和冲动都使他碰钉子。要么是为自己争来劈柴的权利,却剁破了手指,要么是坚持由他去付房租,但被流氓抢走了钱。而了不起的科里亚走来,从卑鄙的爪子中夺回了钱,就如同此前他劈柴那样地易如反掌。有那么一刻,季尔觉得,他的错误在于他想沿着阿斯科尔德路线超越阿斯科尔德,这是愚蠢的。应该是,季尔让世界接受自己的季尔方针。新时代的口号是:做不像哥哥那样的人!也就是几乎像瓦洛佳·乌里扬诺夫与萨沙·乌里扬诺夫那样的截然不同①。这一斗争持续了好几年。从季尔性格的深处冒出了各种各样的冒险念头和费解计划,它们的要点是:应该与哥哥的生命路线背道而驰。而在对他怜悯的人里面,又加上了他的妻子。母亲和妻子是一样的撒旦。她俩父称相同,在这一巧合里,有着某种可怕的东西。②两个弗拉基米罗夫娜对付一个勉强的反叛者。他回忆起

---

① 瓦洛佳·乌里扬诺夫是革命导师弗拉基米尔·列宁,萨沙·乌里扬诺夫是他的哥哥,在彼得堡大学生物系就读时因参加民意党谋刺沙皇亚历山大三世的行动而被处以绞刑。——译注

② 俩人的父称都是弗拉基米罗夫娜,"弗拉基米尔"有"控制,占有世界"的意思。——译注

自己做法粗劣、毫无结果的自我肯定的岁月，往往不寒而栗。

季尔·谢尔盖耶维奇在心里把同意执掌《美丽岛》认定为是自己的彻底投降。那么他在编辑部里经常的任意胡为又意味着什么呢？不要自欺欺人，他的表现就像是一个妓女：任性，因为很清楚，人们会随时随地，以最屈辱的方式使用她。

阿斯科尔德的失踪，应该坦率地说，是件奇怪的、难以理解的事情，季尔·谢尔盖耶维奇当然没把它当作命运馈赠的礼物，当作与常胜兄弟进行清算的机会——对他为弟弟所做出的所有善行进行清算的机会！现在，他最不希望的是出现阿斯科尔德彻底消失这一局面。可以和他清算的方法只有一个：救他。而在目前情况下拯救是最好的报复方式。如果不能报复阿斯科尔德本人，那就报复凶猛贪婪的乌克兰，把最亲的亲人从豺牙的嘴里抢夺回来。这里是有些动机混乱，违反逻辑，但季尔·谢尔盖耶维奇感到自己在这个问题上是正确的。而且对此深信不疑。而且认定巴格达城外的乌克兰小伙子们一定会灭亡。就让阴沉的少校作为推手，但事情会合乎逻辑地进展到流血的地步。

"你好，妈妈，你好！"

他在厨房的桌子边坐下，桌上铺着一尘不染的漆布，他惊讶于眼前的整洁和井井有条。同时，鼻子闻到一股浓烈的老人的气味，任何个人清洁都无法覆盖或去除的气味：焦糖和脂肪的味道。

我这儿有肉馅薄饼。我来热一热。

克拉芙吉雅·弗拉基米罗夫娜在炉灶边忙活。女人在给别人吃食物的时候，是雷打不动，攻而不破的。但必需要对她说阿斯科尔德的事情。天哪，季尔·谢尔盖耶维奇回过神来，发现对母亲他也有了某种想报复的感觉！废物！她坚不可摧的漠然在作用于你的神经？！你来的目的是什么?！听够了她电话里平静的声音？还是源自那个情结的怪诞想法：如果妈妈不知道科里亚被俘，那米佳因此还是会像以前那样，位居第二？但是，另一方面，如果她得知一切的话，那她对阿斯科尔德的感情会增长百倍。增长归增长，但这种感情将是怜悯。这是米佳所希望的，他希望，人们终于开始同情伟大的成功者阿斯科尔德，而不是他季尔。同情失败的阿斯科尔德，暴露出弱点的阿斯科尔德。还有一个卑鄙的地方：如果她不知道科里亚失踪过，那即使他，米佳，救出哥哥，克拉芙吉雅·弗拉基米罗夫娜无论如何也不会在心里赞扬米佳的。

"要加酸奶油吗?"克拉芙吉雅·弗拉基米罗夫娜问，而同时，她已经把酸奶油浇到煎饼上了。总是这样，他的选择从来没有被认真地对待过，哪怕是在别人对此感兴趣的时候。

煎饼很好吃，可以嘴里吃着东西，什么都不说，这真好。原来，没什么可交谈的。既然没有问题，也就没有话题。关于阿斯科尔德，应该保持沉默，如果你不是没有德行的人——这样的人最大的乐趣是观察母亲的痛苦。关于第二位弗拉基米罗夫娜，也应该保持沉默，关于坚决离婚的想法，同样不要说，原因相同。

第三个饼也快吃完了，但话题依然没有出现。

季尔·谢尔盖耶维奇惊恐地感到，他会马上说漏嘴！会忍不住，马上说出：知道吗，妈妈，我们的，科里卡，被怎么怎么了。知道自己迟早会忍不住，躲在心里的小鬼迟早会扯出兄弟的话题，季尔·谢尔盖耶维奇一开始用一小块薄饼封住自己的嘴，然后，通过极大的意志力把不可抗拒的谈话从最令人不快的方向上推开，推到一边。从记忆里最先抓起的是这样一件事。

"记得吗，妈妈，那件事?"

克拉芙吉雅·弗拉基米罗夫娜把眼镜推上脑门。

"你说什么,儿子?"

"我说,你记得吗,科里卡搞的恶作剧,那时,我们还住在车里雅宾斯克。"

"啊,什么?"目光里是彻底的困惑不解。

"我们大家都坐在桌边,你,我,科里卡,邻居济娜阿姨,她的女儿,好像叫卡佳,突然科里卡抓住喉咙,从椅子上跌下来。大家都朝他扑去,出什么事了?！怎么了?！水！水！轰隆隆,椅子都倒到地上。他在地上躺了约摸半分钟,随后睁开眼睛,哈哈地笑了。济娜的女儿,是的,想起来了,是叫卡佳,说'傻瓜',走了,而你一直叹气,叹气。还喝了镇静药水。你干吗这样看着我？啊,妈,你怎么了?"

"儿子……"

"是啊,儿子,你说,记得吗?"

"记得。"

"还是不记得了?"

"记得。只是那不是科里亚。"

季尔·谢尔盖耶维奇由于意外甚至笑了起来。

"那是谁?"

"你。"

"什么我?"

"那是你故意跌倒的。科里亚从来没有这样做过。你自己想想。这些玩笑都是你开的。科里亚一直是个严肃的孩子,你自己知道。"

季尔·谢尔盖耶维奇低下了头。他根本无法注视这对已不甚明亮、但饱含深信不疑神情的眼睛。它们闪现出圣痴宁静的光华。可怜的米佳再一次被击溃,但同时也平静了下来。他明白了,关于哥哥的失踪,他什么都不会对母亲说的。真要害她的话,最好直接给她毒药。声誉——是个可怕的东西。在古希腊,所有智慧的思想都被认为源于苏格拉底,他表现出自己是第一智者。而他,可怜的米佳,把家里所有的蠢事都揽到自己的名下,因为他表现出自己是第一蠢货。

"我走了,妈,如果有什么事,马上打电话。煎饼非常好吃。"

克拉芙吉雅·弗拉基米罗夫娜无可奈何地叹了口气。

"瞧,你永远不会说感谢。"

2

少校耶拉金和帕托林一起走在十一月底的森林里,踏着厚厚的落叶,叶子上面撒了一层薄薄的雪花。四周弥漫着潮湿的气息和某种深秋的清新。在伸向天空的光秃秃的树枝的上方,飘浮着灰白色的云朵,它们一会儿遮住、一会儿露出无比蔚蓝的天穹。一阵阵短暂的雨滴一会儿从右边、一会儿从左边向林子袭来,雨滴很硬,像冰雹一样。由于好奇而一动不动的松鼠用扣针一样的眼睛目送着客人。

"我们走的方向对吗?"

"对的,亚历山大·伊万诺维奇,那儿,已经看得见了。"

他们又走了几步,步伐无意中显得很矫健。透过密密的光秃秃的树枝,一个大建筑的轮廓开始跃入眼帘。那幢楼(确切地说,是时光没有带走的部分),矗立在一大块林中草地上。两层楼的破旧废墟,墙面很厚,但没有屋顶、地板和窗框。

"这是他们的体育场。"帕托林解释说。

"我还以为是总部呢。"

"或许，是指挥部。"

"进口在哪儿？"

"我想，到处都是。"

少校和助手正准备朝楼房走去，这时从楼房千疮百孔的内部传来相当强劲和整齐的叫喊声。

"这是什么？"少校问道。

"我想，是召唤。"

"他们叫'瓦夏'，或许，是在叫我的司机？"

帕托林呵呵地笑起来。

"不，他们叫的是'搏——侠'，这是圣殿骑士的召唤，骑士们就是这样喊着频频出击的。"

"哦，天哪。"少校低声说道，并且姿势优美地画了个十字。

"我对您说过，走吧。"

进到里面以后，客人们看到了一幅很有趣的场景。废弃的建筑内部看上去像剧院的舞台。斑驳的墙壁上挂着画有红十字的大幅白色布条和画有白十字的大幅红色布条。踩实的场地上有几组年轻人站着，他们穿戴很奇怪，更主要的，是很不方便。他们身上套着纸盒，脚穿尖头靴子，肩披褥单，也画着红十字。他们手里拿着长矛，上面绕着白色的、但已经是很脏的带子，还有人拿着剑，多半是木制的。

"搏——侠！"一组人高声喊道。第二组人集体朝前走了一步，回应道："不是对你，不是对你，而是对你的声望！！！"

随后，所有聚集在一起的人同时发出了疯狂的叫喊声，两组人相互冲向对方，放下长矛，举起剑，于是木头开始猛击厚纸板，认真至极，不打一点折扣。

"怎么,这些都是乌克兰人?"少校问。

帕托林摇了摇头。

"当然不是,而对我们来说,这也不是必须的。我们给他们换上乌克兰制服,就可以了。他们将在电视摄像机前高喊'打啊!',那就够了。"

少校点点头。

"或许,你是对的。"或许,智慧已经走出理智的范围,保卫处长想,他已经过分地进到米佳呓语的逻辑中了。仿佛他现在真的在选择,该射杀谁。

"这里有六七十个人,"帕托林凑向头儿的耳朵说道,"我们只要一半就够了。"

"他们会同意吗?"

"为了一天一百美元,他们会同意的。这是临时的。用我们的钱。"

"懂了。可以,我们让他们改换装束,但这些呢,我指的是雪,十一月?"

帕托林看来一切都想好了。

"当然,我们开到南方去,比如,去卡赞季普角,克里米亚东北部亚速海岸。至于北美索不达米亚,那里一些地方是真正的草原。"

"不是沙漠?"

"不,不,亚历山大·伊万诺维奇,是草原,多石的。实在不行,我们在桶里种两株棕榈树,用于拍摄一些特殊镜头,就可以了。"

人们发现了他们。五十多个全副武装、表情阴郁的年轻人转过身,不由自主地把武器——虽然是道具,但毕竟是武器,朝向不速之客。

"是我们!"帕托林喊道,尽管与他们出现这一事实本身相比,这句话没有包含任何新的信息，但圣殿骑士中，似乎有人明白了。马上有三个骑士走出人群，朝客人走来，呼出一团团充满战斗精神的热气。显然，那个三十岁左右的年轻男人是他们的头，他脚穿靴子，鞋头锋利而弯曲，留着博克斯发式①，右手端着铆得很粗糙的头盔。这有点像那种可以在普罗科菲耶夫作曲的电影《亚历山大·涅夫斯基》中看到的骑士头盔。

"是您给我打电话的?"

"是的。"帕托林说。

"我叫坦卡雷德。"

少校和助手也做了自我介绍，也没用真名，就像拿头盔的男人那样。

"如果我理解得对的话，你们需要群众场面?"

"是的，坦卡雷德。"

"拍电影?"

"是的。"少校的助手又点了点头。

"三十个人?"

"是的，大概需要一个排。"

"时间是一周?"

"基本上是，或许再长些，或许短些。报酬是一百美元一天。"

"是每个人!"骑士竖起一根手指。

"当然。外加交通和吃饭。"

"还有住宿。"坦卡雷德又再明确道。

---

① 头发往后梳，两鬓和后颈剃净。——译注

"是的,是的。"

"不是一百美元,而是三千卢布。"

帕托林点点头。

"理解,你们是爱国者。"

"爱国者。"坦卡雷德带着愉快的挑战口吻说道。站在左右两边的骑士大声地重申了头领的话。

"请告诉我,"耶拉金加入到谈话中来,"这叫什么? 对不起,我不知道。"

坦卡雷德把铁头盔从一只手转到另一只手。

"这叫角色扮演。我们选一本,就像现在说的,祭祀骑士小说,把它演示出来。如果具体说到今天的表演,那这是奥克塔维安·斯塔姆帕斯的小说《城堡》①。听说过吗?"

客人们同时摇了摇头表示否定。

"不应该啊。这个老爷子尽管还活着,但已经载入史册了。加泰罗尼亚贵族。用三种死亡了的语言写作,意大利托斯卡纳俚语、古葡萄牙语,还有法兰克人语。"

"您用这些语言阅读?"少校问道,声音里带着不由自主的尊重。

坦卡雷德哈哈大笑起来,很爽朗,骑士风格。

"当然不是。有很好的俄语译本。"

---

① 奥克塔维安·维塔姆帕斯是米·波波夫、谢·斯米尔诺夫等几位当代俄罗斯作家的共同笔名,由这些作家的真名实姓的首字母构成。1996 年至 1998 年,这几位作家以此笔名(自己则作为译者)在莫斯科《OCTO PRINT》出版社出版了六卷本的《圣殿骑士·所罗门圣殿勋章骑士的历史编年史》。《城堡》是其中一本,由米·波波夫创作。——译注

"明白了。"

"为了更明白些,我简单解释一下,这本小说情节的精华。"

少校想起了"继承人"的演讲,便发起愁来。但骑士的讲述却不同寻常的简洁。

"主要情节是两个伟大骑士团——所罗门圣殿骑士团和圣约翰骑士团①之间的对立。圣殿骑士护送朝圣者从巴勒斯坦海岸出发去约旦,而圣约翰骑士团,另一种称法是医院骑士团,则为那些在路上劳累了或生病的人治疗。按照现在的说法,护送者和医生没有分享收入。"

"懂了。"少校点了点头。帕托林,看来,原本就熟悉这个主题。

"我希望,咱们之间在经费上不会有问题?"

"不会。"帕托林答应道,又马上朝耶拉金看了一眼,因为他越俎代庖了。但少校只是点了点头。

坦卡雷德转身朝向人群,将头盔挑在木剑上举了起来。众人立刻齐心协力地——尽管有点不整齐——发出一阵吼声,作为回应:

"搏——侠! 搏——侠! 搏——侠!"

"亚历山大·伊万诺维奇,"司机瓦西里悄无声息地出现在少校身边,在他耳边轻声说道,"您电脑上有条信息。"

"再见!"

"再见!"

当他们沿着已蒙上雪花的树林往回走的时候,少校问助手,受伤的瓦西里情况怎样。

---

① 圣殿骑士团,1119 年在耶路撒冷建立的中世纪宗教骑士团。圣约翰骑士团,1118 年十字军远征时期在巴勒斯坦组织的宗教骑士团。——译注

"身体一侧的皮肤被刺破,被狠揍了一顿。总的来说,完全不像是有预谋的雇凶行动。"

"他怕吗?"

"相反,做出很勇敢的样子。我觉得,那小子,很蠢。而那丫头,很害怕。一直呜呜地哭:请把他藏起来,为他找份工作。"

少校从落满叶子的冰雪泥道走上沥青马路,跺了跺脚。

"那我们又把他藏起来。又为他找份工作。"

帕托林摇了摇头。

"不行的。我给他们克里亚耶夫的地址,还有钱,但这个疯子瓦西里居然把我赶了出来。我差点没忍住。"

少校厌恶地�‌起嘴唇。

"那么,我们也赶他走。对傻瓜不要再客气了。以后不要再在我面前提起他。"

"明白。"

耶拉金坐到后排,打开笔记本电脑。手指在黑色键盘上发出簌簌的声响。有那么一会儿,他坐在那里,陷入沉思。随后,合上笔记本电脑的盖子。

"等等。"

帕托林小心翼翼地坐到边上。

"出什么事了吗,亚历山大·伊万诺维奇?"

"好像是的。"

乌克兰

1

米隆·罗曼诺维奇·雷巴克、列吉娜·斯坦尼斯拉沃夫娜·吉尔内科和小城杜布诺的市长站在一块小空地上,空地的一边是一幢战前的两层石头楼房,另一边是河湾,小河掩映在柳树林的后面。淅淅沥沥地下着小雨,这是那种莫斯科才有的小雨,因此,楼房也好,树丛也好,看上去更加令人不舒服。小城的市长,是个狂热的西乌克兰人和民族主义者,就像在对话开始时得知的那样,他有着在现时语境里不太合适的姓氏——科诺瓦洛夫①,但谈话时他用的全是当地语,这就解除了所有的问题。不仅如此,相反,还使其他人感到尴尬,至少是雷巴克:由于长期在俄语环境里生活和工作,他的意识很杂乱。这里说的许多词他不明白,最多只能去猜测它们的主要意思。他自己更愿意说俄语,假如不能保持沉默和以点头应付的话。人们不会因一个莫斯科佬不懂当地语而奚落他。

有意思的是,他们三人现在所站的地方,以前有过一个很大的木质粮仓和干草房。从很早的时候起,当地农民就把小麦和向日葵运到这里,因为除了带榨油机的制油厂之外,河边还有一个带磨坊的蓄水池。有过作为个体企业时的繁荣,也有过集体农庄期间的衰败。制油厂还有过爱国的荣耀:安东·盖茨格——哥萨克少尉、受伤的英雄、被内务

---

① 这是一个较典型的俄罗斯姓氏。——译注

人民委员会斥责为带着党证的忘本的畜生，在这里藏身三昼夜，躲避斯大林分子愚钝的突袭。

市长是个健壮、敦实的男人，穿着牛仔西装，胸前口袋上端别着一个很大的民族主义者的徽章，右手拿着手机，说话滔滔不绝，很享受的样子，体验着历史改造者才会有的罕见的精神上的激情。即使倾诉的对象只有一个人。关于列吉娜·斯坦尼斯拉沃夫娜，他已经知道，在最新的国家认知方面，她是完全开明的。

在他们察看的地方，就是当年人民复仇的叉子刺穿醉酒的占领者莫兹加列夫的地方，小城的父辈们计划建造一座纪念碑。宣布进行设计方案竞赛，已经收到了一些非常有意思的作品。重要的是，它们都是当地才俊的创作。也就是说，在人民的心中，还保存着对自己的英雄和保护者的记忆。有一些非常好的作品。不要认为，所有的设计都是非常粗糙和简单的。莫斯科军官胸口扎着叉子，躺在稻草上，而旁边一个青年向上帝呈上感激的祈祷。没有任何庸俗和自然主义的成分。高超的、艺术的构想。

目前只有一个障碍，说到这里，巧舌如簧的市长显然变得忧郁起来：那就是经费。不顾民族利益的基辅当局并不急于通过法案，以要求相关政府机构全力资助纪念为乌克兰自由而战的勇士们的项目。而用自己的，也就是小城的预算经费，是难以做成这样的事情的。各种各样挖苦的声音建议：你拿着帽子，穿街走巷，让大家自发地，尽己所能，把格里夫纳投到你的帽子里。但他，作为市长，作为一个从政治上考虑问题的人，这样回答他们：为什么一个贫穷的乌克兰人要从自己瘪瘪的口袋里掏钱赞助他亲爱的国家应该出钱支持的事情呢。国家已经征收过一次所得税了，现在还想从每个人身上收税。

"那加拿大呢?"米隆·罗曼诺维奇问道,只是为了表示他在关注话题。

市长说,对此他们正在研究。

"我的叔叔在加拿大。"列吉娜·斯坦尼斯拉沃夫娜说道。

米隆·罗曼诺维奇是在墓地里遇到市长的,他和列吉娜·斯坦尼斯拉沃夫娜去为不久前长眠在那里的雅尼娜·伊万诺夫娜扫墓。小城的领导当时正在城市墓地视察工作。他感觉到女教师的旅伴是位体面的外国人,便立刻毛遂自荐担任导游。谢绝很难,并且也不礼貌——人家非常热情。此外,米隆·罗曼诺维奇也需要想一想。他原本有一个非常具体的任务:与雅尼娜·伊万诺夫娜见面,了解与那些遥远的、动乱的日子有关的一切。在没有获得真相,而且是书面确认的真相之前,他是不会被允许回去的。会面对象的死亡,当然是个很好的理由。但有什么东西在提示着雷巴克:为了巩固自己在公司里的地位,提出一些创意是件不错的事情。领导喜欢对企业的忠诚精神和对事物的非形式主义的态度。比如,当地市长这样的态度。只是要知道,任何创意,都会由于可能的不合适而显得危险有害。列吉娜·斯坦尼斯拉沃夫娜透露的信息也启发他思考。她说,有位莫斯科客人来过她这里——根据描述,很容易判断出是耶拉金的新助手。这位同事带走了什么信息?如果只是带有叉子的勇士雕像设计草案,那没什么,但如果是什么更有意思的东西呢?

参观后安排了午餐。

"这是一家非常老的咖啡馆,"列吉娜·斯坦尼斯拉沃夫娜介绍说,"战前就有了。波兰军官在这里打过桌球。"

刷白的拱形天花板,实木家具,干净的桌布和餐具,微笑的服务员。

但没有一位顾客。仿佛看出了客人的疑惑,市长说,常客们晚上才来。

他们吃得很好。豌豆汤加烟熏肉。在大家一勺一勺品尝的间歇,市长解释了本地的烹饪方法与乌日哥罗德那里的匈牙利式烹饪方法的区别。然后端上来的是烤猪肉佐以炒小土豆。这道菜的品尝同样伴随着对文化和美食的解释。大家喝了极好的苹果伏特加酒。

"您原本认为,乌克兰食物,只是红菜汤加包子,饺子和伏特加酒?"科诺瓦洛夫突然用纯粹的俄语问道,锐利的眼睛紧紧地盯着外国客人。

"我到切尔尼戈夫做过客,那儿正是如此。"雷巴克回答,眼睛一眨也不眨。

在这里,大家都表现出了丰富的乌克兰性格所固有的幽默感。大家都笑了起来。

米隆·罗曼诺维奇伸手到口袋里掏皮夹。市长愤怒地抓住他的手腕,说:"别得罪主人!""您没理解我,"雷巴克解释道,"我想为那尊杜布诺解放者英雄纪念碑建设奉献绵薄之力。就让这一点点外国钱币作为基础,……"

终于,只留下了他和列吉娜·斯坦尼斯拉沃夫娜两人。科诺瓦洛夫做出发现了他们交换目光含义的样子,客气地告退了。

米隆·罗曼诺维奇又要了苹果酒,那酒,真的,很好喝。

酒喝掉了,主要是客人喝的。

两人沉默了一会儿。

"或许,您还是说说,为什么来这里?您是谁?为什么要提切尔尼戈夫?"

"与切尔尼戈夫没关系。"

"您为什么要找我妈妈?"

米隆·罗曼诺维奇绷紧了神经,他已经决定干了,现在他觉得,成功的几率根本不是百分之五十对百分之五十。但不冒这个险已经是不可能了。

"我是按莫兹加列夫上尉的儿子的要求来的。"

列吉娜·斯坦尼斯拉沃夫娜沉默着。看着桌布上绣的图案。其质量,从某种意义来说,不逊色于苹果酒。

现在她会站起身来,默不作声地离开。

或者,再说出些什么恶心的事来。

米隆·罗曼诺维奇很难一动不动地坐着等待。他伸手去取玻璃水瓶。

"好吧。"列吉娜·斯坦尼斯拉沃夫娜说,"我们走吧。"

"他们只是想弄清楚,当时究竟发生了什么。母亲什么都不想好好地向他们解释。或者不能解释。"

"走吧。"列吉娜·斯坦尼斯拉沃夫娜重复道。

在家里,她煮了咖啡,打发女儿进了里屋,要她把电视声音开得更响一点。她拿出一个镶有珍珠花纹的木盒。从里面取出一个信封。做这一切的时候,她叹着气,紧张地轻轻咳嗽。

"这是什么?"雷巴克问,尽管一目了然。

"这是信。"女主人回答说,"这里没有地址,但这是一封信。也很清楚是写给谁的。您读吧。"

"可信不是给我的。"

"您读吧。并且您自己决定,是否把信带回莫斯科!!"

米隆·罗曼诺维奇就像所有干他这行的人一样,并不特别拘泥于各种规矩,根据工作需要,也会偷看、窃取别人的书信文件,但此刻,在内心里他变得不那么专业了。

"您认为我需要读这个?"

"我不想一个人承受心灵的重压。"

米隆·罗曼诺维奇接过信封,在手里转了转,然后又端起咖啡——他以此合理地拖延做出决定的时间。

"好的,我读。但您向我保证,谁也不会知道我读过。"

列吉娜·斯坦尼斯拉沃夫娜突然哼了一声:

"您自己听到您刚才说什么了吗?"

"我总是说我想说的。请答应!"

"奇怪。您,据我理解,像律师……"

"我是通信员。信使。传递坏消息的信使是要被杀头的。这里……"他晃了一下信封,"是坏消息?"

"您读了就知道了。我重复一下,我不想一个人承受心灵的重压。妈妈临终前来不及关照如何处理这封信。我为她感到难过,为人们对她做的事感到难过,但我不知道,我是否有权报复。"

米隆·罗曼诺维奇叹了口气,打开了没有封口的信封。

莫斯科

1

莫斯科的傍晚,耶拉金少校在凉爽的昏暗中沿着斯托列什尼科夫胡同朝彼得罗夫卡方向走去。左右两边的橱窗把五彩的光芒倾泻到潮湿的鹅卵石路面上,路上的石头依稀闪烁着几乎像宝石般的光泽。他将有一个会面,为安排这个会面已经用去了不止一个星期的时间。"建设工程设计"公司在上层的所有联络线索都集中在阿斯科尔德·谢尔盖耶维奇那里,以至于在他不在场的情况下几乎无法联系上任何人。要了解公司领导可能出了什么事,只能是先宣布,他出事了。形成了一个封闭的圈。好像,现在这个情况能够被改变了。

耶拉金感到紧张。他希望得到这件事的清晰真相,但又害怕得到它。清晰的真相可能既令人震惊,又令人作呕。也可能,所有这几个礼拜,他,保卫处长,都是在折腾一些胡扯的事,如果不是严重的玩忽职守的话。

小巷到了头,少校站在彼得罗夫卡临河的岸边,望着矗立在对岸的联邦委员会大楼。正是这一机构中一位有影响的先生同意帮助秘密寻找"建设工程设计"的领导。少校深深地吸了一口潮湿、冷冽的空气,然后慢慢地吐出来,这时从旁边传来一声响亮的招呼。

"亚历山大·伊万诺维奇!"

他转过头。在他右边有一辆低矮的小轿车,车后停着一辆气派的"丰田"车,晶莹的雨滴使车身熠熠发亮。后车门半开着,可以看见一只正在招呼他的手。

少校走了过去，心绪不佳。往车内看了一眼，心情彻底变坏了。是的，这就是那位联邦委员会委员先生，但他的行为方式太不够国家级水平了。

"请坐，亚历山大·伊万诺维奇，我们坐车兜兜风。"

也就是说，人家不想在办公室里正式接待他——"建设工程设计"公司的代表。难道这件事情肮脏到这种程度？沾上了鲜血？但是兜风，当然，是必须去的。

"您好！"联邦委员握了握少校的手。他的手掌狭长、僵硬、干燥。车里散发着高级烟草和时尚香水的味道。他们沿着彼得罗夫卡行驶，在正在维修的中央百货大楼和大剧院之间，遇到了短暂的堵车，停了下来。司机打开了音乐。

少校沉默着。

联邦委员在填装烟斗，那神情像在提高自己的身价，尽管所有的劳务费用都已经支付了。

"瞧，我要对您说，亚历山大·伊万诺维奇……请您原谅，我在车里抽烟，这对您来说没什么吧？"

"没什么。"

"根据我的请求，操办这事的是些非常严肃认真的人，来自三个非常重要的部门。"

"我明白。"

"我明白，您或许会觉得，我……总的来说，您明白，有时会是这样的，一件已经做完了的大事，看上去，就像任何人连手指都没动过一样。您明白我的话吗？"

"不。"

联邦委员深深地吸了一口烟。

"好吧,我不描述我做了多少事,采取了什么措施,在哪些方面坚持己见,请了哪些人……我立刻就说结果。在基辅,没有一家官方机构知道阿斯科尔德·谢尔盖耶维奇·莫兹加列夫在哪里,没人知道,他会在乌克兰出什么事。在这件事情上,我可以排除他们欺骗的可能性。在其他事情上他们会随心所欲地说谎,但在这件事情上我可以排除。您明白我的话吗?"

"我有一点不明白,这怎么理解?"

"什么?"

"在乌克兰,所有机构,什么都不知道。怎么理解这点?要知道阿斯科尔德·谢尔盖耶维奇去的正是乌克兰,有人和他一起待过,他们看见他去过财政部,去过内务部……犯罪渠道我们一开始就查过了。这一切怎么理解?"

车厢里烟味越来越浓,甚至盖过了高级古龙水的香味。联邦委员咳嗽起来。他显然觉得不自在。

"我并不想怎么您……但是,另一方面,您是保卫处的。我觉得,如果阿斯科尔德·谢尔盖耶维奇真的到了基辅,您也确认,事实确实如此,那说明他已经不在人世了。您自己判断一下,谁也不会这样绑架人的,为了娱乐消遣一样。阿斯科尔德·谢尔盖耶维奇不是穿着黑色连裤袜的年轻姑娘,去诱惑普通的疯子。他是个富人,他身上最有意思的东西,是他的财富。对吗? 如果您愿意的话,您还可以开发一个外星人劫持的版本。"

"我们不会搞一个外星人版本。"

联邦委员又长长地吸了一口烟。

"我希望,对我没有意见。您相信我吗?"

"我相信您。"

"我不用向您提供书面报告?"

"不用。再见。"

少校打开车门,跳下车来。天上已经开始下起湿雪。他要考虑一下。走动的时候,而不是坐着的时候,他思考的效果更好。联邦委员在他后面喊了一句什么,但这已经没有意义了。少校相信联邦委员。当然,应该考虑到,西伯利亚一个少数民族选出的代表会按现代无耻官僚们的方式对待他:那就是,贿赂照单全收,但别人的请托,根本不会想着去完成。但是直觉告诉他——这人尽力了。

那接下去怎么办?

如果,大莫兹加列夫真的死了,那怎么办?

这会对事件的进展产生怎样的影响?

有意思的是,"继承人"是否知道这一点? 如果不知道,会猜测到吗?

少校试图在脑子里复原"继承人"最近表现的图景。弟弟情绪的剧烈起伏有可能是对哥哥之死的反应。不,这是一条虚假的判断路径。季尔·谢尔盖耶维奇的表现更多受制于他神经衰弱的起伏波动,而不是取决于环境的现实变化。

现在拿"圣殿骑士"怎么办? 还需要他们吗,或者把他们打发得远远的,去他们该去的地方。如果阿斯科尔德死了,那一切道德层面的障碍、他耶拉金对"建设工程设计"公司承担的所有责任也就不复存在了,可以泰然自若地给检察院打电话并把"继承人"连带他所有的偏执狂想都交出去。这不是背叛。唯一可恶的是——没有任何可以举证的东西！眼下季尔·谢尔盖耶维奇没有杀死任何人。每一个检察机关都会认为，偏执狂不是他，而是举报他的那个保卫处长。

不知怎的，脑子不好使，应该与帕托林商量一下。

怎么去到他那儿？少校环顾一下四周。猎品市场街，所有通向那里的街道都被车挤满了，汽车的尾部冒出轻烟，潮湿的车顶泛着微光，看上去就像一群趴着的海象。什么时候这一切才会移动起来？他把瓦夏打发走了，原打算在联邦委员会的事情结束后再打电话叫他来的。但现在，怎么叫呢。怎么办，步行？他的注意力被一扇巨大的来回开合的门吸引了。地铁！天啊，我已经没坐地铁的习惯了，甚至都忘了，还有这样的交通工具，少校一边钻进那扇略微开启的大门，一边带着愉快的羞愧感这样想到。现在，一、二、三，我们就很大众化地把人送到目的地。

地铁首先用来迎接这位城市上层居民的，是它的气味。这是这样一种气味，它被隧道内地铁车轮反复咀嚼过，同时混合着醉酒的乞丐和不幸的或者是机智的带着纸箱和肮脏孩子的母亲身上发出的味道。

少校想起，进地铁要买票。但是售票处——排着二十五个人。这就让你尝尝大众化运行的速度。少校先生排到队伍末尾，心烦意乱地东张西望，这时立刻有个文静的年轻人凑到跟前，表示愿意以四十卢布出让一张双程票。

需求方甚至什么都还没问，而供给已经有了。还有一个现象，自动地跃入眼帘。所有在地铁里打手机的人，都处在明显而强烈的心神不宁的状态。他们所有的人都用手抓着头，可怕地叫喊着。

车厢里又闷又热，耶拉金看着车窗玻璃上自己的模糊倒影，试图集中起思想。这很容易做到，因为意识似乎和灯光昏暗的车厢一起，在嗡嗡、呜呜、霍霍的声音轨道中流淌。

不,不应该放弃设想中的场景表演。应该在卡赞季普拍摄,把唯一一份录像带握在手里。应该给"圣殿骑士"打电话。

列车突然刹车,停在了隧道里。自然,随后没有任何的广播解释。但令少校震惊的不是这个,而是车厢里的安静。当浸漫整个车厢的机械噪音消停之后,昆虫般的声息、耳语、咳嗽、片言只字、轻微的笑声等等,都浮上了表面,原来,乘客就像一片潮湿的森林,树冠上有自己一套完整的生活。还有就是一种普遍的尴尬,因为地铁行驶噪音而不被旁人听到的谈话,突然间众所周知了。

列车又是在没有宣布的情况下开动了,并且开始加速,这时少校感觉到有电话进来。他掏出手机,放到右耳边。

"什么?你说什么?!真的?!什么?!"耶拉金叫着,同时立刻把左手捂到左耳上,要么是因为什么都听不到,要么是因为消息太可怕了。

2

"阿列夫京娜,开门!"

"谁?"

"别装没听出来,也别想说,你不是一个人。"

门里的人显然感到一阵提心吊胆的窘迫,不过季尔·谢尔盖耶奇已经开始用拳头敲门,以此表示今天谁也别想从他身边逃脱。

"继承人"的拳头不是勇士型的,但非常自信,令人无法回绝。阿列夫京娜·尼洛夫娜·库萨奇金娜——斯薇特兰娜·弗拉基米罗夫娜学院的同事、米沙·莫兹加列夫的教母,叮叮当当地摘下门链,把大声嚷嚷的客人让进了屋里。历史学副博士阿列夫京娜·尼洛夫娜还有第三个对季尔·谢尔盖耶维奇而言有利的身份。曾经，还是在他们刚认识的时候，她喜欢他，而他知道这点，曾经卑鄙地试图与她发生恋情，打算以此证实这样一条民间智慧：你妻子的所有朋友，都是你潜在的情人。阿列夫京娜是个有罕见心灵的姑娘。她颇为艰难地拒绝了他的求爱，因为在心里她对此是非常渴望的。她由于自己的爱而备受煎熬。她和米佳之间建立起了平等的，并且显然是友好的关系，但其中还是有着没有完全消退的意蕴。仿佛在一层厚厚的火山灰下仍然有一层薄薄的易燃物。季尔·谢尔盖耶维奇在遭遇失败的时刻，尤其是在遭遇羞于向妻子承认的那些失败的时刻，会喝得醉醺醺地突然出现在阿列夫京娜的房门口，或者来了以后喝得酩酊大醉。他不抱怨，但很喜欢她可怜他，和他一起喝上一小杯，长久地和他一起分析失败的原因，一直剖析到最微小的细节，竭力向他证明，他事实上很出色，只是别人通过卑劣、欺骗的手段赢了他，用残酷的方法压制他。

季尔·谢尔盖耶维奇非常高兴，他与阿列夫京娜从来没有过床笫之欢，这使他们能够充分交往，而他也几乎不觉得自己在道德上是个吃软饭的，同时也能让他们把两人的关系称作友谊。他来到这间位于科罗廖夫街的居室是为了提高自己的自我评价，并且每次都能达到目的。但是，今天访问的目的却不同。

茶端了上来。阿列夫京娜瘦瘦的，眼睛很大，所有的头发都往后梳。她在对面坐下，用双手托着脸颊，准备倾听怪诞的知识分子生活中又一段荒谬至极的故事。季尔·谢尔盖耶维奇说：

"我找你有事，阿丽雅。"

"有事？"

"重要的事。只有你能帮我。"

"我会帮……如果能帮的话。"

"你想帮，就能帮。"

阿列夫京娜不知怎的发起窘来，她起身走到燃气灶边，把茶壶从一个炉盘转移到另一个炉盘上，尽管完全没有这个必要。

在与米佳那段无果而终的恋情之后，她一直没有出嫁。这令她所有的熟人都暗暗感到困惑不解。人们试图给她介绍一些正派的小伙子，但她总是逃离安排好的约会，然后婉转地埋怨好事者。要知道，她又不是丑八怪。有点呆板，不是个爱笑的女人，脸色也不是白里透红，但是个聪明人，有独立的居室，有学位，尽管不是所有人都认为这是一个优点。随着时间的推移，一切都得到了解释——是宗教原因。阿列夫京娜·尼洛夫娜当了居家修女。她依然是位好同志，好员工，从不把自己的精神发现强加于人，也从不邀请别人和她一起祷告礼拜。单位里甚至没有察觉她斋戒。当米歇尔①出生时，她是当然的教母，甚至没有考虑过任何其他人选。就是在那个时候，第一次，也是最后一次阿列夫京娜问米佳，他既然那么积极地参与儿子的洗礼，自己为什么不受洗。可见，她认为这是有益的，而不是有害的。饱学之士米佳于是回答，他遵循的是康斯坦丁的做法，就是那个传说中指示在他死后为他举行圣礼的拜占庭皇帝。康斯坦丁从一个清醒的推论出发，认为身为皇帝，他最好保持未受洗的身份，因为执政的逻辑会要求他制造许多暴行和流血。许多罪恶！而临终前受洗，所有的罪过都会得到宽容。于是前往那个世界时，他会干干净净，就像刚从澡堂子里出来一样。

"我，当然，不是皇帝，但是一个可怕的罪人。"

---

① 米沙的大名。——译注

"那万一有什么不幸的事情发生呢?"阿列夫京娜严肃地问道,"如果你来不及,那怎么办?"

"我希望,如果是死,那是刹那间的,如果受伤,那不太严重。我不相信我是这样一个无望的失败者,以至于厄运会不宽恕我到这种程度。"

"你怎么,不相信上帝?"

"怎么对你说呢,我对他抱有希望。"

"不幸的人。"

米佳记住了阿列夫京娜这一饱含信仰严肃性的言行,后来,他常常会借着一些与神学和宗教有关的由头,开她的玩笑。他从某个不为人熟知的作家那里读到一些自认为有趣的东西后,就会装腔作势地塞给她。例如:"你们基督徒是些可怜的人,既不在此地生活,也不会在那里复活。"摄尔修斯的话,怎么样。阿列夫京娜从不回答他,显然,是怜悯他,而这种怜悯使他很受用。

"我想和米沙谈谈。"

阿列夫京娜叹了口气,在他用拳头敲门的时候,她就什么都明白了。

"你喝茶。"

季尔·谢尔盖耶维奇举起茶杯,急急忙忙地一口喝了下去。烫了嘴,溅湿了衬衣,还有外套的袖子。

"哦,上帝!"阿列夫京娜拿起毛巾朝他冲去。他推开她,闭上眼睛,嘴里发出嘶嘶的声音。水从烫痛的嘴里流出来,脸部扭曲,这一刻,他非常难看。

"没关系,没关系,会好的,你的茶不那么烫。"

"米佳,瞧你?!"

"千万别嚷,我最恨这个!"

"我该做什么?"

"把教子的电话给我。"

"对不起,真的,对不起,但是……你自己为什么没有?"

"什么?!"季尔·谢尔盖耶维奇拿起递过来的毛巾擦了擦嘴。

"为什么你没有他的电话?"

"有趣的问题。"

"是的。"

"什么'是的',你怎么,不了解斯薇塔吗! 她监护他,就像老鹰一样,一步也不让我靠近! 就像在野蛮的自然界,仿佛我要吃了他一样! 我们又不是狮子! 说我施加坏影响,是醉鬼,喜欢叫喊,是失败者!"

"你不是失败者。"

"我现在不在乎了! 我想和儿子说话。你是教母,给我他的电话号码。是的,我很少……关心,是的,我只顾自己,自私自利,到这种程度,甚至没有亲生的、唯一的儿子的电话号码。但我能怎么办,斯薇塔总是把话筒给我让我和他讲话,我都没想过要号码。"

阿列夫京娜叹了口气,垂下眼睛。

"你瞧。"

"我瞧什么!?"

"别喊。你自己也看见了,你没有米沙的电话号码,因为你原来就没想要。现在突然想要了。突然! 这是任性。"

"那又怎样,阿丽雅。我和他谈谈,或许,去他那里。是的,肯定会去。对这里的一切我都无所谓了,事实证明,我在这里什么都没有,没有妻子，没有母亲，没有兄弟。"

"你有歇斯底里。"

"我连歇斯底里也没有。别搪塞，阿丽雅，最好说出来，斯薇特卡不让你把电话号码给我。是吗？你干吗转身？是斯薇特卡！哦，神奇的女性怪物，铜山女主人、木乃伊和冰雪女王集于一身。我已经有一年时间没见过她笑了。"

"她做了保妥适①整容。"

"随便她整什么，但我想见儿子。给我，阿丽雅，给我吧，哎，求你了，可怜可怜被所有人抛弃的不幸的父亲吧。"

"别像小丑似的耍活宝了。"

季尔·谢尔盖耶维奇眼睛里涌出了眼泪，是真的。

"我没有耍活宝，阿丽雅。"

阿列夫京娜站起身，走到窗边，参加这次谈话的义务折磨着她。

"我想儿子！"

"你想象一下你以这种状态出现在他面前的情形，你会给孩子带来伤害的，你甚至不觉得，你会造成怎样的伤害……"

"好吧！"季尔·谢尔盖耶维奇叫了起来，从凳子上跪倒在地。"我道德肮脏，心灵也肮脏，请你帮我，我想受洗，就是现在。"

阿列夫京娜痛苦地皱了一下眉。

"别这样！"

"我，真的，想受洗，阿丽雅，这能帮助我，我感觉到了，我没有装疯卖傻。"

---

① A 型肉毒杆菌毒素，注射入特定部位的肌肉，可使动态性的皱纹消失。——译注

他双膝跪地，绕着桌子爬行，两只手不时地摸着桌面，眼睛里噙满泪水！

"起来！你为什么老是要搞恶作剧?!"

"我没有搞恶作剧，我，真的，想受洗。就是现在。我感觉很差，阿丽雅。"

"最好喝点酒！"

"你这是对我说吗?"

"起来。好吧，明天我们去教堂。"

"哦，别推托，你知道教义问答吗？神甫和教堂并不总是需要的。"

"你说什么?"

"举行坚信礼，需要主教;涂圣油，需要神甫;结婚的新人，谁也不需要，当众宣布，在神面前我们是夫妻，就行了。而每个基督徒都可以给任何一个希望受洗的人施行洗礼。你家里的水没有断吧?"

"住嘴!"

季尔·谢尔盖耶维奇把头埋进双手中，继续跪着。

"就是说，你不给我电话号码?"

"不，"阿列夫京娜·尼洛夫娜回答得很强硬，"不给。我发现，斯薇特兰娜是对的，我一开始不相信她，我以为她是在诬赖，现在我看到了，她没有诬赖。"

季尔·谢尔盖耶维奇剧烈地喘了几口气。

"那我，知道吗，会做什么——我去找马霍夫斯基，不管怎样，他是教父。我给他打个电话就去。斯薇塔不会把他也改造了吧?"

"他在医院里，做心脏瓣膜缝入手术，谁也没有改造他，你是个什么人啊?!"

"就是说,他会告诉我的。"

"不要,米佳,不要!我恳求你!"

季尔·谢尔盖耶维奇已经在四肢着地地快速爬向过道,他抓住卫生间门的把手,逐步起身站直,就像从猿变成人示意图上画的那样。而在阿列夫京娜·尼洛夫娜眼里,发生的却是相反的变化:老朋友米佳变成了一只恶毒、卑劣的动物。

"我不会对他的瓣膜做什么的,我只是问他,怎么给儿子打电话。"这句话季尔·谢尔盖耶维奇已经是站在房门口喊出来的。

"你多可恶啊,亲爱的!"阿列夫京娜·尼洛夫娜双拳敲在已经关上的门上。

3

帕托林等在医院的门廊台阶上,有时,从门廊混凝土遮雨棚的下面,会刮来一阵湿糊糊的雪,于是他就缩起脖子,拉紧那顶带小帽舌的皮质鸭舌帽。又是一阵夹带着雪花的风猛地吹过来,把少校推上了医院的门廊。

"亚历山大·伊万诺维奇,总算好了。"

"你和大夫谈了?"

"当然,现在我们就去他那儿。朝那走,那儿有电梯。三楼。复苏室。"

"你怎么了解到的?"

"女儿打了电话。其实,是她救了他。碰巧回家。看见父亲躺着,姿势很奇怪,下巴上全是口水。起先她以为是中风、癫痫,他年轻时有过,现在还在服药。立刻想到叫急救车。请这里走,沿着走廊。"

他们进去的时候,肥胖、温和、疲惫的医生把报告推到一边,他已经知道了病人的重要身份。

"我能说什么呢……"

原来,已经没有生命危险了。洗胃和一切应该做的,都已经做了。病人现在睡着了,看来会睡到天亮。

"是自杀?"少校直接问道。

"是试图自杀。"

"意外过量呢?"

"不可能是意外。整整两板药片。有知识的病人,血液里没有一滴酒精。"

"也就是说,假如不洗胃的话,那试图就成功了?"

"是的。"

"也就是说他……好的。他说过什么吗,我指的是,或许,呓语胡话?"

大夫悲伤地抬起他的浓眉。

"只是呻吟和喘息。而要解读这些声音是不可能的。"

"那女儿? 女儿怎么说?"

"那你们自己可以和她谈谈。她正在和值班护士一起喝茶。她自己也曾需要帮助。"

"谢谢。"少校把手伸进口袋,大夫否定地微笑了一下。

"跟我已经结算过了。"

耶拉金朝门口走了一步。

"您说,他要睡到明天?"

"至少。需要为他做的,自然,都会做的。"

少校和帕托林来到走廊里。

"一个糟透了的故事。康拉德·埃内斯托维奇,突然就这样。我眼下没有任何线索。或许是家庭原因?

"我们现在就了解一下。值班室在哪儿?"

"看见吗,灯亮着呢。"

女儿妮拉·康拉德夫娜坐在一张塌陷的小沙发上,手里拿着一只空杯子。在她左右两边,坐着两个高大健硕、穿着白大褂的好心肠护士。她们兴致勃勃地聊着"还有过这样一件事"之类的话题。一看见耶拉金,她的身子便往后缩,紧紧地靠到沙发上。白衣女护士们不信任地看了一眼走近的男士们。

"咱们需要谈谈。"耶拉金用不容置疑的口吻说道。

"我站不起来。"姑娘轻声说道。

"没事,我坐到你们边上。"

女护士们礼貌地站起身,一个坐到电话边的值班位置上,另一个走掉了。

"这是神经紧张,妮拉。"

"我知道。"

"告诉我,出了什么事。对不起,你明白,工作需要。当克劳恩先生这样的人突然……一定需要弄清楚。"

"我理解。"

"你们两人住?"

"三人。还有我的丈夫,乔,但他现在在巡回演出。"

"明白了。"

"不,还有保姆萨沙。她经常在我家留宿。几乎总是。"

"这次她不在?"

"不在。"

"康拉德·埃内斯托维奇今天的表现和平时一样?"

"和平时一样。"

"有没有一些可疑的电话、来访?"

"没有。"

"以前他发生过这样的事吗?"

"从来没有。"

"但他服药?"

"他服药已经很多年了,但从来没有发生过这样的事情。"

少校沉默了一会儿。

"您离开的时候,他感觉怎么样?"

"他在吃东西。喝汤。萨沙煮的汤。带虾的。"

"您离开房间有多长时间?"

"我是半路返回来的,因为忘带乔工作室的钥匙了。我离开有四十分钟左右。"

耶拉金按摩了一下太阳穴。帕托林说:

"其他没有什么。有人在这四十分钟里给他打过电话。"

"康拉德·埃内斯托维奇的电话在哪里?"

"不知道。"

"我现在问问护士。"帕托林说,"但也有可能是用座机通话的。"

少校点了点头。

"可能。这样,和其他几位董事联系一下。联系卡塔尼扬、齐布列夫斯基,联系克钦。我几乎相信,他们知道些什么。"

助手匆匆地离开了,他在这种岗位上,自然应该勤勤恳恳。

"妮拉,我明白,您很难受,但还是请您回忆一下最近几天发生的事情。我对一切都感兴趣,任何微小的细节,我指的是不同寻常的。在父亲的行为里有什么使您警觉、惊讶的?"

姑娘看了一眼杯子,仿佛在清点留在杯底的茶叶。还有人用茶渣算卦的。

"您说卡塔尼扬,克钦?"

"怎么?"

"他们前天,星期五,来过我们家。"

"这不同寻常吗?"

"他们以前从没来过我家。"

这里已经有点什么了。少校感到一阵轻微的激动——现在会真相大白。

"他们和父亲说了些什么?"

"我不知道。"

"哦。明白了。他们表现怎样,焦躁不安?吵架?还是嘻嘻哈哈?"

"都不是。"

"也就是说,既没有不安,也没有吵架,或者兴高采烈。"

"是的。"

走廊里传来鞋跟敲击地面的声音。帕托林从暗处走来,举着一只手机,像是一个重大发现。

"怎么样?"少校问道。

"是的,有过电话。我背不出那些号码,但能确定,这是他们中的一个。好像,是卡塔尼扬的。"

"你打过去，弄清楚。"

"已经打过了。我已经都打过了，单位，家里，手机都关机。"

"明白了。"少校轻轻吐了一口气。

"没有人，妻子也好，孩子也好，秘书也好，没有人知道董事会成员克钦和卡塔尼扬现在在哪里。"

保卫处长还没来得及说什么。从昏暗走廊的那头传来奇怪的声响：低沉的打击声、手掌拍打声、叹息声，最终，是长长的、声嘶力竭的嚎叫。大家都跳了起来，除了妮拉，她身子更紧地缩向沙发。走廊里，"建设工程设计"公司董事会成员康拉德·埃内斯托维奇·克劳恩，用右手撑着，在地上爬。他又喊了一次，但现在声音已经轻多了。他失去了平衡，轻轻地朝右面倒去，整个身体便扑倒在了地上……

"这很糟糕！"有人在少校的背后说。是那位善良的大夫。"情况比我预计得要严重。"

"他会死吗？"

大夫尴尬地咳嗽了一下。

"至少，到明天，他还恢复不了正常状态。"

这天令人不快的意外到此还没结束。正当少校和助手走出医院时（妮拉坚决拒绝回家），有人给帕托林打来电话。他惊奇地对着电话说："是您？"

随后把电话递给了自己的上司。"他说您一直无法接通。"

是季尔·谢尔盖耶维奇。

"我们的事情怎么样了？"他语气紧张地问道。"你为什么躲着我，萨沙？"

"我谁也不躲。我们的事情非常不好。"

"记着,你已经少于五百小时了。"

"季尔·谢尔盖耶维奇,现在顾不上这个了,克劳恩企图自杀,克钦和卡塔尼扬失踪了。"

"什么叫作失踪了?"

"没人知道,他们在哪里。克劳恩吞下了大量的药物,好不容易抢救了过来。甚至还没有完全救过来。他什么也不说,什么也不能解释。"

"你认为,这和阿斯科尔德的事有一定的关系?"

耶拉金用一只手指在太阳穴边转了个圈,帕托林高兴地点了点头。

"那还和什么事有关呢?!不打自招。我觉得,我们应该投入所有的力量来调查这件事。我已经安排人蹲守在克劳恩病房的门口。如果有人想让他永远闭嘴……"

"这一切都很好,萨沙。但你不要认为,这番忙乱加上董事会的事情就可以解脱你的主要职责,你如果这样想,那就错了。"

少校的脸扭曲了。

"我分身无术。"

"那就去学!你最好把这些自杀者什么的都抛开,或者交给副手。他的电话和你的就不一样,能接通。你交给雷巴克去办。这是件简单的、纯技术性的活儿,没有必要为此耗费你所有的聪明才智。任何异议我都不接受。一号前我需要三十具一簇毛的尸体。就这样。挂了!"

在把手机还给帕托林的时候,耶拉金狠狠地骂了一通。

"完全疯了?是吗,亚历山大·伊万诺维奇?"

"不,我觉得,不是。他显然不希望我们去解开阿斯科尔德事件之谜,当结果隐约可见时,他便开始施加压力。就让随便谁现在来对我说,季尔在哥哥失踪这件事上没有过错吧!好吧,如果他想,我们就安排！五号屠宰场①。他会有录像带的。找一找，帕托林，在南方找一块地方，某个荒凉的山地，伊拉克北部附近，给坦卡雷德打电话。伊戈尔，去找！"

"我只是怀疑，这个场景剧能给我们带来什么？电视台不会要的，要弄清楚这是伪造的，不费吹灰之力。"

"是的。但电视台恰巧会要的。至于很快会发现，那是假的，这不重要。丑闻，喊叫。所有人想要的正是这个。我们会赢得时间，我会找到阿斯科尔德。活的或者死的。三个礼拜，时间已经很多了。至于米佳后来会明白，我又一次骗了他，这一点在一个月后已经不会再让我不安了。"

帕托林点点头。

"您脸色很差。"

"我也感觉不好。人发抖，浑身酸疼。"

"感冒了？"

"只是这个我现在……大概，流感。"

"给，吃一点？"

耶拉金转了转手里的小胶囊。打开，往手心里倒出一小堆颗粒。

"顺势疗法。鸭肝提取物。吃下去就上床休息。"

吞下鸭肝药，再辅以两片阿司匹林，保卫处长钻进了被子，浑身开始发热。量了一下体温：39.3度。糟透了！由于服了阿司匹林，大汗淋漓。浑身湿透、像躺在水坑里的耶拉金又受到了电话的攻击。这是卡

---

① 库尔特·冯内古特创作有自传体小说《五号屠宰场，或者儿童们的十字军远征》，描写 1945 年 2 月盟军飞机对德累斯顿的轰炸。作者认为，轰炸德累斯顿在军事上其实没有必要。在这次行动中丧生的大部分是平民，被摧毁的都是住宅区，还有古迹。——译注

斯图耶夫从帕米尔打来的。不是什么重要的事情，以至于少校甚至呜咽起来。原来，那个愚钝的克里亚耶夫做事很傻，不知为什么去巴结当地权威人士鲁斯泰姆的弟弟，而这后果会很严重。"东方的事情，毕竟是很微妙的。不得不坐在山里废弃的汽车厂里，周围三十俄里之内一个人也没有。河，白雪皑皑的山顶，就这些。你要么对他，克里亚耶夫，说些什么，萨沙！没有武器，必要的时候，连用来防卫的东西也没有。但地方美极了。营地位于河岸上，河水湍急而凛冽，山很高，山顶看上去像云一样，一动不动的白云。空气是如此清澈，以至于当你窃窃私语的时候，山顶似乎都能听到你的话语，而晚上则有严重的霜冻，星星好像挂得很低，你会不由自主地稍稍弯下腰去，不让星星扎到自己，嘴里呼出的气半小时不会消散，就像星座之间的星云。而早晨，河流又在阳光下闪耀，水流带动着河里的石头。石头移动的速度不同。大石头慢，拳头大小的快一点，而小鹅卵石则是流水般地飞快。不管水流带走多少石头，河里的石头都不会减少，因为总有来自上游的新石头补充。克里亚耶夫，学者克里亚耶夫，涅斯托尔·伊卡洛维奇，他说，河流使他想起电流作用下的电线，不管有多少电子通过，电线总是充满电子。"接下来开始的是一通真正乱七八糟的呓语胡话，保卫处长的意识便淹没在了里面。或许这更好。

早晨耶拉金醒来，头脑非常清醒，尽管身体各部分仍很虚弱。他马上打电话找自己的助手。

"你昨天给我的是什么，伊戈尔？"

"这，您记住，最好记下来，是欧斯洛可舒能。"

"算了，或许，我不是流感，只是重感冒，还有神经不安。我要说的不是这事。"

"您请说。"

"克里米亚之行取消了。你去塔吉克斯坦。"

"哪儿?"

"就是去那儿。记下电话号码。卡斯图耶夫、博贝尔、萨乌什金兄弟,他们已经知道了,会帮忙的。"

西奈

1

瓦列里·伊戈列维奇·布尔达坐在一个靠背竖起来的塑料躺椅上，紧紧地裹着条纹浴巾。他晒黑了，但样子看上去并不快乐。海岸风使他恼火。破坏了幽静的舒适感。总的来说，海岸风影响了所有的人。深色的海面翻着波浪，长长的蓝色浮桥摇摆不定，游泳者们沿着浮桥经过刺人的珊瑚前往大海深处。很想喝一口，瓦列里在过去的两个星期里已经非常适应了"全包"服务，经常要求为他把杜松子酒或者伏特加酒与其他饮料混合调制。但是现在不想去露天酒吧，在风里很冷。但比风更令人心烦的是从胶合板搭成的亭子里传出的意大利语的叫喊声。亭子里有两个半裸的头发卷曲的群众文艺活动组织者在卖力地工作着。沙滩上站着一圈各种年龄的意大利女人，她们手拉手，在喇叭里传出的"乌诺，杜埃，特瑞"①的口令声中，跳起，蹲下。布尔达忧郁地看着她们。尽管他知道，水很温暖，28度，但是，看到这些精力充沛的做水疗的人时，有点醉意的他，还是会打寒颤。

这是"意大利"宾馆，也就是说，绝大多数客人来自亚平宁半岛，这令瓦列里满意。在国人的包围中他感到不舒服。他尽量不说话，用手指给侍者看需要的酒就行了。最痛苦的，是他不知道，要在这里待多久。如果是终身监禁呢？！当然，这里不是西伯利亚，也不希

① 即一，二，三。——译注

望是。

　　还有,他总是尽量露面,如果不是待在反锁的房间里的话,他就出现在尽可能多的人面前。他知道这很天真。如果有人想干掉他,那任何人、任何事情都帮不上忙的。他已经把自己骂累了,诅咒自己不合时宜的、愚蠢的进取心,导致他落到这多风的天涯海角。不然,他会坐在自己的办公室,一堵玻璃墙的后面,敲打着自己电脑有点脏了的键盘,用一个小塑料杯喝咖啡;晚上在家里读伍德豪斯或者阿库宁的作品:他现在很珍视自己安静平稳的日常幸福。

　　他发现了自己一个不好的、但日益明显的特点:开始会为一些琐事心烦意乱。不久前在一份广告上读到,红海水深近六米,这之后他就不再游泳了。试问,六米,或者说,两米,对你来说有什么区别吗?但是,布尔达再也没有跨上浮桥一步。潜水面罩放在房间的电视上开始积灰。要知道他曾戴着这一面罩看到过多少色彩迥异的鱼,而第一次从浮桥跳入水中时,他高兴得喘不过气来。现在,所有的幻想、自然景致都不能克服盘踞在他心里的恐惧。

　　他一直在想,这一切究竟会怎样发生?闯入房间?潜水员在水下捆住他的双脚,拖到海鳗那里?往食物里投毒?在登西奈山的时候使绊子?但是要知道他现在再也不下海了,餐厅里是自助餐,他们不会为了他,一个普通的主管——尽管特别熟悉情况,而去毒死宾馆里一半的人。至于不出宾馆一步,不参加任何可疑的参观游览,他在来的第一天就决定了。晚上把床头柜顶在门上。尽管这很可笑。他们想要干掉你,对付床头柜的抵抗是易如反掌的……

　　但从另一方面来说,为什么要把他,瓦列里·布尔达干掉呢?他知道的并不多。是的,说实在的,他又究竟知道些什么呢?!什么都不知道！假如别人想干掉他，那在那里，在潮湿的基辅就可以把他愚笨的脑袋砸开花，干吗还要把他带到这里，管吃管喝两个礼拜。

布尔达叹了口气，摸索着解开浴巾，要知道，不管愿意不愿意，侍者那里还是要去的。再也没有力气只是这样躺着了。

就在这一刻他明白了，他们决定怎样干掉他。就是在这里，在海滩上，尽管有一群跳操的意大利女人、两个正在阅读的邻人和敏捷的酒吧招待。要来杀掉他的是这个穿着黑西服、戴着领带和草帽的人。多么令人讨厌的搭配。瓦列里·布尔达无力抗争，继续像穿着条纹衫的木乃伊一样躺着，顺从地用充满血丝的、痛苦的眼睛注视着基辅上校正在走近的身影。那人在沙滩上走着，漆皮鞋陷进细沙里，细微的拍岸浪发出唑唑的声音，在他鞋跟边停留下来。他整个身体慢慢转动着，就像一艘船，在每次停航后为自己开辟新的航程，并继续向前。

他看到了被监护人。微笑了一下。

上校直接走了过来。停住了脚步，摘下帽子，扇了一下，说道：

"快准备一下。"

"去哪儿？"布尔达小声地回了一句。

"莫斯科。"

"莫斯科？为什么？"

"到那儿再问。"

"问谁？"

"问我。"

"明白了。到那儿再问。"

瓦列里·布尔达早就打定了主意，只有完全顺从命运和这个无名的上校，才会有活下去的机会。

俄罗斯

1

季尔·谢尔盖耶维奇坐在自己主编的位置上,数着窗外潮湿树枝上蹲着的乌鸦。总共只有两只乌鸦,因此,这件事情并没有占据主编的整个身心。他还在思考着其他事情,还在等待着什么。等待尖鼻子的妮卡为他弄来一张热门的英国旅游证。事实上,如果可以就这么简单地去儿子那儿,干吗还要跪在各种各样呆板的阿列夫京娜们的脚边恳求获得和亲生儿子说话的权利呢。天空、飞机、男孩。尽管,那还是什么男孩啊,已经是大学生了,傻瓜,啤酒迷,但总还是亲生骨肉,而从某个时刻起,还是世界上唯一的亲人。季尔·谢尔盖耶维奇能不错地想象出那所英国大学所处的位置,为了让儿子脱离祖国文化,他给这所学校付钱。剑桥市。哪怕能找到一个懂俄语的人也好!为了找到亲人愿意花任何价钱来雇他。对自己的英语,"继承人"不抱希望,尽管他在学校里学的正是英语。

此外,他还在思考耶拉金刚刚做的汇报。好像,还真让这个脸色阴沉的大叔动了起来。只是地点选择在阿富汗使人有点困惑不解。从来没有听说乌克兰武装力量参与反对塔利班的战争。原来,他们是参与的。就在塔吉克界河对面发现了他们的营地。非常好的位置。单独的一个乌克兰排。要么是搞气象观测的,要么是做卫星通信保障的。耶拉金的人已经在与当地的塔吉克当局接触了。"会有一场大屠杀!"少校热血沸腾。他身体内部依然有一个没有深度潜藏的、真正的战争动物。鼻子已经嗅到了潜在的血腥味……这个人会表现自己的，那，就让他表现吧。我们现在去英国。在"不在现场"这一点上，也有好处。季尔·谢尔盖耶维奇原来从来没有想过这个问题，毕竟，凭心而论，他并不觉得地缘政治报复计划是真正可行的。所有的满足来自接近满足的真实边缘的游戏。人们走啊走，朝卢比孔河走去，激动不安，都在想：一切将会是什么样子的？又愤愤不平，为什么这么久了，还没看到它！突然发现，它已经在后面了。这里更多的不是什么快乐，而是一种轻微的沮丧。不，这件事现在已不在他感情的首要位置上了。占首要地位的是英国。有的人得到命令去东方，而有的人则要去相反的方向。咱们分道扬镳。季尔·谢尔盖耶维奇又一次想象自己将怎样观看 CNN 发自阿富汗的热点报道，欣赏尤先科们、季莫申科们茫然的脸以及被捷尔诺波尔①老大娘们弯向背后的双手。"乌克兰女人在狂吠，没有人为任何事情感到高兴！"他逼真地想象着这个画面，但不确信，那一刻他真会觉得幸福。

关于克劳恩的自杀和另外两名董事的逃离，他想得更少。可怕的秘密怎么会突然碎成三块？一开始就很清楚，在领导不明就里的情况下，所有这些身穿昂贵西装、不动声色的家伙们，都在快速地攫取公司的财产。显然，口袋已经装得很满了，因此想要藏起来了。或许，耶拉金真的接近谜底了？很有可能，原因就在这里。他们怕人们把阿斯科尔德的尸体摆到他们面前？其他解释不可能有。只是有一点不明白，为什么是两个人藏匿，一个人服毒？不，这个奇迹还不算大。波罗的海

---

① 乌克兰西部城市。——译注

人他们是这样的。想想普戈①就知道了。总之，去你们的！

我去儿子那里！

我就知道，这是玛丽娜·瓦列里耶夫娜来了！

"可以吗，季尔·谢尔盖耶维奇？"

"又要来压迫我了，小亲亲？"

"什么？"

"没什么，没什么。"

"您叫我'小亲亲'？"

"总不见得叫'小托架②'吧。别在意，您有什么事？"

玛丽娜·瓦列里耶夫娜没在桌边坐下，显然，想以此显示即将进行的谈话的重要性。季尔·谢尔盖耶维奇甚至有点感兴趣了，尽管目前他不太能表现出鲜活的感情。

"有事，而且有几件事。"

"那就更好。"

"首先，您的受保护人。"

"我知道您指的是谁。"

"她，请原谅，什么都不做。"

"她主持'反民间故事'栏目。"

"什么都不主持，确切地说，主持反社会的、腐化编辑部的生活方式。"

---

① 鲍利斯·卡尔洛维奇·普戈(1937—1991)，拉脱维亚人。1990 年 12 月，被苏联总统戈尔巴乔夫任命为内务部长。不久，又被授予上将军衔。在 1991 年的八月事变中，是"国家紧急状态委员会"成员。事变失败后，于 8 月 21 日自杀身亡。——译注
② 俄语中两词发音接近。——译注

"怎么,她也利用我的沙发?"

玛丽娜·瓦列里耶夫娜转了一下脖子,脸色变得煞白。

"我已经给您解释过了,那是我的心理治疗师!"

"好吧,就算这样吧。"

"为什么'就算这样'?! 就是这样么!"

季尔·谢尔盖耶维奇疲倦地点了点头。

"好吧。那还有什么?"

"是的,还有。这位女士建议开辟一个完全荒谬的栏目:'锡安长老的损失'。"

"怎么?"

"她很肯定地说,这是您的想法。"

"我不记得,是否是我的,但是,您瞧,这是个好想法。"

玛丽娜·瓦列里耶夫娜还是坐了下来,上半身朝向领导,用充满热情的声音说道:

"这是一派胡言。您不可能想出这种荒唐的东西。《锡安长老会议纪要》已被证明是伪造的文件!"

"您这样认为?"

"天哪,每个孩子都知道,有一大堆研究成果。1867 年在维也纳出版的小说《比亚里茨》,普鲁士老师古德切,所有的一切好像都是从那里拿过来的,甚至都没有去改变一下庸俗文本的荒唐风格。"

"但,按我理解,她提的不是'纪要',而是'损失'。"

"这还要糟,季尔·谢尔盖耶维奇,因为如果没有'纪要',也就不可能有'损失'。"

"也就是说锡安长老们工作中没有损失?"

玛丽娜·瓦列里耶夫娜身体往后闪去,皱起了眉。迷惑不解的样子。

"上帝与您同在,您怎么这样看着我!"

"您怎么,季尔·谢尔盖耶维奇,是个反犹分子?"

主编长长地叹了口气。

"您知道,总的来说,我不喜欢人。"

女副手仔细地整理了一下汗涔涔额头上的刘海。

"我不知道对您说什么好,季尔·谢尔盖耶维奇。"

"我不在乎。我要去儿子那儿!"

2

他们以飞快的——几乎可以致命的速度返回莫斯科。由于布尔达没有任何行李,他和面带微笑、沉默不语的上校一起,经绿色通道很快出了关,一辆黄色出租车载上他们,从机场停车场出发,沿着公路,迎着稀稀落落的雪花,直接来到了白俄罗斯火车站①,没有遇到堵车。在交通严重拥堵的莫斯科,这真是一个奇迹,尽管是一个对他们来说并不需要的奇迹。一路上布尔达模仿自己的旅伴,沉默不语,尽管好奇夹杂着恐惧折磨着他,但他忍住了。此刻,汽车仿佛终于进入到了真正的莫斯科黏稠的交通环境当中,它开始在白俄罗斯火车站前的广场上慢慢地转圈,然后准备拐弯转到布列斯特街,直到这个时候,布尔达才小心翼翼地问道,他们这是去哪儿。

"怎么去哪儿,"上校拍了一下他的膝盖,"去单位。"

---

① 位于莫斯科市区的一个火车站。——译注

中层主管的内心有什么东西被重挫了一下——可怜的、不安的心脏。"建设工程设计"公司的财务办公室真的就在附近。

"但是已经快晚上九点了。"

"没事,所有我们需要的人都在等着呢。"

"我们需要谁呢?"布尔达没忍住,但立刻就为此后悔了。突破了惯常的行为规则。但上校并没有生气,而是很高兴地解释说:

"你自己会看见的。"

瓦列里·布尔达看见的是米隆·罗曼诺维奇·雷巴克,他像岩石一样站在两堵玻璃门墙之间的走廊里。从他那里能得到什么——主管根本无法想象。但有一点是确切的——雷巴克见到来自西奈的客人时并不惊讶。见到上校时也不惊讶。从他们问好的方式来看,可以肯定,这两人很熟悉,而且,甚至还可能进行着合作。

他们走向电梯。上了五楼。就是瓦列里·布尔达上班的那层楼。走廊几乎是暗的,为了节电,这里下班后几乎把所有的灯都关了。所以,那扇被打开的办公室的门就特别显眼——先前董事会成员瓦连京·瓦连京诺维奇·克钦就在这里办公。

"钥匙带了?"雷巴克问。

"是的。"主管点点头。第一天就叫他要守护好这把钥匙,胜过爱护自己的眼睛。这把打开"建设工程设计"公司财务部主要保险柜的钥匙又长又尖,整个好像都被吞噬金属的甲虫蛀坏了。这道命令微微温暖了布尔达冻僵的心,他相信,只要钥匙在他这里,最可怕的事情,或许,就不会在他,布尔达身上发生。也就是说,在某人的计划中,他还是作为一个活人被看待的。那现在呢,主管突然紧张起来。

走到打开的门边,雷巴克朝里面看了一眼。

"在这儿,看,都在。"

布尔达小心翼翼地走了进去。在桌边他的位置上,还有在窗台上,坐着像他这样的中级主管古尔金和沙霍夫,也是掌握这种重要钥匙的人。在财务处领导克钦和他的副手不在的情况下,他们三人同时到场,把各自保管的钥匙插入锁定装置之后,就能把主保险柜打开。布尔达非常不喜欢现在的这种情势,他几乎就要问,发生什么事了?克钦在哪儿?卡塔尼扬在哪儿?但谨慎占了上风,他什么也没说。

他们走入克钦办公室。一眼就能看出搜查过的痕迹:地上的纸张,打开的文件夹,橱柜上拉开的抽屉。主座后面的墙上,救世主大教堂版画的复制品被碰歪了。旁边挂着的是面带嘲讽表情的爱因斯坦的肖像。很难理解,办公室主人是站在哪一边的。

钥匙的掌管者们被带到保险柜边,整个过程持续的时间并不长,保险柜厚厚的门被打开了,于是布尔达立刻明白,这里的人再也不需要他了。他退到一边。在那儿站了一会儿,看着一大堆对于某种调查而言很"有用"的纸张从铁箱里被拿出来。文件,几包美元和欧洲货币。瓦列里·伊戈列维奇走出办公室,坐到自己的办公桌边。摩尔人效力已毕,该让他走了。想走了。想回家。哪怕先打个电话回家。当然,他们答应过他,说是会安慰好家人的,但他不相信,家人会不担心。或许,这就跑掉?现在显然没人在看着他。

3

在上了猪排配香菇、青豆和油炸小土豆之后,立刻端来了冰冷、诱人的伏特加。

"兄弟,再来点酸奶油乳菇。"焦夫杰特要求道,"这香菇,当然,也好。"

"有松乳菇。""阿斯特列尔"饭店的服务员歉意地笑了笑。

"可要带酸奶油的啊。"阿卜杜拉摇了摇手指。

棱面小酒杯被斟满了,他们举起杯子,这时,手机响了。阿卜杜拉朝焦夫杰特挥了下手,说,去他的,别接,让他们见撒旦去吧。但焦夫杰特喝下酒后,用空着的手的大拇指打开了手机盖。

"是我。啊,莫兹加列夫先生,又是您?"

阿卜杜拉做出了一个轻蔑、凶狠的表情,朝着伙伴又是挥舞空酒杯,又是挥舞叉子:你把他打发了,这个异教徒怪物。

"瞧您说的,"焦夫杰特对着电话继续朗声说道,"什么,就是现在。多少,多少!? 就是现在?! 就现在。现金? 我们在哪儿见? 您来我们这里吧。我现在告诉您。不,一个人来。一个人,一个人,就一个人。我们等您。"

"你怎么了,瓦西里奇!"阿卜杜拉尖叫道,"要知道我们已经决定不再和这个白痴有任何接触!"

"安静,阿尔图尔奇克,有东西在提示我——这或许是一个有趣的节目。"

"这又是什么卑劣勾当,就像在'奶酪'咖啡馆一样。"

化名叫焦夫杰特的人抚摸了一下他光秃秃的脑袋。

"不。我觉得不是。再者,在自己的地盘上,我们是安全的。告诉伙计们,盯着每条通往这里的道路。现在,让我们喝一杯,他要半个小时后到,不会更早。"来自图拉和图阿普谢的两个光头穆斯林再次往杯子里倒入了伏特加酒。

冈瓦纳

1

第一次查看后的印象是,在这儿要做的事情很多,把旧气象站、汽车场的废墟变成乌克兰防化排的部署配置点需要几个月的时间。但是俗话说得好:"眼睛看着害怕——双手可以干活。"人手的问题,鲁斯泰姆帮助解决了,在互惠互利的基础上。他村里的以及受他控制的那些没活干的小伙子们很喜欢这个建议:几乎就在自家边上挣钱。而且赚头还很好。帕托林用直升飞机运来的不仅有稍微治疗了一下的克里沃普利亚索夫和萨乌什金兄弟——少校的老相识,不仅有一卷铁丝网和四十套北约制服,还有一袋钱。晒得黝黑的山民们抓起了铁锹,很快,垃圾满地的营地便褪去了自己原先那副被废弃的样子。"两名建设营士兵能够代替一台挖掘机,一个拿着铁锹的塔吉克人能取代两名士兵。"博贝尔在施工现场巡视的时候这样说道。

弄齐了营地周边的电线杆,拉上了铁丝网,从所有建筑物里运走了发臭的垃圾,里里外外都粉刷了一遍,看上去像可以在这里生活的样子了。营地中间的桅杆上,挂起了联合国和乌克兰的旗帜。

"你们要拍电影吗?"鲁斯泰姆问道,他来看望朋友尤里克·卡斯图耶夫。

"那当然。你的小伙子们还将在我这里扮演圣战者。单独付费。"

鲁斯泰姆微笑着,愉快地摇着头。

人们对待涅斯托尔·伊卡洛维奇的那些仪器设备几乎就像对待垃

坂一样——从"实验室"里拉到外面，但他没有争辩，也没有感到绝望，现在他所有的心思都集中到塔希尔指引给他看的那些文字上面。他把自己所有的学术希望都转移到了那里——洞穴里，做出真正划时代发现的机会在那儿更多。超常的智力灵活性，不局限于一种解决问题的方法的本领，在实验过程中急速转换方向的能力——正是这一切，使他成为了一个真正的自由学者。没有任何限制，只有思想的空间，这就是他的座右铭。

谁也不否认，在能够给人类带来利益方面，研究史前铭文不会逊色于在古大陆的碰撞地测量地理形而上学的波长。卡斯图耶夫甚至感到高兴，把涅斯托尔·伊卡洛维奇从建设场地请出去时没有遇到任何麻烦。但也发现了坏了蜜桶的那勺焦油：那就是克里亚耶夫与塔希尔的联系。卡斯图耶夫怀疑，塔吉克两兄弟之间有潜在的冲突，如果某天冲突白热化的话，他不想被卷入其中，不管以何种方式，因此，他试图开导学者。古代铭文，自然，非常好，但是，要知道还有鲜活的、激情四溢的现实生活，里面充满种种难以预料的障碍。东方，就是东方。如果鲁斯泰姆知道，自家背叛的根源正是从这里汲取养分的话，那他和自己的枪手还会庇护我们这一可疑的建筑工程吗？

涅斯托尔·伊卡洛维奇皱起眉，用手掌拍打自己的胸脯，发誓说，他和塔希尔的关系是纯粹的学术上的关系。青年人非常好学，向往真正的知识，他的头脑是活跃的，尽管性格也是急躁的。

"你瞧，克里亚耶夫。"

但这种急躁只是在获取知识方面，学者保证道。考察队的政委不相信他，决定采取自己的措施。他去鲁斯泰姆那儿做了一次谨慎的访问，进行了一场非常艰难的谈话。他不希望，他所说的一切看起来像告密一样，不管怎样，塔希尔对他本人、对考察队，总的来说，没做过任何不利的事情。

"请你理解，我非常珍视你对我们事业的态度，也因此谨想提醒，有这样一个事实，即令弟在我的人中发展关系，目的不明。希望你，鲁斯泰姆，了解这点。请你正确地理解我。"

"你认为，塔希尔在谋划反对我，尤里克？"

"我没这么说。"

"但你希望我这么想。"

"我希望你知道我不鼓励事态这样发展。"

鲁斯泰姆微微一笑。

"你觉得塔希尔是个危险的人？"

卡斯图耶夫非常尴尬。

"觉得谁怎么样——不是我的事情。"

"我觉得你是个严肃可靠的人，尤里克。""帕米尔主人"沉默了一下。"我宰了塔希尔。"

卡斯图耶夫挥了一下双手，差点被嘴里的羊肉噎住。

"我不是为这个……"

"听着。你来，这很好。我有东西回报你的关心。"

"只是我不想你……"

"别说话，我再说一遍。听我说。一个很严肃的人对我说。有人在霍罗格寻找直升飞机。真正的直升飞机，带弹药储备的，明白吗？"

卡斯图耶夫真诚地回答：

"不明白。"

鲁斯泰姆用毛巾擦净油腻的手，手掌朝上伸向客人。

"看，有多少纹路，所有的纹路都有含义，都表示着什么，不可能弄混，搞错。尽管这里包含着关于人的秘密知识。"

客人很费力地转过神去接受那些关于手相术的知识，他的脑子里还回荡着"宰了他"那句话。

"我熟悉自己国家的地图，就像熟悉自己的手掌一样。如果我看到这里新出现了一个莫名其妙的痕迹，我就开始想，它可能会表示什么。明白我的话吗？"

卡斯图耶夫慢慢地点了点头，然后还是克服了窘迫，开口问道：

"不全懂，请再给我讲讲。"

"我已经说过了。出现了一个人。不是我们的人。甚至是两个人。他们寻找有整套武器配备的直升飞机。不是运输直升机。这不是装索拉油的运油车，尽管我现在开始了解每辆运油车了。这是直升飞机。现在走吧。乃玛孜①的时间到了。"

卡斯图耶夫站起身：

"记着，关于塔希尔，我对你什么都没说。"

鲁斯泰姆脸上溢出迷人的笑容。

当卡斯图耶夫的车开出镇子的时候，后面传来几声零星的机关枪响，就像在靶场训练时听到的那样。帕米尔式的乃玛孜——客人想。

---

① 即伊斯兰教每日的"五功"：念、礼、斋、课、朝。——译注

莫斯科

1

走进房间时,阿列夫京娜轻声问道:

"他在吗?"

斯薇特兰娜·弗拉基米罗夫娜同样轻声地回答:

"不。他现在很少在家。"

"在家的时候呢?"

"你知道,很怪。没有任何吵闹,没有任何解释。我们很少交谈。几乎不交谈。似乎没什么可说的。已经形同路人。但事实上不是如此。还是有东西可谈的。"

"就是说,还是要离婚?"客人在厨房的桌边坐下,问道。

"是这么对我说的。我不想这样。至少,我希望一切不像现在这样发展。当然,一起生活我们是不可能的了。不会了。"

阿列夫京娜冷漠地看着端上来的茶。

"不懂。"

"你不懂什么?"

"你不想离婚,又不打算一起生活……"

斯薇特兰娜·弗拉基米罗夫娜皱了皱眉,立刻生气了:她皱眉不方便——真要谢谢整容大夫啊。

"这有什么不能理解的,阿丽雅。我不想和他一起生活,但也不想他把我抛弃了!"

"这是不是与钱有关？"

"不是，不管怎样，我都会得到该得的。问题在心理方面。"

"现在我理解了。"

"那就喝吧。"

"你没有更带劲儿一点的吗？"

"嗯……"

"比如，白兰地。"

女主人盯着自己的女伴看了几秒钟，随后打开了橱柜。

"我给你倒酒。我自己也喝。只有一个条件。我们不会为性巨人米佳·莫兹加列夫的健康干杯。"

"不会。"

"而谈，就是说，还是要谈他的？"

阿列夫京娜喝光了杯中的酒，眯起了眼睛，此外，再没有什么显示她不舒服。

"不光谈他。"

斯薇特兰娜·弗拉基米罗夫娜也喝光了酒。随着"马爹利"入口，她的意识里又渗进一个新的想法。

"不光谈他？阿丽雅，那么，或许，谈他和你？你是为此而来？知道吗，我要对你说什么——拿去吧！我一点都不会感到难过。所有的难过，都到顶了——当我知道那个女服务员的时候。健硕的傻女人，知道吗，这多么刺激做保妥适美容的女人的神经？我就像被人丢进乡村的茅房里。"

"如果我是他的女友，那就不那么刺激你了？"

"别把自己和那个女服务员放到一起，我不想得罪你……我们彼此来做件善事。这样，我的痛苦就会减少，现在已经在减少。而你，最终，也能与命中注定的人生活在一起，至于他双腿有些歪，啤酒肚，从另一方面来看，在我们这个年纪，就随遇而安吧。他的钱我不会全拿走。严格地来说他什么也没有。阿斯科尔德的事没有明朗之前，一切都悬而未决。"

"你这么为我感到高兴？"

"得了，让我们再干一杯。"

"好吧，只是现在为其他事干杯。"

"为什么？"

"知道吗，斯薇塔，你现在说话的样子和米佳完全一样。"

"怎么？"

"记得吗，他总是抓住每个词，一直试图说些双关语俏皮话。"

"这会传染的，我承认。那你来吧，朋友，说几句祝酒词。"

两人又喝了一杯，不过还是没有祝酒词。阿列夫京娜歇了口气，说道：

"你放他去儿子那里吧！"

"放谁？啊，不，朋友，别为这个干杯，也别说这个。永远也不要说！！！"

"为什么？"

斯薇特兰娜·弗拉基米罗夫娜皱着眉走出厨房，很快返了回来，嘴里叼着点燃的香烟。样子非常惆怅。

"明白吗，米沙是我的儿子。"

"这点谁也不否认啊。"

抽烟女士吐出一团烟，用手把它垂直地劈开，为的是更清楚地看到自己的谈伴。

"影响你吗？"

"有点，但我能忍住"。

"但我忍不住——如果有任何人干扰我与儿子的关系的话。"

阿列夫京娜沉默片刻。

"你这是说我？"

"不。我这是说他。米坚卡。"

"但他……"

"他是个混蛋！"

"是的，不过……"

"失败者，胆小鬼，性无能。"

"就算这样，斯薇塔，但他还是父亲……"

斯薇特兰娜·弗拉基米罗夫娜突然哈哈大笑起来，嘴里吐出很多烟，仿佛她同时在吸十支烟。

"你多傻呀，阿丽雅！"

"我也是一个不成功的人，我胆小，我傻，但米沙是米佳的儿子这个事实你没法否认吧！"

"我能！"

紧接而来的是有点凝滞的沉默，主要是阿列夫京娜表现出来的。斯薇特兰娜傲慢地朝她吹着烟。

"喂，说呀，阿丽雅——你想以此说什么，斯薇塔？多可怕呀？谁是真正的父亲？！现在最甜蜜的部分要开始了。未来八卦消息中最丰富的部分。我现在这么回答吧：我没有开玩笑。由于自己的那些贪恋、酗酒、梦中和现实中的冲动—翱翔，米佳甚至没有发现，孩子不是他的。孩子是另一个男人的。这不是什么情感的飞溅，也不是疗养地的某段艳遇。你，大概，就是这么想的，但不是。不是年轻的实习生，也不是看上去还年轻的领导、导师。可以忘掉这一切，与这些都没关系。生活中什么事情没有啊。红杏出墙了，然后，抖掉身上的灰尘，我行我素。不，不。你怎么不说话？"

"我都明白了。"阿列夫京娜站起身，低沉地说道。

"你明白什么了？我希望，你明白，我为什么不希望米佳与米沙见面，这不是任性，我不想有伤害，至少对于儿子。"

"米沙都知道吗？"

"你怎么，傻了吗?! 你去哪儿？"

"我都明白了。"

"你干吗看着地上，修女?! 喂，你去哪儿？"

"我走，我走。我不会对任何人说的，你可以放心。"

"我原本就不担心。担心已经担够了。如果他死皮赖脸地再来问，我就自己把什么都告诉她。阿丽雅，站住，你明白什么了？或许，什么怪想法钻进脑子了吧。说出来，我们一起乐乐！"

门咔嗒一声断然地锁上了。

2

尼娜·伊万诺夫娜·马柳京娜处于一种彻底困惑的状态之中。像通常那样，当不知道该做什么的时候，她就洗碗。已经洗两遍了。双手干活的时候，她的脑子好使些。在"建设工程设计"公司位于郊外的逍遥宫里，碗碟多的是，不管纵酒作乐的客人们打碎多少，总还有许多。因此，女管家有的是思考的时间。时间也够，但要弄清正在发生的一切，还是缺少些什么。

　　而发生的事情是：昨天深夜，季尔·谢尔盖耶维奇来到了"索斯诺夫卡"。他当时已经醉了，但还要酒喝。当然，给他喝了。而且，要多少给多少。不出所料，这没带来什么好处。刚到的时候他说话就很奇怪，后来更是语无伦次。当然，猜得出，他心里不舒服，为什么事而难过。所有他的熟人，看得见的和看不见的，都被称为叛徒和卑鄙小人。最倒霉的是"肥蛇"和"东正教鲤鱼"，最稠的毒汁正是朝她们浇去的。要把这些女公民一一对应出来，尼娜·伊万诺夫娜做不到。在遭谴责的"小人"的队列后面，闪现出了儿子米沙的身影。他多次宣称，一定会去儿子那儿！！！任何人、任何事都别想阻挠！

　　尼娜·伊万诺夫娜知道，莫兹加列夫夫妇的儿子在国外学习，但对她来说，新闻是：儿子和父亲之间不光横亘着距离，还存在着不幸的误解。如果不把它表述得更差一点的话。尼娜·伊万诺夫娜也有儿子，他目前也不在身边，因此她比别人更理解父母心中分离的痛苦。而且，领导是个古怪的人，可以想象，由于他，亲朋好友要承受多少煎熬，至少在最近。为一个餐厅女服务员，就要付出多少代价。不光斯薇特兰娜·弗拉基米罗夫娜，甚至连她自己，一个普通的客房服务员也是。于是，在理解季尔·谢尔盖耶维奇的同时，尼娜·伊万诺夫娜也没有停止对他的严肃谴责。另外，尽管他古怪任性，但他的呓语，也只是呓语，是一堆醉话，与正常事务的真实状况没有任何关系。

　　"我要留下！"突然，在腹泻一样的语流中，"继承人"明确地宣布。

　　"我这就给您准备房间。"

　　"我留下，不回家。"

　　"是的，是的，我明白。"

　　"但是我不去自己的，'我们的'房间。我恶心！"

"那怎么办,第二套单独的套房有人住着,只在裙楼有给服务员住的普通卧室。"

"我不是服务员。"

"当然,可不是吗,季尔·谢尔盖耶维奇,我试着去说说,看看能否换出套房,尽管已经晚了……"

"不,""继承人"说道,无神的眼睛看着服务员,"我睡在你那里。"

"怎么在我那儿?"

"我已经给你这个傻女人说过了,我不能去'那个'房间,上'那张'床,就是说,要上你的床。带我去。"

他的身体移动到位了。季尔·谢尔盖耶维奇在倒到枕头上时就睡着了,一动不动:鼻子朝向一侧,领带朝向另一侧。尼娜·伊万诺夫娜的感情根本没法选择任何方向,一切都在她的脑子里缭绕。她不知道她该想什么,做什么。一个令人讨厌但腰缠万贯的男人突然直接倒到她的床上。直接倒到床上,但处于疯狂的状态。她,当然,只是这里的一个女服务员,但很清楚,有人侍奉的三十八岁的男人们喜欢什么。她不止一次地发现,"建设工程设计"公司那些淫荡的、喝得醉醺醺的董事们飞车来到"索斯诺夫卡",在去桑拿浴室找那些已经哇哇乱叫的小姐们的时候,时常会"这样地"看着她……纯净、迷人的严肃有时比平庸的穿着丁字裤的屁股更有吸引力、更性感。谁知道呢,"继承人"本人或许也动过类似的念头。妻子——已是一个皮肤松弛的"过去时",还十分自负,而情人——尽管青春勃发,但没有头脑,徒有生物本能。于是会想起另一个选项——三号人物。聪明、道德纯洁、相貌漂亮。在英国的男孩——我们会收养的!家里将有两个男孩。

当然,尼娜·伊万诺夫娜立刻就试图把一桶清醒的冷水浇到自己幻想的沙子搭建的城堡上。第一，季尔·谢尔盖耶维奇，作为一个男人，无论是留着胡子，还是光着下巴，无论是无节制地狂饮，还是整天神经衰弱，都远非是生活馈赠的好礼物。其次，他还没有明确地说过任何能让人浮想联翩的话。我们就等等，等到会给人带来智慧的早晨。现在拿他的人怎么办？他躺在她床上这一事实赋予了哪些行动权力？或许，可以脱掉风衣和上装。当然，还有鞋子。是鞋子，不是袜子。对了，他的脚臭得让人恶心。其实还应该摘掉领带，解开衬衫领子，避免窒息，但为此就得做出触碰躺着的人的头和颈这些责任很大的动作。尼娜·伊万诺夫娜迫使自己做了这些事。让一个人，哪怕是醉鬼，这样遭罪，不好。还有，她又不是他的妻子，会为他喝醉酒跌跌撞撞而惩罚他。

好像都做了。

她又打开了透气小窗，朝脱了一半衣服的身体上扔了一块盖毯。随后前往那个该死的套房，躺到了餐厅女服务员娜塔莎曾经睡过的床上。在睡着的四个小时里，她一直梦见某种色情的东西——这是这一堕落场地影响的体现。

而早晨带来的是降雪。还有大门边传来的汽车喇叭声。声音有些奇怪，仿佛在传播过程中粘附上厚厚的雪花。雪中走来的是神情忧郁的雷巴克。他为自己要了份煎蛋和一百克伏特加酒。来访的目的他不想说。尼娜·伊万诺夫娜知道，不该打听。她说了季尔·谢尔盖耶维奇在哪儿，状态怎样。说的时候，带着些挑衅的意味，她不希望别人对她会有些什么想法，但同时又希望有些什么想法。米隆·罗曼诺维奇希望看看，"或许，他已经醒来了"。两人看了一眼底层。尼娜·伊万诺夫娜打开房门。米隆·罗曼诺维奇一见到躺着的领导，立刻就问：

"他怎么了？"

季尔·谢尔盖耶维奇仰面躺着,整个上身在抽动,双手无力地抓扯着胸部。

他们朝他扑去。

"翻身!"米隆·罗曼诺维奇命令道。领导小而轻的身子一下子就被翻了过来,从仰面变成俯身,从他嘴里,立刻冲出一股绿色的臭水。

尼娜·伊万诺夫娜缩回了手,往后退了一步。雷巴克用宽大柔软的手掌在领导的背上拍了一下,于是,在液体之后,从那张哀怨的嘴里飞泻出一些固体物。

"水,氯化氨!"雷巴克命令道。很快,在"继承人"的床边围聚起了一批侍者。

米隆·罗曼诺维奇擦洗了一下,坐到桌边。发生的事情没有影响他的胃口。

"再晚两分钟的话,我们可就要为他收尸了!"他嘴里说着,眼睛并不看着什么人,尽管在他对面桌边坐着瓦列里·伊戈列维奇·布尔达。两天前布尔达从家里被赶了出来。他出现在家人面前时,那晒黑的皮肤既令人意外又令人生疑,对于自己失踪多天的解释也含糊不清。原来,此前谁也没有给他的家人打过招呼。这些同事啊!没地方可去,于是他就来到了"索斯诺夫卡"。他觉得自己是如此不幸,以至于丝毫没有感觉到米隆·罗曼诺维奇在场而带来的别扭——对于他,布尔达的行为,雷巴克应该会有不少问题的。但雷巴克只是闷闷不乐地吃着。他吃得很多,胃口就像被激怒了一样。喝了半瓶多伏特加,但这丝毫都不影响他对待世界和对待布尔达的态度。他只是问:领导怎么样了?别人告诉说,已经为他洗了胃,给他洗了澡,换了衣服,甚至醉后不舒服的感觉也几乎没有了。吃了两片药,现在在看着天花板。雷巴克又给自己倒了点伏特加。喝下后，又嚼了一只很大的腌蘑菇，随后说道：

"我去了。"

"去哪儿?"瓦列里·伊戈列维奇不知为什么问道。

"人们对我想做什么就做什么吧，只是我可不是什么虐待狂。"

"是吗?!"主管又一次不合时宜地表示出惊讶，感觉好像是他一直认为米隆·罗曼诺维奇正是虐待狂似的。但雷巴克没有发现这一歧义。过分强烈的感情折磨着卫士魁梧的身躯。

小莫兹加列夫还是躺在那里，躺在尼娜·伊万诺夫娜的房间里，他在清醒的状态也明确表示不愿意回到那个带来过短暂而病态的幸福的地方去。他的眼睛半闭着。透过充满惬意的沉重感的眼皮，他看到门口有个人影。

"是你?"他不知道他问的是谁，他也无所谓。

"我有一封信。"

"信?"

"信。"

"给我的?"

"看来，是的。"

"为什么是给我的?"

米隆·罗曼诺维奇好不容易聚集成一团的决心，在这里，碰了壁。对这方面的问题，他没有准备。

"不知道，只是一封信。"

"谁写的?"

"一个老妇人。"

"你都看到了，我什么也看不见。我怎么读呢？"

米隆·罗曼诺维奇又开始思考起来。

"或者，你读给我听。坐到这里旁边的椅子上，读吧。"

客人一下子完全僵住了。把这封恶心的信转交给谁，悄悄地或者强硬地塞给谁，偷偷地扔在某个地方——这是一回事，但是要在读信这出戏中扮演主要角色，这太过分了。

"怎么样，你，坐下。读吧！"

米隆·罗曼诺维奇想出了一个非常有说服力的理由。

"我不会读。"

"是吗？"躺着的人对此真诚地感到惊讶。而且，好像开始考虑如何解决这个问题。但是，就像通常那样，生活老人来帮忙了：大门外又传来了汽车喇叭声。这次，由于雪更大，声音听上去更失真。

"我去看看。"

"你去看看，我打个盹。"

"你最好还是被呕吐物呛着。"雷巴克非常轻地说道，他走出房间，把信塞进衣服里面的口袋里。

透过凉台的玻璃，他看到一辆白色的"雷克萨斯"慢慢开进被保安打开的大门。能够辨认出汽车只是靠了正在滑动的雨刷，车子的其余部分都与飘落的大雪融合到了一起。从车里钻出一个完全谢顶的人，不慌不忙地朝凉台走来，根本不在意落到光头上的雪片。

"怎么通报您？"尼娜·伊万诺夫娜问道。

光头笑了笑，眯缝起眼睛。

"您也不问一下，我找谁？"他说话有时带有几乎不易察觉的口音。

"您，难道不是找季尔·谢尔盖耶维奇吗？"

雷巴克过来了。

"尼娜·伊万诺夫娜,请告诉领导,焦夫杰特来了。"

客人用宽大的手擦了一下光脑袋。手上戴着镶着宝石的戒指。只是怎么会不抓伤皮肤呢?!

"你瞧,"他对米隆·罗曼诺维奇说,"以前你来找我们,现在我们自己来你们这里了。"

米隆·罗曼诺维奇什么也没说。他开始抽起烟来。原本想稍稍打开一点门,把烟放出去,但又怜惜它,最终没把烟交付落雪去摧残。

"季尔·谢尔盖耶维奇非常惊讶,但⋯⋯在等着。我们去吧。"

焦夫杰特朝雷巴克眨了眨眼,但后者没有想出该怎么回应。烟卷自己燃着,雷巴克的双唇没有去吸。米隆·罗曼诺维奇拍了一下放着信的口袋。他觉得恶心,最近这几天一直如此。无论如何也没法决定,他该做什么。他天生是个非常细致、周到的人,反对冲动和各种激烈的行为,但最近一直觉得有股突然强烈起来的愿望:让一切去见鬼,带着一瓶伏特加,关掉手机,隐藏到一个不为人注意的角落。也许,杀掉一个人,杀掉某个敌对有害的恶棍要比参与他现在置身其中的事情更容易。他一直觉得自己是个没有神经的人,也许,原先是这样,但现在神经开始生长出来了?

又有客人!

刚关上大门,它们,这些车,又来了!

米隆·罗曼诺维奇掐灭没抽完的香烟,又掏出一支新的。

这又怎么理解——妮卡?!在这样的风雪天自己开车过来?!

"您好,米隆·罗曼诺维奇。"

"嗯。"

"季尔·谢尔盖耶维奇起来了?"

"他躺着,但已经醒了。他那儿有人。"

"就是说,不能去他那儿?"

"听着,小姑娘,别提这样聪明的问题!"

"知道吗,米隆·罗曼诺维奇,当您开始用母语说话的时候,我就发愣。①"

妮卡也坚定地朝里面走去。雷巴克在她身后做了一个可怕的鬼脸。确实很可怕。

尼娜·伊万诺夫娜把姑娘引到厨房,瓦列里·伊戈列维奇继续在那里坐着,还是不知道该做什么。酒,他已经不能再喝了,家,也回不了,留在这一不动产里他又不愿意。尽管,在他的命运里,各种怪事好像都已经结束了,但他还在惧怕着什么。几个人刚坐下准备喝咖啡,就传来主人刺耳的叫喊声。季尔·谢尔盖耶维奇穿着敞开的长袍冲进客厅。拖鞋绊上地毯,跌倒了,又一下爬了起来,奔进厨房。

"尼娜·伊万诺夫娜,请给我一杯牛奶。吐得嘴里发酸,整个食道也像在燃烧一样。"

妮卡高兴地站起身来,打开自己的小皮包。

"季尔·谢尔盖耶维奇,一切都办妥了,护照、机票,什么都办妥了。明天,'三角洲'航空公司,北冰洋……"

"继承人"把空杯子放回到桌上,但没有去接递过来的票子单据。

"谢谢,妮卡。但是,知道吗,命运弄人。你买了去英国的机票,但是我,结果要去完全不同的地方。"

---

① 原文中,雷巴克说"小姑娘"时,用的是乌克兰语。——译注

"这是那个人，那个光头，怂恿他的。"尼娜·伊万诺夫娜在瓦列里·伊戈列维奇的耳边说道。

季尔·谢尔盖耶维奇若有所思地眯起眼睛，揉了揉脸颊。

"不管怎样，今天不出发，显而易见，天气不合适。另外，还要找个人。雷巴克！！！"

忧郁的抽烟者出现了。

"你的领导在哪里?！"

"您是我的领导。"

"耶拉金，耶拉金在哪儿?！找到他，我现在先游个泳。把所有的人都赶出去，尼娜·伊万诺夫娜。"

"那儿一个人也没有。"

"哎呀，遗憾，不然，我会很高兴赶人的。"

两分钟后雷巴克已经走在泳池的边上，向"继承人"（他缓慢地、舒适地在泛光的水面下游动）报告，耶拉金在医院，坐在康拉德·埃内斯托维奇·克劳恩的床边，等待他开口说话。

"告诉他，我们明天出发。"

"他说，克劳恩的事很重要，他每分钟都可能醒过来，说出一切。就这样留他在那里是危险的。"

季尔·谢尔盖耶维奇愉快地哼了一声："有人会杀他?"

"耶拉金说，有这个可能。"

"那就让他在那儿，安排个什么保安。"

"他说，那样的话他不承担所有责任了。"

"你没暗示他，我们要飞哪儿?"

"连我自己也不知道。"

"对，谁也不知道。告诉他，我们，先飞杜尚别。"

"哦。"

"对了，你也去。"

雷巴克重重地叹了口气，似乎指望要以此掀起泳池里的波浪。

"我还以为，像以前那样，在亚历山大·伊万诺维奇外出期间，我来接手这里的事情。"

"去你的，你要和我一起去！"

米隆·罗曼诺维奇于是在今天这个早晨里第二次祈愿领导被呕吐物呛住，只是这次已经是无声的了。

3

少校还很虚弱，尽管病情不像流感，但一天发作下来，他感觉仿佛被开膛破肚，胃口全无，不停地出汗。在这种身体状况下，坐在医院隔离室的休息间等待自杀者清醒过来，还是可以的，但要和疯子领导一起去世界尽头的山区，那可就太过分了。他，你们瞧，自己想欣赏那儿安排的一切。原来是准备去儿子那里的，歇斯底里地发作：见不到儿子，他就完了！但忽然，改变了！即使"继承人"是个更为正常的人，少校也会觉得，这样一种意图改变的发生，自然是外部干预的结果。有人偷偷来告密，激怒了神经衰弱者米佳。谁呢？是啊，要么是克里沃普利亚索夫，老朋友。上帝啊！莫不是特意派他去考察，一开始就是秘密的'国君的眼睛'[①]?！不，不，少校无精打采地做了个手势，纠正自己的想法：

[①] 在把首任总检察长介绍给参议院的时候，彼得大帝说："这是我的眼睛，通过它我什么都会看得见。"——译注

安排克里沃普利亚索夫考察的时候，计划中还没有在冈瓦纳"表演"这一项。因此，还是回到季尔·谢尔盖耶维奇的性格上，他什么事都干得出来，会莫名其妙地突然改变想法。

没有原因，没有理由。

他怀疑到了什么？

难说。

如果怀疑……那么，在他身上，食人者的角色要强于父亲的身份。作践卖弄聪明的下属要比拥抱远方的孩子甜蜜得多。

或者，这是声东击西？对所有的人都说：要去儿子那里，去英伦岛上的儿子那里，但自己却在悄悄地为少校准备陷阱。现在，当河边的电视拍摄布景准备就绪，展现出自己的全部容颜之后，他宣布要去看看大自然。

不，对这种失败的可能性，耶拉金还是不相信。这是失败主义。失败只可能是由背叛引起的。卡斯图耶夫？不可能！帕托林？可能，但不一定。老实说，这个想法是最先冒出来的。要想到这点很容易，甚至……但这人是卡斯图耶夫和博贝尔介绍来的。被高价收买了？转卖了？想到这里，少校觉得，他正在成为宿命论者。如果背叛都已经蔓延到这里了的话，那对抗已经没有任何意义了。更简单地是直接给"继承人"打电话，承认一切。任何人、任何地方都不用去了，可以躺下，闭上眼睛。哪怕只到明天。

但必须振作起来，从中国产的小水壶中大口地喝浓咖啡。这不是我在这样考虑，这是患感冒的机体在这样考虑。

他在汽车里用卫星电话联系了帕托林。告诉了这里的情况。了解到，部分"人"已经到位，在改制服装。在可能的地方都涂上"黄蓝"两色①。两台摄像机已经准备好。而帕托林一下就明白了现在情况的复杂程度。应该再炮制一条边界线。一天两次,让边防军勤务队沿河走一遍,就可以了。鲁斯泰姆会帮忙找来塔吉克人,还有狗。

少校问,是否今天就能安排战斗,不等莫斯科视察大员的到来。不,还有很多事情没有做完,气象站,看上去还根本不像联军的检查站,人也还少。其他人要明天白天才到。一昼夜后还要等待"继承人"本人。手忙脚乱,操之过急,会把一切搞砸。此外,急急忙忙也肯定会招人怀疑。

"为什么'圣殿骑士'们分批到来?"

"这不是'圣殿骑士'。"

"不是'圣殿骑士'? 那是谁? 你那儿怎么了,出什么事了,伊戈尔?!"

"坦卡雷德和他的人拒绝了,不来了。原来,奥克塔维安·斯塔姆帕斯来俄罗斯了。"

"他是谁?"

"他们的领袖。"

"你在哪儿找到接替者的?"

"不得不辛苦了一番。"

"你说,他们是谁?"

"说来话长。等您来了以后,我再把一切告诉您。"

耶拉金又喝了一口咖啡,他想,应该往里面加点白兰地,还想,一切多么复杂,不断出现各种无关的细节,就像梦中的话语,你在说啊,说

---

① 乌克兰国旗的颜色。——译注

啊，但越来越强烈的感觉是，你永远也无法结束！

　　"他睁开眼睛了，亚历山大·伊万诺维奇，他睁开眼睛了！"护士轻轻地摇了摇他的肩。原来，他真的睡着了。咖啡真好！

　　"什么？眼睛？"

　　耶拉金一下子站了起来，快步走向病房，边走边整理肩上稍稍下滑的白大褂。康拉德·埃内斯托维奇用那双不幸的大眼睛看着他，枕头和床单的白色凸现了目光的凄惨。董事就像白雪中的木乃伊。

　　少校站到床边，俯身对着他，好不容易克制住，没有说出："怎么，说吧！"

　　"我是个破产者。"康拉德·埃内斯托维奇说，立刻又闭上了眼睛。

冈瓦纳

1

涅斯托尔·克里亚耶夫大怒。他觉得，他们在欺负他。不光把他和数量众多的、独特的仪器设备从营地里迁出去，打破了大陆正中点的电子光环连续测量链，现在还要强迫他从这里，从古老的洞穴里搬出去。卡斯图耶夫和从莫斯科来的瘦骨嶙峋的花花公子对他宣称，这里，洞穴里，将是"指挥部"的配置点。他们安装了一个黑色的电箱，带遥控器和三个受话器，是卫星通信点。难看的玩意儿！事实上，他们是想刺激他——涅斯托尔·克里亚耶夫，显示自己的仪器要比他那堆古老的电流表先进许多。简直是小儿科！哪有什么指挥部?！现在明白了，为什么把这个奥塞梯人派到他跟前。政委—间谍！这个人奉命监视倾情投入的科学家的所有行动，当科学成果近在眼前的时候，推开发现者，把他们的探索结果占为己有。是的，应该早点考虑到的。耶拉金不是就那么简单地给钱。没有人会这么给钱的，所有人都是投资。每个商家、厂家考虑的就是利益，甚至在建教堂的时候也是如此。资本家与工人之间的——尤其是科学工人之间的合同，是明显的相互欺骗。在这种情况下田园牧歌是不可能的，也是不恰当的。

"或许，你们希望我从这里彻底离开?！"克里亚耶夫大声吼道，但他在花花公子和奥塞梯人脸上没有看到丝毫的不安。当然，他们希望的正是这个，现在他们无比高兴，这个不倦的学者自己把需要的话说出来了。自己打开了门。自己为绞索涂上了肥皂，还挖好了坟墓。涅斯托尔·伊卡洛维奇害怕了：原来，情况已经很严重了。

"我们给您一辆吉普。"帕托林说。

"我不需要你们的什么吉普!"学者又吼叫起来，但又对自己不利：他想通过叫喊表明，他不会离开，把交通工具塞给他，在他看来是挑衅，但别人对他的理解是他似乎已经准备好把电流表装在双肩包里，自己背着带出山口。

只剩下最后一条防线了。涅斯托尔·伊卡洛维奇宣称，是耶拉金派他到这里来的，也只有耶拉金有权请他离开。浅色头发的客人疲惫地叹了口气，说让学者清理场地的请求，正是来自亚历山大·伊万诺维奇·耶拉金，"建设工程设计"公司保卫处长。

"而且，这，不是终止考察，"礼貌客气的卡斯图耶夫插话说，"只是推迟。时间不长。亚历山大·伊万诺维奇是这样说的。他答应了。"

不知为什么，正是卡斯图耶夫突如其来的笨口拙舌（他精通俄语!），竟然成为说服涅斯托尔·伊卡洛维奇的关键点，此后，他的对抗便平息了。

"您很快就能回来，再来营地进行测量，也再能研究洞穴里的铭文。"帕托林确认。

克里亚耶夫皱着眉头，思考起来，尽管心里已经打定主意。关于季尔·谢尔盖耶维奇要来的事，他什么都不知道，即使知道，也改变不了什么。他们不认识。对学者而言，上级机关就是少校。

"我给他写个纸条。"

"当然，当然!"帕托林和卡斯图耶夫说道，甚至都没问，这里的"他"指的是谁。他俩转身去办自己的事情了。高级委员会来到之前，还有些东西要准备好。小广场作为两个岩体山洞的前室，在围绕它的天然石头矮墙上,安上了视频监控设备。两架陆地角状潜望镜。贴近目镜可以非常清楚地看到在河对岸——"阿富汗"那一面的营地里发生的一切。山洞小广场和营地之间的高度落差并不是很大,因此,这与其说是从上往下看,不如说是从侧面看。这对布景设计制作人员来说是有利的。不用在整个营地安排真实的军事表演,只要抓住"舞台前部"——小广场就可以了。小广场尘土飞扬,布满岩石,一直延伸到水流湍急的小河边。这里用于总体搭建,也竖起了挂有黄蓝两色旗帜和欧盟旗帜的桅杆。这里停着两辆以相应方式涂饰的装甲运输车——好朋友鲁斯泰姆价值不菲的礼物。此外,在河岸和铁丝网之间,还一定会有三个塔吉克边防军人背着卡拉什尼科夫枪,带着边防犬,一日四次,来来回回地巡逻。乌克兰人拿的应该是 M-16。鲁斯泰姆在这方面也给予了帮助。他有一个仓库,里面显然有各种各样的战斗道具。特别要张罗的是服装。运来了足够的制服,当然,所有衣服的尺寸都不合适。美国军队,至少在外表上,与我们的军队有明显的区别:他们的军服都非常合身。从来没有什么地方松松垮垮的,扣得都很紧,裹着网的头盔戴在头上,就像浇灌上去的一样,从来没有戴歪的现象。帕托林为此费了不少力,但收获很少。他几乎绝望了。"继承人"只要从目镜里看一眼,就会什么都明白。老电视观众有"好眼力",在伊拉克报道中上千次地见过美国兵。那种特别的、所谓文明传播者的步态,臂弯里的枪托,用枪管左右刺探,半蹲着前行。邦达尔丘克①试图在影片《第九连》中复制这一切,结果是画虎不成,胡闹。苏联人和美国人前进的方式是不一样的。

---

① 费奥多尔·谢尔盖耶维奇·邦达尔丘克(1967—   ),俄罗斯演员,导演,制片人,电视节目主持人。——译注

军人的传统动作就像吐字发音一样,是经过几百年的时间形成的。盟军在诺曼底登陆:豪放的海军陆战队员们奔跑着跳落到欧洲的沙丘上,鞋跟溅起一团团泥沙,枪托扎进欧洲大陆的土地。俄罗斯人跨越第聂伯河:弯腰躬身,安静地坐着筏子,行为克制、谨慎,没有一点点徒有其表和超越人类的东西。几乎是听天由命的样子,但这不重要,您只要让我们能卡住敌人的咽喉就行。

"再蛮横一点,蛮横一点,弟兄们!"导演帕托林这样要求自己的队伍,但结果还是一点都不能令他满意。

聪明的卡斯图耶夫安慰他:

"你干吗这么拼命?!"

"唉,这哪像北约部队啊!"

"这也不应该是北约部队啊!我们要杀的是'一簇毛',他们,不管穿上什么,还是一簇毛。你的莫兹加列夫,很清楚这点,希望看到的也正是这点。"

帕托林懂了,笑了笑,点点头。原来,缺点可以转换为优点。

"你是对的。尤先科不久前才宣布,乌克兰可以派士兵去阿富汗。他们还来不及养成美国习惯。"

"就算这样。只是,知道吗,伊戈尔?"

"什么?"

"你告诉他们,少点取笑逗乐和全身抽动。原因还是一个:太过欧洲做派。"

"好的,好的。"伊戈尔又点了点头,"只是你知道,这都是些特别的人。"

"知道了。"卡斯图耶夫理解地叹了口气。

"知道吗,那些喜欢扮演托尔金作品人物的人在最后一刻表示不来了。尽管我又提高了价格,但没用,不,他们说,不去了! 对他们来说,和自己的'创始人'斯塔姆帕斯见面更重要。于是,我只得再去拉人,有谁拉谁。'机智开心俱乐部①',莫斯科郊外的锦标赛,第五联赛,波多尔斯基艺术节,那些家伙,我见谁拉谁。那些人没资格上电视耍笑,他们那里有自己的等级规矩,就像在……总之,我找了些垫底的人来当'群众演员'。知道吗,这还不光是些吃饱饭没事做的人,他们还特别调皮,一直说俏皮话。'全天笑',像常说的那样。这很可怕! 我和他们一起坐飞机。喝酒,我禁止,禁酒令,但说话你禁止不了。于是他们就开始了。一昼夜,我也差点成了黑发男子。"

"为什么? 啊,也是'开玩笑'。"

"对不起,尤拉。你知道,我觉得,如果真的要开枪杀掉他们,我,几乎,也不会反对的。"

卡斯图耶夫呵呵一笑。

"走吧,我们催催克里亚耶夫。"

"最有特点的是——一个乌克兰人都没有。某种意义上,这甚至很棒! 完全的偷天换日,百分之百。"

话音未落,从一号山洞里走出克里沃普利亚索夫。他打了个哈欠,把一根香烟塞进嘴里,不以为然地打量了一下四周。季尔·谢尔盖耶维奇的同学的角色在"指挥部"里既微不足道又模糊不清。他寡言少语,不时地躺一会儿,抽抽烟,打打哈欠。什么也不关心,不要求为自己

---

① 简称 KBH,苏联及俄罗斯电视幽默节目,集音乐、舞蹈、表演、脱口秀于一体,于1961 年 11 月 8 日在苏联第一频道首播即大获成功。KBH 常常从社会问题中取材,在幽默风趣的演出中反映严肃的社会问题,或者讥讽一些丑陋现象。

确定工作范围,不参与谈话,尽管人们问他的时候,他都乐意地、友善地给予回答。他会长时间地消失在岩洞里,在那里主要就做一件事:读一本破破烂烂的厚书,平时,他把这本书插在腰间。腰上束着一根带绿色铜扣的士兵用皮带,因此他的样子像游击队员一样。对于禁酒,他没有反对,尽管,他显然很会喝酒。总的来说,他几乎不为人注意。他无关紧要到这种程度,以至于帕托林不觉得有必要在给少校的汇报中提到他。由于感冒带来的那番忙乱,耶拉金甚至忘记了他存在的这一事实。因此,当想起他的时候,他就一下子成为了一个大问题。他怎么办?克里沃普利亚索夫不理解人们开始对他做出的巧妙暗示:您其实离开这里也不错,康斯坦丁。他对这些暗示是如此的木然,甚至会觉得他是故意的。因此也就不可避免地会想:"他是被派来的!"暗探,耳目!但这种怀疑又与克里沃普利亚索夫善良的、不得罪人的习气不相符,怎么会呢,他不像侦探!再说了,好侦探也不应该看上去像侦探。

得了,帕托林试图把这些想法都赶走。偏执狂!

季尔·谢尔盖耶维奇事先未必会知道,决定性战役的地点最终会转移到这里,到帕米尔山坡上!他,多半不知道,克里沃普利亚索夫在这里。因为他从来没有问起过他。

今天早晨明确了:再要拖延挑开这个脓包的时间,已经是不可能的了。"继承人"不光自己要来,而且几个小时之后到来。即使他没有把老朋友派来,但看见他在这里,也会想和他聊聊他在这里所看到的东西。或者老朋友自己会希望真诚地分享所见所闻。

事实上,把克里亚耶夫"逐出场地"的计划,是声东击西。涅斯托尔本人并不危险,因为他原本就不了解河对岸正在进行着的准备工作。但是他的"被迫"离开可以作为遣送克里沃普利亚索夫的合适借口。可以说,有顺路的吉普,康斯坦丁朋友应该去一趟最近的眼科医生那里。对于热爱阅读的人来说,视力可是一切。

但发生的事情出人意料。对于离开营地去散散心的好心建议,"继承人"的朋友面带微笑,婉言谢绝了。他在这里也挺好,食物、空气都不错,再说,眼睛也好了。另外,季尔要来了,他听说了。如果朋友康斯坦丁离开的话,季尔会奇怪的。

就是说,"继承人"知道,朋友在这里!?

帕托林和卡斯图耶夫有点惊慌地退到了一边。

"我们怎么办?"

"不知道,尤里·阿尔卡季耶维奇。"

联系了正在飞机上的耶拉金。耶拉金显然不方便说话,某个危险的人物坐在旁边,多半是"他"本人。但少校还是在不暴露的情况下发出了指令,要求是:应该让"朋友"保持中立。开始考虑:怎么落实? 把他打发到鲁斯泰姆那儿去? 直接挑明? 把他软禁到河对岸某个布景军营里?

两人商定,最简单的方法——直接和他谈。如果他固执己见,那就把他绑了藏起来。

"谁和他谈?"

"咱们两人,尤里·阿尔卡季耶维奇,咱俩一起。"

看到指挥官们朝自己走来,克里沃普利亚索夫便在一块岩石上坐下,尽可能深地吸了一口烟,仿佛指望在烟中获得某种内在的支撑。他显然感觉到了些什么,但具体是什么,现在已经无所谓了。必须把整个真相都揭开,不然不行。

"要谈一下。"卡斯图耶夫直接走到他面前。

"是的。"帕托林确认道。

"说吧。"克里沃普利亚索夫又深深吸了一口烟。

"莫兹加列夫快到了。"

"是啊,怎么样?"

"我这么说吧,他不知道我们在这里做什么。"

"那你们在这里做什么呢,尤里·阿尔卡季耶维奇?"克里沃普利亚索夫笑了笑,那笑容不怀好意。

"我们想骗一下季尔·谢尔盖耶维奇。"帕托林果断地开始了谈话,并以同样果断的风格向"继承人"的朋友讲述了在此前发生的全部故事:阿斯科尔德被乌克兰政权黑帮绑架,季尔萌发报复愿望,利用女服务员娜塔莎的计谋功亏一篑,还有焦夫杰特和阿卜杜拉,总之,相关的一切。克里沃普利亚索夫抽着烟,神情忧郁,边抽烟,边仰起头打量着谈话的伙伴们。

"这就是为什么你们不让我靠近潜望镜的原因?"

"是的,"帕托林承认,"就是因为这个。"

克里沃普利亚索夫最后一次深吸一口烟。

"从你们的讲述来看,米佳疯了。只有疯子才会想出他想出的东西。"

看到他的烟抽光了,卡斯图耶夫把自己一包打开的香烟递给他。克里沃普利亚索夫做出没有看见这一礼物的样子。

"我们不知道,季尔·谢尔盖耶维奇是否有责任能力,我们不能冒险,您明白吗?"帕托林在旁边另一块岩石上坐了下来。"我们做这个'仿品',是为了骗他。他会想,报复实现了,就会很快离开,因为这是边界事件。过一段时间他会收到录像带。摄像机已经准备好了。"

"如果他带录像带去电视台,那一切立刻暴露无遗!"

"不会立刻。立刻发生的只是闹剧。尤先科们或者季莫申科们否认,说乌克兰武装力量还只是在准备派往阿富汗的过程中,专家们会声明,说这样的进攻是不可能的。于是,这段时间在媒体和所有的频道上都会有连续不断的歇斯底里。我们的主人公,最后要的正是这个效果。当人们在梳理来龙去脉的时候,会发生不少变化,愤怒会减少,米佳,他总的来说,您知道,是个多变的人。到那个时候,阿斯科尔德的事情就会弄清楚,在莫斯科已经有很多进展了,发现了肇事者。总的来说,也许,季尔自己匆匆赶来这里,是为了在阿斯科尔德获释前快速地把事情办好。一句话,我们把季尔·谢尔盖耶维奇的想法掩埋在这轰轰烈烈的表面场景下面。"

克里沃普利亚索夫用非常专注的目光看了一眼帕托林。

"也就是说,你们想把米佳当傻瓜?"

"我觉得,傻瓜总比刽子手强。他自己事后会对我们大家说谢谢的。怎么,为了支持他关于自己历史地位的狂想,真的同意杀掉几十个人?!"

"年轻——人啊。"朋友没有表情地叹了口气。帕托林紧张地笑了一下。

"您想说什么?"

"我什么都不想说。"

"您什么也不用说。如果他提出问题的话,您只要保持沉默。"

"您觉得,我做得到吗,年轻人?"

卡斯图耶夫紧张地咳嗽了一下。

"可以,当然,喝醉酒,或者装出醉酒的样子,在山洞里躺两天。"

克里沃普利亚索夫摇了摇头。

"如果喝醉的话，我肯定会说漏嘴的。"

"那怎么办？"

"最好，我走，年轻人，就像您建议的那样。"

卡斯图耶夫和帕托林放心地对视了一眼。

"我不想掺和进这些乱七八糟的事情里。"

卡斯图耶夫两手举起轻轻一拍，显示出了他身世中的东方特性。

"当然，不应该，不应该出卖朋友。"

"也不应该支持朋友，如果他有犯罪意图的话。"帕托林坚定地补充道。随后又补充说：

"您会在两个选择间备受煎熬，这非常难受，甚至，是痛苦的。"

克里沃普利亚索夫突然咳嗽起来，还夹杂着不健康的笑声。

"只是别把我塑造成哈姆雷特，"他很自然地把重音落在"雷"上。"我走，我走，我现在就走。你们给车吗？"

"当然！"卡斯图耶夫又伸出双手。

"还有钱。我没有钱。我只有一些食物。"

"给钱。"帕托林坚定地点了点头。

克里沃普利亚索夫站起身，又打了个哈欠，慢慢朝山洞走去，显然是去收拾他的东西。

卡斯图耶夫画了个十字。帕托林笑着从自己连衫裤——这里所有人都是军事装束——胸前的口袋里掏出皮夹，检查一下里面还有多少钱。

"我们去催一下克里亚耶夫。"他说，同时把皮夹放回了口袋。

涅斯托尔·伊卡洛维奇还在写，他弯着身子，本子放在膝盖上。原来，他说的"纸条"是科学意义上的"简要报告"，他现在正在准备一份给耶拉金的完整的、理由充分的报告。对他来说，重要的是让少校确信，一分钱也没白花。

在克里亚耶夫奋笔疾书的时候，他的朋友塔希尔来了，像通常那样，带着神秘的、不怀好意的微笑。直接显露出来的东方式的笑里藏刀。他来的正是时候，因为将由他把涅斯托尔·伊卡洛维奇送往内地。连带他那些主要的学术材料。可以节省考察队的越野车。

卡斯图耶夫看着考察用的各种什物被装上鲁斯泰姆弟弟的那辆寒酸的"帕杰罗"，同时一直在揩拭着出汗的下巴颏儿，他说：

"这里有什么不对劲儿，这一切我不喜欢。"

"不喜欢什么？"伊戈尔气愤地问。

"一切都太顺利了。"

帕托林没有挥手把他撵走，也没有说，鲁斯泰姆关于一些陌生人租用直升飞机的童话，他觉得真的是童话。对于他，具体的、不是幻想出来的操心事已经够多的了。气象站变成检查站后的样子还是不能令他满意。他还是觉得，只要仔细地看一眼，就会发现这一切都是粗制滥造、匆忙赶工的赝品。

2

从白雪皑皑的莫斯科到阳光明媚的塔吉克斯坦，季尔·谢尔盖耶维奇和亚历山大·伊万诺维奇一路上形影不离。乘汽车、飞机时坐在一起，或者是肩并肩，或者是面对面。吃的是同一种食品，喝的是同一瓶酒。进行着很长很长的，最重要的是，抽象的谈话。主要是领导在说，保卫处长说的话，恰如其分，正好让人看出，他不光在听，而且也理解谈话的内容。小莫兹加列夫涉及的话题非常广泛,而且在转换话题时随心所欲,没有任何的预兆。他说话的时候,头靠在机舱壁上,一只眼睛看着舷窗外浓密的白云。他长时间地议论人生的价值。说最近价值跌得非常低。

"现在报纸上那些喜欢哭诉命苦的人,都是白痴,风气糟透了！说,为了一百卢布就会去杀人。那有什么,一直都这样的,只是在陀思妥耶夫斯基的小说里才有为三千卢布折磨杀人的,要知道,以前在古罗斯常常为一个铜十字架就杀人。杀人总是一样的,时代的区别体现在安葬的方式上。苏维埃俄罗斯是这样一个地方,那里躺着几百万具被草草掩埋的尸体。坟墓,是种包装,为的是把人的遗骸转移到另一个,这么说吧,上级那里去。如果认为,它,这个上级,并不存在,那就没什么追求的了。也没人会为草率而追究。我们的葬礼,要么奢华,要么简陋。棺材后面,要么走着为你送葬的整个国家,要么什么人都没有。死了以后,最好的人有陵墓,普通人——则是无名空地上的一个坑洞。在与彼岸世界的关系中缺乏冷静、清醒的规律性。一切的一切——一直到劳动道德,都是由此衍生出来的。怎么埋葬,也就怎么生活。"

耶拉金边听边回忆起小时候在电视里看到过的肯尼迪总统的葬礼,还有阿灵顿公墓绿色的田野,他试图表达这样一个想法:"他们"那里,总的来说,那一切,也一样的,排场有时也会摆的,也……季尔·谢尔盖耶维奇抓住了"电视"这个词,又把大家的注意力拉向自己一边。

"我对你说过米什卡的想法,为什么我们不可怜电视剧中被打死的人?"

"是的,我记得。他们过后会在广告中复活。"

"基本是这样。不可怜他们,因为他们的生活是人为设定的,比如,我们很难想象电视人物的墓地。他们在镜头里吃饭，上床，走路，死亡，随后又立刻复活。什么都不会终结。人造的永恒居民。电视荧屏，潜移默化地，通过观众的收视习惯，把这个属性推广到主人公们的身上，不仅是连续剧的，还有纪录片的。不管是地震、恐怖袭击，还是海啸，所有事件的主角，除了灾难的类型之外，就是遇难者的人数。纽约摩天大楼遭受攻击后最初几个小时，人们说，死亡人数可能达到几万，但后来调查清楚了：一共是三千五，知道吗，我感到失望。不，抽象意义上，我希望没有人死掉，但同时又希望享受一下巨大损失的美味。这里有一条分界线。人的生命并不是一个整体的概念，这个概念有各种透视角度。"

"对不起，米佳，这个说法不是新的。天知道，什么时候已经有人说过了：一个人死亡是痛苦，而一千个人死亡，则是统计数据了。"

季尔·谢尔盖耶维奇点点头，用指甲挠了挠脸颊。

"是的，是的，我同意，是的，只是你没让我说完。这里，所有的问题都在于反馈。明白吗？"

"不明白。"

"我的技能的诀窍在于可以施加影响。通过观察各种信息中的尸体来满足，是一回事；而自己参与到尸体的生产中，是另一回事。我们这次的行动就是这样。是的，我们只杀掉二三十个斯拉夫事业的叛徒——乌克兰志愿军。似乎是小打小闹，几乎是个普通事件。但是这件事，经过所有电视频道的发酵，会无限地增加一簇毛尸体的数量，会看到几百万几百万被砍杀和被射杀的人。明白吗，萨沙?! 这将会是一个重大的历史性事件。颤抖吧!!! 我也会感到恢复正义的快感。"

少校喝了一大口矿泉水。

"对不起,米佳,我有一点不懂。"

"什么?"

"你为什么要去那里?"

"怎么?"

"你破坏了实验的纯度。"

"为什么?"

"由于你自己的到场。假如你留在莫斯科的电视机边,发布指示并且得到荧屏效果,那,是的,一切就很纯。这些不幸的乌克兰小伙子对你来说最多只是一些信息元素。但现在你将亲眼看到他们,看到他们的血,他们的尸体,甚至还能闻到他们的气味,如果你想的话。这样一来,你就不是一个地缘政治设计师,而只是一个普通的屠夫。"

季尔·谢尔盖耶维奇沉默了很久,然后突然露出了笑容,他有了一个很好的答案。

"要知道我不是为自己在这么卖力,萨沙。就算我会失去自己个人的、微小的满足,但国家会因此欢腾起来。我要做这一切,是为了大家!为了俄国人。如果你愿意的话,还可以说,为了莫斯科佬。你这样看着我,萨沙,好像你不喜欢这一切。"

"我从不掩饰这一点。"

"这倒是真的。你,总的来说,如果仔细想想,不是一个莫斯科佬。"

"那我是谁?"少校笑着问道。

"在最好的情况下——也就是个莫斯科人。"

"有显著的区别吗?"

"是的,萨沙,有的。我举例说明。举城市建设的例子,如果你不反对的话。"

"不反对。"

"你回想一下加里宁大街，或者，按现在的叫法——新阿尔巴特大街。"

"好的。"

"是这样的，莫斯科人为这条街想出了一个蔑称：'假牙'。但在那个时候，大街刚建成的时候，对于看到它的莫斯科佬而言，加里宁大街是现代化、进步和融入世界建筑主流的象征。莫斯科人为引以为豪的莫斯科小胡同由此消失感到心疼，而莫斯科佬觉得开心的是，他们的首都丝毫不逊色于大洋彼岸的百老汇。对了，大多数莫斯科佬，根本就不住在莫斯科。以前，他们被称作俄罗斯人。莫斯科佬不一定有俄罗斯血统。白令①和巴格拉季昂②就是莫斯科佬。如果你想知道的话，是莫斯科佬，而不是莫斯科人建立起了强大的国家。莫斯科人富足但没有前途。限额招收的工人成了莫斯科人，因为在首都他们需要的只是一份定额和一个铺位。限额招收的工人从偏僻的地方来到莫斯科，自己看不起偏僻的地方，而莫斯科佬则希望最大程度地把外省的偏僻地方都莫斯科化。莫斯科主义，这几乎就是宇宙主义！"

对于领导的演说，少校既在听，又不在听。听，是希望在不可靠的、异想天开的唠叨中，不经意间曝出某个有用的细节；不听，是因为脑子里不断想象着埃列温特河畔的场景。在最后一次通话中，耶拉金答应

---

① 白令（1681—1741），探险家，出生于丹麦，1704 年起在俄国海军服役，深受彼得大帝赏识。白令海峡、白令海、白令岛和白令地峡都是以他的名字命名的。——译注

② 彼得·伊万诺维奇·巴格拉季昂（1765—1812），出身于格鲁吉亚皇室家族，俄国 1812 年卫国战争期间最杰出的将领之一。——译注

伊戈尔说,他会竭尽全力,尽可能让关于河边工程的预告信息眯住"继承人"的眼睛。在米-4飞近策划中的流血事件发生地的时候,少校就在做这件事。

"阿富汗在哪儿?"季尔·谢尔盖耶维奇问,鼻子贴到舷窗的玻璃上。"在那儿,河对岸? 这是瓦赫什河,或者怎么叫的,浦赤河? 是喷赤河吗?"

"这不是瓦赫什河,也不是喷赤河,"少校耐心地解释说,"这是瓦赫什河的一条支流,也就是喷赤河。你把我搞糊涂了,米佳。边界并不一直都沿这条河走的。"

"山这里还是塔吉克斯坦,那儿已经是……"

"是的,阿富汗。我们现在一直飞到边界。我们的飞机在升高。听见了吗,发动机的声音也变化了? 高山地区。"

季尔·谢尔盖耶维奇点点头,尽管并不确信,自己真的捕捉到了这一变化。

河在下面流淌,它仿佛是由熔化的银块抽成的几根丝线编织而成的。在河的南北两面,是烟灰色的岩石平原。只在有些地方,像小块的乱蓬蓬的皮毛一样,看得见一些灰色的植被。嗒嗒作响的发动机外壳的后面和左面,山峦现出它们白色的顶峰。空气清澈无比,能见度高得难以置信。由此,你醒悟到自己正身处这样一种稀薄和透明的空气的中心,心脏也不时地跳动加快。

"没有一个人。这里没人生活。"季尔·谢尔盖耶维奇感到奇怪,不过这种感觉并不完全正确。他们还看到四栋没有屋顶的房子——这是一个被废弃的居民点,还有一辆孤零零的卡车,不知怎的被抛到这个地方。

"乞力马扎罗山顶的卡车!"莫斯科来的视察员客人轻声说道。

两昼夜前开始于莫斯科多莫杰多沃机场的漫长旅行接近尾声。少校是最后一分钟冲进机舱的,他甚至都不愿想,假如他迟到的话,会怎么样。不过,他在心里已经打定主意,如果来不及的话,那就直接给季尔打电话,告诉真相。随着时间的推移、进展的深入,这件事情越来越像巴别塔——巨大、复杂、毫无意义。进了机舱,在喝了一杯白兰地之后,耶拉金决定,如果"继承人"哪怕是暗示猜测到了些什么的话,他就主动"决裂"。季尔突然要来帕米尔,这一冲动本身就说明了很多问题。只要再有一句挖苦、暗示的话语,那就可以了断这件破事。

这会对保卫处长构成什么威胁呢?他将不再是保卫处的领导,也就这点!对我来说,难道这是损失吗!

面对阿斯科尔德的道德责任?它已经不那么凸显了。而且,在克劳恩自杀未遂之后,看得出,没有他——少校的关注,一切问题也都能解决。抗渗的墙已经倒塌,现在需要做的是收拾断壁残垣,实质会自动显现。把事情做完的可以是雷巴克,是帕托林,可以是任何一个其他同志。大莫兹加列夫是否活着已经无所谓了。

那干吗还要和小莫兹加列夫一起踏上这次愚蠢之旅呢?只是把事情做到底的习惯使然?胡扯!是否有不急于自我暴露的合理理由?还是已经开始了的事情的简单惯性促使的?

如果"继承人"现在得知,人们又一次准备骗他——他的反应会怎样?大发雷霆,不顾一切地蛮干,搞一场真正的而不是有名无实的大屠杀?又是胡扯。他少校是不会去射杀"机智开心俱乐部"那些无辜的三流成员的。不能因为有人缺乏才能就杀掉他们。坦率地说,没有力量去做激烈的事情。向季尔摊牌，自我暴露。没有力量。没有力量来做起码的背叛，也就是说，给当地的某个领导打电话，如果他们栖息在这些山里的话。

最简单的做法——不管这看起来多么奇怪，还是把骗局进行到底。如果一切将在"继承人"的眼睛前面鼻子底下很好地上演的话，那他的变态渴求会被满足很长一段时间。他将是罪行的参与者，而用揭露他在此事中所起的作用作为威胁，可以阻止他再去干出类似的事情。这将会赢得很多时间，而时间会改变格局。

在飞行过程中渐渐清楚了，季尔·谢尔盖耶维奇对正在进行的针对他的骗局毫不知情。对于海岛之行突然改为山地之行一事，他带着自己一贯的调侃口吻说，这是不受控制的心灵运动的结果。儿子已经不止一年地等待父亲的热情光临，还会再等一个礼拜的，特别是，也没有人事先告诉他说爸爸会来，让他高兴。儿子心里不会有任何伤痛，但与此同时，会有一次对主要事件展开地的有益的检查访问。亲自参与世界上第一个由私人指挥的地缘政治行动。季尔·谢尔盖耶维奇五次重复说，这一事件将载入史册，不仅是恐怖主义的史册，而且是整个人类的史册。

耶拉金努力让领导准备好接受在事发地等待他的各种"场景"。他讲述了塔阿边界那些设备工程的特点。展示了谎称来自互联网的打印材料，表明乌克兰部队被秘密派往阿富汗履行盟军义务。这些材料是很容易相信的，因为电视已经不止一次地报道过尤先科在欧洲集会上的发言，他明确承诺自己的国家将参与阿富汗的和解进程。他嘴上答应这将在未来实施，但事实上，已经把人秘密地派去了。真难以想象，怎么会这么走运！美国指挥官把军事上的新朋友安排在该国遥远的北部,最大限度地远离动乱的南方,指挥官怎么知道,这是一条通向地狱的道路。

季尔·谢尔盖耶维奇喜欢这样的推论,他怡然自得地微笑着,不时地搓着手。

逐渐地,少校的信心开始增强了:能够"蒙混过去"。在最后几次已经是从杜尚别打出的与帕托林和卡斯图耶夫的卫星通话中,保卫处长确认了行动计划。行动将在傍晚进行,为的是在所有该有的爆炸、轰鸣发生之后,黑暗立刻降临并且吞没草原,那样,"继承人"就没有任何可能,也没有任何意愿去看现场了。少校甚至想,季尔·谢尔盖耶维奇会亲眼看到许多东西,倒是好事。如果他置身于莫斯科或者剑桥,他可能会怀疑——一切发生得太快、太顺利了。而在这里——不管怎么样,他自己是目击者。

要与助手们进行这些对话其实很不容易。为此需要自然地与"继承人"分开哪怕一个小时。而"继承人"似乎是故意地,一直跟着自己的主要卫士,就像影子一样。当然,他这样做,不是出于对亚历山大·伊万诺维奇的爱,而是因为怀疑和不信任。当敌人一直在你眼前的时候——心里会平静些,这还是黑手党头领唐·科莱昂留下的名言。不过,假如不能解决脱身问题,少校就不是少校了。在茶馆开会时,他就装出中毒的样子,马上被送进当地医院,在那里,他同意给自己洗胃,为的是摆脱嫌疑。而为了得到办事所需的半个小时,他耍了很多花样,并且为自己感到非常自豪:他巧妙地欺骗了所有可能监视他的人。给帕托林和卡斯图耶夫发出了所有必要的指示,弄清了计划的所有细节。他自然为自己感到自豪,尽管由于步骤改变而疲惫不堪,而且不久前还受了流感的折磨。但假如少校知道在他被送往医院后茶馆里所发生的一切的话,他会感到疑惑和不安的。

"继承人"起身走进里屋,那里已经安排好了另一场完全不同的会晤。地毯上,靠着蒙上毯子的坐垫坐着三个人,用张开的手指端着茶碗。焦夫杰特、阿卜杜拉和上校,也就是那个在基辅让无辜的布尔达遭了很多罪的上校。

"咱们开门见山。"季尔·谢尔盖耶维奇环顾着四周说道。他不知道,少校会离开多长时间。雷巴克留在那儿望风,给他的指示是,一旦看到少校出现,立刻发出约定的声音。同时,他也不应该知道,主人背着旁人的目光在做什么。米隆·罗曼诺维奇也不想知道,他心情极差,全身充满隐痛,觉得自己是真的中毒了,不像少校。乌克兰的那封信烧灼着他的肺腑。

"我有您需要的东西。"上校对季尔·谢尔盖耶维奇说,"机器完全正常。四枚导弹。所到之处,任何东西都会荡然无存。"

"钱给你们了?"

"给了一半,"焦夫杰特接口说,"另一半完事之后,在这里给。"

季尔·谢尔盖耶维奇点了点头。

"现在,我需要与你们有直接的、非常可靠的联系。还有与飞行员的联系。直接的和可靠的。时时畅通。我想完全控制局面。"

上校友善地点了点头。看来,他很高兴参与这件事。而季尔·谢尔盖耶维奇显然焦躁不安。

"您只能根据我的命令行事,明白吗?!"

"这有什么不明白的?"

"只根据我的命令,严格对准我说的目标。"

"目标明确——河畔的气象站。"

"是的，"季尔·谢尔盖耶维奇点头，"但是没有我的命令，不得开火。"

"那当然!"

上校伸手从靠垫边的提箱里拿出一部不大的黑色对讲机，把它交给客户。

"什么都不要碰，这里只有一个频道，不可能搞错，也不会弄不懂，您按一下，我就在线，倒过来，我一按，您就上线，明白了?"

季尔·谢尔盖耶维奇试了一下。

"的确，很方便。好吧，我走了，他很快会回来。"

在离开铺满毯子的房间前，他问焦夫杰特：

"你们往耶拉金的抓饭里放了什么没有?"

"没有。"

"就是说，巧了，我们走运。"

阿卜杜拉笑了笑。

"我们在任何情况下都能找到办法来跟您商谈。"

当疲惫不堪、但对自己的成功颇为得意的少校回到桌边的时候，季尔·谢尔盖耶维奇已经在平静地喝着茶，与雷巴克慢慢地、有一句没一句地在说着什么。雷巴克很矜持，不自然地浑身冒汗。他几次想把信拿给对方，但每次都有什么东西阻止了他。良心！我哪来的良心?! 米隆·罗曼诺维奇惊奇地想。季尔·谢尔盖耶维奇打量着四周，在阔大的凉台上，除了他们之外，还有两组人，都是些看上去令人肃然起敬的人，留着胡子、脸晒得黝黑。他们闭眼沉默着，握着烟袋杆的手撑着太阳穴。尽管看不见，但能听到灌溉沟渠在潺潺流淌，不见身影的小鸟在吱吱歌唱。在鹅卵石铺成的粗糙马路上，一辆老式的苏制卡车摇摇摆摆,吃力地行进着。看着这一场景,似乎可以说,时间停滞了。但是季尔·谢尔盖耶维奇不会同意。他觉得,相反,时间在无形地加快自己难以捉摸的进程。

"告诉我,萨沙,你不觉得有人在监视我们吗?"

"没有,米佳。谁要在这里监视我们。为什么?"

"那倒是。你为什么这么忧郁,你还不舒服吧。"

"有点不舒服。"少校回答,而且这是真的。原来,在和卡斯图耶夫、帕托林交谈之后,他决定同时往莫斯科给塔玛拉打个电话。打过去的时候,她像平时那样。谢廖沙不在家,而妻子没法解释清楚,他们那儿正在发生着什么。不,少校没有着慌,没有设想谢廖沙一定出了什么事,他只是情绪受到了影响。为了自信、稳妥地指挥一场错综复杂的行动,他最好是能够确信,后方一切安然无恙。什么时候还会有机会悄悄地往莫斯科打电话呢!季尔在场的时候不想打。因为,如果谁会给少校不愉快的话,那只有"继承人"。

3

帕托林和卡斯图耶夫紧张不安,就像首演之前的导演。好像,一切都考虑周全,一切都预备好了,但同时有个想法在折磨着他们:如果突然不是"一切"呢!天晓得,莫斯科来的这位细致的领导会注意什么。他们一次又一次走到"潜望镜"边,长时间地观察"检查站"里悄无声息的悠闲生活。好像一切都很自然,但是,到时候"他"突然把眼睛凑到德国高质量的镜片后面并大叫一声:我不信!

博贝尔和萨乌什金兄弟已经在鲁斯泰姆的村子里扎下了脚跟,在那儿,他们也像帕托林在这里一样训练一批演员。他们还要负责训练看上去令人信服的边防队员,还有"恐怖分子团伙"。前面已经说过的,演员由鲁斯泰姆提供。他在看军事戏剧演练的时候,非常快活。训练当地青年这样来做悄悄靠近的动作:当季尔·谢尔盖耶维奇的目光落到他们身上那一刻,要看得见,他们正是在努力地悄悄靠近。如果像平时那样做,也就是很隐蔽地靠近的话,那就不好了,这样一来莫斯科的检查大员就根本看不见他们。总的来说,"团伙"的整体作用比较简单。在开阔地带跑两百米左右,然后埋伏到石头后面(但要让指挥部里的人看得很清楚),开始发射榴弹炮。营地里为相应的爆炸已经准备好了一切。即使同步效果不理想,也没什么,细节会消融在总体炮击以及大火之中。这些也都准备好了。

帕托林看了一眼手表。

卡斯图耶夫说:

"过一个半小时,我想。或许更快。他们是凌晨出发的。"

河的两岸沐浴在清新的晨晖之中,甚至对于这些未被惊扰的空间来说,此时的空气也是罕见的明澈。好像,只要开口与高山说话,哪怕是低声絮语,它们也会高兴地回应。

半小时前克里亚耶夫与塔希尔、克里沃普利亚索夫一起坐车走了。帕托林和卡斯图耶夫在指挥部山洞前的石头地面广场上来回踱步。所有的指令都已经发出,进一步的关注只会使执行者焦躁不安。

熬过这一天,就可以退休了,这样的想法在"导演们"的头脑里徘徊。

卡斯图耶夫又一次没忍住,走到"潜望镜"边。帕托林原想对他的谨小慎微恶毒地说上两句,但结果却是自己也在旁边坐了下来。一切都像往常一样。河水奔流,起伏的水面闪闪发光,后面是一排铁丝网,尽管绷得很马虎,但毕竟还是真正的铁丝网,低矮的白色军营,旗杆,旗帜挂得使人不得要领:不知它们是为谁升起的。旗杆边是一辆敞篷越野车,从这样的距离望过去,你想不到这仅仅是件道具。光着上身的士兵在有十个龙头的蓄存池边刷牙。他们彼此间匆匆地简短交谈,用手肘去戳碰对方的肋骨。而离这不远,有个露天食堂,这是帕托林的骄傲,桌上没有任何的汤盆和黑面包片①。每个战士都有一个托盘,面前有五个罐子,应该用长勺从那里舀出各种垃圾食品,例如腌制玉米、花椰菜等。还有醒目的装着鲜亮橙汁的高水罐,众所周知,美国人和他们的盟友,没有橙汁是无法打仗的。这如同燃料之于坦克。

"你怎么想,伊戈尔,季尔会读唇语吗?"

"怎么?"

"别人在那里不停地闲谈时,我会有这样一种印象,好像能猜测出一些词。"

"那就让他们骂娘,都是些粗鲁的军人么。停,停,停,这,是什么人?"

卡斯图耶夫打了个喷嚏。

"你指的是谁?"

"就是那个,直接从罐子里喝芬达的那个?"

卡斯图耶夫又打了个喷嚏。

"是啊,头发有点没剪好。我们可以认为是后方部队,这么说吧,小伙子们对自己放松了要求。"

帕托林突然用嘶哑到极点的声音问道:

---

① 汤和黑面包是俄罗斯、乌克兰、白俄罗斯等东斯拉夫民族的日常食品。——译注

"他怎么会在这里?!"

"塔希尔带来的。小伙子在克里亚耶夫那儿打工,后来要求来做群众演员。小伙子的手,非常灵巧,自己弄好了发电机,不然……"

帕托林大声地骂了一句,跺了一下脚。

"你怎么了,伊戈尔?!"

"必须马上把他从那儿弄走。打电话,尤里·阿尔卡季耶维奇,给在那儿值班的人打电话,只是要快!!!"

"是吗,为什么?"

"那是瓦西里,季尔对他非常熟悉。"

"见过他?"

"是啊,见过,快打电话! 让他们把他藏起来!"

"要么,我最好跑一趟,把他带回到鲁斯泰姆那儿?"

帕托林还来不及回答,就听到一阵哒哒声,从山那边传来,白色的背景上出现了一个大大的黑点。

晚了!

卡斯图耶夫冲到安置在位于山洞入口处之间的卫星通信联系点,开始用成年男人肥胖的手指拨所需的号码,就像在这样的场合他一直做的那样,使着性子:"请您不要慌张,尤里·阿尔卡季耶维奇,也不要让惊恐扩散。让人们有礼貌地、平静地向这位瓦西里公山羊先生解释,他今天的时光应该在幕后度过,无论如何不要出现在前台。别让人们看见他! 不然我亲自割了他!"伊戈尔在故意平静的长篇大论的结尾处尖叫了一下。正因为如此,话里少了个"阉"字。干瘦的他发出这样的威胁看上去很可笑,但是尤里·阿尔卡季耶维奇没有笑,他气喘吁吁,咕噜着把长长的指令灌到值班的"北约部队"乌克兰值班员的耳朵里。

4

直升飞机在离"边界"五公里的地方降落,对外的正式说法是这样要求的。卡斯图耶夫开着营地的一辆越野车去迎接。被迎接的同志比原先预计的要多。季尔·谢尔盖耶维奇、耶拉金,还有,雷巴克,不知怎的,居然还有克里沃普利亚索夫!!! 见到他在降落人员当中,尤里·阿尔卡季耶维奇有点不知所措。甚至没有立刻从驾驶座上下来。

他怎么会坐到直升飞机上去的?!

这会意味着什么?!

难道被发现了?!

但"继承人"和少校站在一起,甚至还在交谈着什么。

在这种情况下,怎么做?

不管怎样,最好保持沉默。做出样子,好像没有什么特别的事情发生。

客人们坐进车里。卡斯图耶夫尽量不去看克里沃普利亚索夫的眼睛,他做到了。

车启动了。

季尔·谢尔盖耶维奇几乎立刻说道:"但是,你们这里的道路……比在祖国俄罗斯那里更陡。有意思,这样的话,傻瓜也应该相应地更傻。"

"这不是道路。"卡斯图耶夫说,更紧地握住了方向盘。汽车是在一个巨大的斜坡上行驶,所以关于"陡"的对话是完全恰当的。

"继承人"的心情,看来,非常好,这是可以理解的:他梦想实现的时刻正在到来。车里坐着的所有人,或许,能理解他,但是,好像,没有一个人和他一起感到高兴。但这丝毫没让他觉得尴尬和不快。

卡斯图耶夫在后视镜里捕捉到了耶拉金的目光：少校刹那间在脸上露出特别的表情，这要么是对朋友无言询问的回答，要么是对车轮正好碾上石块的反应。司机还是不知究竟。

众人来到了营地。

令卡斯图耶夫意想不到的是，帕托林对克里沃普利亚索夫的出现没有表现出丝毫的惊讶，居然有这样的自控力！？

"怎么，科斯佳叔叔顺路把您捎上的？"

"继承人"的同学不好意思地点了点头。他知道，人们希望看到的，不是他的这个反应，但他只能如此。

季尔·谢尔盖耶维奇兴致勃勃地熟悉着地形。

"啊，啊，我们将从这里观察一切，是吗？来，让我们看看，看看。"他走向"潜望镜"。"告诉我，按哪里，啊，什么都不用按。"

"我什么都没对他说。"克里沃普利亚索夫轻声说道。

"一切照旧。"耶拉金说得还要轻，同时从手下人身边经过，朝"潜望镜"走去。他也渴望看一看自己下属的工作成果。最好能看见季尔·谢尔盖耶维奇此刻看到的东西。

雷巴克显然不愿意参与到这里的任何事情当中，他坐到山洞边的石头上，抽起烟来。

"这是什么，萨沙，看！"响起了季尔·谢尔盖耶维奇令人难受的叫声。刹那间，"指挥部"场地上的情势仿佛凝固住了一样。卡斯图耶夫低声骂娘。帕托林皱起了眉头。少校觉得双腿发软，眼睛贴上了潜望镜。

"这是什么？"

"这是篮球架，米佳。"

"街头篮球,"跑过来的帕托林在他们背后叫道,"是美军设施的组成部分。这里原先是美国的检查站。"

"我说的不是这个。他们打得多臭啊,看着都觉得可笑。"

"因为是乌克兰人么,米佳。假如是跳戈帕克舞①……"

季尔·谢尔盖耶维奇不再纠缠所看到的景象。他美滋滋地打了个哈欠。

"我们今天还有什么?"

原来,还计划去鲁斯泰姆的村子。将要实施神圣报复的塔利班小组现在正在那里。

季尔·谢尔盖耶维奇仔细地看了一眼战友们。

"我为什么要去那里,到鲁斯泰姆的村子里去?"

战友们脸上的不解逗乐了"继承人"。

"你们为什么这样看着我?!这里计划要血流遍地,三大桶血啊,我可是策划人。我干吗要暴露在执行者面前?!"

帕托林和卡斯图耶夫垂下眼睛。对他们来说头等任务是让"继承人"确信,所有的一切,都是在认真地进行着的。而季尔在谈论的时候,没有对此表现出怀疑。显然是他们错了!而且,错了两次。既作为真实攻击的组织者,又作为模拟攻击的组织者。

"为了消除痕迹,我该在事后把你们所有的人也都杀了,你们都是证人。"

"他们是出于热情,米佳。"少校出来辩护,"这些家伙很卖力,很乐意吹嘘一下。"

---

① 乌克兰最著名的民间舞。——译注

"你们啊……柯西卡，我们去散散步，你告诉我一切是怎么回事，你可不是就这样随随便便待在这里的，你是我的密探啊。"

"不能去河边，季尔·谢尔盖耶维奇。"卡斯图耶夫低沉地说道。

"怎么，会开枪射击？他们不知道我是谁，为什么在这里。而这边是塔吉克斯坦，对他们来说是外国，会引发国际争端的。"

"看那里，米佳。"少校说。

从左向右，沿着河岸，走着一小队人，一条狗在前面开路。三个人，身穿迷彩服，背着自动步枪，还有一条牧羊犬，正好是一个边防执勤组。

季尔·谢尔盖耶维奇哼了一声。

"我原以为，那些人也都被收买了，不然，很难想象，他们就这样检查了你们的所有家当。包括直升飞机、汽车。都在他们的身边、鼻子底下。"

卡斯图耶夫点了点头。

"他们被收买了，但我们也答应循规蹈矩。我们，说是，电影科学考察组，我们研究这些山洞里的古代铭文。我们谁也不招惹。"

季尔·谢尔盖耶维奇马上接受了提出的论据。

"好吧，那我们朝另一个方向去走走。"

他挽起克里沃普利亚索夫的胳膊，两人沿着石砌小道朝直升飞机场停机坪方向走去。这对人看上去很滑稽。"继承人"穿着高级的纯白滑雪服，脚上是一双很大的登山鞋，脸上戴着一副幽幽的反着光的墨镜。他的朋友穿着满是油污斑点的裤子，没有肩章的老式立领军官服，系着一条扣环已经发绿的普通的士兵皮带。腰间插着一本很厚的书，最近所有的空闲时间他都用来阅读这本书。

走过呆立不动、高矮不齐的帕托林、卡斯图耶夫和耶拉金三人身边时,克里沃普利亚索夫几次朝他们投去可怜的目光。好像,他想说——别担心,不会走漏消息的! 同时,他把张开手指的左手贴到那本宝贝书上,仿佛在起誓——这是我的肚子! 意思是——生命,我以我的生命保证!

季尔·谢尔盖耶维奇也朝那几个吓破了胆的心腹看了一眼,但从他的眼神中,自然捕捉不到任何东西,他非常清楚地意识到这一点,微笑着,同时还感到高兴:他让留在这里的人心惊胆颤。他也注意到了朋友的那本宝贝书,用手拍了一下他的胳膊,仿佛要把它从保护对象中剔除出去。

"哦,柯西卡,罗扎诺夫①的书,听着,你还读过什么其他东西吗? 好吧,好吧,书里有些地方是正面的,尽管主要写的都是俄罗斯生活中糟糕的方面。只是有些地方。记得吗? 俄罗斯人朝俄罗斯人看一眼,就够了,他们马上相互理解了。大概是这么写的。而且,'俄罗斯人'这个词的拼写里面,一定有三个'c'。罗扎诺夫作品里活动的正是这样的俄罗斯人。普希金和托尔斯泰写这个词的时候总是两个'c',而陀思妥耶夫斯基差点写成四个。"

大概从这一刻起,留在"指挥部"广场上的人就开始听不见季尔·谢尔盖耶维奇说的话了。但走远的老朋友们沉醉在文学谈话中这一事实,丝毫也没有使他们感到放心。

"为什么你们没有在我打电话之后,立刻就把克里沃普利亚索夫

---

① 瓦西里·瓦西里耶维奇·罗扎诺夫(1856—1919),俄罗斯白银时代杰出的作家、出版家和评论家。——译注

送走?"

帕托林和卡斯图耶夫低下头。

"我们暗示过,坚持过,但他不肯让步,好像,真的是季尔的密探。"帕托林试图解释。"如果强行武力驱赶,那就会把一切都搞砸的。意味着全完了。"

"我们和他谈过。他知道季尔脑子里想的是什么。他答应帮助我们。"卡斯图耶夫补充道。

"我们还是把他送走了。"帕托林说,"但他又是怎么上了直升飞机的呢?"

"季尔给老朋友打了个电话,得知,他正好坐车行驶在我们下面,于是就让直升飞机降落下来……"

"我不知道克里沃普利亚索夫有电话。"卡斯图耶夫耸了耸肩。

"等等,亚历山大·伊万诺维奇,降落时季尔和克里沃普利亚索夫说过话吗?"

耶拉金缓慢地、否定地摇了摇头。

"没有时间,甚至螺旋桨都没停。克里沃普利亚索夫跑过来,上了飞机。"

"那他呢?"卡斯图耶夫用下巴朝雷巴克的方向指了指,而米隆·罗曼诺维奇一切都听得清清楚楚。

5

"真的,你干吗守着罗扎诺夫不放?要知道,这是个蠢货,如果仔细想想的话。他所有的想法,要么是谬论,要么是彻底的谬论。伏尔加河——是'俄罗斯的尼罗河'——真是白痴!没有两条河比它们更不相像的了。尼罗河是中央河流，国家的脊椎，伏尔加河，是条边界河流，河的对面是永远与我们的森林为敌的草原①。没有尼罗河的话就不会有埃及，而假如没有伏尔加河，古罗斯还有很多其他水域、船道、各种河流，多得去了。如果要想象俄罗斯的河岸，我们首先想到的从来不是裸露的、荒凉的伏尔加河河岸。尼罗河流向北方，流向古代世界的永恒，而伏尔加河流向南方，流向哥萨克强盗盘踞的湖泊的绝境。都是胡说八道！伏尔加河，就像叶尼塞河，就像贝加尔湖一样，更多是苏维埃时代的工程。战胜自然，掌握自然！巨大的干线，它们的后面是'空间储备'。只是别对我说'嗅觉和触觉'，已经有过一位女士惊奇地瞪过我了。"

"是的，米佳，是的。"手被挽着的老朋友叹了口气，他全然不知道该怎么办。

"就是说，说服你了，好。总的来说，这非常合乎我们的，俄罗斯的，我甚至这么说，莫斯科佬的习惯做法，在这样边远的地方一直讨论同一件事情——文学。"

事实上，此刻的场景看上去也是"这样"：石头、冰雪和永恒，一个有趣的，但毫无意义的谈话。

"知道吗，康斯坦丁，莫斯科佬是什么？"

"呃……"

"问题就在这儿。而我，顺便说一下，揭示了整个莫斯科佬文明。就是在直升飞机上揭示的。"

---

① 俄罗斯人自古生活在森林边。草原是经常侵袭俄罗斯人的游牧民族的居住地。——译注

6

米隆·罗曼诺维奇无精打采地挥了一下他那巨大的汗涔涔的手,抽动了一下轮廓不清的鼻子。

"你们想说什么就说什么吧,我顾不上这个。我感到恶心!"

所有的人都饶有兴趣地看了他一眼。所有的人都没有料到,这样的话会从他这样的人那里听到,会从雷巴克,一个大公司的保卫处副处长那里听到。他感到恶心! 这类感觉像他这种职务的人不应该有。

"你想以此说什么,米隆?"少校问。

"这个。"米隆说着,从上衣里面的口袋里掏出信封。

"这是什么?"

"你读一下,萨什卡。"

这一声"萨什卡"的称呼令耶拉金有些迷惑不解,雷巴克还从来没有允许自己有过类似的举动。或许,最后时刻之类的东西正在到来,感觉的天性在等待终结中改变着自己的面貌,并且寻找着保护——即使说一两句母语,也会体验到些许慰藉①?

看得出,米隆·罗曼诺维奇站不起来,公布这封信,围绕这件事内心所进行的斗争,使他精疲力竭。少校朝他快速走去,仿佛是怕他改变主意。

7

"知道吗,柯西卡,我不很喜欢亚洲,放眼望去——怪诞的地方,不毛之地,但是所有这些地方又被非常俄罗斯式地拿了过来,合并起来。

①"萨什卡"是"亚历山大"的乌克兰语的小名。——译注

我们应该在什么地方感受一下自己的精神。我们应该去月球！你知道吗，我相信，假如我们的领袖们不犹豫，不吝啬，我们的人真的攀登到那里，那么，宇航员中的某人，哪怕一个，就会留在那里。"

"怎么？！"

"就这样。说——我不想回去！留下做月球的主人！不是说，那儿是天堂，而是出于宏阔的天性，出于庞大的体验需求。"

"是啊，罗扎诺夫就不会留下。"

"是啊，是啊，你理解。一勺酸奶油喂进嘴里，就会埋头于发酸的家用抹布中。我曾经想，这种俄罗斯民族特点：家庭的，有气味的、酒席上的，就像罗扎诺夫笔下描写的，是会同意任何一种占领制度的。"

"你这说的是什么？"

"没什么，就这样，跑题了，就像剧本里写的那样。我主要的想法——是负面的，不满的。"

"对什么不满？"

"那就把你拿来作为例子，康斯坦丁。"

克里沃普利亚索夫摊开双手，说，拿吧，需要的话我自己也会奉献的。

俄罗斯

1

"阿丽雅，是你吗？"

"是的，是我。你怎么，斯薇塔？"

"为什么声音听上去不像你？"

"你的语气才傻傻的。我感冒了。"

"我害怕。"

"出什么事了？"

"知道吗，阿丽雅，他居然飞走了。"

"谁？米佳？飞到哪儿？英国？你从哪儿知道的？"

"女秘书说的。婊子！"

"她又哪儿错了？"

"女秘书总是有错。"

"得了，斯薇塔，你更清楚。"

"你知道，我决定行动。现在还不晚。"

"行动，什么意思？不晚，又是什么意思？"

"他还没到，我还能对米沙施加些影响！告诉他一切。"

"你疯了，朋友？！你想对他，一个小男孩，解释什么？！"

"不然——我会失去他！"

"斯薇塔，斯薇塔，等等，你想告诉他，米佳不是他父亲？"

"不光这个。"

"还有啊?!"

"你简直就是在吼叫,阿丽雅,你感冒很厉害吗?"

"不,你回答我,你想告诉米沙,他的父亲……"

"我还能做什么? 我不想失去儿子。"

"你更可能的是失去他,如果你把他拖进这个,这个……"

"我就要拖!"

"我求你,斯薇塔!"

"我听着你呢,知道吗,我要对你说什么?"

"说吧。"

"你没站在我这边,阿丽契卡。"

"我现在不站在任何人一边,你和米佳你们去把自己的关系说清楚,哪怕相互咬死对方,但干吗要折磨孩子?!"

"你不该不把他要了去。"

"要谁,斯薇塔,你疯了?!"

"你为什么不把他,这个不正常的米坚卡,要了去。"

"你又说老话了。你非常清楚,是他没要我,不想要我,我……"

"好吧,阿丽雅,好吧,再见,我要打个电话。"

"如果你要这样做——那就再见吧!"

冈瓦纳

1

"你说，你从出版社被赶出来了。"

"是出版社和我一起被赶出来的。"克里沃普利亚索夫说道，试图停下来，他更喜欢站着不动说出事实。

"是的，是的，我记得。你们在一个大爱国主义者那里租了一层楼，而他把你们赶出来了。"

"这个爱国者，相反，容忍我们，是我们骗了他，我们半年没付租金，我们的领导层里有哥萨克人，骗他说，我们是自己人，等我们发达了，就会……但是……"

"这我不管，有耐心的不光是爱国者们，另外，问题也不在这里。我说的是，你们在那里出版的东西。"

克里沃普利亚索夫又停了下来。

"是的，我们出版过。"

"你同意吧，也别不高兴，你们出版的都是些奇怪的作品。"

克里沃普利亚索夫继续站着，以此对抗朋友要拖他沿着硅质小道往前走的尝试。

"怎么奇怪了？都是俄罗斯文学作品。"

"你们出版过谁的作品，你对我说过……"

"舒克申的作品我们出版过，还有舍尔金的，希什科夫的……"

"有没有姓氏里没有字母'ш'的①？"

"你今天要跟所有的字母较真？"

"别发火，我说的是其他的。我考虑很多东西。"

"我猜得出来。"

"我也能猜出很多，很快会告诉你的，你会笑趴下的。关于我的思考、猜测，科斯佳。你欺骗爱国慈善家出版粗糙的小说，我为这些小说想出了一个名称，就是部落文学。"

"纯种文学②的意思？这怎么？用于繁殖？"

季尔·谢尔盖耶维奇停下脚步，用力地、恼怒地摇了摇头。

"别俏皮，你不适合开玩笑。部落文学，就是说，作为部落的俄罗斯人的文学。舒克申——是个出色的家伙，不过还是部落作家。而关于舍尔金和希什科夫，甚至都不需要对你解释什么了。还有些好作家——梅尔尼科夫-佩切尔斯基，还有更好的——列斯科夫，感觉到了？"

克里沃普利亚索夫敌对地沉默着。

"每个民族都有一批这样的部落作家。波兰人最多。这些热罗姆斯基、捷特玛伊耶尔、奥热什克、雷蒙特们，诺贝尔奖获得者，对了，乌克兰人也有，斯捷利马霍、扎格列别利内、伊凡·弗兰科、乌克兰茵卡·列霞、潘奇，只是不是杂志③，而是彼特罗·潘奇。这样的人到处都有，每个民族都有。每个部落都有自己的歌手，每个部落都有一套情结，畏惧和希望，而且，它们在每个部落那里几乎都是一样的。所有的秘密在

---

① 舒克申、舍尔金和希什科夫三位的姓氏里都有字母"ш"。——译注
② 俄语里，"部落的"和"纯种的"是一个词。——译注
③ 英国知识阶层于1841年创办的幽默讽刺杂志《笨拙》(Punch)，杂志名俄语音译与"潘奇"相同。——译注

于，为什么，比如，莎士比亚们和塞万提斯们，不是部落文学，而是世界文学?! 几乎每个民族都会有自己的国家，但不是每个民族都可能有自己的帝国的。"

"你在给我上课，米佳?"

"就算是吧。在生气之前，尽量理解吧。"

2

耶拉金结束了阅读。机械地把信折叠起来，试着装进信封，但信纸的边卡住了，没能塞进去。少校就这样把信交到雷巴克汗涔涔的手上。

"怎么样?"雷巴克问道，自己试着把信纸全部装进信封。

"谁给你的?"

"女儿。那个雅尼娜·伊万诺夫娜·吉尔内科老太太的女儿，列吉娜·斯坦尼斯拉沃夫娜。"

"这里没有什么……简单地说吧，不是虚构的? 不是伪造的?"

雷巴克慢慢地耸了耸肩，似乎此刻他在用肩膀思考。

"她何苦要造假呢?"

耶拉金站起来又坐下。

"就是说是真的。尽管，太那个了。"他转向帕托林，"你也去过? 你觉得她怎么样? 为什么不立刻交出来，你去的那次?"

伊戈尔在连衫裤的两侧擦了擦双手。

"老太那时还活着。她们，当然，希望为自己的亲人昭雪……而且我那时也没有在这方面做挖掘。对我来说，主要的是确定，季尔·谢尔盖耶维奇是谁的孩子。父亲是莫兹加列夫上尉，还是克拉芙吉雅·弗拉基米罗夫娜的情人，就是那个用叉子刺穿上尉的乌克兰人。

我弄清楚了，不是他，你们记得，时间上不吻合。我们认为，寡妇是在车里雅宾斯克，或者那儿附近的某个地方，玩出个孩子来的。"

帕托林继续擦着手。一直在舔着嘴唇的卡斯图耶夫，也插了进来：

"我有点不相信？"

"你不相信什么，尤尔卡？"米隆·罗曼诺维奇带着嘲笑的口吻问道。

卡斯图耶夫甚至没朝他这儿看一眼。

"无法令人相信，所以我不相信。你们想象一下，西乌克兰，一个小镇，所有的人彼此认识，有四个朋友，莫斯科佬军官的妻子对其中的一个心潮澎湃。于是军官就去找那小伙子算账，而他在磨坊后的空地上被人用叉子戳死了。那小伙子立刻就被捕，被判刑。并受到谴责。"

"怎么？"

"是的，萨沙，我无法相信，这之后，三个朋友非但没有隐蔽起来，没有谨慎行事，而且还开始依次轮流去看望那不幸的寡妇，并和她发生活跃的性关系。是否有过强奸？我们的扎帕杰尼亚老太太强调，没有过任何这类事情，寡妇几乎是自己暗示他们的——上吧，小伙子们。不正常。"

帕托林不同意。

"为什么不正常？强奸，小伙子们不敢。在那样的环境中。是她自己！变态的内疚感。如果真像扎帕杰尼亚老太太强调的那样，是克拉芙吉雅·弗拉基米罗夫娜自己去搭上那个被判有罪的人，那就意味着，她不爱丈夫，并且认为自己是这一切的祸根。"

卡斯图耶夫则不同意。

"奇怪的补偿损失的方法。"

"在生活里，小伙子们，有这种情况。"雷巴克也说话了。耶拉金转向他：

"你为什么要把这封信给我们看？我们为什么要知道这些?"

"一个人知道这一切很痛苦。一个人把信给头儿我办不到。你们想对我做什么就做什么吧,但我没法办到。"

卡斯图耶夫从腰带上取下扁酒壶,喝了一大口。

"怎么,结果,我们的季尔·谢尔盖耶维奇是个一簇毛!"

3

"我于是试图弄明白,部落的思想在什么时候、由于什么原因转变为世界的思想。为什么有些民族得以在自己的集体灵魂里把自己极富乡土性的东西变成宏伟的、具有普遍意义的思想。尽管,作为基原,需要的正是部落的狂想,属于世界的书,首先是非常民族的。你是知道的,我研究帝国系谱,得出的结论是:国家规模的庞大不总是国家创造性天才人物升华突变的保障。微小的希腊和强大的波斯,但是胜利的是希腊人,是希腊人写了悲剧《波斯人》。过了若干年后清楚了,希腊才是实质上的帝国,不过是随着时间的推移,它才把内涵转换为影响全球的规模。先是脑子,然后是身体。英国人也是如此。先有莎士比亚,然后是帝国,日不落帝国。罗马人相反,几百年机械性的军事行政扩张,只是到后来才出现了个什么贺拉斯-奥维德。我们是按罗马模式,而不是按希腊模式发展的。向宽里爬行、爬行,几乎没有头脑,然后是一个猛冲——19世纪了!我们凭什么拥有了普希金和托尔斯泰,要知道我们还来不及赢得这份荣光,我们的民族基因里仿佛人为地注入了天才成分,以平衡突如其来的地缘政治的巨大规模。还在'奥涅金'①的上一

---

① 奥涅金是普希金诗体小说《叶夫盖尼·奥涅金》中的主人公。——译注

辈那里,我们就有过这样的诗句:'叶卡捷琳娜大帝,哦! 她前往了皇村!'应该要让外部无尽的强大与内部足够的深度相平衡。我已经有半个小时在好朋友面前喋喋不休,而他为什么根本不想提醒我,一伙可怜的混蛋打算跟我开一个恶心的玩笑!?"

4

"谁授意你去杜布诺的? 或者命令你去的? 你自己是无论如何也不会掺和进这件事里的。"

米隆·罗曼诺维奇慢慢地把右手的拇指从食指与中指中伸出来,并懒洋洋地将它朝向少校。

"什么意思?"

"意思是,萨什卡,我明天告诉你一切。"

卡斯图耶夫和帕托林紧张地注视着这一场面,同时又不断地朝季尔·谢尔盖耶维奇和克里沃普利亚索夫山间散步的方向张望。

"任何'明天'都不会有。"少校说。

谁也不明白,他指的是什么,连他自己也觉得,这句莫名其妙的话需要解释。

"'明天'不会有,因为不会有'今天'。我们取消晚上的'表演'。老实说,我不再明白,我们这里正在发生着什么,甚至雷巴克都知道一些我不了解的事情。而且,即使你打死他,他也什么都不会告诉你的。是吗,米隆?(雷巴克叹了口气,耷拉下脑袋。)在这种情况下,最好什么都不做。还有,不知怎的,恶心。伊戈尔,给博贝尔打电话。取消! 所有的责任我来负。他们回来以后(他朝正在散步的朋友做了个手势),我自己把一切告诉季尔。他杀是不会杀我的,那他会对我做什么呢? 或者对其他人做什么呢？一切怎么会发展到这样一种荒谬的地步?! 可怕的、愚蠢的惯性，一步接着一步，不知不觉，你在沼泽地里已经淹到脖子了。应该在他刚想飞来这里的时候就把一切取消掉的。"

少校走近卫星电话。

"现在我打个电话。"

少校走近，把听筒放到耳边。信号慢慢地慢慢地降落到莫斯科的地面上。

"喂，谁？我问，你是谁?! 塔玛拉在哪儿？睡着？您是谁？女友？怎么还有女友?! 谢廖沙在哪儿？什么意思，不在？他在哪儿？听着，女友，我现在就过去把你的腿拧断。叫醒塔玛拉。叫谢廖沙来，谁，谁，塔玛拉的儿子！去哪儿了，什么叫作不见了?! 我知道，他'不见'是怎么回事！告诉他，要他给我打电话。号码显示在话筒上。为什么不会打?! 听着，女友，你再给自己倒一杯，喝下去，或许，会清醒，你……谁来过电话？谢廖沙在他们那里？是这样说的？女人的声音？说让我别着急？这样说的?! 等等，等等！你在哪儿?!"

耶拉金又拨了一次电话。

随后又一次。看得出，这是白费力气。

少校慢慢地走过空地，背对着雷巴克，坐到石头上。谁也不敢打破这一沉默。少校自己开口了。他已经控制住了自己。

"我原本应该预见到这一点的。如果他下得了决心去消灭一个排，那，对他来说，绑架一个小男孩就根本算不了什么。正是在我们启程的前夜。按说，我应该在昨天就知道这一切的。只是塔玛拉又掉进了自己的伏特加里，假如不是这个女友，那谁也不会打来电话。唉，'继承人'，我低估你了。"

少校茫然而又可怜地笑了一下。

"说实话,我不知道现在做什么。我中了圈套!"

卡斯图耶夫恶狠狠地哼了一声。

"得了。现在我们把枪顶到他头上,他就会把一切都取消掉的。他是个蠢货,萨沙,没人这样做的。他抓了你的儿子当人质,可他自己在我们这里,就是人质。也许,他还是爱惜自己的,如果对他施加压力……"

帕托林抓住卡斯图耶夫的前臂。

"事实上,对于我们来说,这个电话没有改变什么。我指的是,我们能够继续做我们已经开始的事情。'表演'将照常举行。我们不让季尔看出我们已经知道了一切。晚上,博贝尔开火射击,我们立刻拍下来就回家,他没有任何理由加害孩子。如果抓住他,向他施压,那,或许,他有某种给绑架者的特别信号……"

"你好像很在意:不要伤害季尔,不要得罪他。"

"尤里·阿尔卡季耶维奇,别说胡话!我们现在顾不上相互猜疑!"

少校一动不动地坐着,默不作声,木然地望着脚下的石块。他无法把正在发生的各种事情归纳到一起,这使他无比沮丧。

5

"柯西卡,你把一切都告诉了我,这很好。"季尔·谢尔盖耶维奇从脸上摘下墨镜,他那对难看的小眼睛发着光。"别发愁,朋友。你没有背叛谁,也没有对任何人造成不可弥补的伤害。你以为,在你承认之前我什么都不知道。咳,你把我看成什么人了?总的来说,我们的那些聪明人怎么能指望秘密地进行这样一场庞杂的行动呢!?这几乎像登月一样的难。但登月事实上连美国人都没能做到,现在大家都知道了,根本没有什么阿姆斯特朗,有的只是库布里克和好莱坞。"

季尔·谢尔盖耶维奇重新戴上眼镜,看上去更加严肃和冷漠。

"第二个,啊,或许是他们第一个错误,我指的是少校和他的爪牙,他们相信,我是个嗜血狂人。显然,我的讲演还是很令人信服的,他们发抖了,这些可恶的人道主义者,整整一场大战,他们阻碍我,想方设法阻止我,到最后,当我自己过来监督事情进展的时候,他们决定通过他们自认为是巧妙的'表演',不让可怕的流血事件发生,按照他们平庸的想法,我极度渴望流血事件的发生。真要相信是这样的话,那不分青红皂白到怎样的程度啊。少校是个蠢货,这是显而易见的,蠢到极点,缺乏任何高超的技巧和想象力。我的凶残是有条件的。是的,我希望有人在伊拉克或者阿富汗朝乌克兰人或者波兰人开火,希望布什的盟军们被打得鲜血直流,但是,与此同时,当然,我也希望,谁也不会真的死去。理解想法上的细微变化吗?"

"就是说,你没打算⋯⋯"

季尔·谢尔盖耶维奇高兴地用双手重重地拍了一下自己的大腿。

"当然!我只是想给自以为是的乌克兰观众留下一个印象。用这段惊心动魄的电视新闻。这样的片子会放的,一定会在电视里放的,或者至少会放到因特网上去。会有震荡,惊慌,两天,三天,然后,当然,一切都会被揭穿,管他呢!但是,乌克兰也好,俄罗斯也好,都会实实在在地为这一事件感到不安。一切将会像真的一样,只是不会有真的伤亡。多好的一个创意,啊?复杂,但完美!"

克里沃普利亚索夫无力地微笑着。他的眼睛湿润,几乎像在哭泣那样。他感受着巨大的轻松。

"当然，谁也不会被杀死，但是，与此同时，我希望少校和少校的伙伴们魂飞魄散。所以会有射击。我租了带全套弹药的直升飞机。很贵，但是需要的。飞机过一个小时到一个半小时就会到，他们，耶拉金和他的团伙们等待夜晚的到来，可以上演他们的戏，而现在，光天化日之下，会给他们来这么一下子！一对导弹紧挨着哨所爆炸，很响，非常响，还有很多由于害怕而变得苍白的脸。"

"有点冒险。"

"一点都不冒险。一切都在管控之下，我和飞行员有直通无线电联系，答应在这个节日结束后会好好地犒劳他。不会有任何丑闻，我知道，这里到边境还有几十公里……干吗又悲伤起来，没人会受到损害。看着我，难道我会置人于死地，你已经认识我三十年了。"

"二十年。"

"是的，年头不多。这样，把某种恶心的东西插到某人洋洋自得的嘴巴里，这就是我，这样……我只是不喜欢女服务员，特别是外省的，还有她们的亲戚。"

"什么，什么？"

季尔·谢尔盖耶维奇再一次喜笑颜开，满不在乎地挥了一下手。

"我们去吃点什么。我希望你不会出卖我？得了，我开玩笑的。"

6

"继承人"来到"指挥部"所在地的时候，精神非常好，步态就像来自厄尔巴岛的拿破仑，也就是说，他正满怀信心地期待即将到来的成功。克里沃普利亚索夫跟在后面，不好意思地微笑着，他知道，他是对的，但是，尽管如此，他还是觉得问心有愧。不欺骗少校——疯子般疑神疑鬼的少校,是不可能的,但是,对于前出版家来说,欺骗并没有因此变成一件愉快的事情。

"先生们,不管怎样,我们现在身处东方!"季尔·谢尔盖耶维奇高声喊道,"但我没看到一点点的热情好客!"

卡斯图耶夫、帕托林瞪大眼睛,不解地看着他。而少校和雷巴克则根本没朝他的方向看,他们正忙于消化自己那些沉重的想法。

"你们看什么。抓饭和各种各样的那些,柿子牛肉色拉,或者那个在这里是怎么叫的。哪怕开心果什么的也可以,在哪儿,啊?"

"您想吃点什么?"最后,最年轻的那个问道。

"当然。只是现在别告诉我,说你们这儿只吃干粮,为了不让炊烟吓到对岸我们的那些地缘政治的敌人。"

帕托林有点不合时宜地点了点头。

"是的。"

"什么是的?"

"吃干粮。季尔·谢尔盖耶维奇。不生火。"

卡斯图耶夫钻进了旁边的那个山洞,出来时拿着一个罐头和一把根本不是开罐头的刀。他一下子就撬开了盖子。把刀插进罐头焖肉里,递给了领导。饼干代替面包。

"这儿面包也弄不到。"

季尔·谢尔盖耶维奇做作地摇了摇头。

"唉——呀——呀!高尚的复仇者们几乎在挨饿,而这些斯拉夫的叛徒们却在用橘子汁淋浴。而且距此只有三百米。柯西卡,来,拿上刀,去。"

朋友的脸痛苦地扭曲了,他双手做了个致歉的动作,趴到地上,朝更小的那个山洞里面爬去，他没法站在少校和他的人疑问的目光之下。

"果汁我们这儿也有。"卡斯图耶夫说。季尔·谢尔盖耶维奇并没在意他的话。他从罐头里挑起一块肉，但肉从刀尖上掉了下来，他又挑了一块，放到嘴里，嚼了嚼，但无法下咽。他走到矮墙边，朝着"哨所"方向，把嘴里的东西吐了出去。神经质的机体不接受食物。季尔·谢尔盖耶维奇把罐头放到石头上，刀摆到旁边，扑向潜望镜，仿佛是为了检查一下，他吐出来的东西在敌人营地里产生了什么作用。

"哦，哦，多有意思啊！"所有站在这片碎石小空地上的人，都紧张地望着他的后背。卡斯图耶夫和帕托林快速地交换了一下眼神。他们等待着这样一个问题："这是谁？"万一这个有些粗野古怪的瓦西里不服从命令，万一"那儿"没有完全明白指令，而这个固执的乌克兰小伙子现在堂而皇之地在"继承人"的望远镜前漫步溜达，由此将整个精密的计划彻底粉碎。从另外一方面来看，如果这个傻瓜真的窜到前台，那事情也可能朝好的方向转变。那就去他的'表演'吧。这一大块通过异常勤奋编织起来的遮盖物，会自动脱落。或许，会有很多尖叫声，但也会有巨大的轻松感。再也不需要装模作样了。是的，少校的儿子，不清楚，他会怎么样？但季尔未必会对他做些什么，在这方面已经没有任何意义了。

季尔·谢尔盖耶维奇轻声地哼哼着，转动着"潜望镜"的游尺，调整图象的清晰度和视线的方向。

既然他观察这么久，那就意味着，看到了什么有趣的东西。没人敢走过去查看一下，究竟是怎么回事。大概，看到的不是瓦西里，假如他是在镜头里捕捉自己残酷恋人的哥哥的话，他未必能克制住不叫出声来，不骂娘。

眼光又捕捉到铁丝网，白色的低矮的兵营，飘着旗帜的旗杆，停着不动的吉普，因南国冬季的炎热而感觉困乏的守卫，厨房兼食堂的遮阳篷，必备的盛着橙色芬达的玻璃水罐，在这样的距离看来，像是装着鲜榨的果汁，椭圆形的街头篮板。带铁网的圈。在满是灰尘的石头地上一只孤零零的球。这看上去多么令人惆怅——帕米尔山脚下孤零零的一只篮球！现在我们略微提高一点焦点轴，用手仔细地平稳地推进，推进。

让我们再去白色的营房那里看看。现在在我们眼前的，是营地的后方部分。木塔，上面是个瞭望台，覆盖着破烂的遮阳篷。木塔被生锈的铁桶包裹着。奇怪的是，按照驻军的惯常做法，上面应该有个人，挎着美国枪，眯着眼睛，注视着南方，朝着敌人可能会偷偷摸过来的方向。而仅仅这样在空中矗着一只"木箱子"，没有一点点实用价值。

不过。

季尔·谢尔盖耶维奇僵住了，尽管此前他也一动不动。一句话，所有观察他的人，在他的举动里看不到任何新的东西。

而他看到了。

在"木箱子"——瞭望台木板缝隙间，能清楚地看到有白色的东西在运动。他已经准备举手唤人过来给他解释一下看到的是什么，但又马上改变了主意。他把光学武器的洞察力发挥到了极致——那可是没说的！这些假冒的乌克兰人在干什么呀。这不是塔利班的行动，这是一座移动的蛾摩拉城①。上校把什么样的垃圾都集中到这里来了！蓝

---

① 圣经中提到的城市，以淫乱著称。——译注

色的师团①！激情如此旺盛，以至于在表演日当天都无法忍耐一下。他们认为，躲起来了，有铁桶围着，别人就看不见他们了。事实上，看得很清楚。天真啊，罗密欧和罗密欧。会有多少人愿意把凝固汽油弹朝这个爱的城堡投去啊！

季尔·谢尔盖耶维奇呵呵一笑，擦了擦开始有点流泪的眼睛。在他身后，那几个人又相互交换了几次眼色。真的，这些"演出组织者"先生们不知道该想什么。

愉快的窥视者有点不好意思，原本已经准备降低他那无所不见的光学仪器的清晰度，这时，瞭望台底部正在发生的事情出现了一个变化。从低矮的护栏板后面露出了一个脑袋和一副赤裸的肩膀。绯红的双颊，披散的头发。这一切都属于一个女人。餐厅女服务员娜塔莎。而这也就意味着，地板上躺着的，以畜生的姿势躺着的——像普里阿普斯②那样仰面朝天躺着的——不是别人，正是她的兄弟。尽管，为客观起见，应该说，在最初的瞬间里，季尔·谢尔盖耶维奇没有逻辑思维的能力。他能做的只是眯起眼睛随后又再睁开眼睛。由此，他为自己的记忆拍下了两幅再也抹不去的照片。娜塔莎消失了，又倒向男伴的怀抱，老实说，只是在这一刻，季尔·谢尔盖耶维奇才意识到，这个男伴是谁。

为了丝毫不显示出有了一个重要而恶心的发现，他大概用了一分钟的时间来调整自己的状态。他把"潜望镜"的视线调回到最初的景象上。戴上墨镜，轻轻咬了咬下嘴唇，以控制面部表情。但是很快，几秒

---

① 在俄语俚语里，"蓝色的"还指男子同性恋。——译注
② 丰产、园艺、牧业之神，也是性爱之神。——译注

钟之后,他明白了,保持脸部平静,他未必能做得到。尤其是在"同事们"强烈关注的情况下。他的心理受到了无比沉重的打击,像一个被击中了的拳击手,他此刻就会挥舞着没有用处的拳头,跌到石地上。

"看!"帕托林喊道。这一喊声吸引了所有人。甚至季尔·谢尔盖耶维奇也朝别人指的方向望去。这是一架未经武装的直升飞机,感谢上帝。受到震惊的"继承人"此刻还不知道,对于自己雇来的直升飞机,该怎么办,怎样运用它的导弹,因为他已经不觉得,直升飞机仅仅是用于示威了。

为什么只用于恐吓呢?!

要知道,这里有这样一些人,对他们来说,"恐吓"只是一个太过象征性的惩罚。此外,追究谁——那两个人为什么会在这里出现?! 目的是什么?! 要知道不那么简单! 从几千公里外把一对性欲旺盛的乌克兰猴子运到这里,为什么?! 直接从莫斯科公寓的清漆地板上拽过来。他们不是自愿在这里,在瞭望台里交配的,还是自愿的?! 交配,大概,是的,是自愿的,但是谁把他们带到这里来的?! 还有一个问题:都认为是少校想出来在这里为愚蠢的领导安排一场'表演',那他为什么要把这样一个明显的纰漏塞到'布景'里呢?! 他不会不想到,莫斯科佬客人无论如何都会要看看装置设备的。

这里在发生着什么?!!

上演的是怎样的一出戏,又是谁在上演?!!

"那是鲁斯泰姆!"帕托林又叫了一声——他最年轻,眼力最好。

视线尽头的尘埃云,开始显露出某个在其内部运动着的硬粒。

"他要干什么?"少校用不友好的语气说道。

帕托林和卡斯图耶夫对这个问题感到惊讶。耶拉金自己指示往鲁斯泰姆的村子打电话,命令取消行动。"帕米尔主人"现在正去处理安排。

终于,少校意识到了鲁斯泰姆此行的目的,他飞快地朝"继承人"那儿看了一眼,思索着,他现在必须要作解释,最好怎么说。

该死的塔吉克人,他们怎么就在自己的村庄里坐不住呢!? 陷入窘境的少校样子看上去很蠢。

尽管内心痉挛痛苦,但由于意识受到外在的触动,季尔·谢尔盖耶维奇又突然高兴起来。甚至好像忍不住笑了起来。蠢货们什么都做不成! 所有人为欺诈的泥潭都在自身重量下塌陷。这里甚至有某种心灵的解脱:情形越发荒谬,越能减轻内心的痛苦。好吧,好吧,先生们,我们来欣赏一下,锅子已经放到了火上,你们现在就真的开始兜圈子吧! 不管你们想出什么花招——最后一锤定音的还是直升飞机!

"季尔·谢尔盖耶维奇,您的电话。"

季尔·谢尔盖耶维奇看见了自己眼前雷巴克那只硕大的、不幸的鼻子,还有忧郁的眼睛。他不耐烦地挥了挥手。

"哪还有什么电话?"

米隆·罗曼诺维奇把听筒放到耳边,核对了一下。

"是您的。您儿子打来的。"

季尔·谢尔盖耶维奇原本要转过脸去,朝间有趣事件正在发生的方向,听到这话,呆住了。

"谁?"

"您的儿子,米哈西。"

少校看着"继承人",眼里带着嫉妒的火光。

父亲把手伸向因别人的汗水而变得湿漉漉的话筒,缓慢地,好像在准备感受球状闪电。听筒握在手里,离耳朵还有一段距离的时候,他就听到:"爸爸,爸爸,是我,爸爸!"

谁也没有朝他看,这一刻,主要的新闻人物是在石头荒原上"疾驰"的鲁斯泰姆的"吉普"。助手先生们正在发疯地考虑,他们如何摆脱目前的局面。

"你好,儿子。"季尔·谢尔盖耶维奇用几乎正常的声音说道。

"总算打通了,是我,爸爸。"

"我知道,儿子。你从哪儿打来的?"

"从这儿,从剑桥。"

"学习怎么样?"

"学习? 啊,学习,好的。总之,正常。我想告诉你。"

"什么,儿子?"

在一阵难堪的沉默之后,大学生稍稍改变了语调,说道:

"妈妈给我来过电话。"

"妈妈?!"

"是的。"

"怎么,她说什么了?"

"你知道……"

"你知道,米沙,我是想去你那儿。"

"她说……"

"但我现在不行……我现在在山里,我以后给你解释,你明白吗?"

"好吧。"

"我会去的,我一定去。快了。我给你打电话,去你那儿。"

又是一阵沉默。

"知道吗……"

"什么?"

"妈妈说……"

"她对你说什么了?!!!"

"那个……"

"别怕,说,我给你解释。"

"开头,她说,她会来,把一切告诉我。后来,又打来电话,并且……"

"怎么? 啊,怎么? 怎么?"

儿子重重地叹了几口气。

"她说,你不是我父亲。你不是父亲。你怎么不说话?"

"是啊,儿子,是啊。"

"她说,她不想让我难过。她很快就会来,一切都会好的。但你不是我的父亲。我不是你的儿子。她是这么说的。"

"那是谁?"

"什么,谁?"

"谁是父亲? 谁是你的父亲?"

聚集在石头空地上的人的注意力分散了。他们不知道,关注什么更有意思:"吉普"还是对话。

"喂,你别不说话,米沙,如果你知道,那我也应该知道。"季尔·谢尔盖耶维奇用平稳得不正常的声音说道。儿子说得很快,就像人们在小溪里的鹅卵石上拼命地奔跑,以免停下来而跌倒。

"妈妈说我的父亲是阿斯科尔德伯伯。"

季尔·谢尔盖耶维奇不知何故点了一下头。

"你怎么不说话，爸爸?!"

"我没有。"

"你没说话，爸爸!"

季尔·谢尔盖耶维奇伸手，想摘眼镜，但又改了主意。

"爸爸，我还是爱你的，你还是我的父亲。我不相信。妈妈生你的气，不知为什么这么说。她很快就要来了，我对她说，我不要! 没有这样的!"

尴尬地张着的嘴巴，吸了几口不顺从的空气，父亲说：

"我给你打电话。"

说完，他把电话朝山岭方向摔去，这一刻，岿然不动的高山也好，晶莹闪亮的白雪也好，都使他感到恶心。

7

季尔·谢尔盖耶维奇经历了一场与儿子摧肝裂胆的谈话，这一点，大家都明白，尽管，谁也不知道细节。谁也不知道自己该怎么办。不知道现在需要采取什么行动。

克里沃普利亚索夫从山洞里往外张望，依然匍匐在地，好像，他准备退到山的更深处，躲藏在那里，以免蹚这潭浑水。

少校还在为自己的那个关于儿子的电话而不安。"继承人"的父母问题似乎与他——身为父亲的他——自己的惊恐纠缠在了一起，由此，一切变得更加难以理解，更加令人痛苦。少校把目光从在场的一个人的脸上转到另一个人的脸上，内心非常忧伤，他明白，他还是不知道现在该做什么。

什么都不做——无法忍受!

雷巴克用信纸的边挠了挠下巴，他也很发愁，现在这一刻，比起先前来，更不适合转交信件。要知道，几乎没有时间了，而他领受了与此有关的威胁性的指示。

帕托林闭着眼睛在喝塑料瓶里的温水。卡斯图耶夫站着，手伸向瓶子。

就在这时，一辆布满尘土的越野卡车飞速地来到这一无比紧张的哑剧舞台的中央，车上坐着三位忧心忡忡的先生，两人在驾驶室，一人在车厢，手里拿着自动步枪。

"塔希尔在哪儿？"鲁斯泰姆不满地叫道。

所有的人都顾不上他，当然，也顾不上他的弟弟。

卡斯图耶夫比别人更了解"帕米尔主人"的家庭情况，便承担起解释的任务：

"塔希尔走了。"

"怎么走的？"

"坐自己的车。和克里亚耶夫一起。"

"和学者？"

"是的，和学者。"

鲁斯泰姆用手抹了一下脸，灰尘和着汗水，立刻变成了一道道印痕。

"你为什么放他走？！"

"谁？"

"塔希尔，还有谁？！"

伴随"主人"前来的博贝尔，俯身朝向喝足了水的伊戈尔轻声解释道：

"鲁斯泰姆觉得,塔希尔不正常,村子里所有人都笑话他,他不能离开。"

"你怎么,不明白,他脑子不好?!"鲁斯泰姆无意中把自己的"卡拉什尼科夫"自动步枪朝向卡斯图耶夫。

只是光来这份乐趣还不够,帕托林想。少校想的也是这个,但有点避开的样子,就像在透过布满灰尘的玻璃观察正在发生的一切。"继承人"则根本就处在昏呆的状态,站在那里,鼓起红红的小眼睛,茫然地看着这一不可理解的、根本不需要的场景。

这时联络中枢又发出不成调的吱吱声响。所有的人不由自主地朝那个方向看去。雷巴克离设备最近,于是,他拿起第二个,也就是那个剩下来的听筒。听完里面的话,用大拇指指甲顶了一下自己的大鼻子。

"怎么?"一个共同的、无声的问题朝他投射过来。

"有姓科诺佩利科的人打来电话。"

"怎么?"

"要求转告您,季尔·谢尔盖耶维奇,说他是白俄罗斯人。他所有的孩子——都是白俄罗斯人。"

耶拉金和帕托林,当然,明白,说的是什么,但伊戈尔不知道怎么进行解释,而少校不在乎会不会有解释。

"还有呢,"米隆·罗曼诺维奇突然精神饱满地报告说:"还有给您的文件。是封信,季尔·谢尔盖耶维奇。"

这时,神志恍惚的小莫兹加列夫好不容易弄清了这一信息的实质,他疾步跑向通信点,要给它报复性的打击,再也没有任何力量来忍受越来越多的胡言乱语了。雷巴克把信塞给他,心想,"继承人"会迫不及待地去读的。季尔·谢尔盖耶维奇对着电话用极其粗野的话骂了一通,随后恶狠狠地把电话摔了出去,比刚才扔第一个电话时更激愤。电话被摔到克里沃普利亚索夫躲藏的山洞的拱顶上。

"看!"有人叫道。

"是直升飞机!"博贝尔最先意识到。

"塔希尔回来了?"鲁斯泰姆紧紧地抓住卡斯图耶夫的手臂。

"还会有什么直升机?"完全茫然的帕托林问道。

"这不是你们的?"少校问雷巴克。

这时,季尔·谢尔盖耶维奇走到众人眼前。他的样子很怪诞,同时又气势汹汹。

"这是我们的直升飞机。我们的第二架直升飞机。真正的直升飞机。军机。带弹药的。表演不是在晚上,萨沙,表演现在就开始。马上!我们把这些喜剧演员、白俄罗斯人……我现在去观赏,去岸边。这里谁是摄像,跟我一起去!你们不愿意,悉听尊便!我自己去!"

季尔·谢尔盖耶维奇俯身打开小提箱,掏出一个小型录像机。

"够了。"少校阴沉、果断地说道,他朝"继承人"走近一步,抓住了他的右手腕。卡斯图耶夫同时抓住了他的左手腕。

"伊戈尔,掏出他的通话器。在他里面的口袋里。"

直升飞机已经不远了,过一两分钟它就将飞过"指挥部"上空,而这儿,离营地也只有三百米。

"说,米佳,我们怎么与他们联系,发出什么指令,才能取消你的这些荒唐游戏。"

季尔·谢尔盖耶维奇嘟哝着,扭动着身子。

"他没有策划任何不好的东西,"克里沃普利亚索夫在少校和卡斯图耶夫这两个扑向领导的人的背后喊道,"不会对营地射击。这一切都是个玩笑。"

"什么玩笑?!"耶拉金低声问道。

"你们想捉弄他,他也想捉弄你们。这一切都是胡闹,不要打了!"

"白痴!"季尔·谢尔盖耶维奇嚎叫道,"你把一切都毁了,出版业的傻瓜!"

"也就是说,那儿还是有什么的……"耶拉金用另一只手卡住莫兹加列夫的喉咙,"说,领导同志,正在发生什么事。要知道,不然就掐死你,谁也找不到任何痕迹,就像找不到你哥哥那样。"

季尔·谢尔盖耶维奇继续挣扎,对抗着众多掐他、抓他的充满敌意的手指。在经历了最后二十分钟里发生在他身上的一切之后,他无法忍受承认自己彻底失败的结局。

"你们可以掐死我,可以剐了我,只是现在那里,河边,你们的团伙,也将荡然无存! 那个婊子,还有她那怪胎哥哥也是。"

"什么?!"少校愤怒地朝助手们望去,而帕托林和卡斯图耶夫则把目光移开了。

"他们在这里!?"

"谁能想到呢。"伊戈尔轻声嘟哝道,目光痛苦地游弋着,"失误。"

鲁斯泰姆发现自己什么都不明白,便走向一边,坐到石头上,把枪放在身旁。此前他觉得,他把这批莫斯科白痴看透了。但是,好像,一切并不那么透明。

"无论如何,不管那儿怎样,这必须阻止。然后我们再来算账! 这玩意怎么打开?"少校又用力掐了一下自己领导的喉咙。

"很简单。"帕托林演示了一下。机器先是发出了吱的一声,随后从话筒里传出了一个非常流畅、悦耳,但最重要的,是几乎所有人都熟悉的声音：

"米秋沙，我的好弟弟，你好！"

这个声音对所有聚集在这里的人产生了惊人的效果。大家一下都愣住了，然后开始交换眼色，做出各种表情。手松开了，季尔·谢尔盖耶维奇栽倒下去，双手抓着几乎被扭断的脖子。

"是我。没料到吧，米奇卡，我知道，你没料到。我就在这儿。你想出了这个边防哨所的好点子。我认出来了，你的笔迹和风格。你以前总是气魄不够。就像母牛没有犄角。你正确地理解了自己的角色。只是你依然一事无成。你不会确切具体地工作，你只善于想出一些花样，而我是实践者。所以我决定为你担任保护，兄弟。你肯定会被你的助手们骗的，但我不会。我们现在飞过去，好好地用炮火把你们的拍摄场地炸个稀巴烂。"

季尔·谢尔盖耶维奇从一下子放松了的挤压中挣脱出来，夺过帕托林手中的对讲机，调到送话模式，立刻大叫起来，同时竭力克制着呼哧的喘息声。

"听着，你，不要，我并不想这样！这都是胡扯，玩笑！"

"玩笑真好，军用直升飞机，四万美元，还有，你是不知道的，我承受了什么……这是不能原谅的！"

"但这些不是乌克兰人，科里亚，这是些无伤大雅的、滑稽幽默的无赖，我甚至不知道，他们是哪里人……"

"你现在会以你的方式给我编任何瞎话。我很清楚地看到，这是一个军事单位。"

"阿斯科尔德·谢尔盖耶维奇，您弟弟说的是实话……"耶拉金冲向电话。

"你给我闭嘴,少校,你被解职了。专家,坏东西。米佳,别激动,我会做一切该做的事。今天我们,莫兹加列夫,为一切,为所有的人来做个了结,为父亲,为母亲,也为俄罗斯。我爱你,兄弟! 就这样,收线!"

全场的沉默只延续了几秒钟。季尔·谢尔盖耶维奇便又大叫起来:

"给营地打电话,让大家快撤!"

卡斯图耶夫和帕托林扑向通信点。

直升飞机的声音已经听得很清楚了,也已经能看见机身两侧装着的像削尖了的原木一样的导弹。

"我们没法打电话!"卡斯图耶夫说。

"那快射击!"

"怎么?!"

季尔·谢尔盖耶维奇冲向神情忧郁的,好像,已经什么都明白的鲁斯泰姆,抓过放在他脚边的自动步枪,跳到矮墙边,打开保险——服役时在卫队里训练出来的本领本能般地显现出来了,他朝河对岸营地的方向射出了一排子弹。但几乎一下就明白了,这根本无济于事。这种方法不可能在那里引起真正的惊慌。但不能朝营房或者蓄存池开枪,太危险!

由于无能为力,季尔·谢尔盖耶维奇大叫起来,挥舞着枪,在原地打转。

"你们快做些什么。他不是唬人,他现在就会开始射击的。"

帕托林和卡斯图耶夫怀疑地望着他,毕竟很难相信……

"也许,他开玩笑?"鲁斯泰姆冷静地说。

季尔·谢尔盖耶维奇痛苦地哀嚎起来:

"这个人不了解,但你们了解,阿斯科尔德不会开玩笑!谁知道呢,或许,在那里,在乌克兰,他受到了折磨……母亲,父亲……他要报复!快,做些什么!!!"

"那做什么呢?!"少校叫道,他同意做些什么。

但马上就清楚了,老实说,没什么可做的。"继承人"扁平的胸部鼓胀起来。他把疯狂的目光从周围人身上转向天上那只可怕的钢铁昆虫,用自动步枪拍打着大腿。又是哀嚎,呻吟,跑到"潜望镜"边,又折了回来。

"科里亚,科里亚,尼古拉沙,哥哥,好哥哥!"

季尔·谢尔盖耶维奇有那么一瞬间呆然不动,随即他的眼睛突然发亮,下定了决心。他重新抄起"卡拉什尼科夫"自动步枪,把枪口对着天空,跑到"指挥部"前小广场的边上,朝着越来越大的直升飞机,开始打出一梭梭子弹。

"哥,好哥哥,科里卡,我也很爱你!我非常爱你。"

从他的眼睛里,顺着红扑扑的脸颊,以不同的速度,淌出两颗很大的泪珠。

"我爱你,哥,好哥哥,我爱你!"

季尔绝望的行动马上有了结果:直升飞机很明显地一下子朝右偏去。

"吓坏了,怕了,吓坏了,好哥哥!"季尔用变了调的声音大叫起来,像傻子一样在原地蹦跳。

"他想从河的后面绕进去。"鲁斯泰姆说着,走近季尔,试图从他那儿拿回枪,因为他觉得,戏已经结束了。但他遇到的是如此愤怒的对抗,以至于他只得带着惊讶、歉意的微笑让步了。

"应当把所有人从那儿赶出去。"少校喊道。他凑向"潜望镜",营地里笼罩着一片凝滞的困惑。自动步枪的扫射声既通过自身的鸣响,又通过山谷的回音,传向营地,但无忧无虑的"机智开心俱乐部"成员们什么都不明白。在这种情况下,逐渐飞近的军用直升飞机,完全有可能引起他们的惊慌。或许,"机智开心俱乐部"成员们已经惊慌起来了,但不准备离开。

于是,"指挥部"里所有的人开始傻乎乎地朝他们齐声叫喊:快离开,快走,快跑,但人声传得不会像枪声那么远。

"我们去那儿!"少校第一个领悟到了这点。这,无疑,是最好的决定。为了确保自身安全,直升飞机需要绕一个很大的圈,而营地离这里并不远。

"发动!"鲁斯泰姆边叫边朝汽车跑去。几个人立刻跟到他身后。他们快速地跨过汽车拦板,挤进车厢。越野车先是像一只疯狂的驴那样,后轮在粗糙的石头地面上跳动,接着一下子朝河边疾驶而去。

直升飞机不准备放弃自己的计划,它在做盘旋,"脖颈"部位的螺旋桨飞速旋转,像一只白色圆饼,它准备发起进攻,样子可怕而无情。特别是在弹射开两枚诱导热火箭之后,更加令人感到恐怖。这看上去像是最终的挑战。

"你记得,这里的浅滩在哪儿吗?"少校大声地问鲁斯泰姆,他的头碰撞着车厢的壳板。季尔·谢尔盖耶维奇、帕托林、博贝尔和鲁斯泰姆的士兵趴在车厢肮脏坚硬的金属地板上,身体被震得不停地抖动。

"对我来说,这里到处都是浅滩。"鲁斯泰姆转动着方向盘,厉声地答道。

"飞机越来越近了!"少校用手指戳了一下挡风玻璃,这时,车子已经开到河里，自然，放慢了速度。季尔·谢尔盖耶维奇和鲁斯泰姆的士兵利用这一机会，站起身来，双腿摇晃，半蹲着，开始朝从南面飞来的骇人怪物射击。

帕米尔主人的日本汽车像一头狮子那样在湍急的河中与水流、石头决斗，它转来转去，发出震耳的响声，朝前又冲又扑，尽管不时遇到水浪的拍击，但依然顽强地前行。又经历了两次震动，就到达了对岸。

直升飞机没能经受住地对空的正面会战，又拐了个弯，准备新的攻击。

越野车沿着铁丝网疾驰，冲到汽车场的大门口，刹住了车。大家一个接一个从车厢里跳出来。迎着他们略带迟疑跑过来的，是两个一脸茫然的士兵，手里提着没装弹药的美国步枪。

"快走！快走！"突如其来的访客们挥舞着双手，大声叫道，"大家都走！快离开！马上会有人向你们射击！"

鲁斯泰姆的战士发现了空中发出哒哒声的威胁，他单腿下跪，开始两发两发地射出子弹，来试探直升飞机的反应。正是他的射击使军事狂欢的参加者们确信，事情真的很严重。

"往哪儿跑？！"一个胖子喊道，他掉了眼镜，木然地四处张望。

"想往哪儿就往哪儿！"少校指挥着，"往右，往左，往各个方向！"

很多条腿开始了忙乱的奔跑，然而，印象是，在"哨所"广场上的人依然没有减少。

"我们也应该，最好散开，萨沙！"博贝尔环顾着四周说道。

"是的。朝各个方向！"少校指挥着。

"他们在降落。"鲁斯泰姆说，在整个情势发展的过程里，他保持着最大的冷静。

直升飞机再次从南面过来,大幅度地降低了高度,因此也失去了攻击的角度,它现在正在营地的另一边缘着陆,已经看得见螺旋桨掀起的尘土。木塔顶部的几块破旧的板也被吹落,它们翻滚着,不知朝哪里飞去。

少校停下了脚步,恐慌状态刹那间缓解了。

"他们降落了。"鲁斯泰姆说,这时他的声音已经非常平静了,他左右张望,看着四处逃散的"北约士兵"。他们扭动着脖子,枪托碰击着地面上的石头。武器他们不敢扔掉,每个人都接到过指示,对贵重的器具要负责。

少校和鲁斯泰姆走进营地,看着混乱之后的一片狼藉。"食堂"里,端上的午餐沾满灰尘,冰箱之间的一个角落里,蜷缩着厨师。但这不是唯一留下来的人。

"看。"鲁斯泰姆说着用自动步枪的支架朝一个"营房"指去。那里门口站着瓦西里,看得见,在他身后,还藏着个什么人。不用多想,就能知道那是谁。

从几乎被直升飞机旋风冲毁了一半的塔楼后面,出现了两个穿着十分奇怪的人。他们用手按着自己的帽子,因为他们身后的旋风还没有完全平息下来。

要认出这些先生——确切地说是其中一位——并不难。他走在前面,嘴唇上带着迷人的微笑。

"您好,阿斯科尔德·谢尔盖耶维奇。"少校向自己的老领导问候。大莫兹加列夫用食指轻轻触碰了一下他那顶美军将领帽的帽檐。他全身将军打扮。而且,是军礼服,在这里,在光秃秃的石头之间,这看上去很不自然,甚至有些戏剧性。他的同伴是基辅上校,又重新开始留起了胡子。

阿斯科尔德·谢尔盖耶维奇·莫兹加列夫凶狠地鼓起鼻翼，高声说道："你好，少校。没料到吧？！我就知道，没料到。我对付你们，就像对付小毛孩一样！生气了？没用。"

耶拉金沮丧地耸耸肩，说，能说什么呢。

"你们居然开始射击，你们怎么，真的，被收买了？！你们所有的人我不在的时候都疯了。"

"是的。"

"没关系，我很快会让大家头脑清醒的。"

少校低下头，似乎在说，您就这样做吧。鲁斯泰姆面带微笑，看着眼前发生的一切。莫兹加列夫将军朝他眨了眨眼，随后又转向了少校。

"米佳在哪儿？这位历史学家在哪？"

8

阿斯科尔德·谢尔盖耶维奇抽着烟，把烟灰弹进翻过来的将军帽里。亚历山大·伊万诺维奇坐在对面，"哨所"食堂的木桌后面。在他们之间的桌上，放着一只几乎是空的伏特加酒瓶，盛着橙汁的水罐（里面变热了的果汁已经被喝掉了一半），还有一只潮湿的、皱巴巴的信封，上面的字迹因受潮而变得模糊。

这是一个南方的夜晚，漆黑一片，大莫兹加列夫的脸只通过烟头的火光才被映照出来。在河边，在铁丝网的外面，燃烧着几堆篝火，每个火堆旁都有人影在晃动。压抑的生活也在营地里进行着，将军和少校是根本看不见的。阴影隐约闪现，还有窃窃私语声。

"至于我的失踪……在某种意义上，是我自己的错。我掉以轻心，放松了，太相信一些人了。而我做的事情是不能允许这种态度的。所以对克劳恩以及公司我甚至不太怪罪。实业活动的天性是不能容忍真空的。这些老兄们把手伸向他们觉得收藏得不够严密的东西。我及时地醒悟了过来。确切地说，没有及时。普通方法已经不行了。不得不使出一个绝招。搞一场大的，重要的是，长时段的骗局。他们的神经，到最后，承受不住了。他们开始相互吹毛求疵，责难对方。别佳·聂奇波连科帮了我很大的忙，他，当然，是乌克兰内务部的上校。假如不是这样的……结局，那说不定会有一个非常有意思的、好玩有趣的故事。"

阿斯科尔德·谢尔盖耶维奇举起酒瓶，把里面剩下的伏特加酒倒进了自己的酒杯。他举起杯子，透过玻璃望了一眼天上硕大的星星，随后，分了点酒给少校。他把自己杯中的酒一饮而尽，没有碰杯，也没有说祝酒词。

"知道吗，我很高兴，米佳没有读过这封信，由此所有其他的一切也就不会再有了。很难想象。假如他读了这封信，那我的情况要比现在糟得多。要知道，是我把雷巴克派往杜布诺的。我知道他该从那儿带来什么。当然，没想到会是一封亲笔信。我原想，是口头信息。总的来说，现在我想象不出，当时怎样打算利用这个故事。想震动谁？妈妈？为了父亲我始终生妈妈的气。我一切都记得很清楚。当然，五岁时我只是看到，但不懂。他们都是晚上来的，这些杜布诺的男人们，我还没睡着。不知道为什么，但没睡着。后来，晚一点，随着年龄的增长，开始理解布幔后面发生的事情，这种理解很可怕，惊心动魄。知道吗，我开始仇视他，米季卡，因为他的生活里没有这一切。因为他什么都不知道。似乎他和妈妈有一个与我隔离的单独的家庭。我曾想为母亲复仇，也想为父亲复仇。一切就这样交织在一起。我，要知道，不结婚，也是出于恐惧，出于对家庭可能成为噩梦的恐惧。后来，不知怎的，一切都被遗忘了，在心里变得模糊不清了，后来，一切又再次被点燃了。而且，是由于他，由于米坚卡。他的全部生活，就像是对我吐来的唾沫，是对我的公开羞辱。我在自己的肩上背负着一切，我指的不光是要赚钱，我要拉全家这辆大车，带上全家人的垃圾，而他东游西逛，哲学家。想象不出比他更无忧无虑的生活了。而他还鄙视我，并且不掩饰对我的鄙视。我怎么和他两清呢?! 他老婆从我这儿拿钱，而他始终什么也没有察觉。不是装出来没有察觉，如果这样的话，倒还能使我满意，他，真的，没有察觉。这点我就无法忍受了。于是，见鬼，就和他老婆睡觉，但即使这样，感觉也没有稍稍好一点，因为我根本就看不起她。顺便说一句，她是唯一一个我没有告诉我什么事都没有发生的人。不然，她就会给所有的人打电话。甚至连妈妈都知道，老太太都知道我没事。有一次我甚至给她往家里打了电话，那时，你正好在她那儿，亚历山大·伊万诺维奇。是的，是的。有趣的老人，克拉芙吉雅·弗拉基米罗夫娜，很沉着啊!"

少校举起酒杯，一饮而尽，可以理解，是为老太太的沉着而干杯。

"当米什卡出生以后……这一切变得根本无法忍受了。最初两年，他一点也不关心他，我也几乎不嫉妒。但后来，最可怕的事情发生了——我的儿子非常依恋我的弟弟。儿子很少这样爱自己的父亲的。我所有的礼物，所有的招数，都算个屁。我一点都不能引起他的兴趣。不管斯薇特卡怎么设法让我们相互接近。而米奇卡沉湎幻想，高谈阔论，丝毫没有发现在他鼻子底下发生的一切，又觉得很幸福，又被我的孩子崇拜。斯薇特卡一直想投身到我这里，只是我不让她这样做。只得让米沙去英国学习，去一个中立地区，让他疏远这里的一切。"

"他给他，给您的弟弟，打过电话。"

阿斯科尔德·谢尔盖耶维奇把手伸向暗处，刹那间他的手中又出现了一个酒瓶。

"我理解，这，当然，很可怕，但对此也无能为力。早晚会知道的。斯薇塔忍不住的。"

阿斯科尔德·谢尔盖耶维奇慢慢地、若有所思地拔出瓶塞，随后又把塞子在瓶口转了一会儿。

少校听着瓶塞转动发出的像鸡雏叫一般的声音，心里感到很高兴：周围那么暗，将军看不到他容光焕发的脸。就在两小时前，当人们在紧张寻找被水流冲到下游某处的季尔·谢尔盖耶维奇的尸体时，琼打通了他的电话，告诉他，谢廖沙一切平安，他在她身边，他很高兴她不打算最近离开俄罗斯。而塔玛拉躺在一家很好的诊所里，在输液，睡得很甜。少校听着大莫兹加列夫带有醉意的忏悔，心中喜悦与羞愧交织。唉，不可能啊，一个人的结局那么好，而另一个人的却那么糟！

"来，干杯，亚历山大·伊万诺维奇。只能希望，他死的时候不那么痛苦。"

"人们说，淹死不痛苦。"少校欣然同意再干一杯，试图以此稍稍减轻一点将军内心的负担。

他们喝了酒，配了点热的芬达。

"他居然朝我开枪，亚历山大·伊万诺维奇，开枪。不，你别以为，我想减轻些什么，想为自己辩护。我只是很悲伤，他是多么不了解我，自己的亲兄弟。他居然真的以为，我会把火箭射向这些傻瓜。飞机上甚至连把枪都没有！我只是想稍稍地，就像常说的，公开欺辱他一下。他在我的位置上趾高气扬地抖开了自己的羽毛，玩得如此投入，以至于我决定要教训他一下。"

"您怎么，都知道？"

阿斯科尔德·谢尔盖耶维奇笑了，随后马上咳嗽起来。

"当然。你以为，像米佳这样一个喜欢唠叨和吹牛的人，能把这样一个复杂的、多人参与的计划隐藏好?! 另外，我还有自己人。他的女秘书妮卡及时而准确地把一切都报告给我。需要的时刻一到，我联系了穆斯林联盟的光头伙伴，付了钱，他们马上在当地租了直升飞机。但看上去，他们是自己主动来做这一切的。想出直升飞机这一招。说，这是他们想报复你，亚历山大·伊万诺维奇，报鲜花林荫道的一箭之仇。于是米佳热血沸腾起来。对他来说，生活中最主要的，是向世人证明，他比所有的人都聪明。焦夫杰特和阿卜杜拉把那对疯狂的恋人也带到了这里，鲁斯泰姆帮忙先把他们藏起来。总的来说，这一切很简单。简单得出奇。只是结束得不好。我原来希望的是，在季尔所有计划彻底失败的时刻，他被迫得知自己家庭的主要秘密，关于兄弟，关于母亲的那些秘密，在这一刻，在他的整个世界倾覆的时刻，我出现了，从直升飞机上下来的将军，作为全场的尾声。我会揪起弟弟的耳朵，朝向太阳。问他：怎么样，老弟?! 人为的家庭危机，而接着——就听天由命，看事态的发展了，但不会再有谎言。我们或许会分道扬镳，直到生命的尽头，但这总比我们原先那种状况要好。这才公正！但我没希望他死，相信我。"

"我相信。"幸福的少校说道。

作为结语，还应该交代一下与此事有关的几个情况。

涅斯托尔·克里亚耶夫和塔希尔来到了科学繁荣的内地，他们的报告在最权威的学术圈里引起了轰动。原来,他们在山洞墙壁上发现的不是石化的老鼠屎,而是真正的、应该是最古老文字的遗迹。涅斯托尔·伊卡洛维奇在狭隘和短视的同事们面前彻底洗刷了自己的学术声誉——那些人先前不止一次地嘲笑他欺诈、投机。塔希尔坐下来专心致志地撰写论文,原来,在小说所描写的事情发生之前,他已经拥有了名牌大学历史系的文凭了。勇敢的哥哥鲁斯泰姆觉得他是白痴,根本是没有道理的。

在生活中与季尔·谢尔盖耶维奇有关系的女人们,对于他的死,反响不一。

克拉芙吉雅·弗拉基米罗夫娜很快就病倒并去世了。不过,原因只是她年迈了。

玛丽娜·瓦列里耶夫娜三天没有去上班,在家里喝酒、痛哭。很少有人知道,刚愎自用的暴君是她强烈和恒久的感情的对象。他们在工作上的斗智斗勇其实是精妙的爱情游戏的一种形式。当上《美丽岛》主编后,她立刻赶走了娜塔莎二号。但后者不知用什么方式得到了位于布拉坚耶沃的那套要命的公寓。

对斯薇特兰娜·弗拉基米罗夫娜而言,真正的打击并不是季尔·谢尔盖耶维奇之死,而是阿斯科尔德·谢尔盖耶维奇无论如何不想把他们的关系合法化,他唯一希望并愿意为此继续付钱的,是获得与儿子米哈伊尔经常见面的权利。看来,要付很多钱,因为儿子根本不想要有这种会面,而且对生身父亲极为冷淡。因此,当斯薇特兰娜·弗拉基米罗夫娜说难以安排会面的时候,她并没有在说谎。

阿列夫京娜·尼洛夫娜·库萨奇金娜对此态度如何,很难说。确切地说,只有上帝知道。

露莎阿姨和塔妮娅阿姨，就是从普利卡罗特诺耶来的那两位，在为季尔·谢尔盖耶维奇祈祷安息的时候，异口同声地说，她们为这样的人去到山里并在那里"淹死了"深感惋惜。所有的亲戚都同意她们的看法。多好的人啊，垫付了卖洋葱的钱，还给了车票钱。另外，老阿姨们那天成功地以一个好价格把洋葱推销给了多罗戈米洛夫斯基市场的一个批发商。因此，总的说来，她们不仅莫斯科之行顺利，而且还创造了奇迹！

译后记

　　有机会翻译米哈伊尔·波波夫的长篇小说《莫斯科佬》，我感到非常高兴。

　　米·波波夫是活跃在当今俄罗斯文坛上的有影响的作家，《莫斯科佬》是他的代表作之一，描写俄罗斯当代生活万象。因此，对于我来说，翻译这部作品的过程，是进一步感知当代俄罗斯文学的过程，也是更全面地了解当代俄罗斯社会生活、民众心态、价值理念的过程。

　　在俄罗斯，文学一直与社会现实紧密地联系在一起，深厚、磅礴而又富于浓郁的人文主义精神，是探索真理的途径，是认识、反映和干预生活的重要手段，也是在伦理道德上发挥感化作用的有效工具。文学直接对应社会的精神与物质生活及其发展和需求，注重对时代与社会的关注与介入、对读者心灵和精神的影响与塑造。

　　俄罗斯文学家热爱现实生活，关注个体真实的生命体验与情感，并通过细腻、独特和精湛的艺术手段来表现这一体验与情感，作品始终散发着浓郁的生命气象、生活气息，蕴含着朴素的人性。文学家们不断在创作中就"生与死"、"瞬间与永恒"、"罪与罚"、"谁之罪?""苦难与救赎"、"谁在俄罗斯能过好日子?"等主题进行思考和探究，描绘反映社会的核心问题。

每个时代,俄罗斯都拥有一批有良知、正义感和责任心的文学大家。

在当代作家中,米·波波夫是俄罗斯优秀文学传统的重要继承者之一。

米·波波夫 1957 年出生于乌克兰的哈尔科夫,父亲是画家,母亲是英语教师。他在哈萨克斯坦度过三年的童年时光,随后在白俄罗斯生活,直到 1975 年。毕业于戈罗德诺州的日洛维茨农业技术学院。1975 年—1977 年在部队服役。多地的生活经历对他视野的开拓、感受的丰富和经验的积累是大有裨益的。

从少年时代起,波波夫就对历史有着浓厚的兴趣。很早就开始进行文学创作。1978 年—1983 年在高尔基文学院米哈伊洛夫诗歌讲习班深造。1980 年发表诗歌处女作。作品立刻受到了读者的关注。Ал·А·米哈伊洛夫、Е·Ю·西多罗夫和Л·И·瓦西里耶娃等文坛名家都给予了积极评价。1983 年发表第一部中篇小说《命运的宠儿》,作品中,当代少年的感情世界与国内战争的情势错综复杂地交织在一起。А·Г·比托夫、В·П·斯米尔诺夫、С·В·瓦西连科等著名作家、评论家都对这部中篇进行了分析和评价。也正是从这一年起,波波夫开始担任《文学学习》杂志的编辑,此后,一直从事文学创作、编辑和评论工作。先后就职于《苏联文学》杂志社、《莫斯科通报》杂志社(1990年—1995 年任副主编)。1999 年当选莫斯科散文家创作协会主席。2004 年起担任俄罗斯作家协会散文理事会主席。曾获 1989 年苏联作家协会最佳图书奖、舒克申奖(1992)、普宁奖(1997)、普拉东诺夫奖(2000)和莫斯科市政府奖(2002)。作品被翻译成中、英、法、德、阿拉伯和拉脱维亚语。

波波夫是一位同时进行诗歌和小说创作的文学家。

1986 年，波波夫第一部长篇小说《盛宴》问世。主人公对自己生存的意义感到困惑，试图通过对神经疾病的治疗获得安宁。但出乎他意料的是，未来竟有一系列心理和精神上的"历险"在等待着他。小说获得了很大的社会反响。1987 年，当代人出版社推出了波波夫的第一部诗集《标志》，1989 年青年近卫军出版社出版了他的第二部诗集《明天的云》。波波夫的诗歌，情感真挚细腻，语言精巧优雅。在抒情写意的同时，他并不把描绘的对象——现实的生活和生活中的人理想化。抒情主人公的感情体验充满了忧伤和同情。许多作品饱含公民意识和爱国情怀。

此后他的小说和散文集相继与读者见面：《温柔杀手》（1989）、《命运的宠儿》（1991）、《卡利古拉》（1991）。

正当波波夫在文学的奥林匹斯山上不断攀登的时候，苏联解体，俄罗斯开始了全面的社会转型。波波夫没有停下手中的笔，更没有陷入茫然与绝望，而是继续投身到现实生活中，积极地观察，紧张地思考，勤奋地创作。

在创作中，波波夫是一位游走于历史与现实之间的作家。他既写历史，也写当代。他的历史题材作品，总是具有现实性和时代感。而他创作的当代题材作品总有对历史的回望与追溯，对历史与现实关系的梳理与思考。

作为历史小说家，波波夫创作了《帖木儿》（1994）、《白奴》（1994，用笔名 M·杰列维耶夫）、《布拉德上尉的伊里亚特》（1996）、《台伯河的黑水》（1998）、关于苏拉的小说《独裁者》（1998）等。20 世纪 90 年代，奥科塔-普林特出版社策划了一个"圣殿骑士"系列小说计划，波波夫与 A·谢格，A·特拉佩兹尼科夫和 C·斯米尔诺夫一起，以统一的笔名

"奥克塔维安·斯塔姆帕斯"(姓氏由作家们姓名缩写构成)创作了一批历史小说。波波夫撰写了《城堡》和《诅咒》。

同时,作家把更多的精力倾注到对当下的观察、思考和描写上。波波夫的当代题材作品提出并探讨了这样一些问题:作家、知识分子的责任(《非自愿的石匠》,1994),地缘政治、不同类型心态的对立、对待作为全球化现象之一的美国精神的态度(《美国之声,或追捕写作迷》,1996),对当代"父与子"关系的反思(《狗——人的敌人》,1997)等。《现在该去萨拉热窝》(1999)和《客人们汇聚别墅,或拯救苏联计划》(2001)则鲜明地表现出波波夫的政论气质。但是作家避免了简单的、直线型的结论和处理,他对描写对象的态度总是通过艺术形象的棱镜折射出来。

波波夫的创作有这样几个显著的特点:

1. 按俄罗斯经典文学的传统进行创作。同时,对生活的现实主义描写并不影响作家展现出想象的、虚构的"自己的世界"。

2. 就像大多数评论家指出的那样,体现在各个层次的情节因素是波波夫诗学的主要特征。波波夫的作品,情节曲折,悬念连篇,引人入胜。故事发展过程中,常有意外的转折,而结局总是出人意料,但又在情理之中——尤其是在细细回顾、咀嚼整个故事之后,因而令人印象深刻。他的许多作品,开端看似侦探小说,其实作家并不是写一般意义上的犯罪故事。

3. 结构上,常采用平行叙述的手法,营造出独特的、复调的"框式"效果。

4. 波波夫的作品,追求精神和审美上的"敏锐"。作家呈现出的方式可能是轻松的、抒情的,也可能是严厉的、讽刺的。作家的语言表达非常自由,随机应变,作为修辞形式他喜欢玩"文字游戏",说双关语俏皮话,甚至搞语言"恶作剧"。作品充满哲学、文化学意义上的隐喻。

这些特点,也明显地体现在其代表作《莫斯科佬》中。

《莫斯科佬》发表于 2008 年(《莫斯科》杂志,第 3—4 期)。2009 年获"И·冈察洛夫奖"。获奖词强调:米哈伊尔·波波夫在自己的创作中紧紧依托以包括 И·冈察洛夫在内的经典作家为代表的民族文学传统。

《莫斯科佬》的故事是这样开始的:俄罗斯"建设工程设计"公司总裁阿斯科尔德·莫兹加列夫前往乌克兰首都基辅洽商业务,在那里神秘失踪。公司高层代表迅速飞抵基辅。同机而来的还有阿斯科尔德的"继承人",他的弟弟季尔。季尔原先一直背运潦倒,后来阿斯科尔德为他买下了一家杂志社,让他当上了主编,季尔便觉得自己是"主人"和百万富翁,思维和行为开始变得愈发乖张,"暴君"风格日渐凸显。刚到基辅,他就宣称乌克兰和乌克兰人是自己的敌人,发誓要进行报复。随着寻找工作的展开和报复计划的实施,围绕财富、责任、家庭、爱情、友情、道德、伦理等,在这些人的生活中,发生了一系列扑朔迷离,甚至曲折惊险的事件,历史的沉淀被搅动,显出与当今现实的因果关联,并进一步地交织在一起。

读《莫斯科佬》的最初篇章,仿佛在看侦探小说。这使人想起俄罗斯 19 世纪著名文学评论家、作家尼古拉·加夫里洛维奇·车尔尼雪夫斯基的《谁之罪?》:小说以一个疑团重重的案件开头,情节分明暗两条线索,明的属于家庭和爱情方面;暗的属于对社会生活的政治、哲学的理解,潜藏着准备革命和进行革命的号召。明的附属于暗的,暗的是小说的基本情节线索。

《莫斯科佬》同样以一个疑团重重的情节——某大公司总裁在异地神秘失踪为切入点,由个人、家庭、企业开始,逐步全景式地展现当代俄罗斯万花筒般斑杂的社会生活,继而引发对社会转型背景下的人性、价值、道德、生活意义的思考与评析。

《莫斯科佬》讲述的故事在多个地方展开:俄罗斯、乌克兰、塔吉克斯坦;首都、外省;城市、乡村。故事中人物众多,他们的年龄、身份、经历、心态、性格各不相同。故事情节曲折多变。与此相应,作家的叙述方式既自然平实—— 使人想起俄罗斯经典文学中那些"朴素的"讲故事者,例如"俄罗斯文学之父"亚历山大·普希金,同时又随着事件的进展而变化多端,紧接着第三人称的描述,常常是人物直接的内心独白、意识的流动、"闪回"。语言——叙述者的用语和人物口中的话语,自然生动;而作为塑造人物、刻画性格的手段,俗语、俚语、新词或新意得到大量运用。作家还善于通过描述,为读者营造身临其境的"在场感",平面的文字能引发丰富的通感。

对波波夫的创作有很大影响的著名作家弗拉基米尔·纳博科夫曾经说过,如果要读懂《安娜·卡列宁娜》,必须能够想象 19 世纪中叶一列从莫斯科开往彼得堡的火车的样子。是否也可以说,要读懂《莫斯科佬》,必须能够想象当代俄罗斯的社会风貌、人情世故。翻译这样一部思想内容和艺术手法都十分独特且丰富的作品,不是一件容易的事情。对译者的语言水平、理解能力、文化历史知识的储备、对俄罗斯当今社会生活的了解与熟悉程度等,都有非常高的要求。

我自知在各方面还远远不够。但接受任务以后，尽己所能，努力翻译好这部小说，力争传递出作品的意蕴。

我特别感谢华东师范大学出版社给我提供了翻译《莫斯科佬》的机会，这也是一次难得的学习机会；衷心感谢编辑夏海涵老师的指导和鼓励，感谢作者米哈伊尔·波波夫先生的支持和鼓励，感谢奥尔加·苏赫姆林老师、阿列霞·梅尔尼科娃老师在翻译过程中给与的精心指导和大力帮助。

贝文力

2015 年 10 月

图书在版编目(CIP)数据

莫斯科佬/(俄罗斯)波波夫著;贝文力译. —上海:华东
师范大学出版社,2015.12
ISBN 978 - 7 - 5675 - 4451 - 2

Ⅰ.①莫… Ⅱ.①波…②贝… Ⅲ.①长篇小说-俄
罗斯-现代 Ⅳ.①I512.45

中国版本图书馆 CIP 数据核字(2015)第 295556 号

本书属于中国国家新闻出版广电总局和俄罗斯出版与大众传媒署批
准的"中俄文学互译出版项目·俄罗斯文库"。由中国文字著作权协会和
俄罗斯翻译学院负责组织实施。

上海市版权局著作权合同登记 图字:09 - 2015 - 909 号

莫斯科佬

著 者 [俄罗斯]米哈伊尔·波波夫
译 者 贝文力
策划编辑 龚海燕 夏海涵
责任编辑 夏海涵
责任校对 王丽平
装帧设计 崔 楚

出版发行 华东师范大学出版社
社 址 上海市中山北路 3663 号 邮编 200062
网 址 www.ecnupress.com.cn
电 话 021 - 60821666 行政传真 021 - 62572105
客服电话 021 - 62865537 门市(邮购)电话 021 - 62869887
地 址 上海市中山北路 3663 号华东师范大学校内先锋路口
网 店 http://hdsdcbs.tmall.com

印 刷 者 上海中华商务联合印刷有限公司
开 本 890×1240 32 开
印 张 14.25
字 数 330 千字
版 次 2016 年 8 月第 1 版
印 次 2016 年 8 月第 1 次
书 号 ISBN 978 - 7 - 5675 - 4451 - 2/I·1478
定 价 78.00 元

出版人 王 焰

(如发现本版图书有印订质量问题,请寄回本社客服中心调换或电话 021 - 62865537 联系)